KB177605

김이석문학전집 7

동화 수필 논문

섬집 아이들

김이석 지음

동서문화사

THE HIMANG, WEEKLY NEWSMAGAZINE
2月8日
第59號
週刊希望
₩100
今週의토픽
三次世界大戰의序曲
빛을 남기고 간 사람들
가신님의발자취 남겨논逸話
第四回自由文學賞을 받은五作家와 그位置하는것 (記事第36面에)

▲〈주간희망〉 8쪽 특집 기사

앞페이지
〈주간희망〉 제59호 표지
(1957. 2. 8) 제4회 자유문학상 수상 특집호

▶▼수상자

김이석

박두진

김용호

임옥인

조지훈

1956년 말 어느 모임에서
뒷줄 : 황염수(화가)·박연희(소설)·천관우(사학)·구상(시인)·김진수(희곡)·이명봉(출판)·김수영(시인)
앞줄 : 박순녀·김이석·마해송(검은 안경, 아동문학)·최정희(소설)

작곡가 김동진과 함께
뒷줄 왼쪽부터 김이석·김동진·김동진 부인

1960년 경, 함께 월남한 친구들과 김이석·김봉순(의사)·이근배(과학자)

1953년, 작가 정비석과 함께

뒷줄 : 양명문·정비석·김이석·송지영. 앞줄 : 구상·김팔봉·최정희

1955년, 「이중섭 작품전」 미도파백화점에서 이중섭과 함께

1957년, 이중섭 화백 묘지 앞에서　김이석(왼쪽)·차근호(세 번째, 조각가)

1958년, 이중섭 화백 묘비 앞에서　묘비를 조각한 차근호 조각가와 함께

1962년, 딸 양하와 함께

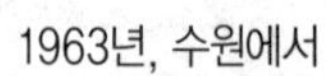

1963년, 수원에서

김이석·김팔용·박
계주·정비석

1963년, 생화학자
이근배 박사(오른
쪽)와 함께

1963년

1962년 여름
작가 김수영과 함께

문학의 집 행사(2008년 10월 17일)

No. 2

내 身勢가 더욱 처량해지는 것만 같습네다.
허나 이제는 더위도 고비를 넘은 듯 싶습니다. 아침저녁으로 물에 추을 선선한 바람을 대할 때면, 이가 을 연할 것 일이라도 해 보겠다는 마음이 먹어지기도 합니다.
어제 韓國 宗家 君에 伴해 研究所에 들려 보았습니다. 문보이 二百余名이나 모인 찬 광장 했읍디다.
래디오는 그동안 여러 곳으로 알아

10 × 20

김이석의 육필 편지

No. 1

振聲兄

兄은 이 여름을 어떻게 지냈읍니까
저는 신통치도 않은 일에 골잡혀 썩
은 다다미 방구석에서 술을 벌컥이며
그 더위를 견뎌 내었읍니다. 평안의
냄새가 너무 노골 고약하기에 출가을
한 평 사라 뻐렸더니 그것을 더욱 고
약하더군요. 비나 한줄일 오는
날. 찾은 편의 실음없이 앉은 일을
麻雀中毒者들을 바라보면, 공연히

10 × 20

김이석의 육필 편지

No. 3/

갔구나 들어도 좋구요. 그것도 日本 [illegible]이다
들가면 [illegible] 찮습니다.
丸어 놓 못이 좋도록 하십시오
1미 칠前 仏淸兄의 친구에게 仏淸兄
가족이 [illegible] 收容所에 왔었다는 이야기를
들었습니다. 못 가족을 그의 딸 [illegible]
(구조) 그의 딸들 大[illegible](구조) 그리고 仏淸의
[illegible]이 많습니다. [illegible] 그곳 [illegible]에 알
아볼 길이 없으면, 알아보십시오.
저도 仏淸兄의 가족을 찾아 못 견딜 때

10 × 20

김이석의 육필 편지

No. 3

보았습니다만. 요즘 달라는 [illegible] 31上으로
[illegible] 가격이 엄청나게 뛰었습니다.
Zenith는 1952 년이라면 [illegible] 47—1 42— [illegible] 취해야
[illegible]는 모양입니다. 그러므로 오싸게 살라야
[illegible]을 취해 왔으나. 어떻게 할지
요. (軍隊用) Zenith는 약 五十환 가량 할 것이
진답니다. 군대용이 민간용과 다른 것은
라만 빛깔 뿐이랍니다. 그것을 사면 이
[illegible] 지은. 그렇게 않으면 Zenith로 하자
로 쓰기로 하고. 제가 갖고 있던 것을

10×20

김이석의 육필 편지

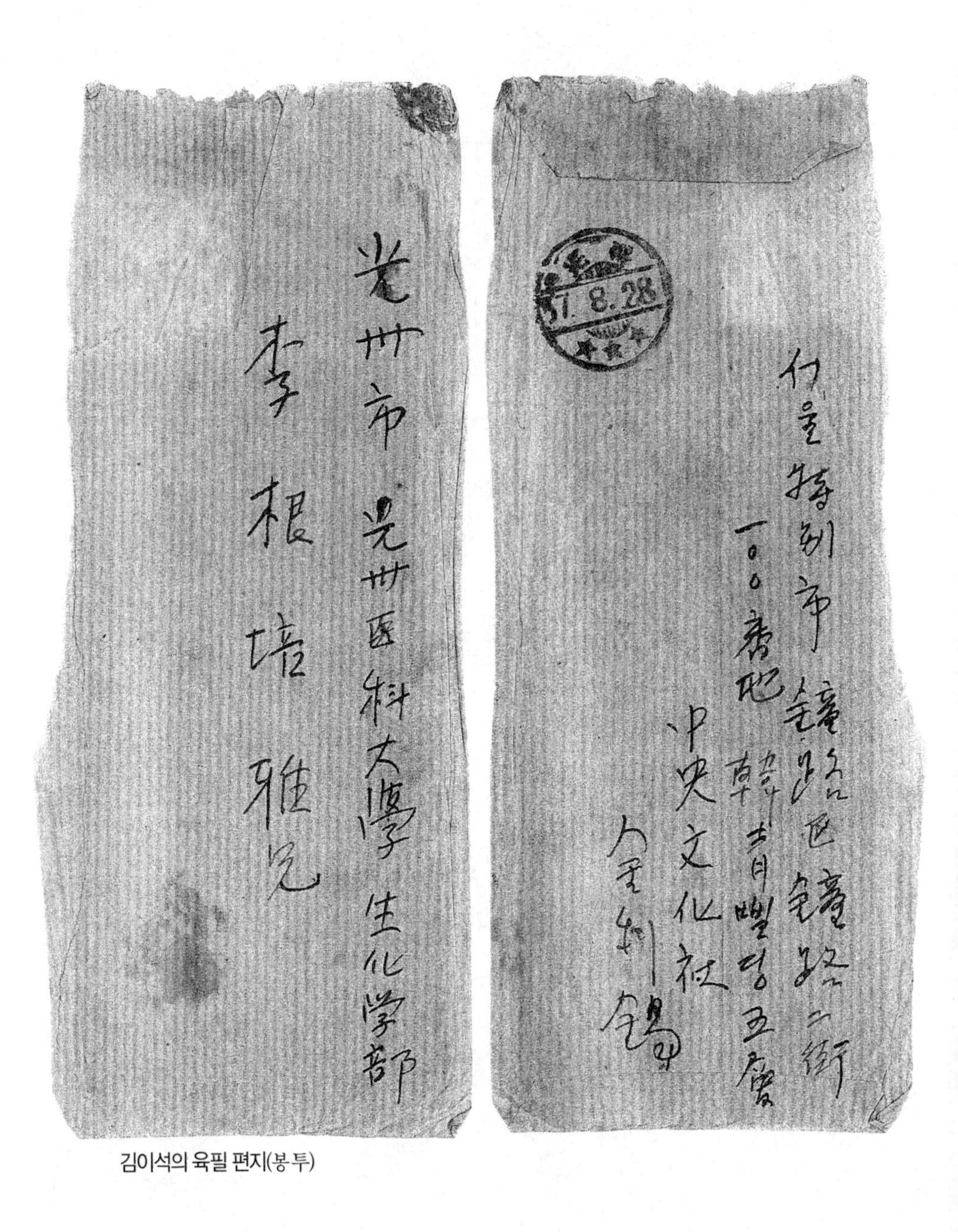
光州市 光州醫科大學 生化學部
李根培 雅兄
7. 8. 28
서울特別市 鍾路區 鍾路二街
一〇〇番地 韓靑빌딩 五層
中央文化社
金利錫

김이석의 육필 편지(봉투)

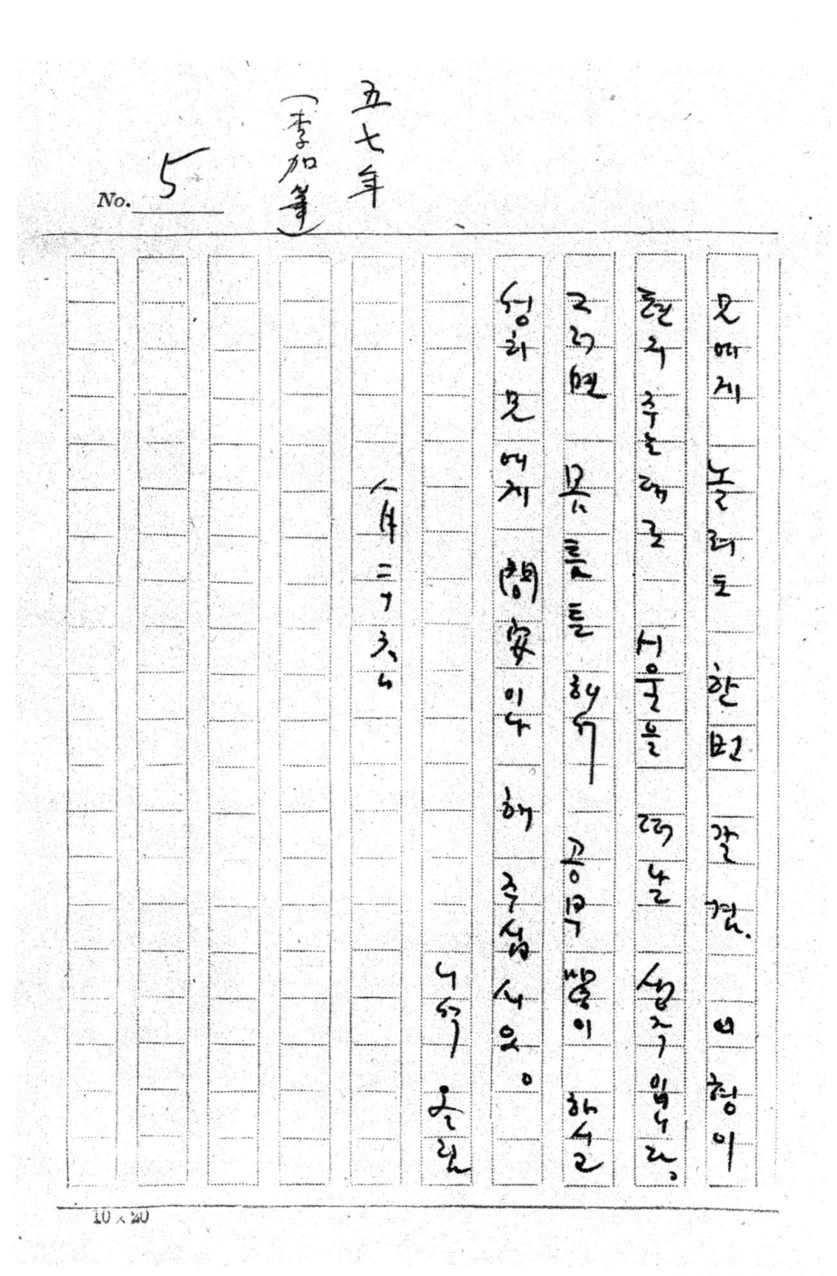
No. 5 (李加筆) 五七年

모에게 놀러도 한번 갈 것. 어형이 돌아 주실 때로 서울을 떠날 생각입니다. 그러면 몸 튼튼히 공부 열심이 하실 형과 모에게 問安 있다 해 주십시요.

나의 올림

八月 二十六日

10×20

김이석의 육필 편지

No. 7

하여튼 먼저 자기 손으로 써 보는 것이 先決問題이다. 써 보지 않고는 이야기도 되지 않는 것이다.

우리들은 무엇을 하나 썼다고 假定하자. 아니 우리들은 지금 무엇을 쓰고 있다고 假定하자. 그 때, 우리들은 어떠한 素材를 느끼게 되겠는가? 도대체 이것은 무엇하려에서 쓰며 쓰는가 는 생각도 날 것이며, 이것을 자기를 위하여 쓰는가, 그렇지도 않다면 이것을

20×10

(서울문구사)

김이석의 육필 원고

No. 6

美術論을 읽어 그림이 어떤 것이라는
것을 잘 [illegible] 알고 있는 사람도
막상 그림을 그리자면 [illegible] 붓을 들고 시작하
지 않으면 안 되는 것이고 또한 자기 손으로 그림을
그려 보고서 비로소 그림이 힘들다는
것도 알게 되는 것이다.
그러므로 우리도 딴 생각 없이 率直하게 作品을 [illegible] 보
는 것이다. 그 作品을 보면서 친구에게나
[illegible]에게 그 作品을 보이면, 또 다른
興味를 發見하는 일도 있을 것이므로 [illegible]

20×10

(서울문구사)

김이석의 육필 원고

1 술집 女 [illegible] 운전수

2 영희의 집 어머니 오빠

3 술집에서 [illegible]을 鄭[illegible]과 싸우다.

4 부장을 [illegible]

5 부장과 [illegible]시 [illegible] 영희 아이를 가지다.

6 집에서 아이가 부상을 당했고 [illegible]

7 온천에서 大[illegible] (鄭[illegible]이) [illegible]를 [illegible]고 있기

8 명애 수술을 받고 있을 때 [illegible]가
돈을 주고 간다.

9 鄭[illegible]의 [illegible]으로 [illegible]의 社[illegible] 영애에
집을 보랴. 박간의 돈은 갖고, 명애에게 대단
한 호의를 표시 명애에 어학을 하겠다는 뜻을.

10 [illegible]에 명애가 찾아 간다.
社[illegible]과 鄭[illegible]의 관드부. 鄭[illegible]다
연희와의 [illegible]

11 오빠에게 돈을 받을 출처를 대라고 따진을
하다가 김밥을 부신다. 결국 오빠로 명애
에게 판 사실을 알게 된다.

12 사원 [illegible]를 [illegible]

13 社員 同情 [illegible]
명애 친구를 만난다.

14 운전수의 사랑에 [illegible]으로
그것이 그대로 [illegible] 되고.

김이석의 육필 메모

섬집 아이들

차례

수필

논문 및 평론

섬집 아이들

섬집 아이들

엄마가 섬 그늘에 굴 따러 가면
아기가 혼자 남아 집을 보다가
바다가 불러주는 자장노래에
팔 베고 스르르르 잠이 듭니다.

아기는 잠을 곤히 자고 있지만
갈매기 울음소리 맘이 설레어
다 못 찬 굴 바구니 머리에 이고
엄마는 모랫길을 달려옵니다

한인현 작사/이홍렬 작곡

이글이글 타는 듯한 햇볕이 섬마을을 내리비춥니다. 분홍빛 해당화는 은은한 향기를 흩뜨리고, 모래밭 저만큼 너울너울 바다의 노래가 들려옵니다. 드문드문 메아리치는 갈매기 울음소리에는 깊은 바닷물 속 해녀들을 북돋아주는 마음이 담겨 있지요. 저마다 어린 자식들을 두고 온 해녀들은 오늘도 '섬집아기' 노래를 부르며 물살을 가르면서 굴따기에 여념이 없습니다.

그림처럼 아름다운 섬마을에 어느덧 여름방학이 찾아왔습니다. 섬마을 아이들은 이맘때가 되면 모두 구리색 검둥이가 되고 말지요.

제비풀 섬 안쪽 고운 모래밭은 갑자기 푹 빠지는 데가 몇몇 있습니다.

"으악!"

"조심해! 야, 벌써 외우고도 남았겠다."

해일이는 수동이의 걱정 어린 핀잔에도 해죽해죽 웃었습니다. 깊은 데가 없어 헤엄치기에는 아주 좋은 곳이었으니까요. 물장구치기를 좋아하는 두 사내아이는 둘도 없는 단짝친구입니다. 이곳 섬집 아이들은 줄곧 아침부터 바닷가로 나와 하루 내내 살다시피 했습니다. 가끔씩 해파리에 쏘여서 비명을 지르는 아이들도 있었습니다.

"아이구, 아파. 나 죽네!"

오늘은 순남이가 해파리에게 물렸네요. 괜찮아, 괜찮아, 다독이는 영진이와 두 소년의 위로로 작은 소동은 가라앉았습니다.

바닷가 왼쪽에는 작은 낭떠러지처럼 생긴 바위가 있는데, 아래 바닷물로 뛰어내리기에도 알맞았습니다.

"밀수배가 나타났다! 쫓아가야지!"

수동이는 이런 말을 하면서 곧잘 바다 속으로 뛰어들곤 했습니다. 어쩌다 바다거북이라도 보게 되면 이순신의 거북선이다! 외치고 물속으로 들어가서는 한참 동안 물 밖으로 나오지 않았답니다.

순남이와 영진이도 까맣게 타서 눈만 반짝였지만 수동이와 해일이에 비하면 높은 곳에서 물속으로 뛰어내리는 건 아직 못했습니다. 헤엄치기 또한 마찬가지였습니다. 언제나 수동이가 1등으로 들어왔고, 방구통이라는 별명을 지닌 해일이가 2등을 차지합니다. 어떤 때는 순남이가, 어떤 때는 영진이가 3등으로 들어오는 때도 있었습니다.

그러나 순남이와 영진이는 언제까지나 진다고만 생각하지 않았습니다.

“여러분, 일제 강점기 손기정 선수를 모두 다 알지요? 손기정 선수가 베를린 올림픽 대회 마라톤 경기에서 우승할 수 있었던 비결이 뭐라고 생각해요?”

“재빠른 몸놀림이요!”

“온몸이 튼튼하니까요!”

“몸이 가벼워서 아닐까요?”

“달리는 걸 너무 좋아해서요!”

수동이, 해일이는 눈만 감고 있을 뿐입니다. 학교에서 열리는 수영 대회에서 한 번도 져 본적이 없으니까요. 수남이와 영진이는 숨을 죽인 채 선생님 말씀에 귀 기울였습니다.

'그래! 나도 이길 수 있어!'
'보란 듯이 수동이랑 해일이를 꺾고 말테야.'
아이들 이야기를 다 듣더니 선생님은 고개를 끄떡이고는 말을 이었습니다.
"모두 잘 이야기해주었어요. 그런데 한 가지 놓친 게 있네요. 연습을 게을리 하지 않는다. 바로 요거에요. 연습에 연습을 거듭한 덕분에 손기정 선수는 마라톤 대회에서 우승을 거머쥘 수 있었답니다. 공부를 하던 그 무엇을 하던 연습이 곧 우승이라는 거 잊지 마세요."
학교 수업 시간 선생님의 말을 듣고 두 아이는 연습 또 연습 이기기 위해 연습한다는 마음가짐으로 헤엄을 치고 또 쳤답니다.
헤엄치기를 겨룰 때마다 수동이와 해일이에게 밀린다 해도 조금도 실망하지 않고 끝까지 자신과 싸웠습니다. 언제부턴가 순남이와 영진이는 어떡하면 두 친구들보다 헤엄을 더 잘 칠 수 있을까 고민하고 이야기도 주고받았습니다.
"헤엄칠 때 발에만 힘껏 힘을 주고 물장구는 되도록 치지 않는 게 좋을지도 몰라."
"흠! 그러면 앞으로 나아가는 데만 힘을 쓰게 될 테니까."
여러 가지로 해 보고 생각한 끝에 마음을 굳게 먹어가며 헤엄을 치면 예전보다는 빨리 헤엄을 치는 것 같기도 했습니다.
"와! 열심히들 하네. 영진이, 순남이. 힘내라!"
학교 남자 선생님들도 헤엄치러 나왔다가는 여러 가지 방법을 가르쳐 주었습니다.
어느 날 수동이와 해일이가 돌아간 뒤에도 수남이와 영진이는 남아서 헤엄을 치고 있었습니다. 영진이가 말했습니다.
"순남아, 한 번만 더 겨뤄 보자."
둘은 아까부터 세 차례나 수영 경주를 했습니다. 200m나 떨어져 있는 제비풀 섬마을 끝 바위를 돌아오는 경주였습니다. 순남이가 두 번 이기고 영진이가 한 번 졌는데, 영진이는 왠지 속이 상한 모양입니다.

"그래, 이길 자신이 있다면 얼마든지 덤벼라."

순남이는 자신 만만하게 대답했습니다. 둘은 입으로 총을 쏘는 시늉으로

"시이작!"

외치고는 바닷물에 뛰어들었습니다.

처음에는 나란히 물위를 나가고 있었지만 바위를 돌고 나서부터는 순남이가 서너 발 앞섰습니다. 영진이는 순남이에게 지지 않으려고 악을 썼습니다. 그러나 그럴수록 거리는 점점 벌어질 뿐이었습니다.

'최선을 다하는데도 지는 건 어쩔 수 없지, 뭐.'

영진이는 마음을 추스르고 팔다리의 힘을 늦추지 않은 채 힘껏 헤엄쳤습니다.

그런데 불현듯 앞을 쳐다보니 순남이의 물장구가 보이지 않았습니다.

'어떻게 된 거지?'

영진이는 바다 위에 둥둥 떠올라 젖은 눈을 팔로 씻고 나서 다시 보았지만 드넓은 바닷물 앞에는 아무것도 없었습니다.

순간 영진이의 마음은 섬뜩해졌습니다. 다시 자세히 보니 순남이가 헤엄치던 앞에서 조그만 거품이 떠오르고 있었습니다.

'설마 순남이가……'

영진이는 눈앞이 아뜩한 채 자기도 물속으로 빨려 들어가는 것만 같았습니다. 그러자 거품이 올라오던 그곳에서 누군가 불쑥 솟아올

랐습니다. 바로 움직일 줄 모르는 순남이었습니다. 영진이는 덜컥 겁에 질려 소리를 질렀습니다.

"순남아! 순남아!"

그러나 백짓장처럼 창백한 순남이는 다시금 물속으로 잦아들고 말았습니다. 당황한 영진이는 "사람 살려요!" 커다란 소리를 쳤습니다. 그러나 그 부근에는 사람 하나 보이지 않았습니다.

영진이는 뾰족한 방법이 떠오르지 않았지만 손을 놓고 있을 수는 없었습니다. 어쨌든 순남이를 구해야 한다는 생각에 친구가 솟구치는 곳까지 헤엄쳐갔습니다. 그러고는 다시 떠오르는 순남이의 손목을 덥썩 쥐었을 때 자신도 모르게 물속으로 끌려 들어갔습니다. 마치 물위에 뜬 마름을 잡았는데 그것을 물 밖으로 가지고 나오지 못하고 오히려 힘이 빠지며 물속으로 끌려 들어가는 기분이었습니다. 영진이는 당황해서 물 밖으로 나오려고 했으나 벌써 자기 몸은 순남이에게 잡힌 채 마음대로 움직일 수가 없었습니다. 영진이는 그저 멀건 물만 바라보면서 순남이와 같이 죽는구나 이런 생각이 들었습니다.

"사람 살려요!" 입안으로 덮쳐오는 짭조름한 바닷물을 삼키면서 영진이는 부르짖었습니다.

저쪽 등대 밑에서 그물을 고치던 어부들이 영진이가 고함치는 소리를 듣고 곧 배를 띄워 달려왔습니다. 그러나 아이들이 빠진 곳까지는 거리가 꽤 멀었기 때문에 그만큼 시간이 걸렸고, 어부들이 도착했을 때는 이미 물속으로 가라앉은 뒤였습니다. 어부들은 아이들이 빠진 곳에서 장대로 걸러도 보고 물속으로 들어가 찾아보기도 했습니다. 수동이와 해일이도 집으로 돌아가던 길, 그 소리를 듣고 바삐 바다로 달려 왔습니다.

그날따라 바닷가에는 이상스럽게도 잠자리가 많이 떠돌고 있었습니다. 그러나 그런 것들은 눈에 들어오지 않고, 영진이와 수남이를 찾고 있는 배만 보였습니다.

"영진이와 수남이를 빨리 찾아내야 할텐데……"

초조한 마음은 이루 말할 수가 없었습니다. 아이들이 빠진 지 한 시간이나 지나서야 겨우 건져서 바닷가로 끌어냈습니다.

벌써 해가 저물어 서쪽 하늘에는 저녁놀이 빨갛게 물들었을 때입니다. 그 때문인지 아이들 입술은 아주 시커멓게 보였습니다.

어부들은 순남이와 영진이를 거꾸로 들어서 마신 물을 토하게 하고서는 번갈아가며 인공호흡을 했습니다. 응급구조가 빨랐던 덕분에 영진이는 겨우 숨이 돌아섰습니다. 그러나 순남이는 아직도 무서운 눈을 부릅뜨고 있었습니다.

"순남아, 정신 차려라. 정신 차려!"

수동이와 해일이는 울먹이는 목소리로 소리쳤습니다. 그러나 순남이는 여전히 알지 못하는 낯빛이 아닙니까. 그래도 어부들은 쉬지 않고 그에게 인공호흡을 시켰습니다. 그렇게 한참이나 인공호흡을 시키고 나니까 그제야 순남이 눈에 생기가 조금씩 돌기 시작했습니다.

수동이와 해일이는 머리맡으로 가서 소리쳤습니다.

"우릴 알아보겠니? 순남아! 정신 차려!"

그제야 순남이는 제 정신으로 돌아온 모양으로 눈을 굴려 주위를 둘러보았습니다. 아마 무슨 꿈을 꾸다가 깨어난 듯한 그런 기분인 모양인가보지요.

'지금 난 어디 있는 거지? 여기는 어딜까?'

곰곰 생각해 보다가 자기가 영진이와 함께 바다에 빠졌던 것이 그제야 떠올랐던지 간신히 입술을 열어 물었습니다.

"영진이는?"

수동이가 알려 주었습니다.

"걱정마, 영진이도 살았어."

그러자 순남이는 다시금 눈을 감아버리고 말았습니다. 영진이도 살았다는 말에 긴장해 있던 순남이의 마음이 탁 풀린 모양입니다.

"순남아, 순남아! 정신 차려 응."

수동이와 해일이는 다시금 분주히 소리를 쳤습니다. 그러나 순남이는 '푹푹'거리며 숨만 내쉴 뿐 아무런 대답이 없었습니다.

그렇다고 지금 순남이는 친구들이 자기를 부르는 소리가 들리지 않는 것은 아니었습니다. 바다에서 물결치는 소리도 귓가를 파고들었습니다. 바닷가에 곱게 핀 해당화도 언뜻언뜻 눈에 보입니다.

'이제는 살았구나…… 그때는 정말 죽는 줄 알았어.'

영진이는 친구들이 자기 이름을 부르는 소리에 대답할 힘이 없어 눈을 감은 채 누워 있었습니다.

그때 누가 알려줬는지 순남이 어머니가 헐레벌떡 달려 와서 소리치듯 불렀습니다.

"순남아!"

그 소리에 놀란 순남이는 번쩍 눈을 떴습니다. 어머니 얼굴이, 살아서는 다시는 못 볼줄 알았던 어머니 얼굴이 순남이 얼굴에 덮혀지듯이 다가왔습니다.

"순남아, 엄마야. 엄마를 알아보겠니?"

어머니는 울음기 섞인 목소리로 물어왔습니다.

"응."

순남이는 겨우 고개를 끄덕이는 시늉을 했습니다.

순남이와 영진이는 어부들의 구조 덕분에 겨우 살아나긴 했지만 그 때문에 동네 아이들은 뭍에 발이 묶이고 말았습니다. 학교 선생이나 어른의 보호가 없이는 절대로 바다에 나가서 수영을 할 수 없게 되었기 때문입니다.

이 바람에 수동이와 해일이는 기가 아주 죽어버리고 말았습니다.

'이번 여름에는 힘껏 헤엄을 쳐서 몸을 만들려고 했는데……'

'그냥 관두기에는 너무 아쉬운걸……'

아이들에게 바다에서 수영을 아예 하지 말라는 것과 꼭 같은 일이었습니다. 집안 어른들은 하루종일 일에 바빠서 아이들과 함께 바다로 가 놀 틈이 없었고, 또한 남자와 여자 둘뿐인 학교 선생님들도 매한가지였습니다. 남자 선생님인 박 선생은 강습을 받으러 서울로 갔고, 여자 선생님인 이 선생은 수영에는 별 흥미를 느끼지 못했기 때문입니다. 두 아이는 생각 끝에 헤엄치는 방법을 가르쳐준 적이 있는 배 짓는 목수 할아버지를 찾아가서 의논을 했습니다.

목수 할아버지는 동네 주민들의 생각에 찬성하지 않는 편이었지만 난처하다는 뜻을 내비추었습니다.

'동네에서 결정한 것을 나 혼자만 반대한다는 것도 좀 그렇고……'

머뭇거리는 할아버지의 팔을 붙잡고 아이들은 매달렸습니다.

"할아버지, 저희가 맘 놓고 수영할 수 있는 다른 좋은 방법이 없을까요?"

"글쎄다, 내가 날마다 데리고 나가야 할텐데. 그러면 내가 일을 못하니 그럴 수도 없고……"

여러 가지로 생각해 보았으나 뾰족한 수가 없었습니다. 목수 할아버지도 풀이 죽어 있는 아이들 모습이 마음에 걸려 달래듯이 이야기를 했습니다.

"구더기 무서워서 장 못 담그는 것도 아니고, 너희들이 바다에서 수영을 할 수 없게 만든 건 섬마을 사람들이 잘못 생각한 거야. 내가 어떻게 해서든지 해결하도록 노력해 보마."

"꼭 부탁해요, 할아버지? 그럼, 저희는 할아버지만 믿을 게요."

둘은 인사를 하고는 돌아왔습니다. 순남이도 영진이도 그날 뒤로 내리 누워 지냈습니다. 친구들에게 미안한 마음이 들었지만 이젠 돌이킬 수 없는 일이었답니다.

수동이와 해일이는 바다에서 수영을 못하게 되고 나서는 뒷산으로 올라가서 놀곤 했습니다. 앞이 탁 트인 끝없는 바다를 바라보면 좋은 생각도 떠오를 것 같았습니다.

오늘도 수동이 혼자 뒷산 풀밭 위를 뒹굴고 있을 때 해일이가 올라오더니 곁에 누웠습니다.

"무슨 좋은 생각이라도 떠올랐어?"

"없어, 하지만 오늘쯤은 목수 할아버지가 뭐라고 말씀을 하실는지도 몰라."

그러자 수동이가 갑자기 기쁜 얼굴이 되어 외쳤습니다.

"깜빡했네! 오늘 저녁이나 내일 아침에 박 선생님이 돌아오신대!"

해일이도 기뻐서 물었습니다.

"누가 그래?"

"오늘 아침 선생님 집에 들렀더니 사모님이 어제 선생님한테서 그런 편지가 왔다고 말씀하셨어."

"선생님만 오시면 우리 섬마을 아이들이 수영하는 건 문제없지."

"물론이지."

두 사내아이는 한없이 넓은 바다를 바라보며 다시금 그곳으로 뛰어들 생각을 하니 이루 말할 수 없이 기뻤습니다.

박 선생님은 편지대로 그날 저녁에 돌아왔습니다. 수동이와 해일이는 누구보다도 먼저 선생님을 찾아가서 그동안 있었던 일을 이야기했습니다. 박 선생님은 그 이야기를 다 듣고 나서 타이르듯이 말했습니다.

"순남이와 영진이가 그런 위험한 짓을 하게 된 건 무엇보다 충동(衝動)에 이끌렸기 때문이다. 너희들은 충동이란 말이 무슨 뜻인지 아니?"

수동이가 대답했습니다.

"아뇨. 몰라서 여쭈어 볼까 했습니다."

"배가 고플 때 먹고 싶다는 생각이 드는 건 말하자면 충동이란 거야."

"그러면 식욕과 같은 거로군요."

"그런 게 아니다. 저 녀석이 미우니까 때려주고픈 생각이 가슴속에서 끓어오르는 게 충동이다, 이 말이야."

"알겠습니다."

"순남이와 영진이는 서로 이기겠다는 충동에만 끌렸기 때문에 그런 일을 저지르게 된 거야. 비록 순남이나 영진이가 제비풀섬을 세 번은 간신히 돌아올 수 있었다고 해도 네 번씩 돌아올 수 있을는지 생각했다면 그런 실수는 없었을 거란 말이지. 이해가 되니?"

"네. 맞아요. 그것이 잘못이어요."

"모두 충동에 사로잡힌단다. 물고기가 덫이나 낚시에 걸리는 것도 그 때문이지. 그러니 사람은 먼저 생각을 해야 해. 군인들이 행군을 하다가 목이 마를 때 물을 보고서도 마구 마시지 않고, 먼저 이 물을 먹을 수 있는가 물어보지 않더냐."

"네."

"바다에서도 어떤 충동을 느꼈을 때, 그것이 위험하지 않는가 생각해 본다면 그런 실수는 피할 수 있다."

"네, 잘 알겠습니다."

"영진이와 순남이에게 내 말 잘 전하고, 내일부터는 섬마을 아이들이 수영할 수 있도록 어른들에게 이야기를 해보겠다. 지금 내가 한 이야기만은 잊지 말거라."

두 아이는 선생님 말에 감명(感銘)을 받은 채 인사를 하고 나왔습니다. 바깥은 벌써 어두워서 하늘 별바다는 찬란했습니다. 내일도 섬마을 날은 맑을 모양입니다.

섬집 아이들은 노래를 부르기 시작했습니다. 아름다운 화음으로 이어져 잔잔한 파도를 타고 멀리멀리 퍼져갑니다.

엄마가 섬 그늘에 굴 따러 가면
아기가 혼자 남아 집을 보다가
바다가 불러주는 자장노래에
팔 베고 스르르르 잠이 듭니다.

아기는 잠을 곤히 자고 있지만
갈매기 울음소리 맘이 설레어
다 못 찬 굴 바구니 머리에 이고
엄마는 모랫길을 달려옵니다

운동회

1

오늘은 여느날보다 일찍 인규가 눈을 비비고 일어났습니다. 그리고는 분주히 미닫이를 열고서 하늘의 표정부터 살폈습니다. 하늘은 구름 한점 없이 맑게 개였는데, 둥근 해가 앞 헛간 지붕 위로 눈부시게 떠오르고 있었습니다.

인규는 날 듯한 기분으로 얼굴을 씻으러 나갔습니다. 우물가에는 형님이 벌써 나와 얼굴을 씻고 있었으며 그 옆에서 누나가 산나물을 씻고 있었습니다. 형님은 얼굴을 씻고 나서 수건으로 얼굴을 닦다가 문득 인규를 보고 둥그래진 눈으로 놀랍다는 듯이 말했습니다.

"오늘은 어쩐 일이야? 인규가 깨우지도 않았는데 벌써 일어났으니."

그 눈길 그대로 누나에게 돌렸습니다.

"오빤 아직도 몰라요, 오늘 인규네 학교에서 운동회가 있다는 걸."

그러면서 누나는 인규를 슬쩍 보고 생글생글 웃어댔습니다. 그제야 형님도 알겠다는 듯이 따라 웃고는 빈정대듯이 말했습니다.

"으응, 그래? 글쎄, 무슨 까닭이 있어서 이렇게 일찍 일어났겠지. 저 녀석이 그저 일어날 리는 없을 테니."

인규는 약간 열적기도 했지만, 그것이 사실인데는 어쩔 수가 없었습니다. 그러면서도 무언가 변명거리를 찾고 있을 때 형님이 다시 놀리듯이 말했습니다.

“넌 뛰어야 어차피 뒤에서 1등이 될 텐데 아침부터 서두를 필요는 없잖아.”

그 말에 인규는 슬그머니 부아가 치밀어 올랐습니다.

“왜 뒤에서 1등이 된다고 그래요?”

“그럼 정말 1등할 자신이 있단 말이야?”

“물론이지요.”

인규는 어제 운동회 연습에서 자기가 1등을 한 것을 생각하면서 자신 있게 말했습니다. 그러나 형님이 ‘정말로 1등을 할 자신이 있냐?’고 되묻자, 그때는 문득 덕선이와 성환이의 얼굴이 떠오르며 마음으로 켕기는 바가 없는 것도 아니었으나 그래도 말만은 자신 있다는 듯이 말했습니다.

“글쎄, 문제 없다니까요.”

“그래, 1등을 해라. 그러면 내가 훌륭한 것을 줄게.”

“훌륭한 거 뭐?”

“그거야 1등을 하면 알게 될거다.”

“괜한 헛소리.”

“내가 언제 너한테 헛소리 하더냐?”

“그럼 진짜로 줘야 해요.”

“걱정말아. 그건 누나 앞에서 한 약속이니까.”

그러자 나물을 씼던 누나도 말 참견을 했습니다.

“그래, 내가 증인을 서주마. 그러니 인규 너가 1등만 하면 수가 나는 판이구나. 학교에서 상 타고 형님에게 상 타고.”

그 소리에 인규는 더욱 신이 나 우물의 두레박 줄을 끌어올리면서도 막 기운이 나는 듯싶었습니다.

2

인규가 학교에 이르렀을 때는 벌써부터 솔문을 해 세운 학교 정문으로 사람들이 몰려들기 시작했습니다. 학교 앞 정문에는 이런 저런 것들을 파는 장사꾼들도 몰려 들어, 어느덧 국기를 중심으로 만국기(萬國旗)가 바람에 펄럭이는 운동장은 마치 장날의 장마당과 같은 풍경을 이루고 있었습니다.

이윽고 운동회는 전교생의 애국가 제창으로 시작되었으며, '누구나 지지 않겠다는 정신을 잃지 말라'는 교장선생의 간단한 훈시에 이어 5,6학년 여학생반의 집단체조(集團體操)가 시작되었습니다.

순서에 따라 경기 종목이 진행될수록 관중들은 흥분했고, 박수갈채소리는 더욱 높아졌습니다.

6학년의 장애물 경주가 끝나고, 인규가 출전하는 200m 달리기 경기가 시작되었습니다. 인규는 다른 학생들과 함께 두근거리는 가슴을 진정시키면서 출발점에 섰습니다. 그리고는 정신을 가다듬고 있는 그 순간에 출발을 알리는 총소리가 울렸습니다.

"쾅!"

인규는 주먹을 불끈 쥔 채로 달렸습니다. 관중들은 앞으로 밀려나오며 환성을 올렸습니다. 그러나 인규에겐 그 소리가 들리지도 않았고, 그저 죽어라 달릴 뿐이었습니다. 한참이나 달리던 인규는 문득 자기 앞에는 아무도 없다는 것을 느꼈습니다. 그러면서 그는 더욱 힘을 내 달리겠다고 악을 쓰던 그 서슬에 무엇인가가 다리를 잡는 듯한 느낌이 들었고, 몸이 앞으로 쏠리면서 그만 넘어지고 말았습니다. 그 순간에 관중들의 고함소리가 울렸습니다.

"와……"

인규가 다시 정신을 차리고 일어났을 때는 다른 동무들은 벌써 결승점을 눈앞에 두고 있었습니다. 인규는 그때 문득 지지 말라는, 정신을 잃지 말라는 교장선생님의 말이 번개치듯 떠올랐고, 다시금 주먹을 불끈 쥐고 달렸습니다. 그러자 관중석에서는 우레와 같은 박수소리에 아까보다도 더 높은 함성이 터졌습니다. 인규는 있는 힘껏 달려 기운차게 팔을 벌리며 결승점에 들어섰습니다. 관중들의 박수소리는 그때까지도 그치지 않았습니다.

담임선생이 곧 달려와 인규의 옷을 털어주며 칭찬으로 마음을 달랬습니다.

"인규가 오늘 1등을 못했다 해도 1등보다도 더 훌륭한 경기를 했어."

조금 뒤에 형님이 어디서 보고 있었는지 인규에게 달려와 말했습니다.

"난 인규가 그렇게 훌륭한 줄은 여태 몰랐어."

그러고는 윗옷 주머니에 꽂아 두었던 〈샤프 연필〉을 뽑아서 인규에게 주며 말했습니다.

"자, 약속대로 상을 줘야지."

인규는 약간 면구스러운 대로 샤프 연필을 받아 속옷에 꽂았습니다. 그리고는 슬그머니 혼자서 빠져 나와 학교 뒷뜰로 갔습니다. 그곳에는 사람 하나 찾아볼 수 없었습니다. 인규는 커다란 느티나무 아래로 가서 샤프 연필을 꺼냈습니다. 뒤를 자꾸 돌리면 까만 연필 속이 들어가고 대신에 빨간 연필 속이 나오는 것이었습니다.

인규는 마음이 흐뭇한 대로 손바닥에 글을 써 보며 그것으로 '운동회'라는 제목으로 글짓기도 할 수 있겠구나 생각하니 마음이 기꺼웠습니다.

약속

어느 날 아침 선희가 바로 학교 문에 들어서려 할 때 누군가가 뒤에서 불렀습니다.

"선희야!"

선희는 깜짝 놀라 고개를 돌려보니 그곳에는 피란지였던 부산에서 같이 학교에 다녔던 영애가 생글거리며 웃고 있었습니다. 그 순간에 선희는 눈을 크게 뜬 채 어쩔 줄을 몰라 했습니다.

"이게 누구야?"

선희는 반가운 마음에 영애의 손을 덥석 쥐었습니다.

"어떻게 된 일이야?"

"나도 오늘부터 너와 같은 학교에 다니게 되었어."

"어떻게?"

"서대문에 있는 집을 팔고, 여기로 이사 왔어."

"정말 잘 되었구나. 난 부산에서 헤어진 뒤 네가 얼마나 보고 싶었던지 몰라."

"나도 그랬어. 그래서 이곳에 집을 사자고 아버지에게 조르기까지 한걸."

피란지 부산에서 맺어진 우정이 서울로 옮겨 오게 되었으니 그들의 기쁨은 말할 수 없었습니다. 그들은 어디를 가나 껌딱지처럼 꼭 붙어 다녔습니다. 학교 수업을 마치고 돌아올 때마다 그들이 늘 들려 잡지를 읽는 서점을 지나서 다리목에 다다르면 그때부터는 길이

갈라졌습니다. 그때는 정말 헤어지기 싫어서 몇 번인가 서로 잘 가라고 인사를 했습니다. 영애가 고개를 돌려 '잘 가!'라고 인사하면 선희도 따라 고개를 돌려 손을 흔들었습니다. 몇 걸음 못가서 또 다시 선희가 고개를 돌려 '잘 가!'라고 인사를 하면 마치 미리 약속이나 한 듯이 영애도 따라 고개 돌리면서 인사를 했습니다. 이렇게 몇 번이나 거듭해 가며 서로가 보이지 않을 때까지 고개를 돌려 인사를 주고 받았습니다.

어느 날, 선희가 영애에게 잘 가라고 고개를 돌린 채 손짓을 하다가 그만 전봇대에 부딪치며 쓰러졌습니다. 그것을 본 영애는 앞이 아득한 채 황급히 달려갔습니다. 그러나 선희는 다행히도 아무렇지도 않았습니다.

영애는 선희의 옷을 털어 주고 나서 말했습니다.
"만일에 이러다 자동차에라도 부딪쳤다면 어떻게 되었겠냐? 내일부터는 서로 돌아다보지 않기를 약속하자."
하고 손을 내밀어 약속의 뜻으로 깍지를 끼자고 했습니다.
"정말이야, 큰일 날 일이라니까."
선희도 영애의 말이 옳다 싶어 손을 내밀어 깍지를 끼고는 서로 돌아보지 않기로 약속을 했습니다.
그러나 이런 약속을 한 바로 다음 날, 선희는 영애와 다리목에서 헤어지며, 언제나처럼 고개를 돌렸습니다. 그러자 으레 고개를 돌릴 줄 알았던 영애는 그대로 앞만 보고 가는 것이었습니다. 순간 선희는 자기가 약속을 어겼다는 생각이 들어 부끄러움에 얼굴이 빨개졌습니다.
이튿날 아침 선희는 학교에서 만난 영애에게 자기가 약속을 어긴 것을 어떻게 이야기해야 할지 몰라 잠자코만 있었습니다. 그런데 영애가 종잇조각을 접은 편지를 주면서 말했습니다.
"선희야, 네가 이걸 보고 성나면 난 싫다야."
그러고는 불쑥 나가 버렸습니다. 선희가 그것을 펼쳐 보니 이런 내용이 씌어 있었습니다.
'선희야, 나무라지 마. 돌아보지 말자는 우리의 약속을 난 어제 바로 어겼단다. 그러나 어떡하냐, 너를 자꾸만 보고 싶은 걸'
편지를 읽고 난 선희는 갑자기 눈시울이 뜨거워졌습니다. 그러면서 온몸에 기쁨이 맴도는 것을 느끼며 편지를 쥔 채 따라 나가면서 영애를 불렀습니다.
"영애야, 영애야!"
선희가 따라 나올 것을 미리 짐작했던지 교실 문 뒤에 숨어 있던 영애는 고양이 흉내를 내 선희를 놀래켰습니다.

"야옹!"
그러나 영애의 얼굴은 이어 그늘진 얼굴이 되었습니다.
"선희야 나무라지 마."
영애의 이 말에 선희는 더욱 부끄러워졌습니다.
"아니야, 내가 너보다 더 먼저 보았단다. 그리고서두……"
"정말?"
"응."
"보고 싶었던 걸."
"나두!"
둘이서는 서로 손을 꼭 잡으며 웃음진 눈길을 주고받았습니다.

꼬마 곤충학자

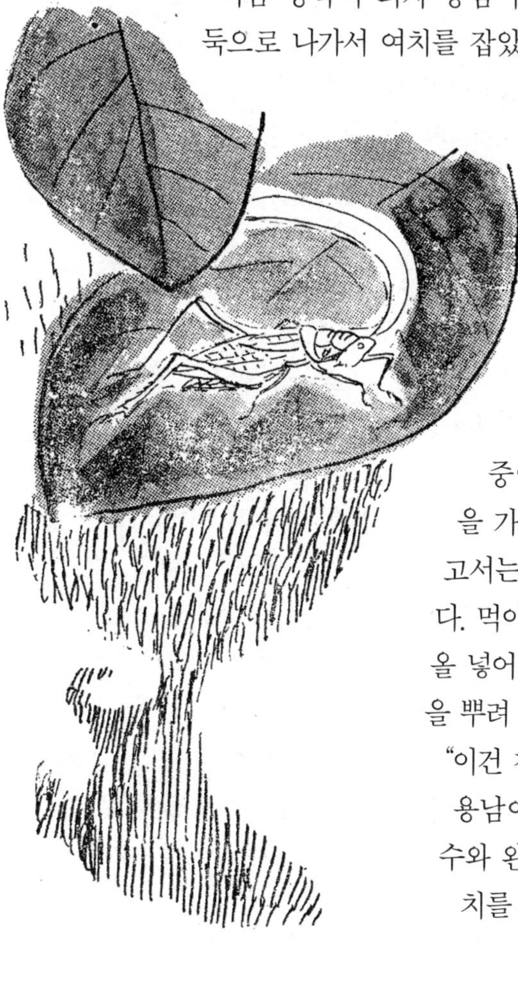

여름 방학이 되자 용남이는 날마다 논두렁이나 둑으로 나가서 여치를 잡았습니다. 용남이는 곤충이라면 무엇이나 좋아해 잡아 가지고 와서는 수숫대로 만든 둥지에 넣어 그늘진 처마 끝에 매달아 두었습니다.

여치는 벌써 15마리나 잡았습니다. 그 중에서 아주 잘 우는 놈을 가려내어 다른 둥지에 넣고서는 더욱 귀하게 길렀습니다. 먹이는 오이와 파, 연한 풀을 넣어주고 때때로 둥지에 물을 뿌려 주었습니다.

"이건 청대구리란 거야."

용남이는 자기의 동무인 명수와 완복이에게 청대구리 여치를 가르쳐 주었습니다. 용남이는 명수, 완복이와 함께 개뚝으로 여치를 잡으러 나가면서도 혼자서 신나게 떠들어댔습니다.

"여치는 언제나 몇 마리씩 같이 있는 법이 없구, 꼭 혼자 있어. 두 마리가 만나게 되면 으레 싸우게 되고 서로 잡아먹으려고 들거든."

"지독한 놈들이네."

완복이가 마음으로 느낀 바가 있어서 말했습니다.

"여치는 11월까지 살 수 있어. 들판에 있는 것은 가을이 되면 죽지만."

"어떻게 하면 그렇게 오래 살려둘 수 있니?"

"늘 해가 드는 쪽에 둥지를 내걸고서 따뜻하게 해 주면 돼."

"먹이는?"

"배나 사과 속을 주면 되거든. 그러면 11월까지 기를 수 있어."

"그것 참 재미나는구나."

"죽을 때 배가 퉁퉁 부어서 죽는단다. 아마 밥주머니가 탈이 나서 죽는 모양이야."

"나두 그때까지 여치를 길러 볼까?"

"길러 봐, 참 재미나."

개뚝에서 여치를 잡기 시작했습니다만 용남이는 세 마리나 잡았는데 명수와 완복이는 아직 한 마리도 잡지 못했습니다.

여치는 소리에 아주 예민하기 때문에 웬만큼 주의하지 않으면 도망쳐 버렸습니다. 여치는 뜨거운 햇빛을 피해서 깊은 풀숲 속에 숨어 있었습니다. 그것을 가만히 가서 양손을 오목하니 해서 날쌔게 덮쳐 잡아야 합니다만 제 아무리 신경을 쓰고 주의한다 해도 풀잎에 손이 닿아 소리를 내게 마련이었습니다. 그러면 여치는 놀라 달아나 풀숲 밑으로 숨어 버리니 잡을 수 없게 되고 마는 것이었습니다.

그때 명수가 소리쳤습니다.

"용남아 여기 여치 있다."

그 소리에 여치는 깜짝 놀란 듯이 달아나 버리고 말았습니다. 그러나 용남이는 여치가 있는 것을 보아도 절대로 소리치는 법이 없었습니다. 분주히 손짓을 해서 명수와 완복이를 오게 하고서는,

'저것 봐, 저 풀잎에 청대구리가 붙어 있는 것이 보이지?'

하며 가리켰습니다. 그러나 완복이와 명수의 눈에는 좀처럼 보이지 않았습니다.

"어디, 어디? 어디 보여?"

"소리 내지 말구 가만히 봐. 저 풀잎에 붙어 있잖아. 지금 머리를

꿈틀거린 걸 보니 아마 네 소리에 놀란 모양이다."
"오라, 오라 저기 있어."
완복이는 보았으나 명수는 아직 보지를 못했습니다.
"어디?"
"저기 있잖아?"
"정말이네?"
여치는 풀잎을 안고 살금살금 돌아가다가 문득 몸을 움직이지 않고 가만히 붙어 있었습니다. 수염도 움직이지를 않았습니다.
"뭔가 느끼는 게 있는 모양이야."
"아마 사람이 가까이에 와 있다고 생각하는지도 모르지."
"그래서 도망칠 생각인 모양인가봐."
"그런데 사람이 온 걸 분명히 알지는 못하나봐. 그걸 알았다면야 벌써 도망쳤을 텐데."
그러는 중에 명수가 굽혔던 허리를 펴면서 풀잎이 흔들리는 바람에 여치는 마침내 달아나 버리고 말았습니다.
"너 때문에 달아났다."
완복이가 약간 화를 내었습니다. 그러나 용남이는 별 걸 가지고 다 화를 낸다는 듯이 말했습니다.
"달아난 저 여치를 내가 다시 찾아서 잡는 것 볼래?"
"그래 찾아내 봐."
명수는 여치에 대해서는 용남이에게 당해낼 도리가 없다고 생각하면서 말했습니다.
"그런 것쯤 문제없지."
이어 용남이는 뛰어가서 긴 포플러 나뭇가지 하나를 꺾어 가지고 왔습니다. 그리고서는 그 끝에다 주머니에 넣어 가지고 왔던 파를 잘라 씌웠습니다. 무슨 영문인지 몰라 보고만 있던 명수가 용남이에게 물었습니다.
"그걸루 어쩔 생각이냐?"
용남이가 말했습니다.
"응, 이걸루 여치를 잡는 거야."
"어떻게?"
"파를 풀숲에 가만히 넣어 두면 여치가 파 냄새를 맡고 와서는 붙어. 그리구 그것을 갉아먹기 시작할 때 살근히 잡아당겨 잡는단 말이야."
"어디 해 봐."
용남이는 파를 꽂은 막대기를 가만히 풀숲 속에 넣었습니다. 그리고서 얼마나 시간이 지났을까, 지금까지 숨어서 보이지 않았던 여치가 대가리를 들고 슬금슬금 기어 나와서는 파가 있는 쪽으로 가는 것이었습니다.
"정말 파를 찾아서 가는 모양이야."
"조용히 보고만 있으라니까."
"내가 쥐고 있을 테니 이리 줘."
명수는 보기가 갑갑했는지 이렇게 말했습니다. 그만큼 용남이는 덤비는 일 없이 천천히 여치가 올라 붙기를 기다리고 있었습니다.
"네가 하면 곧 달아나구 말아."
"염려 말아, 나두 낚시질을 해 봐서 저런 것쯤 잡아내는 것 문제 없어."
"붕어는 네가 잘 잡을지 모르지만 여치는 어림없어. 그러니까 잠자코 보구 있으란 말야."
"붕어를 잘 잡으면 여치두 잘 잡을 수 있어."
"뭐 어쨌다구, 붕어를 잘 잡으면 호랑이두 잘 잡을 수 있다구?"
용남이가 놀리는 말에 명수는 약간 화가 났습니다.

"어디 낚시질만 같이 가봐, 그땐 사정없이 골려 줄데니."
"그건 그때 가서 누가 고길 더 잡나 경쟁해 봐야 알 일이지."
"낚시 하나두 제대로 멜 줄 모르는 주제에 무슨 소리야."
"떠들지 말라는데두."
"떠들면서도 붕어는 잘만 잡아낼 수 있어."
"정말 조용히 못 있겠어."
용남이가 소리를 죽여 꾸짖고 있는 사이에 여치는 재빠르게 파에 올라 앉아, 파끝을 맛나게 깨물어 먹기 시작했습니다.
"파에 붙었어, 빨리 잡아당겨."
완복이가 소리쳤습니다.
"떠들면 달아나. 가만히 있어."
용남이는 여전히 덤비는 일 없이 슬금슬금 막대를 손 밑으로 잡아 당겼습니다. 그러나 파를 먹는데 정신이 팔린 여치는 달아날 줄을 몰랐습니다. 그것을 용남이는 손쉽게 잡았습니다.
"어떠냐, 이만 했으면 훌륭하지? 덤비면 낌새를 알아채고서 도망가 놓치기가 쉬워."
무엇이 어떻다 해도 여치를 잡는 데는 용남이를 당해 낼 재간이 없었습니다.
"잡을 때에 허리를 꼭 잡아야 물리지 않아. 여치는 아가리가 커서 물리면 꽤 아프다."
사실, 여치에게 물리고 나면 이빨 자국이 남을 만큼 대단히 아픈 것이랍니다.
무엇이나 지기를 싫어하는 명수는 잠자코 있지를 않았습니다.
"그래서 너 뱀장어를 잡을 때 어디를 잡아야 하는지 아니?"
"대가리를 잡지."
"대가릴 잡는다구? 미끈거려서 쉽게 손아귀에서 빠져 나가지 않고 가만히 있을 줄 알어?"
"그럼 어딜 잡아야 하니?"
"가운데를 잡아야 하는 거야. 그렇다구 아무렇게 잡는다구 잡히는 건 아냐."
"두 손으로 힘껏 잡아야 한다는 거지."
"두 손으로 잡아두 뱀장어는 빠져 나가."
"빠져 나가면 또 잡으면 되잖아."
"물속으로 빠져 나간 뱀장어를 어떻게 잡을 수 있단 말야."
명수는 지금까지 용남에게 모욕 당한 것을 복수나 하듯이 말했습니다.
"그럼 어떻게 뱀장어를 잡아 쥐어야 놓치지 않을 수 있어?"
옆에서 싸우다시피하는 그들의 말을 듣고 있던 완복이가 물었습니다.
"용남이 너두 모르겠지? 모르겠으면 솔직히 모르겠으니 알려 달라고 해."
여치에 대해서는 빠삭한 용남이도 그 말엔 대답할 말이 없어서 잠자코 있었습니다.
"뱀장어를 잡을 땐 말야, 이렇게 가운뎃손가락을 밖으로 그러쥐어야 하는 거야. 그러면 옴짝달싹 못하고 빠져 나갈 수가 없는 거야."
명수가 손을 내밀어 뱀장어 잡는 법을 시늉해 보였습니다.
"난 뭐 대단한 방법이나 있는 줄 알았더니 기껏 그거야?"
용남이는 그런 말을 하면서도 역시 명수가 뱀장어를 잡는 법에는 마음으로 느끼는 바가 있는 것처럼 보였습니다.
"그리구 또 다른 방법이 하나 있지."
"그건 또 뭐인데."
"뱀장어 귀 옆에 말랑말랑한 곳이 있는데, 거기를 손가락으로 힘껏 누르면 움직이질 못해."
"그럼 뱀장어에 귀가 있단 말이냐?"
"있지 않구, 귀가 있으니 소리가 나면 바쁘게 달아나는 것 아니니."
용남이는 뱀장어에 귀가 있는 것 같기도 하고 없는 것 같기도 했습니다.
"어쨌든 물고기에 대해선 뭐든지 내게 물어."
하고 명수는 자신 있게 말했습니다.
그러자 완복이가 불쑥 나서서 물었습니다.
"그럼 뱀장어 한 마리가 낳는 알이 몇 개나 되는지 알아?"
물고기 박사라고 자부하는 명수도 이 물음엔 그만 말이 막혀 버리고 말았습니다.
"저것 보라구. 물고기 박사라고 하면서 첫 마디부터 대답을 못하는 걸."
"그럼 넌 아니?"
"알고 말고."
"그럼 얼마나 낳는지 말해 봐."
"한 마리가 1,000만 개나 낳는 거야."
완복이는 소년잡지에 난 것을 보고서는 그것이 사실인 것으로 알고서 대답을 했습니다.
그러나 용남이와 명수는 1,000만 개라는 말에 입을 쩍 벌린 채 물었습니다.
"1,000만 개가 얼마나 많은지 알고서 그런 소리를 해?"
하고 믿으려 하지 않았습니다.
"1,000만 개면 천씩 만개지."
"그것이 얼마나 많은 수냐, 그렇게 많은 알을 어떻게 뱀장어가 낳을 수 있냐 말야."

"물고기 알은 조그마찮아."

"아무리 작다고 해도 1,000만 개가 얼마나 많은지 모르는 것 아니야."

이 말엔 문제를 낸 완복이도 그만 자신이 없어지고 말았습니다.

"어쨌든 그건 나두 잡지에서 본 거야, 잡지야 거짓소리 했을 리는 없는 거 아냐."

그러자 명수가 말했습니다.

"그렇다면 우리에게두 보여줘."

"그래 그건 오늘이라두 보여 줄게."

그러나 역시 이런 일에도 생각해보기를 좋아하는 용남이가 말했습니다.

"하긴 조기 알을 생각해 봐두 알이 셀 수없이 많잖아? 뱀장어 알두 그렇게 많이 될지도 몰라."

명수와 완복이는 고개를 끄덕였습니다.

이때 저편 포플러 나무 밑에서 여치가 요란스럽게 울어댔습니다. 그들 세 사람은 분주히 그쪽으로 달려갔습니다. 용남이는 여치 뿐만 아니라 매미도 잡아다 길렀습니다.

용남이는 껍데기를 벗지 않은 매미가 땅속에서 기어나오는 것을 잡아다가 껍데기 벗는 모습을 보고 싶었습니다만, 언제나 밤 사이에 껍데기를 벗기에 한 번도 볼 재주가 없었습니다. 그래서 용남이는 혼자서 이렇게 생각했습니다.

"매미는 허물 벗는 것을 사람에게 보이지 않는 모양이야, 사람이 보면 재미없는 일이 있는가 보지."

아무리 이른 새벽에 일어나도 매미는 벌써 허물을 벗고서 나일론 같은 하얀 날개를 갖고 있었습니다. 그것이 얼마 지나면 갈색으로 변해졌습니다.

용남이는 매미가 있는 구멍과 매미가 나가버린 구멍을 잘 알고 있었습니다. 매미가 있는 구멍은 구멍 아가리가 조금밖에 나 있지 않지만, 매미가 나가 버린 구멍은 크게 뚫어져 있었습니다. 보통사람이 보기에는 대단한 차이가 아니었지만 용남이는 쉽게 그것을 알아냈습니다.

"이 구멍엔 꼭 매미가 들어 있을거야."

하고 말하면 틀림없이 있었습니다. 용남이는 구멍 속에 든 매미를 잡을 때는 구멍 속에다 물을 조금씩 넣었습니다. 매미는 물이 들어오는 것이 싫어서 구멍 밖으로 조금씩 기어 나왔습니다. 그래서 물을 몇 번이구 넣으면 나중엔 구멍 밖으로 나오게 되는데, 그때 그것을 잡는 것입니다.

구멍이 좁은 데는 대체로 매미가 있는데, 허물을 벗지 않은 매미가 위로 향한 채 눈이 반짝이는 것을 볼 수 있습니다.

"이건 나온 지 겨우 이틀 밖에 되지 않은 거야."

용남이는 허물을 벗은 매미를 잡아 가지고서 곧잘 이렇게 말했습니다. 나온지 하루나 이틀 밖에 되지 않은 것은 몸에 금가루 같은 것이 잔뜩 묻어 있지만, 네닷새가 지나면 금가루가 없어지고 만답니다. 그러나 용남이는 매미가 얼마나 오래 사는지는 아직 알지 못한답니다.

용남이는 매미를 기르기 시작하면서 매미의 종류도 한두 가지가 아니라는 것울 알게 되었습니다. 용남이는 여러 종류의 매미를 잡아 표본으로 만들었습니다. 그중에서 가장 귀중하게 여기는 것은 울보매미였습니다. 그것은 몸이 가는 것이 보기에도 맵시가 났습니다.

그 매미는 맴맴하고 다른 매미보다도 잘 울기도 했지만, 울고서는 그대로 있지 않고 먼 곳으로 날아가기에 좀처럼 잡기가 힘들었습니다. 그것을 용남이가 잡았으니 귀하게 여기고 아끼는 것은 말할 것도 없었습니다.

학교 선생님은 곤충을 배우게 되면, 그 전날 으레 용남이에게 말했습니다.

"내일 매미를 배울 테니 표본을 갖고 와요."

그러면 용남이는 잊는 일 없이 매미 표본을 갖고 왔습니다. 용남이는 매미 표본만이 아니라 나비, 말똥구리, 거미, 달팽이 같은 여러 종류의 곤충들의 표본도 만들었습니다. 선생님은 용남이가 곤충을 좋아하는 것은 아주 좋은 일이라고 말씀하셨습니다. 뿐만 아니라, 자기가 좋아하는 일을 연구하는 것은 무엇보다도 좋은 공부법이라고 말씀하셨습니다.

그러나 용남이 아버지는 그것을 탐탁찮게 여기는 모양이었습니다.

"너는 공부는 하지 않고 늘 개미나 보구 있으니 어쩔 셈이냐?"

"개미를 보구 있는 게 아니구 날개가 있는 수개미를 보구 있어요."

"수개미가 뭣이 그렇게두 재미나서."

"가만 보구 있으면 참 재미나요. 저것 좀 봐요. 저기 큰 수개미가 있잖아요. 저놈이 아까 조그마한 송충이를 잡아서 저기다 묻어 두었어요. 그걸 다시 파는 모양이에요."

"정말 파구 있구나."

"저것 봐요. 아까 묻었던 송충이가 나오지 않아요. 그걸 딴 데로 가지고 갈 모양이에요."

"그런 모양이다."

"저 놈은 아주 힘이 세요. 땅거미 같은 것을 보면 위에서 쏜 화살처럼 내려와 달라 붙거든요. 아마 목을 물어뜯는 모양이여요. 죽은 땅거미는 또 다른 데로 가지고 간답니다."

"그래……"

용남이 아버지도 그만 아들인 용남이 말에 끌려들고 말았습니다.

"어쨌든 넌 이상한 놈이다."

"그래도 하는 수 없어요. 보구 있으면 재미가 나서 견딜 수 없는 걸요."

"너는 그런 것만 보구 있는데, 나중엔 뭐가 될 생각이냐?"

"벌레를 연구하는 학자가 될래요."

"그런 학자가 세상에 어디 있어. 학자란 그보다도 더 훌륭한 것을 연구하는 사람들이야."

"그래두 학교 선생님이 그런 학자두 있다구 했어요. 곤충을 연구해서 박사가 된 사람이 얼마나 많은지 모른다는데."

"곤충을 연구해서 박사가 된다구?"
"그럼요. 나두 이제 여러 곤충을 연구해서 박사가 될 생각이에요."
"그렇다면 해 볼만한 일이다만 어쨌든 넌 평범한 녀석은 아니야."
"평범한 사람은 아니라해도 훌륭한 사람만 되면 되잖아요."
"그야 그렇지."
용남이 아버지도 용남이가 박사가 된다는 데는 싫지 않은 모양이었습니다.

날아온 돌

학교 뒤를 돌아 언덕을 내려가면 바다와 잇닿은 험한 절벽이 있습니다. 성길이는 그 절벽의 바위 위에 혼자 앉아서 먼 바다를 하염없이 바라보고 있었습니다. 두비섬의 동무들이 생각나서 견딜 수가 없기 때문이었습니다.

그의 아버지는 두비섬에서 등대지기를 하다가 며칠 전에 근무지가 이곳으로 바뀌어 이곳으로 오게 되면서 성길이도 아버지 어머니와 함께 이곳으로 오게 된 것이었습니다. 성길이는 두비섬에서 즐겁게 놀던 때를 생각하니 그곳의 아이들은 모두가 참말로 좋은 동무들이었다고 생각했습니다.

그런데 이 섬의 아이들은……

성길이는 바닷가에 널려 있는 조개껍데기를 집어들어 바다로 힘껏 던졌습니다. 하나… 둘… 셋… 넷…, 조개껍데기는 바닷물 위로 물이랑을 만들다가 물속으로 사라졌습니다.

성길이는 그 절벽 밑을 지나 미역을 따서 말리는 곳으로 나왔습니다. 바닷물에 젖은 미역 냄새가 확 풍겨왔스다. 또한 그곳에는 가마니를 깔아서 그 위에 조그마한 고기들을 놓아서 말리는 것도 보였습니다.

저쪽 모래펄에서는 늙은 할아버지가 열심히 배를 만들고 있었습니다. 톡톡 끌을 쪼는 소리가 밀려오는 파도소리와 어울려 들려왔습니다.

성길이는 다시 그 앞에 가서 그것을 바라보고 있었습니다. 할아버지는 성길이가 와 있는 것도 보지 않고 끌로 구멍만 따냈습니다. 성길이는 그것을 보고 있는 동안에 이 배가 다 되면 무슨 이름이 붙여질까 생각했습니다.

'평안호라는 이름도 있고, 천년호라는 이름도 있고, 그리고 또 우리가 이 섬으로 올 때 순천호라는 똑딱선을 타고 왔는데 그 이름도 아닐 거고……!'

성길이는 답답하다 싶었던지 입을 열었습니다.

"할아버지!"

끌을 쪼고 있던 할아버지는 그 소리에 문득 놀란 듯이 얼굴을 들었습니다. 그러자 성길이는 갑자기 부끄러운 생각이 들었으나 그래도 용기를 내어 물어 보았습니다.

"이 배 이름을 뭐라구 지으실 건데요?"

할아버지는 팔로 땀을 씻으면서 되물었습니다.
"글쎄, 뭐라고 지었으면 좋을까? 그런데 넌 누구네 아이냐?"
"등대지기가 제 아버지예요."
"아, 그럼 혹부리 영감 대신으로 온 등대지기의 아들이구나. 글쎄, 처음 보는 애야."
할아버지는 처음으로 거멓게 탄 얼굴에 웃음을 띠었습니다.
"아직 배 이름은 생각지 못하구 있어."
"그러면 제가 좋은 이름 생각해 봐두 돼요?"
"그래, 좋은 이름을 생각해 봐. 그러면 이 배에 그 이름을 붙여 줄 테니."
그 때 배 안에서 도토리 머리가 불쑥 튀어 올라오며 말했습니다.
"우리 배 이름 네가 왜 짓겠다는 거야. 그런 걱정은 말구 어서 없어지기나 해."
성길이와 한 반인 청룡이었습니다. 성길이는 깜짝 놀란 채 뒤도 돌아보지 못하고 슬금슬금 피해 언덕으로 올라갔습니다. 그곳은 한 길쯤 되는 풀밭이었습니다. 대여섯 마리의 소가 한가롭게 풀을 뜯고 있었습니다.
성길이는 그곳까지 와서도 가슴이 두근두근 뛰었습니다. 자기가 잘못한 것은 아무 것도 없다고 생각되면서도 자꾸만 가슴이 뛰었습니다.
소들은 깨어 있는지 자고 있는지 성길이는 그것조차 모른 채 포플러 위에 뭉게뭉게 뜬 흰구름만 멍하니 바라보고 있었습니다. 그래도 소들은 쇠파리만은 귀찮은 듯 이따금씩 꼬리를 내저었습니다. 잠자리도 떼를 지어 날고 있습니다.
참으로 졸음이 올 만큼 한가한 풍경이었습니다. 그러나 성길이는 이 섬의 모두가 싫기만 했습니다.

‘두비섬으로 다시 돌아갈 수 없을까?’

성길이는 공연히 울먹해진 눈으로 두비섬 쪽인 먼 수평선을 바라보았습니다.

바로 그때였습니다.

“아이쿠!”

성길이는 뒤통수에서 불이 번쩍이는 것 같음을 느끼고서 앞으로 푹 쓰러졌습니다. 어디에서 날아왔는지 모르는 돌에 맞고 쓰러진 것입니다.

이 섬에 하나밖에 없는 초등학교 학생 수는 100명 안팎인데, 그 가운데 4학년 반은 22명이던 것이 성길이가 전학을 와서 23명이 되었습니다. 이렇게 학교가 작다 보니 조그마한 일이 일어나도 베잠방이에서 방귀 새어 나가듯 소문이 쭉 퍼져 나갈 수밖에 없었고, 성길이가 돌에 맞아 울면서 집으로 돌아왔다는 이야기는 그날 저녁 안으로 퍼지게 되었습니다.

이튿날 아침 학교 뜰의 커다란 느티나무 아래서 반장인 덕수가 청룡이에게 따졌습니다.

"그래, 처음 온 아이라구 돌로 머리를 때리는 법이 어디 있니?"

그러자 청룡이는 얼굴이 빨개지며 자기는 모르는 일이라는 듯한 얼굴로 대답을 했습니다.

"왜 나한테 이러는 거야? 난 돌을 던진 적이 없단 말이야."

덕수는 더욱 소리를 높여 따져 물었습니다.

"그건 네가 던진 것이 분명한데 안 했다는 게 뭐야. 한대 먹이기 전에 어서 바른 말을 해."

하고 주먹을 들어 보였습니다.

"난 정말 던지지 않았어! 던지지 않았다는데 왜 이래?"

"그럼 누가 던졌단 말이가?"

"그걸 내가 알 거이 뭐가."

청룡이는 화가 난 얼굴로 끝까지 모른다고 뻗댔습니다. 어제 성길이에게 돌을 던진 것은 모두가 청룡이라고 생각했습니다. 청룡이가 늘 가서 놀고 있는, 그의 할아버지가 배를 만드는 근처에서 성길이가 돌을 맞았기 때문입니다.

덕수는 다시금 주먹을 들면서 빨리 바른 말을 하라고 소리쳤습니다.

"정말이야. 내가 던진 것이 아니라는데, 정말이야."

청룡이는 마침내 눈물이 글썽해졌습니다. 그러나 덕수는 조금도 늦추는 기색이 아니었습니다.

"이 자식아, 바보처럼 울긴 왜 울려는 거야? 네가 안 했으면 울려고 하지도 않을 것 아냐."

그러는 동안에 어느덧 아이들이 모여 와서 주위를 삥 둘러쌌습

니다.
“그렇지, 그래. 자기가 안 했으면 떳떳한데 울 필요가 뭐야.”
모두 웅성거리며 한 마디씩 했습니다.
“울긴 누가 운다고 그래? 내가 안 했는데.”
청룡이도 더욱 울적한 얼굴이 되어 필사적으로 그들에게 대항했습니다. 그러자 덕수가 따지듯이 물었습니다.
“그러면 선생님에게 말해두 좋아?”
또다시 모두들 떠들어댔습니다.
“그래 그래, 그게 좋다. 바른 말 안 하면 선생님에게 일러줘.”
그러자 청룡이는 갑자기 무슨 기운이 생긴 듯이 되받았습니다.
“그래 그래, 선생님에게 일러 줄 테면 일러 줘. 내가 하지 않았는데 내가 무슨 걱정이야.”
그러고는 떡 버티고 서서 그들을 노려보았습니다.
“정말이지?”
“정말이야.”
“지서 순경한테 가서 이야기해두 좋아?”
“그래두 좋아. 난 아무한테두 무서울 게 없어.”
지서라는 말에 청룡이는 조금은 켕기는 것 같았지만 그래도 지고 싶지는 않았습니다.
“정말 지금 지서루 달려가두 좋아?”
“달려가두 좋아.”
“지서 가서 말하면 너 어떻게 되는 줄 알지?”
“어떻게 돼두 좋아. 어서 가서 말해.”
“공갈인 줄만 아는 모양이군.”
“그래 빨리 가서 말하라는데 왜 못가는 거야?”
청룡이는 더욱 기운이 나는 듯이 대들었습니다. 그럴수록 덕수는 더욱 화가 났습니다.

"지서에 잡혀가서 학교에 못 와두 좋아?"

"그래도 좋아. 어서 가서 말해 봐."

"지서에 가서 콩밥 먹어도 좋아?"

"그래두 좋아. 어서 가서 말해."

"지서에 잡혀 가서……"

덕수는 청룡이가 그대로 뻗대는 바람에 그만 말문이 막혀 버렸습니다. 그러자 청룡이는 더욱 신이 나서 대들었습니다.

"왜 말을 못 하는데? 어서 말해 봐, 어서 말해 보라구."

덕수도 언제까지나 머뭇거리면 자기가 지게 되기에 큰 소리를 쳤습니다.

"이 자식, 허튼소리 하지 마."

그러고는 다시금 주먹을 들어 때릴 듯이 을러댔습니다. 그러자 청룡이 는 그의 앞으로 한 발짝 더 다가서며 가슴을 내밀면서 말했습니다.

"때려, 어서! 때려볼 테면 때려 봐."

금방이라도 싸움이 벌어질 것 같았던 그때 바로 수업시간 시작을 알리는 종이 울렸습니다.

"이따가 다시 만나. 기어이 바른 말을 하게 하고야 말 테니."

하고 덕수가 주먹을 내밀었습니다. 그러나 청룡이는 그대로 버티고 서서 덕수의 비위를 건드리는 투로 말했습니다.

"그래 그래. 얼마든지 만나자. 내일두 좋구, 모레두 좋구, 글피두 좋구, 그글피도 좋구, 그그글피두 좋구."

"이게 정말 까부는 거야?"

이번엔 정말 먹여 댈 듯이 덕수가 주먹을 쥐었습니다. 그러나 이때는 벌써 선생님이 강단에 나와 서서 소리쳤습니다.

"거기서 뭣들 하는 거야? 빨리 들어와."

그 소리에 구경하던 아이들은 모두 와앗 하고 밀려갔습니다. 덕수도 청룡이도 잘됐다 생각하며 그들을 따라갔습니다.

성길이가 그날 결석을 해서 사건은 더욱 커졌습니다. 덕수는 반장인만큼, 청룡이에게 자기의 잘못을 스스로 털어놓게 하고 반드시 성길이에게 가서 사과를 하도록 해야겠다고 생각했습니다.

청룡이는 진짜로 자기가 돌을 던진 것은 아니지만 모두가 자기가 돌을 던진 것이라고 생각한다면 어쩔 수 없이 그 누명을 혼자 쓰게 될는지도 모르는 일이라고 걱정했습니다. 또한 다른 아이들도 성길이가 학교에 못 나온 것을 보니 크게 다친 모양이라고 걱정했습니다.

수업이 끝나자 그들은 떠들어대면서 펄을 지나고 바다 기슭을 따라 성길이네 집을 찾아갔습니다. 덕수는 다시 청룡이를 붙잡고서 스스로 털어놓게 하려다가 못하게 되자 성길이를 찾아가서 담판을 짓기로 했습니다.

덕수와 청룡이는 앞장서서 걸었습니다. 그들 둘은 빨리 걷기 내기나 하듯이 걸었습니다. 성길이네 집에 이르렀을 때 덕수가 먼저 소리를 쳤습니다.

"성길아!"

그 소리에 성길이 어머니가 나오다가 너무나도 많은 아이들이 온 것을 보고 놀라서 잠시 눈을 깜박거리다가 말했습니다.

"……성길이가 학교에 안 왔다고 이렇게들 왔니? 일남이도 와 있는데."

"일남이가요?"

그들은 모두 이상하다는 표정을 지었습니다. 그러고 보니 일남이는 오늘 이 일에 자기 의견을 조금도 말하지 않았고, 무엇을 생각하는 듯한 얼굴로 청룡이를 바라보고만 있었던 모습이 떠올랐습니다.

그 일남이가 먼저 와 있으니 참말로 이상스러운 일이었습니다.
"어떻게 일남이가 혼자 왔을까?"
"글쎄, 무슨 일인지 모르겠어."
모두가 이상하다는 얼굴로 서로 얼굴을 쳐다보며 안으로 들어가자, 일남이는 붕대로 머리를 처맨 성길이와 침상 위에 같이 앉아서 만화책을 보고 있었습니다.
일남이는 그들이 밀려 들어오는 것을 보고 갑자기 일어서며 말했습니다.
"난 지금 성길이에게 잘못했다구 말했어."
덕수가 물었습니다.
"네가 뭘 잘못했는데?"
일남이가 대답했습니다.
"성길이에게 돌을 던진 것은 나야."
"네가 던지다니?"
누구보다도 얌전한 일남이가 돌을 던졌다니, 모두들 곧이 들리지 않았습니다. 그러자 일남이는 자기 말에 좀 더 힘을 줘서 말했습니다.
"그건 분명히 내가 던진 돌에 틀림없다니까."
그러고 나선 다음과 같이 설명했습니다.
자기는 어제 공부가 끝나는 길로 자기네 소가 매여 있는 그 벌판으로 갔다는 것입니다. 그리하여 소의 고삐를 다시 매 주고서는 풀밭에 누워서 하늘을 날고 있는 잠자리들을 손에 집히는 돌로 맞혀 보고 있었는데, 그 돌들 가운데 하나가 재수 없게도 성길이를 맞힌 것 같다고 말했습니다.
그러나 자기는 그 일을 전혀 몰랐었는데 오늘 아침 학교에 와서 청룡이가 덕수에게 시달리는 것을 보고는, 혹시 그것이 자기가 던진

돌 때문이 아닌가 하는 생각에 공부가 끝나자 곧 성길이네로 달려왔다는 것입니다.

그리하여 여러 가지를 알아 보고나서 그 돌은 자기가 던진 돌이 틀림없다는 것을 알게 되었다는 것입니다.

모두가 감동해서 그 말을 듣고 있을 때 문득 청룡이가 덕수에게 비아냥거리듯이 말했습니다.

"그것 봐. 그래 어서 빨리 순경한테구 선생님한테구 가서 말해봐."

덕수는 그만 할 말이 없어졌지만 그래도 한 마디 해주고 싶어 입을 쫑긋거리고 있을 때 일남이가 미안한 얼굴로 말을 했습니다.

"그건 모두 나 때문이야. 내가 돌치기를 했기 때문에 청룡이가 공연히 의심을 받게 된 거야."

그러자 성길이가 말했습니다.

"그건 나 때문이기도 해. 내가 그곳에 공연히 앉아 있었으니까."

그러고는 붕대를 처맨 얼굴을 구기면서 웃었습니다. 그러나 그것이

이유가 되지 않는다는 것은 누구나가 아는 일이니 모두 웃어댔습니다. 누군가가 성길이에게 물었습니다.

"머리 다친 것 꽤 아프지 않아?"

"으응, 괜찮아."

성길이는 웃으면서 대답했습니다.

"넌 머리 다친 게 좋은 모양이구나. 그래도 웃는 걸 보니."

또 다른 애가 말했습니다.

"정말 난 머리 다친 게 잘 됐다고 생각했어."

"머리 다친 게……, 어째서?"

성길이가 웃으며 말했습니다.

"그 덕분에 난 너희 같은 좋은 동무가 많이 생겼는걸."

"머리를 다친 덕분에 좋은 동무가 생겼다구?"

성길이의 말에 또다시 웃음이 터졌습니다. 그러면서도 그 말이 어쩐지 가슴에 젖어드는 것 같음을 모두가 느꼈습니다.

집

덕선이는 나무타기를 잘 했습니다. 나무에 오르는 것을 보면 꼭 원숭이 같았습니다. 그의 집 뒤에는 큰 아까시나무가 있었습니다. 그는 틈만 있으면 그 위에 올라가 놀았습니다.

나무 위에 올라가서 보면 보이는 것이 모두가 신기했습니다. 사람이 걸어다니는 것도 난장이가 걸어가는 것 같았고, 집들도 땅에 들러붙은 것같이 보였습니다.

그날도 덕선이는 나무 위에서 놀다가 옆집의 일룡이와 선일이를 불렀습니다.

"선일아, 빨리 나와 봐. 너의 아버지가 재목을 싣고 온다."

선일이가 분주히 뛰어나가 보니, 아버지가 말달구지에 재목을 가득 싣고 언덕을 올라오고 있었습니다.

"재목을 뭐 하려고 그렇게 많이 사오냐?"

덕선이는 나무 위에서 물었습니다.

"아버지가 이번 봄에 집을 짓는다고 사 온 거야."

덕선이네와 일룡이네와 선일이네는 강 옆에서 살다가 모두 큰물을 만나 집을 잃고 이 산밑에 와서 살게 되었습니다.

화원에 다니는 일룡이 아버지와, 미장이 노릇을 하는 덕선이 아버지는 지난해 가을에 집을 지어서 살았지만, 선일이 아버지만은 집을 짓지 못하고 판잣집에서 살았습니다. 손수레를 끌던 선일이 아버지는 벌이를 좋게 하기 위해서 말달구지를 샀기 때문에 돈이 모자랐던

것입니다. 그러나, 선일이 아버지는 부지런히 돈을 벌어 집을 지을 수 있게 된 모양입니다.

"그럼, 지붕으로 앉힐 기와두 사 와야 할 게 아냐?"

일룡이도 어느 틈에 나와서 이런 말을 했습니다.

"기와는 나중에 사 와도 되잖아."

"그럼, 너희 집에선 집을 짓기 위해서 돈을 많이 모은 모양이구나?"

일룡이가 또 물었습니다.

"그건 잘 모르지만, 내가 뭘 사달라면 어머니가 집을 지어야 한다구 꾸짖은걸."

선일이는 그런 말을 하면서도 꽤나 즐거운 모양이었습니다.

"그럼 틀림없이 집을 짓기 위해 재목을 사 오는 모양이다."

덕선이도 나무에서 내려와 말했습니다.

"집을 짓게 되면 아버지가 내 방두 하나 만들어 준다고 했어."

"방을?"

"응."

덕선이와 일룡이는 그 말에 그만 눈이 둥그래졌습니다. 그런 일은 여태까지 생각도 못 했던 일이었기 때문입니다.

"그러면 방에서 윷놀이도 할 수 있겠구나."

일룡이가 부러운 듯이 말했습니다.

"물론이지."

"딱지치기두?"

"그럼."

"공부두 우리 셋이서 같이 할 수 있구?"

"그럼."

"노래두?"

"그럼."

그러자 덕선이가 문득 말했습니다.

"짐이 무거워서 말이 잘 끌지를 못하는 모양이다. 우리가 가서 밀어 주자."

"그래, 우리두 가서 놀 집인데 밀어 주자."

셋이는 언덕 아래로 뛰어내려가며 소리쳤습니다.

"야!"

양지바른 언덕에는 벌써 풀들이 파랗게 싹 트고 있었습니다.

"저희가 갈 테니 기다려요."

"저희가 가서 밀어줄께요."

짐이 벅차 버둥거리는 말을 억지로 잡아 끌던 선일이 아버지가 얼굴을 들어 웃으며 말했습니다.

"빨리 와서 밀어라."

선일이와 일용이가 양쪽 바퀴를 돌리고 덕선이가 뒤에서 힘껏 밀자 좀처럼 굴지 못하던 바퀴가 그들의 힘을 받아 굴기 시작했습니다.

"너희가 아니었으면 올라갈 수가 없을 뻔했다."

선일이 아버지는 땀을 씻으며 말했습니다. 아까보다 수월하게 달구지를 끌 수 있게 된 모양이었습니다.

가까이 와서 보니, 달구지에 실은 것은 재목뿐만 아니라, 헌 문짝도 있었고 페인트 칠한 데다 영어 글자를 쓴 넓은 널판도 보였습니다. 선일이 아버지는 미군 부대에서 집 지을 때 썼던 낡은 재목을 사 오는 모양이었습니다.

"아버지, 이걸로 집 지으려고 사 오시는 거예요?"

"응, 덕선이도 내일부터는 집을 짓는 데 도와야겠다."

선일이는 낡은 재목이라는 게 꽤나 걱정이 되었는지 아버지에게 조심스레 물었습니다.

"아버지, 이런 낡은 재목으로 집을 지어도 괜찮아요?"
"재목은 썩지만 않았으면 새 재목이나 낡은 재목이나 마찬가지야. 아니, 더 좋다구두 할 수 있지. 잘 말랐기 때문에 트지 않으니."
"그럼, 아버지는 일부러 이런 낡은 재목을 사오셨군요?"
"꼭 그런 건 아니야. 새 재목은 목수들이 마음대로 턱턱 잘라서 쓸 수 있으니 일하는 데는 편하지. 그러나 아버지는 되도록 돈을 적게 들여서 집을 지을 생각이니까 이런 걸 산 거다."
"그럼 이걸 갖고도 일용이나 덕선이네 집처럼 지을 수 있겠네요."
"더 훌륭하게 지을 수도 있지."
"집을 지으면 선일이 방두 만들어 준다지요?"
덕선이가 뒤에서 열심히 밀며 물었습니다.
"방을 두 개 앉힐 생각이니까 하나는 선일이 방이 되겠지."
"그 방에는 저희두 가서 놀아두 되지요?"
"너희들은 모여서 공부할 생각보다도 놀 생각을 먼저 하는구나."
"아저씨두, 공부두 하고 놀기두 하지요."
선일이네가 집을 지으면, 자기들만이 놀 수 있는 선일이 방이 생기니 그들도 기뻤습니다. 그러나 방 주인인 선일이의 기쁨에 비할 수는 없었습니다.
선일이네는 큰물에 집을 잃고 나서 2년 동안이나 판잣집에서 살아왔습니다. 판잣집은 엉덩이를 마음대로 돌릴 수 없을 만큼 좁을 뿐만 아니라, 겨울에는 너무 추웠습니다. 또한 판잣집에서 산다는 것이 창피스러워 늘 기가 눌려서 지냈던 것입니다.
그러나 이제 집을 지을 뿐만 아니라 덕선이네나 일용이네 집보다도 더 멋들어지게 짓는다고 하니 선일이는 기쁘지 않을 수가 없었습니다.
재목을 실은 말달구지가 선일이네 집 앞마당에 이르자, 근처 사람들이 많이 모여들어 떠들어 댔습니다.
"재목을 사 왔구만."
"언제부터 집을 짓기 시작하려나?"
선일이 아버지는 짐에 맸던 밧줄을 풀고 재목을 부려 놨습니다. 셋은 선일이 아버지가 자리를 잡아 준 곳에 옮겨다 가려 놓았습니다. 집 지을 때 쓴 재목이다 보니 못이 박혀 있었습니다.
"못에 다치지 않도록 조심히 해라."
선일이 아버지는 몇 번인가 주의를 시켰습니다. 기둥감 같은 큰 재목은 혼자서는 옴짝달싹도 하지 않아 셋이 맞들어 옮겼습니다. 창문 같은데는 그대로 유리가 끼워져 있는 것도 있었습니다.
그들은 산더미같이 가린 재목을 옮기면서 지난 겨울에 썰매를 만들려고 했어도 나무가 없어 화가 나던 생각도 해 보았습니다.
"그때 이렇게 재목이 많았다면, 썰매쯤 만들기 문제 없었을 거 아냐?"
"그러게 말이야."
그들은 그런 말을 하며 웃었습니다.
"아버지, 이 재목이면 집을 짓구두 남을 것 같군요."
선일이는 아무리 날라도 끝이 없는 재목에 지친 듯이 물었습니다.
"글쎄다, 지어 봐야 알 수 있겠지만 남지는 않을 게다."
"그렇게도 재목이 많이 들어요?"
"우리가 짓는 집은 그렇게 큰 집이 아니어서 그렇지, 큰 집은 많이 든단다."
"그렇다면, 학교 같은 것은 굉장히 재목이 들겠군요?"
"말할 것도 없지. 그런 집은 트럭으로 몇 십 차나 재목을 들여야지."
"그래요?"

그들은 집을 짓는 데는 나무가 꽤 많이 든다는 것을 비로소 알았습니다.

그날 저녁, 일터에서 돌아온 덕선이와 일용이 아버지는 선일이네가 집을 짓는다는 말을 듣고 기뻐했습니다. 일룡이 아버지가 말했습니다.

"우리 세 집은 전부터 같이 살았는데, 선일이네만 판자집이어서 안된 일이었지. 이제는 모두 집을 짓게 됐다."

미장이 일을 하는 덕선이 아버지도 마찬가지로 기뻐하며 말했습니다.

"그렇다면 마침 잘 됐다. 선일이네 집의 목수 일이 끝나면 그땐 나도 지금 맡아서 하는 일이 끝나겠으니, 선일이네 일을 도와줄 수 있을 거야."

덕선이와 선일이와 일용이 셋이 아주 친한 동무이듯 그들의 아버지들도 친한 사이였습니다.

선일이는 날마다 학교에서 돌아오면 아버지의 집 짓는 일을 도와드렸습니다. 선일이의 아버지는 말몰이꾼이지만 힘든 일은 목수에게 맡기고 쉬운 일은 자기 손으로 했습니다. 선일이는 대팻밥이며 흩어진 널빤지들을 모으기도 하고, 못을 사오는 심부름도 하다보니 늘 바빴습니다.

사이가 좋은 선일이네가 집을 짓다 보니 덕선이와 일용이도 날마다 못을 뽑으러 왔습니다. 선일이 아버지는 돈을 덜 들이기 위해 한번 썼던 낡은 재목을 사 왔으므로, 먼저 쳤던 못을 못뽑이로 뽑아야 했습니다.

그런 일도 생각보다는 힘들었습니다. 잘못해서 부러진 못 같은 것을 그대로 남겨 두면 목수가 쟁기를 쓰다 날을 떨구게 되니, 못을 다

뽑고 나서도 잘 살펴야 했습니다.

덕선이는 전에 자기 집도 낡은 재목을 사다 지었는데, 그때도 못뽑기를 해서 이번에도 아주 훌륭하게 잘 했습니다. 헌 재목 위에 올라 앉아서 톡톡 장도리로 못뽑이 끝을 쳐 가며 보기에도 재미나게끔 한쪽에서 차례차례 못을 뽑아 갔습니다.

일용이는 못뽑기가 처음이다 보니 아주 서툴렀습니다. 못을 뽑지 못해 땀을 빼면 옆에서 덕선이가 일러 주었습니다.

"이럴 땐 못뽑기 밑을 높이 괴면 잘 뽑혀."

선일이 아버지는 며칠째 자기 말달구지를 끌고 가서 자갈과 모래를 실어 왔습니다. 시멘트 콘크리트로 지대를 만드는 데 쓰기 위해서였습니다.

집을 튼튼하게 짓자면 무엇보다도 지대를 잘 앉혀야 합니다. 지대를 잘못 앉히면 모처럼 힘을 들여 지은 집이 몇 년 못 가서 땅속으로 잦아드는 일이 있습니다. 집이 기울어지는 것도 그 때문입니다. 그러니 땅을 깊이 파서 돌과 콘크리트를 잘 다져넣어 지대를 튼튼히 앉혀야 하는 것입니다.

도시의 건물 같은 것은 밑에다 콘크리트 상자 같은 것을 만들어 그 위에다 짓습니다. 그렇지 않으면 그렇게도 무거운 건물의 무게를 버텨낼 수 없기 때문입니다.

옛날 남대문이나 동대문 같은 것도 땅속에서부터 돌을 쌓아 올린 것입니다.

선일이 아버지는 땅을 깊이 파고 자갈을 다진 위에다 다시 콘크리트를 다져 넣었습니다. 지대를 보면 부엌은 어디에 앉히고 큰 방과 마루는 어디에 앉힐 것이라는 것도 짐작할 수 있었습니다.

"선일아, 네가 쓸 방이 바로 여기로구나. 그런데 좀 좁지 않아?"

"그래두 아버지가 집을 짓기 전에 보는 것과 다지고 나서 보는 것은 다르다고 했잖아요. 그런데 이게 2평이 돼요?"
선일이도 좁다는 생각이 들었는지 아버지에게 그런 불평을 했던 모양입니다.
"앞에다 물론 들창을 내겠지?"
"응, 거기에 들창이 될 건 바로 저기에 있는 들창이야."
선일이는 미군 부대의 막사에서 흔히 볼 수 있던 들창을 가리켰습니다.
"그 창을 달면 멋있겠다. 창 앞에는 소나무나 하나 심어요."
덕선이는 나무잡이를 좋아하는 만큼 그런 말을 했습니다. 그러자 아버지가 꽃집에서 일을 하시는 일룡이가 젠체하며 말했습니다.
"소나무도 좋지만 그보다는 클라이밍 피스 로즈 같은 덩굴장미를 심는 것이 더 멋있을 거야."
덕선이도 그런 말에 순순히 지고 싶지 않았습니다. 언젠가 학교에서 선생에게 들은 말이 생각나서 말했습니다.
"한국 사람 집에는 소나무가 더 어울릴걸."
"이런 좁은 뜰에 소나무가 우뚝 서 있으면 뭐가 좋아. 이런 집엔 장미가 어울려요."
"그렇지만 소나무 하나엔 1,000원두 더 하는 것이 있다구 선생님이 말한걸. 그걸 봐두 소나무가 좋기 때문에 비쌀 것 아냐."
"그렇다구 넌 소나무라면 다 비싼 줄 아는 모양이구나. 100원짜리도 못 되는 소나무도 있는 거야."
역시 나무에 대해서는 원예사의 아들인 일용이를 당할 수가 없습니다. 선일이도 장미를 심고 싶은 마음이었습니다.
"네가 말한 그 장미는 어떤 꽃이 피는 건데?"
"주먹보다는 더 큰 산호 빛깔 꽃이 수없이 피는 거야. 우리 집에두 지난해 봄에 심었으니 5월엔 꽃이 필거야."

"그렇게두 빨리 꽃이 펴?"

"그럼, 심은 해에 두 덩굴이 무지스럽게 뻗는걸. 그걸 심을 생각이 있으면 묘목을 구해 줄께."

이런 이야기를 하고 있는데, 선일이의 어머니가 찐 고구마를 소쿠리에 가득 담아서 가지고 나왔습니다.

"덕선이도 일용이도 날마다 수고한다. 집이 다 돼서 집들이할 땐 더 맛나는 것을 해 주지."

"어머니, 집이 다 되면 일용이가 꽃이 흐드러지게 피는 덩굴장미를 심어 주겠다고 했어요."

선일이는 자기 집이 온통 장미로 뒤덮일 것을 상상해 보며 말했습니다.

"그래, 참 일용이 아버지가 화원에서 일을 하시니까 좋은 장미를 구할 수 있겠구나?"

"네, 그래서 선일이와 그런 약속을 한 거예요."

그러자, 지기 싫어 하는 덕선이도 그대로 잠자코 있을 수가 없었습니다. 자기는 무엇을 준다고 했으면 좋을까 하고 생각합니다.

"참, 저희 아버지는 상량할 때 광목을 걸어 준다고 했어요."

"그래."

하며 선일이 어머니가 웃자 일용이가 알 수 없다는 얼굴로 물었습니다.

"상량이 뭔데?"

"상량이 뭔지 모르는구나. 상량이란 대들보가 올라갈 때, 그동안 목수들이 수고했다고 한상 차려서 먹이는 것을 말하는 거야."

"아, 그거 말인가? 그날은 우리 집에선 떡을 해 온다고 했어요."

"그래두 상량식 때는 피륙을 대들보에 거는 법이야."

덕선이가 아는 듯이 말했습니다.

"그래두 떡이 없으면 잔치를 할 수 없잖아?"

둘이 또 싸움이 붙었습니다. 선일이 어머니는 일꾼들을 주기 위해서 대팻밥을 모아, 주전자에 담은 막걸리를 데웠습니다. 일꾼들은 일손을 쉬고 막걸리를 마시면 더욱 기운이 나는 모양입니다. 모두 둘러앉아서 김치와 마른 북어를 안주삼아 막걸리를 마시고 있었습니다.

"아버지, 상량식은 언제 해요?"

"글쎄, 그건 목수님이 알지, 나는 모른다."

집을 짓는 일에 대해서는 아버지도 참견할 수가 없는 모양이었습니다.

"언제 해요?"

선일이는 목수에게 물었습니다. 그러자 목수가 웃으면서 말했습니다.

"모레쯤 할 생각이다. 그날은 아버지보고 맛난 음식도 좀 많이 차리라고 해라."

그러나 선일이는 상량식 날보다도 빨리 집이 완성되어 덕선이, 일용이 셋이 자기 방에서 같이 노는 날이 더 기다려졌습니다.

구두닦이 아이들과 엿장사

소공동에 있는 청동 빌딩 앞에는 구두닦이 아이들이 많이 있었습니다. 그중에서도 순필이와 창수는 사이가 아주 좋았습니다.

그들은 해방촌에서 살았습니다. 후암동 버스 종점에서 앞을 향해 바라보면 게딱지 같은 판자집들이 들러붙은 산이 보였습니다. 그곳이 바로 그들이 사는 곳이었습니다.

순필이와 창수의 집은 산 중턱에 자리를 잡고 있는 아래윗집이었습니다. 울타리가 쳐 있지 않으니 한집에서 사는 것과도 마찬가지였습니다. 뜰에는 그들이 심은 백일홍이 곱게 피어 있어 아담스러운 데도 없지 않아 있었습니다. 그러나 비가 좀만 와도 새어서 방 안이 온통 물바다가 되곤 했습니다. 그래도 두 녀석에게 그것이 문제가 되지 않았습니다. 아침에 눈만 뜨면 서로 만날 수 있는 것이 즐거울 뿐이었습니다.

창수 아버지는 한국전쟁 때 강제로 북으로 끌려가셨습니다. 창수는 어머니와 형님과 셋이서 살았습니다. 그 형님도 지난 봄까지는 군대에 가 있었으니 어머니의 삯바느질과 창수의 구두닦이로 겨우 살아왔습니다. 그러나 올봄에 형님이 제대하고 돌아오고서 얼마 지나지 않아 승마클럽에 일자리를 구하게 되어 창수네도 요즘은 살림이 꽤나 나아졌습니다. 창수 형님이 창수와 약속을 했습니다.

"창수 너두 몇 달만 고생해라. 그러면 내년 봄엔 주간 중학교에 넣어 줄께."

창수는 그 말을 듣고 신이 나서 순필이에게 자랑했습니다. 순필이는 창수가 아주 부러웠습니다. 그러면서 생각했습니다 — 자기 아버지도 술만 그렇게 먹지 않는다면 자기를 주간 중학에 보내줄 수 있을 것이라고. 그러나 아버지도 요즘 시장에서 생선장사를 하게 된 뒤로는 술을 줄였다고 생각했습니다. 그래서 창수가 주간 중학에 다닌다면 자기도 넣어 줄지 모른다고 생각했습니다.

그들은 날마다 아침에 구두닦이를 하러 '청동 빌딩' 앞으로 갈 적에도 늘 같이 갔습니다. 그들의 집에서 후암동 버스종점까지는 10분도 걸리지 않았습니다. 그곳에서 버스만 타면 청동 빌딩 앞까지 아주 수월하게 갈 수가 있었습니다.

그들은 손님들의 구두도 언제나 한 짝씩 맡아서 같이 닦았습니다. 혼자서 닦으면 10분이나 걸리는 것을 5분만에 닦을 수 있어서 손님들이 좋아했고, 따라서 그들에겐 단골손님도 많았습니다.

그것을 보고 다른 애들도 짝꿍을 둬서 같이 구두를 닦는 애들이 없지 않았지만 며칠 못 가서 대개는 싸우고 헤어졌습니다. 싸우는 이유는 서로 자기만 잘한다고 하기 때문이었습니다.

그들은 하루 내내 구두를 닦다가도 5시만 되면 집어치우고 일어섰습니다. 5시 30분부터 학교가 시작되기 때문이었습니다.

구두 닦는 아이들 중엔 야간 중학에 다니는 아이들도 많았으나, 창수와 순필이처럼 열심히 다니는 애들은 없었습니다. 대개는 한두 달 다녀 보다가 물린 채 모자만 쓰고 우쭐거리는 애들이었습니다.

사실 하루 내내 꿇어앉은 자세로 구두를 닦고 나면 손의 힘이 풀어져 연필도 잘 쥘 수가 없었습니다. 그렇게도 피곤한 몸으로 학교에 간다는 것은 좀처럼 쉬운 일이 아니었는 데다 스스로 공부를 할 수 있는 시간도 없다 보니 공부를 따라가기도 힘든 일이었습니다. 그러나 순필이와 창수는 지금 자기들이 고생을 하고 있을수록 더욱 열심히 공부를 해야 한다는 것을 잘 알고 있었습니다.

학교에서 돌아올 때도 그들은 같이 왔습니다. 그러니까 그들은 잠을 잘 때를 빼고는 껌딱지처럼 늘 같이 붙어 다니는 셈이었습니다.

어느 날 아침, 그들이 버스를 타려고 후암동 버스 종점까지 나오는 길에서 창수가 순필이에게 물었습니다.

"우리가 하루에 버스비로 쓰는 돈이 40환이 아니냐? 그러면 한 달이면 얼마가 되니?"

순필이는 별것을 다 묻는다는 듯이 대뜸 대답했습니다.

"한 달이 보통 30일이잖아? 하루에 40환씩 쓰니까 한 달이면 1,200환이야."

그러자 창수가 다시 물었습니다.

"그것을 1년 치를 다 합하면 얼마가 되냐?"

순필이는 그것도 문제가 안 된다는 듯이 대답했습니다.

"한 달에 1,200환이니까 거기에 12를 곱하면 되지."

그러더니 잠시 생각하다가 대답했습니다.

"14,400환이구나."

"한 달을 30일로 잡고 12달로 계산하면 그렇게 되지만 365일로 셈을 하면 좀 더 나올 거야. 14,600환이야."

"그렇네... 31일이 있는 달이 더 많으니까 그렇게 되겠구나. 그런데, 그건 왜 갑자기 묻는 거냐?"

"버스비가 하루에 40환이라면 얼마 되는 것 같지 않아두, 그렇게 1년 치를 모으면 꽤 많은 돈이 될 것이라고 생각했기 때문이야."

"참 그렇구나."

"그것을 또 우리 둘의 것을 합하면 29,200환이니까 30,000환 가까운 돈이 모이겠지?"

"그렇지."

"그러니까, 우리가 날마다 버스를 타지 않고 걸어 다닌다면 그 돈이 남을 것이 아니냐?"
"물론이지."
"그래서 오늘부터 우리 둘이 버스 타는 대신에 걸어 다녀서 그 돈을 모으는 거야. 너두 반대하지는 않겠지?"
"반대할 이유가 없지!"
순필이는 그런 좋은 생각을 자기가 먼저 하지 못한 것이 분할 뿐이었습니다. 그리하여 그날부터 그들은 걸어 다니기로 작정했습니다. 게다가 막상 걸어 다니고 보니 해방촌서 소공동도 그리 먼 길이 아니었습니다. 둘이서 이야기를 하며 걷는 재미도 있었고, 오는 도중에 구두를 닦아 달라는 사람들도 있었습니다. 버스를 타지 않기 때문에 버는 돈이었습니다. 그래서 그 돈도 저금하기로 했습니다.
"이러다가는 우리가 1년에 저금하는 돈이 40,000환이 될는지도 모르겠구나."
아침에 나오다가 손님 구두를 네 켤레나 닦고 나자 순필이는 신나서 이렇게 말했습니다. 저금이 늘어나는 게 조금도 싫을 리는 없었습니다. 아니, 그런 일을 왜 진작에 생각하지 못했는지가 분할 뿐이었습니다.
창수는 돈을 모았다가 내년 봄에 순필이 아버지가 순필이를 주간 중학교에 넣어 주지 않겠다면 그 돈을 쓰리라고 생각했습니다. 이렇게도 그들의 우정은 두터웠던 것입니다. 그렇던 그들이 어느 날 싸우게 되었습니다.
그것은 그들에게 생각지도 않았던 장화가 한 켤레 생기게 된 때문이었습니다. 그날 그들이 점심 때의 한참 바쁜 고비를 넘기고 잠시 쉬고 있을 때 어느 중년 부인이 보자기에 장화를 싸 가지고 와서 나중에 찾아갈 터이니 닦아 달라고 맡기고 갔습니다. 늘 단화만 닦던 그들로서는 이런 장화를 닦는 것도 재미가 났습니다. 장화는 만든 지도 얼마 되지 않은 새 제품이었습니다. 가죽도 좋아서 광도 잘 났습니다. 그들은 서로 광내기 경쟁을 하듯 한 짝씩 맡아 가지고 닦아 놓았습니다.

그러나, 장화를 맡기고 간 부인은 그날 다섯 시가 되어도 찾으러 오지를 않았습니다. 그들은 학교 갈 시간이 되어 하는 수 없이 그 옆에 있는 구멍가게 할머니에게 장화를 맡기고 갔습니다.

다음날 아침에 와 보니 역시 장화는 구멍가게에 그대로 있었습니다. 그들은 참으로 이상스러운 일이라고 생각하며 하루 내내 그 중년 부인을 기다렸으나 그날도 장화를 찾으러 오지 않았습니다. 하는 수 없이 그들은 다시금 구멍가게 할머니에게 장화를 맡기고 학교에 갔습니다. 그러나 그날 저녁에도 장화를 찾으러 오지 않았을 뿐만 아니라 그 다음 날에도 그 다음 날에도 장화를 찾으러 오지를 않았습니다. 그럴수록 그들은 참으로 이상한 일이라는 생각을 떨칠 수가 없었습니다.

혹여나 장화를 맡기고 가서 잊어버린 게 아닌가 생각해보았습니다. 그러나 아무리 건망증이 심한 사람이라 해도 자기가 닦아 달라고 맡기고 간 신발을 잊어버릴 리는 없는 일이었습니다. 그렇다면 신을 맡기고 간 부인이 혹시 아파서 찾으러 오지 못하는 것이 아닌가도 생각해 봤습니다. 그렇다 해도 다른 사람을 보내 찾아오라고 할 수도 있는 일이었습니다. 정말 신을 찾으러 오지 않는 일은 알 수 없는 일이었습니다. 그래서 창수와 순필이는 아침에 신을 닦으러 나오면서도 그 이야기뿐이었습니다.

"장화를 맡기고 간 것이 벌써 닷새째가 아닌가?"

"그러게 말이야."

"그런데두 안 찾아가는 것은 참 이상하다니까."

"그래두 찾아야 가겠지. 헌 구두두 아니구 아주 새 구둔데 안 찾아 갈라구?"

"찾아갈 신을 왜 안 찾아가서 남에게 공연한 걱정을 시키는 거야?"

그들이 바로 이런 이야기를 하며 나오던 날 아침에 그들은 혹시나 싶어서 장화를 맡겨둔 구멍가게 할머니를 찾아갔습니다. 구멍가게 할머니가 말했습니다.

"어떤 부인이 와서 장화를 맡은 아이들에게 이 편지를 전해 달라면서 주고 가더라."

할머니로부터 편지를 건네받은 그들은 편지를 뜯어서 읽어 봤습니다.

'나는 그 장화가 이제는 필요 없게 되었으니 너희들이 가져도 좋다.'

그들은 그 편지를 읽고 나서 처음엔 무슨 영문인지 몰라 어리둥절했습니다만 장화를 가져도 좋다고 분명히 써 있으니 더 생각할 필요가 없었습니다. 기쁨뿐이었습니다. 창수는 이어 그 장화를 자기 형에게 갖다 줄 생각을 했습니다. 승마클럽을 다니는 형이 말을 탈 땐 무엇보다도 장화가 꼭 필요할 것이라고 생각했기 때문입니다. 순필이도 창수와 비슷한 생각을 했습니다. 그는 그 장화를 자기 아버지에게 갖다 줄 생각을 했습니다. 생선장사 아버지는 늘 물과는 떼려야 뗄 수 없는 일을 하기 때문에 장화가 필요할 것이라고 생각했습니다. 그 장화를 아버지에게 준다면 기분이 좋아서 내년 봄에 주간 중학에 보내 주겠다는 약속도 할지 모른다고 생각했습니다. 그래서 순필이에게도 그 장화가 꼭 필요했습니다.

창수가 먼저 입을 열었습니다.

"순필아, 이 장화 나한테 주지 않을래?"

그러자 순필이도 자기가 가져야 한다는 것을 말했습니다.

“아니야, 그건 내가 가져야겠어. 아버지에게 꼭 갖다 드려야겠어.”

“너의 아버지가 그런 장화 신으면 우스울 거야. 말 탈 때 신으라구 형에게 갖다주고 싶어.”

“우리 아버지가 신으면 우습긴 왜 우스워?”

“생선장사가 그런 장화 신으면 우습지 않구.”

“생선장사가 그런 장화 신는다구 안 될 것 없지 않아?”

“그렇지만 그건 말타는 사람이 신어야 더 멋지거든.”

"난 생선장사 아버지가 신어두 멋질 것으로 생각해."
"멋질 건 또 뭐야, 우습지."
"우습긴 왜 우스워? 멋지지."
"그래서, 그 장화 날 못 주겠단 말이지?"
"네가 그런 소리 그만하구 날 달라니까."
"정말 못 주겠어?"
"내가 꼭 가져야겠는데 널 어떻게 주니?"
"그렇다면 나두 좋아. 내가 닦은 쪽은 내가 가질 테다."
"그럼 나두 내가 닦은 왼쪽은 내가 가질 테야."
결국 그들은 장화를 한 짝씩 나누어 갖게 되었습니다. 그러나 장화를 한 짝씩 가졌대야 무슨 필요가 있습니까. 옆에서 그것을 보고 있던 똘똘이가 말했습니다.
"그럴 것 없이 그 장화를 팔아서 빵이나 먹자야."
그러자 다른 애들도 모두가 똘똘이 말에 찬성했습니다. 그러나 창수와 순필이는 장화를 팔고 싶은 마음이 조금도 없었습니다. 창수는 어떻게 해서든 나머지 한 쪽까지 마저 자기가 차지하고 싶은 마음이었습니다. 순필이도 마찬가지였습니다.
장화에 미련이 있던 창수가 다시 말을 꺼냈습니다.
"너 그거 한 짝만 가지고 뭘 하겠다고 그러냐? 나나 주고 말지."
"그렇게 말하는 넌 그거 한 짝만 가지고 뭘 하겠다고 그러냐? 나나 주고 말지."
"다음에 좋은 것 생기면 그땐 너에게 줄께."
"퍽이나 그렇게 하겠다. 그땐 너가 가지고 이번엔 나를 달라니까."
"글쎄 넌 그 장화 한 짝은 무엇에 쓰겠다구 갖고 있겠다는 거야?"
"그럼 넌 왜 쓸데없는 그 한 짝을 갖고서 안 주겠다는 거야?"
"쓸데도 없는 것을 갖고 있겠다는 것처럼 바보가 어디 있냐?"

"정말 누가 바본지 모르겠다. 쓸데도 없는 것을 갖고서 안 주겠다니?"

"그럴 것 없이 가위바위보해서 이기는 사람이 갖기로 하자."

딴 애가 말해 줬습니다.

그래도 그들은 가위바위보로 결정할 마음도 없었습니다. 만일에 지게 되면 자신이 가지고 있는 한쪽을 내줘야 하기 때문이었습니다.

"그럴 것 없이 네가 가위바위보에 졌다 하구 날 주고 말렴."

"네가 졌다 하구 한번 마음 써 보려무나."

"내 말을 한 번만 들어 달라는데……"

"나보구 들어 달라고 하지 말고, 네가 들어 주면 될 것이 아니냐?"

"너와 나 정말 가까운 사이 아니냐?"

"그런데 못 들어 주겠어?"

"가까운 사이라면서 네가 정말 들어주지 않겠다면 뭐가 가깝다는 거냐."

"정말 나두 뭐가 가까운 사이라는 건지 모르겠다. 난 이제부터 너하고는 말도 섞고 싶지 않아."

"누가 할 소리를 하냐? 난 네 옆에 앉아 있기두 싫어진걸."

그러더니 창수가 벌떡 일어나 장화 한쪽과 구두닦기 통을 들고서 한쪽 끝으로 자리를 옮겼고, 순필이도 질세라 장화 한쪽과 구두닦기 통을 들고서 다른 쪽 끝으로 자리를 옮겼습니다.

그때 엿장사가 가위 춤을 추면서 지나갔습니다. 창수는 문득 장화 한쪽만 갖고 있어야 쓸데 없으니 엿이나 바꿔 먹자는 생각이 들었습니다.

"엿장수 아저씨!"

하고 소리치면서 분주히 따라가 한쪽 장화를 주면서 엿과 바꿔달라고 했습니다. 엿장사는 별로 반가운 얼굴이 아니었고 엿도 조금밖에 떼 주질 않았습니다.

"이게 얼마짜린데 엿을 요것만 주나요?"

창수가 볼멘소리로 말했습니다.

"장화가 한 켤레라면 여기 있는 엿을 다 달래도 줄 수 있지만, 한 짝을 무엇에다 쓰니? 싫으면 그만둬."

하고는 받았던 장화를 도로 내주려고 했습니다.

그것을 보고 있던 순필이는 자기의 나머지 장화 한짝을 마저 주면 엿고리 판에 있는 엿을 모두 받을 수 있으리라고 생각했습니다.

"엿장수 아저씨!"

순필이도 자신이 가지고 있던 장화를 엿장사에게 내주었습니다. 그러나 엿장수 아저씨는 이번에도 창수가 받은 엿과 꼭 같이 떼었습니다.

"왜 요것만 줘요?"

순필이도 볼멘소리로 말했습니다.

"너두 한짝만 가져왔으니까 저 애와 꼭 같이 줘야 할 것 아니냐."

다시금 가위 춤을 추며,

"헌 양재기나 고무신하구 엿 바꾸세요."

하고 소리치면서 갔습니다.

창수와 순필이는 받아 쥔 엿을 먹을 생각도 없이 멍청하니 서로 얼굴만 쳐다보고 있었습니다. 그렇게 잠시 서 있다가 그들은 약속이나 한 듯 엿장사를 뒤따라 달려갔습니다.

아마도 엿과 장화를 다시 무르려고 뒤따라갔으리라고 생각됩니다만 엿장사가 그들에게 엿과 장화를 다시 물러 주었는지는 알 수 없는 일이었습니다.

자타카 이야기

'그림 형제 동화'나 '안데르센 동화', '이솝 우화' 같은 이야기들은 우리나라에도 널리 알려져 있지만 인도의 '자타카 이야기'가 그다지 알려져 있지 않은 것은 참으로 알 수 없는 일입니다. 자타카 이야기는 석가모니가 자신이 주창하는 가르침을 널리 알리기 위해서 예부터 전해 내려오던 인도 민족의 전설을 바탕으로 자기가 체험한 사상을 버무려 이야기로 다시 만들어 낸 것입니다. 이야기 속에 '보살'로 나오는 이는 석가모니 자신을 말하는 것으로 석가모니가 살아 있었던 그 즈음의 이런 이야기들을 자기 전생(前生)의 경험으로 삼아 제자들에게 이야기한 것입니다. 그러므로 불교 철학 이치의 신비를 알려 준 이야기인 동시에 동화처럼 읽어서 재미도 나는 이야기입니다. 여기에서는 그들 가운데 네 편을 뽑아서 소개합니다.

1. 나쁜 짓을 한 개의 이야기
2. 동물의 최고 연장자(年長者)를 결정한 이야기
3. 도둑놈과 재물 이야기
4. 마음씨 좋은 젊은이 이야기

1. 나쁜 짓을 한 개의 이야기

옛날 옛적에 브라흐마다타 임금님이 베나레스 고을을 다스리고 있을 즈음 보살은 과거의 업보로 개로 태어나게 되었습니다. 그리하여 수백 마리 개의 우두머리가 되어 널따란 묘지 속에 살고 있었습니다.

어느 날 임금님은 하얀 말이 끄는 봉차(鳳車)를 타고 놀러 나와 하루 내내 지내다 해질녘에야 돌아오게 되었습니다. 임금님의 부하들은 마구와 마차를 중마당에 내버려 두었는데, 밤에 비가 와서 마차와 마구가 흠뻑 젖어 버렸습니다, 게다가 임금님의 개가 대궐에서 기어나와 마구의 가죽띠를 물어뜯었습니다.

다음날 부하들은 임금님에게 이 일을 아뢰었습니다.

"임금님의 개가 하수도 구멍으로 기어 들어와서 마차의 마구를 물어뜯었습니다."

이에 임금님은 크게 노해 명을 내렸습니다.

"개라는 개는 모조리 죽여버려라."

이때부터 개들이 죽어나가기 시작했습니다. 개라는 개들은 눈에 띄기만 하면 죽는 판이라 모두 보살이 살고 있는 묘지로 도망쳐 왔습니다.

"왜 모두들 이렇게 도망쳐 오느냐?"

개의 두목인 보살이 물었습니다. 이에 개들이 대답했습니다.

"임금님은 대궐 중마당의 마구를 개가 물어뜯었다는 소식을 듣고는 크게 노하셨습니다. 그리고는 개라는 개는 모조리 죽여 버리라는 명을 내리셨기에 개들은 죽어 나가고 큰 소동이 일어났습니다."

보살은 이 말을 듣자 속으로 생각했습니다.

'대궐 밖에 사는 개들은 엄중하게 방비하는 중마당 안으로는 도저히 들어 갈 수 없습니다. 그럼 나쁜 짓을 한 개는 반드시 대궐 속에 있는 임금님의 총애를 듬뿍 받는 개가 분명합니다. 그런데도 사달을 낸 놈은 아무 말도 없고 애꿎은 개들만 죽어 나가니, 진짜 나쁜 놈

이 누구인지를 임금님에게 깨우쳐 줌으로써 억울하게 죽어가는 동료들을 구해야지.'

여기서 개의 두목은 도망쳐온 개들을 안심시켰습니다.

"걱정일랑 붙들어 매거라. 내가 너희들을 구해주마. 내가 임금님을 만나고 올 때까지 너희들은 여기서 기다려라."

개의 두목인 보살은 자비(慈悲)의 마음을 억누를 길이 없어 '그 아무도 나에게 나무토막이니 돌멩이를 던지지 말라'고 외치면서 홑몸으로 임금님이 살고 있는 고을로 달려갔습니다.

마침내 그는 고을에 도착했으나 감히 그에게 손을 대거나 해(害)하려는 사람은 한 사람도 없었습니다.

임금님은 개들을 대대적으로 죽여 버리라고 명하고 나서 마침 법정에 나가 있었습니다. 보살인 개 두목은 곧바로 그리로 달려가서 옥좌 밑에 뛰어 올랐습니다. 임금님의 부하들은 그를 내쫓으려고 했지만 임금님은 도리어 그들을 막았습니다.

여기서 개는 힘을 얻어 옥좌 밑에서 나와 먼저 임금님에게 경례를 붙이고 나서 물었습니다.

"개를 닥치는대로 죽이라는 명령을 내리신 분이 대왕이십니까?"

"그렇다."

"그렇다면 개의 죄명은 무엇입니까?"

개의 두목이 다그쳐 물었습니다.

"내 마차의 마구를 물어뜯었다."

개의 두목은 재빨리 다시 물었습니다.

"그렇다면 모든 개들이 그런 나쁜 짓을 하는 것을 대왕께서는 보셨습니까?"

"아니, 그것은 모른다."

"그렇다면 대왕은 진짜 범인은 모르시면서 개라는 개는 모두 죽이라는 명령을 내리셨는데, 그것은 너무 심하다고 생각합니다. 대왕의 신하들은 개라는 개는 모조리 죽일 방침입니까? 그렇지도 않다면 그중에서는 죽이지 않는 개도 있습니까?"

"있다. 나의 개가 바로 그것이다."

그러자 개의 두목이 맹렬하게 비난했습니다.

"대왕께서는 보는 대로 죽이라는 명령을 내리셨음에도 총애하시는 당신의 개는 죽이지 않으시는 것은 애증(愛憎)에 치우쳐 부덕(不德)한 짓을 하시는 것이옵니다. 부덕의 길을 걷는다는 것은 아무리 생각해 보아도 한 나라의 임금님께서 걸어가실 길이 아닙니다. 임금님의 재판은 처치가 저울바늘 같이 공평해야 합니다. 그럼에도 자신의 개만 남겨 두신다는 것은 결코 공평한 처사는 아닙니다."

그러면서 그는 아름다운 목소리로 다음의 노래를 들려줌으로써 임금님에게 참된 길을 가르쳐 주었습니다.

"대궐 속에 보호되는 힘세고 아름다운 개는 죽이지 않고 오직 힘없는 우리들만을 죽이는 것은 옳은 재판이 아니고 약한 자를 살육하는 것이다."

보살의 노래를 들은 임금님이 물었습니다.

"그럼 너는 진짜 범인을 안단 말이냐?"

"알고 있습니다. 임금님께서 총애하시는 개가 바로 범인입니다."

"너는 어떻게 그것을 안다는 말이냐?"

"지금 그 증거를 보여 드리겠습니다."

임금님은 다급한 듯이 재촉했습니다.

"그러기를 바란다."

"그 개를 여기로 불러내어 주시고, 아울러 우유 조금과 구샤의 영험스러운 풀을 함께 가져다주십시오."

임금님은 보살의 청을 곧바로 들어 주었습니다. 그러자 보살이 또 말했습니다.

"이 풀을 우유 속에 넣어서 임금님의 개에게 먹여 주십시오."

임금님은 그 말대로 구샤의 영험스러운 풀을 짓이겨 우유에 섞어서 자신이 총애하는 개에게 주었습니다. 그러자 이것을 먹은 개가 구역질을 하더니 가죽띠 조각들을 모조리 토해 버렸습니다. 임금님은 대단히 기뻐하셔서 칭찬하셨습니다.

"이것은 전지전능의 부처님의 재판과도 같이 실로 놀라운 것이다."

그리고는 그에게 자기 불상을 주어 최고의 경의를 나타냈습니다.

여기서 보살은 임금님에게 '생명이 있는 것을 죽이지 않는다, 훔치거나 도둑질하지 않는다, 사악하거나 음란한 짓을 하지 않는다, 망령된 말을 하지 않는다, 술을 마시지 않는다'의 오계(五戒)를 일러주고 지조를 굳게 지킬 것을 권하고 나서 받은 불상은 돌려주었습니다.

임금님은 보살의 말이 끝났을 때 모든 부하들에게 목숨을 가진 물건은 죽이지 말라고 명하고 또 보살인 개 두목을 비롯해 모든 개에게는 항상 자기가 먹는 음식과 꼭 같은 음식을 주라고 명했습니다. 그리고는 보살의 훈계를 잘 지켜 좋은 일을 많이 하였기에 죽어서 극락으로 가게 되었습니다.

2. 동물의 최고 연장자(年長者)를 결정한 이야기

옛날 옛적 히말라야 산맥 중턱에 커다란 바나나 나무가 한 그루 있었습니다. 그 바로 곁에는 꿩과 원숭이, 코끼리가 사이좋게 살고 있었습니다. 그들은 사이가 아주 좋았기 때문에 누가 누구에게 복종하고 누가 누구를 존경하는 규율이라는 것이 별로 없었습니다. 따라서 손위 손아래 구별도 없었습니다. 그러나 그들은 이런 일이 다른 동물들이 보기에는 별로 좋지 못하다는 것을 잘 알고 있었기에 마음 속으로 '누가 형으로서 존경을 받아야 하는가?'를 은근히 생각하고 있었습니다. 그래서 그들은 누가 가장 나이가 많은지를 곰곰이 생각하고 있을 즈음에 문득 좋은 생각이 떠올랐습니다.

마침 그들 셋이 바나나 나무 밑에 나란히 앉아 있을 때 원숭이와 꿩이 코끼리에게 물었습니다.

"코끼리 자네가 이 나무를 처음 보았을 때 나무가 얼마만큼이나 자라나 있었나?"

코끼리가 답을 했습니다.

"그러니까 내가 아주 어렸을 때 이 바나나 나무는 아직 어린 나무[苗木(묘목)] 라서 그 나무를 잘 타고 다녔는데 넘어다 보려고 하면 나뭇가지의 가장 높은 가장자리가 겨우 내 배쯤 왔을까 싶어. 아무튼 나는 이 나무가 어릴 적부터 잘 알고 있어."

그러자 꿩과 코끼리가 원숭이에게 물었습니다.

"원숭이 자네가 이 나무를 처음 보았을 때 나무가 얼마만큼이나 자라나 있었나?"

원숭이가 답을 했습니다.

"내가 어렸을 때는 땅에 앉아서 머리만 조금 쳐들면 나무의 싹은 먹을 수 있었거든. 그러니까 나는 이 나무가 싹텄을 때부터 알고 있는 셈이지."

그러자 원숭이와 코끼리가 꿩에게 물었습니다.

"꿩 자네가 이 나무를 처음 보았을 때 나무가 얼마만큼이나 자라나 있었나?"

꿩이 답을 했습니다.

"음, 그러니까 어느 곳에 커다란 바나나 나무가 있었는데, 내가 그

씨를 먹고 여기에 와서 볼일을 보았더니 이 나무가 나왔다네. 그러니 나는 이 나무가 나기 전부터 알고 있는 것이니 내가 가장 나이가 많은 셈이네."

이에 이르러 원숭이와 코끼리는 꿩에게 말했습니다.

"그렇다면 자네가 가장 나이가 많으니 우리는 자네를 존경하고 자네에게 복종하겠네. 자네도 아무쪼록 이제부터는 우리들에게 필요한 충고를 아끼지 말아주게."

이로부터 꿩은 다른 코끼리니 원숭이에게 충고와 계율(戒律) 등도 지키게 하고 또 자기 스스로도 그런 것을 잘 지켰기 때문에 이들 동물 세 마리는 죽어서 천국에 태어날 보증을 받았습니다.

3. 도둑놈과 재물 이야기

옛날 옛적에 브라흐마다타 임금님이 베나레스 고을을 다스리고 있을 즈음 어떤 마을에 '베다바다'라는 주문(呪文)을 알고 있는 바라문(또는 브라만)이 살고 있었습니다. 그리고 이 주문은 헤아릴 수 없는 귀하고도 신비한 힘을 가지고 있었다고 합니다. 그 하나의 예로 하늘의 별이 어느 일정한 위치에 오게 되면 이 바라문이 그 주문을 외우면서 하늘을 우러러 보면 금·은·유리·파리·마노·거거(硨磲)·산호 등의 이른바 칠보(七寶)가 비처럼 내렸다고 합니다.

그 즈음 보살은 이 바라문의 제자였습니다. 어느 날 바라문은 볼일이 있어 제자와 함께 '줄리아'국으로 가게 되었습니다. 그들은 그 나라로 가는 도중에 '파견단'이라 불리는 도둑떼 500명이 본거지로 삼아 지내고 있는 울창한 숲을 지나다가 불행하게도 도둑떼들에게 붙잡히고 말았습니다.

그런데 그 도둑떼를 '파견단(派遣團)'이라 부르는 까닭은 그들이 2

명의 길손을 잡으면 그들 가운데 한 사람으로 하여금 보상금을 가지고 오도록 파견하였기 때문입니다—다시 말해서 아버지와 아들 사이의 길손을 붙잡으면 그 아버지를 보내 아들의 보상금을 가져 오게 했고, 어머니와 딸 사이의 길손을 붙잡으면 그 어머니를 보내 딸의 보상금을 마련해 오게 했으며, 형제 사이의 길손을 붙잡으면 형을 보내 아우의 보상금을 마련해 오게 했고, 스승과 제자 사이의 길손을 붙잡으면 제자를 보내 스승의 보상금을 마련해 오게 함으로써 위험한 상황에서 간신히 벗어날 수 있었던 것입니다. 그러니 이때도 바라문을 볼모로 잡고서 제자인 보살이 돈을 마련해 오도록 파견되었습니다.

떠나면서 제자는 스승에게 신신당부를 하고 나서 돈을 마련하기 위하여 떠났습니다.

"하루 이틀 사이에는 꼭 돌아올 것이니 아무 염려 마십시오. 그런데 한마디는 꼭 명심하셔야 하겠습니다. 그것은 다름이 아니라 오늘이 마침 칠보를 떨어뜨리는데 꼭 알맞은 별 위치가 될 듯 하옵니다만 이처럼 도둑들에게 잡힌 몸으로 주문을 외워 재물의 비를 오게 한다는 것은 좋은 일이 아니라고 생각합니다. 그러니 꼭 명심하셔서 그런 일이 없도록 조심하여 주십시오 — 그것은 스승님께만 화(禍)가 미칠 뿐 아니라 도둑들에게도 뜻밖의 불행을 가져올 것이니 부디 조심하여 주십시오."

저녁이 되자 도둑들은 바라문을 결박해서는 땅 위에 넘어뜨려 놓았습니다. 마침 이때 보름달이 동녘 지평선 위에 둥실 떠올랐습니다. 바라문이 그 하늘의 모양을 자세히 살펴 보자니까 바로 칠보의 비를 내리게 할 별이 차츰 나타나기 시작했습니다. 그 별을 바라보던 바라문은

'내가 왜 이런 부자유스러운 꼴을 당해야 하나? 주문을 외워 재물

의 비만 내리게 하면 보상금은 문제 없이 마련되고 나는 곧바로 자유로운 몸이 될텐데'라는 생각이 들자마자 도둑들을 돌아다보고는 물었습니다.

"너희들은 왜 나를 붙잡아 두는 거냐?"

도둑들은 대답했습니다.

"그야 물론 보상금을 받기 위해 그러는 게지."

이에 바라문이 말했습니다.

"그것 때문이라면 문제는 간단하다. 나를 풀어주어 머리를 감고 새 옷으로 갈아 입을 수 있도록 하고, 몸에는 향료를 뿌리고 꽃으로 꾸며서 자유롭게 행동을 할 수 있도록 해다오."

바라문의 이런 주문을 들은 도둑들은 아무튼 그의 요구대로 다 들어주었습니다. 그러자 바라문은 하늘을 물끄러미 바라보며 그 주문을 외우자 어김없이 하늘에서는 칠보의 비가 내리기 시작했습니다.

도둑들은 저마다 그것을 주워서는 윗도리에 쑤셔 넣어 큰 보따리를 만들었습니다. 그리고는 바라문을 끌고서 이곳을 떠났는데 도중에 또 다른 도둑떼 500명을 만나게 되었습니다. 그들에게 붙잡힌 첫 번째 도둑떼들이 물었습니다.

"우리를 붙잡는 까닭이 뭐냐?"

"그야 보상금이 필요하니까."

이런 대답을 들은 그들이 말했습니다.

"그렇다면 저 바라문을 잡는 게 좋을 것이다. 그 사람은 하늘을 쳐다보기만 하면 재물이 비같이 내리게 하는 재능을 지니고 있다. 우리가 가지고 있는 보물도 모두 그 자 덕분에 얻은 것이다."

여기서 두 번째 도둑떼는 첫 번째 도둑떼들을 놓아주고는 바라문만 잡고서 소리쳤습니다.

"우리들에게도 보물을 달라!"
이에 바라문이 대답했습니다.
"너희들에게도 주고 싶지만 그 재물을 흐르게 할 별의 자리는 다시 한 해를 지내야 하니 그때까지 참아 줘야겠다. 그러면 너희들 바람대로 재물의 비가 오도록 해주겠다."
이 말을 들은 두 번째 도둑떼들은 대단히 화가 나서 소리쳤습니다.
"이 바라문 거지새끼야. 저자들에게는 어이 재물을 주었으면서 우리에게는 한 해를 기다리라고 하는 게 말이 되느냐?"
그리고 바라문에게 덤벼들어 날카로운 칼로 그를 두동강이 내어 죽이고는 그 주검을 길가에 내 버렸습니다.
그들은 놓아준 도둑떼들의 뒤를 쫓아갔고, 싸움 끝에 그들 500명을 모조리 죽이고 그들이 가지고 있던 재물을 모두 빼앗았습니다. 그리고는 또 자기네들끼리 두 패로 갈라져 다시 싸우기 시작했는데, 절반인 250명이 죽고 나머지 250명이 또 다시 두 패로 갈라져 싸우기를 되풀이하다 마지막으로 2명만 남게 되었습니다. 이리하여 모두 1,000명의 사람이 모조리 목숨을 잃고 말았던 것입니다.
여기에 마지막으로 남은 2명도 그 재물을 혼자 차지하고 싶어 그것을 어느 마을에서 가까운 숲속에 감추고는 한 사람은 칼을 들고 그것을 지키고 다른 한 사람은 쌀을 마련해 가지고 마을로 내려가 죽을 쑤어 오기로 했습니다. 그러나 탐욕(貪慾)은 파멸(破滅)의 근원이라는 말대로 재물을 지키고 있던 자는 생각했습니다.
'마을로 내려간 놈이 돌아오면 어쩔 수 없이 반씩 나누어 가져야 할 테니 차라리 그놈을 죽여 버려야겠다'
마침내 칼을 빼어들고는 마을로 내려간 놈이 돌아오기만을 기다리고 있었습니다.
그런데 죽을 쑤러 간 놈도 목숨까지 걸고서 힘들게 얻은 재물을 반이나 동료에게 주는 것이 아까운 생각이 들어서 죽에 독을 넣어서 그놈을 죽이고 재물은 자신이 혼자 다 차지하겠다는 생각을 하게 되었습니다.

그래서 죽이 준비되자 저 혼자 먼저 먹고 나머지 죽에 독을 넣어 숲속에 있는 동료에게 가지고 갔습니다. 그러나 그가 죽사발을 땅에 놓자마자 다른 한 놈이 단칼에 그를 찔러 죽였습니다. 그리고는 주검을 다른 곳에 감춰두고 돌아와서 독이 들어 있는 죽을 먹고는 그만 자기도 그 자리에서 쓰러져 죽고 말았습니다. 이처럼 그 재물 때문에 바라문을 위시하여 도둑떼들은 모조리 목숨을 빼앗기고 말았습니다.

바라문의 제자는 한 이틀 뒤에 보상금을 마련해 돌아왔는데 자기가 찾는 스승은 보이지 않고 사방에 재물만 널려 있었습니다. 그 광경을 보고 대단히 걱정이 된 그는 '내가 그토록 주의를 시켰건만 스승은 재물의 비가 오게 하여 그만 목숨을 잃으신 건가?'하며 얼마를 가노라니 아니나 다를까, 도중 길가에 스승의 주검이 엎어져 있었습니다.

'아, 스승님은 내 충고를 듣지 않았기 때문에 돌아가셨구나…… 슬픈 일이다.'

하면서 나무를 쌓아올려 스승의 주검을 화장하고 꽃을 올렸습니다. 그리고 또 한참을 가노라니 이번에는 주검 500구, 그 다음에는 주검 250구, 그 다음에는 많은 주검들이, 마지막에는 2구의 주검이 나뒹굴어 있었습니다.

그는 문득 깨달았습니다.

'스승님께서는 나의 충고를 듣지 않았기에 당신과 나머지 1,000명의 사람들을 모두 파멸로 몰아넣고 말았다. 누구든지 옳지 못한 수단으로 자기 욕심을 채우고자 하면 나의 스승님처럼 파멸로 갈 수

밖에 없다.'

그리고는 다음과 같은 내용의 노래를 불렀습니다—그릇된 수단으로 이익을 찾는 자는 파멸에 빠지고 만다. 줄리아국 사람들은 신비스러운 주문을 외우는 바라문을 죽임으로써 스스로도 모두 멸망해 버렸다.

제자인 보살은 온 숲이 뒤흔들릴 듯한 목소리로 자기 스승이 재물의 비를 내리게 하여 당신은 물론 다른 사람들까지 모두 파멸의 구렁텅이로 몰아넣은 전후를 이야기하고 나서 사방에 흩어져 있는 재물을 주워 집으로 돌아와 여러 자선사업을 벌인 다음에 하늘이 주신 명을 다 누리고 그 공덕(功德)에 따라 극락세계로 떠났습니다.

4. 마음씨 좋은 젊은이 이야기

옛날 옛적에 브라흐마다타 임금님이 베나레스 고을을 다스리고 있을 즈음 보살은 어느 촌장의 집에 태어났습니다. 성장하면서 마을의 우두머리가 되어 사람들에게 젊은 우두머리라고 불렸는데, 태생적으로 영리해서 앞을 내다보는 식견이 있었습니다.

어느 날 대궐로 들어가는 도중에 쥐 한마리가 죽은 것을 보고 별점[星占]을 치려고 하늘의 별들의 위치를 곰곰이 쳐다보더니 말했습니다.

"누구든 똑똑하고 건실한 청년이 이 쥐를 주우면 장삿길도 트이고 가족도 먹여 살릴 수 있을 것이다."

이 말을 한 청년이 듣게 되었는데, 그는 집안은 좋지만 지금은 가세(家勢)가 기울어진 한 청년이었습니다.

'젊은 두목님은 절대로 빈 말을 할 분이 아니다.'

그 쥐를 주워 어느 주막집에 들려 그 집 고양이 밥으로 5리(五厘)

에 팔았습니다. 그 돈으로 청년은 설탕을 사고, 또 항아리에 마실 물도 담아서 가져다 놓고는 꽃장사들을 기다려 그들에게 설탕을 조금씩 나누어 주고 나서 물도 국자로 떠마시게 했습니다. 꽃장사들은 그 친절의 대가로 꽃을 한가지씩 주었기에 청년은 그 꽃을 팔아 다음 날에는 전날보다 더 많은 양의 설탕과 물항아리를 함께 준비하고서 꽃장사들을 기다렸습니다. 이번에는 꽃장수들이 전날보다 더 많은 꽃을 사례로 주었습니다. 이렇게 하여 청년은 순식간에 16전을 얻게 되었습니다.

그 뒤 어느 비오는 날에 대궐 안 뜰에는 수많은 오래된 나무들과 나뭇잎 등이 꺾여서 왕실 정원사(庭園師)도 손을 댈 엄두를 내지 못하고 있었습니다. 그때 이 청년은 "오래된 나무와 떨어진 잎들을 나에게 준다면 내가 거두어 가겠소."하여 스스로 일을 맡았습니다. 그리하여 청년은 아이들이 놀고 있는 운동장으로 가서 설탕으로 아이들을 달래어 뜰 청소를 거들도록 하여 오래된 나무며 떨어진 잎들을 대궐 앞 턱에 산더미처럼 쌓아 올렸습니다. 마침 이때 대궐을 드나드는 그릇 굽는 사람이 오래된 나무며 떨어진 잎들이 산더미처럼 쌓은 것을 보고는 연료로 쓰겠다며 청년에게서 모두 사들였습니다. 그 값으로 화분 5개와 32전을 받았기 때문에 청년은 먼젓번에 받았던 16전을 합하여 48전의 돈을 가지게 되었습니다.

여기에서 또 새로운 계획을 세운 이 청년은 물을 담은 항아리를 성문 근처에 지고 가서 초동 500명에게 마실 물로 나누어 주었습니다. 그들이 물었습니다.

"당신은 정말 친절하신 분이로군요. 이 은혜는 무엇으로 갚지요?"

이에 청년이 이렇게 대답했습니다.

"그럴 일이 있을 때 제가 부탁을 드리지요."

이렇게 이리저리 돌아다니는 사이에 청년은 대륙 양쪽에 걸친 무역상들과 가깝게 지내게 되었는데, 어느 날 뭍에서 나는 물품을 다루는 무역상의 '내일 말장사 한 사람이 500마리 말을 고을로 팔러 올 것이다'라는 말을 듣고는 이어 그 초동들에게 뛰어가서 말했습니다.

"오늘 내가 여러분에게서 풀 한 다발씩 살 것이니 내가 산 풀이 다 없어지기 전에는 당신들의 풀을 절대 다른 사람들에게 팔지 마세요!"

초동들은 그의 부탁에 따라 500다발의 풀을 청년의 집으로 옮겨다 주었습니다. 다음날 말장사는 다른 데 가서도 풀을 살 수 없었기에 청년이 가지고 있던 풀을 50냥으로 모조리 사들였습니다. 그 2, 3일 뒤에 청년은 해산물 담당 상인들에게서 커다란 배 한 척이 항구로 들어온다는 이야기를 들었기에 16전을 투자하여 시간제(時間制)로 훌륭한 마차 한대를 내어 의젓하게 항구로 몰고 갔습니다. 그리고는 배의 짐을 모조리 사겠다는 약속을 해놓고 그 약속의 증거로 이름을 새겨 둔 반지를 짐 임자에게 맡겨 두었습니다. 그리고는 항구 근처에 커다란 천막을 치고 그 속에 덩그러니 자리 잡고 앉아서는 부하에게 단단히 일러두었습니다.

"만일 상인들이 오면 반드시 세 사람의 안내인을 순서대로 거치고 나서야 내 앞으로 데리고 오도록 하라."

이윽고 배가 도착했다는 소문을 듣고 100명 가까운 상인이 배의 짐을 사러 왔는데 이미 짐은 어느 큰 상인에게 다 넘어갔다는 이야기를 들을 뿐이었습니다. 거기서 장사꾼들은 앞다투어 청년에게로 와서 세 사람의 안내인의 면접을 거치고 나서야 청년을 만나게 되었습니다. 상인들은 짐의 일부를 맡기 위해 저마다 50냥씩을 청년에게 주고 다시 모든 짐을 맡는데 50냥씩 더 보태어 바치게 되었으니 청년이 베나레스 고을로 돌아가게 되었을 때는 1만 냥의 큰돈을 가지고 오게 되었습니다.

이 성공에 대한 인사를 차리러 청년은 돈 50냥을 가지고 젊은 우두머리를 만나러 갔습니다. 그러자 젊은 우두머리가 물었습니다.

"어떻게 이런 큰돈을 벌었느냐?"

이에 청년이 대답했습니다.

"당신의 충고대로 해서 넉 달이라는 짧은 시일 안에 이렇게 벌었습니다."고 대답하고는 쥐를 주운 다음의 이야기를 그대로 말했습니다. 이 이야기를 들은 젊은 우두머리는 이런 수완 좋은 청년을 다른 사람에게 내어주어서는 안 되겠다고 생각해 자기 딸과 혼인을 맺어 가산을 모두 물려주었습니다. 그리고 젊은 우두머리가 죽은 뒤 청년은 그 뒤를 이어 고을의 두목이 되었습니다. 그리하여 보살은 자기 공덕대로 다음 세상에 다시 살아나기 위해 이 세상을 떠난 것입니다.

• 동요

비야 오너라

비야비야 오너라
산을 넘어 굴러서
강을 건너 흘러서
바람 타고 오너라

비야비야 오너라
냉초꽃 물고서
호박잎 쓰고서
제비 따라 오너라

비야비야 오너라
복숭아란 옥수수란
잔뜩잔뜩 안고서
빨리빨리 오너라

비가 온다

비가 온다 비가 온다
앞뜰에는 봉선화가
뒤뜰에는 호박꽃이
벙실벙실 피는구나
에야에야 예라좋구나
얼씨구나 잘두 온다

비가 온다 비가 온다
앞논에는 벼이삭이
뒷밭에는 옥수수가
넘실넘실 춤을 춘다
에야에야 예라좋구나
얼씨구나 잘두 온다

비가 온다 비가 온다
앞집의 복순이두
뒷집의 꺽쇠놈두
장가를 들겠구나
에야에야 예라좋구나
얼씨구나 잘두 온다

기차

기차가 달리며 말하는 소리
칙착쾅쾅 씩씩하구나

벌판을 달리며 말하는 소리
달려달려 달려라 달달달

철교를 건너며 말하는 소리
찢어졌단 큰일이다 떨떨떨

언덕을 달리며 말하는 소리
힘들구나 힘들구나 흑흑흑

굴속을 달리며 말하는 소리
캄캄해 싫구나 캄캄캄

산을 넘어 강을 건너 잘두 달린다
칙착 쾅쾅 칙 쾅쾅

해와 달은 누구를 위해

머리글

6·25 전쟁은 우리 어린이들에게도 많은 불행을 주고 갔습니다. 아버지가 북으로 납치되어 간 어린이, 아버지가 전사한 어린이, 피란을 가다가 외톨이 되어 고아가 된 어린이, 폭격에 가족을 잃은 어린이, 집을 불 태우고 배움의 길을 잃은 어린이—

나는 이러한 어린이들에게 어떻게 하면 용기와 희망을 줄 수 있을까 하는 생각으로 이 소설을 쓰게 된 것입니다.

불행이란 당했을 때는 몹시 괴로운 것입니다. 그러나 그 불행을 헤치고 나갈 땐 희망과 용기를 얻어 밝은 생활도 할 수 있는 것이며 또한 남을 생각할 줄 아는 바른 생활도 할 수가 있는 것입니다.

여러분이 이 소설을 읽으면서 그런 점을 느끼고 어떠한 곤란이나 불행에도 지지 않고 해와 달처럼 빛을 잃지 않는 씩씩한 어린이가 되어 주길 바랍니다.

《해와 달은 누구를 위해》라는 이 책의 이름도 이런 뜻에서 붙인 것입니다.

1964년 10월

김이석

다시 찾은 서울

1·4 후퇴로 내놓았던 서울은 다시 수복 되었습니다. 피란갔던 사람들은 하나 하나씩 피란 보따리를 짊어지고 서울로 모여들기 시작했습니다. 서울엔 아직 사람이 들긴 이르다고 한강에서 군인들이 막고 있었지만, 그래도 어떻게들 들어오는지 용케들 들어왔습니다.

동대문과 남대문 시장에는 아침부터 저녁까지 물건을 사고파는 사람들로 와글거렸습니다. 충무로 피엑스(PX) 앞에는 외국 군인들이 언제나 뒤끓었습니다. 수도도 들어오고, 전기도 들어왔습니다. 며칠 전만 해도 널빤지로 굳게 못이 쳐 있던 골목어귀의 가게에도 주인이 들어와 제 물건을 차려놨습니다. 그 아래 선술집에도 저녁 때가 되면 사람들이 웅성거렸습니다. 이발소도 시계방도 열어 놓았습니다. 광화문 네거리에서 구두를 고치던 할아버지도 언제 올라왔는지 전에 앉았던 그 자리에서 구두를 고치고 있었습니다. 군인들의 차들만 보이던 거리에는 택시들도 보이기 시작했습니다. 전차들도 다녔습니다. 전차는 늘 비어 있어서 타기가 좋았습니다. 신문도 나왔습니다. 신문에는 매일 계속해서 휴전 회담 이야기가 났습니다. 그래도 밤이면 먼 데서 포소리가 은은히 울려왔습니다.

"휴전회담은 한다면서두 밤마다 대포소리만 들리니 어떻게 되는 셈인가."

하고 동네 노인들은 신문을 들고 모여 앉아서는 못마땅한 얼굴을 지었습니다. 동네 아이들도 매일 매일 모여들었습니다.

"너흰 어디로 피란 갔댔니?"
"난 대구야."
"난 부산이다."
"우린 제주도까지 갔었어."
그들은 반가움을 참지 못해 서로 손을 잡고서 놓을 줄을 몰랐습니다. 이리하여 전쟁 때문에 폐허가 되었던 서울은, 다시 옛 모습으로 돌아가기 시작했습니다.
어느 날 신문을 팔러 나갔던 대섭이는,
"어머니!"
하고, 소리치면서 들어왔습니다.
"난 부대에서 일하게 될지도 모르겠어요. 바로 언덕 아래 있는 '모터풀'에서 말여요. 그곳에서 나 같은 애를 하나 구한다나 봐요. 그래서 지금 빨리 가 볼래요."
어머니는 요즘 와서, 갑자기 철이 든 것 같아진 태섭이를 대견스럽게 바라보았습니다.
"그렇지만 네가 그런 곳에 들어가서 일을 감당해 낼 것 같니? 이제 학교가 시작하면 학교도 다녀야 할 텐데……"
"염려 마셔요. 학교는 언제 시작할지 지금 같아서는 알 수도 없는 걸요."
하고 말하고는 다시,
"남들도 다 하는 일을 나라고 왜 못해요. 참 그곳에 다니면 영어도 배우게 되고, 자동차도 고칠 수 있게 된대요."
그래도 어머니는, 태섭이를 부대에 보낼 마음이 나지 않는 모양이었습니다. 태섭이의 얼굴만 바라보고 있자,
"하여튼 가보고 올 테어요."
하고 태섭이는 어머니의 말을 더 기다릴 필요가 없다는 듯이, 대

문을 박차고 뛰어나가 언덕길을 내려가며 휘파람을 불었습니다.

어머니가 뒤따라 나갔지만 태섭이는 벌써 가시 쇠줄이 쳐 있는 공터를 지나서, 폭탄에 무너져 벽돌만이 높다랗게 우뚝 서 있는 삼층집 앞으로 사라졌습니다.

어머니는 그의 뒤를 멍하니 바라보고 서 있다가, 그만 눈시울이 뜨거워지는 것을 느끼며, 앞치마로 눈물을 닦았습니다.

"저 애도 저의 아버지만 계셨던들 저렇게 고생을 시키지는 않았을 텐데……"

하고 생각하니, 더욱 설움이 복받쳐 올라왔습니다.

태섭이 아버지는, 6·25전쟁 전까지 어느 대학교 교수를 지내다가, 인민군에게 납치되어 이북으로 끌려갔답니다.

그 후로 어머니는 아들이라고는 단 하나밖에 없는 태섭이를 데리고 부산으로 피란가서 갖은 고생을 다 해가며 살아오다가, 바로 얼마 전에 서울로 다시 올라온 것입니다. 어머니는 매일 밤 늦게까지 옷을 지어서 시장에 내다 팔았습니다. 그것으로 그들은 어떻게 간신히 살아갈 수 있었지만, 그러나 어머니의 마음은 언제나 태섭이를 남보다 허술하게 기르고 싶지는 않았습니다.

그러한 자기 아들이, 지금 혼자서 일자리를 구하러 간다는 것을 바라보니, 애처롭기가 한이 없으면서도 한편 미덥기도 했습니다.

"내 어떻게서든지 저 애 하나만이야 대학까지 공부를 못시킬라구. 참 저 애는 기계 같은 것을 만지기 좋아하니까, 그런 공부를 시키는 것이 좋을 거야."

하고 어머니는 늘 생각하고 있던 것을, 다시 혼자서 중얼거려 보는 것이었습니다.

태섭이는 저녁이 끝나고 뜰에 앉아 있을 때에는, 앞으로 자기는 제트기보다도 더 훌륭한 것을 만든다는 것이, 어머니에게 말버릇처럼 하는 이야기였습니다.

"어머닌 그때까지만 기다려 줘요. 그것을 타면 달나라도 갈 수 있을 게고, 별나라도 갈게고, 물론 이북에 가서 아버지를 구해 내오기도 문제없어요. 그때 아버지랑 어머니랑 우리 셋이서, 그 비행기를 타고 달나라를 구경가요. 정말 달나라는 얼마나 훌륭할까요?"

하고 태섭이는 혼자 공상에 젖어가며, 쓸쓸히 웃고 있는 어머니를 쳐다보는 것이었습니다.

서울에는 늘 비행기소리가 들렸습니다. 태섭이는 비행기소리만 들어도 그것이 무슨 비행기인지 알아냈습니다.

"저것은 틀림없이 B29야."

때로는 프로펠러 소리가 좀 이상하게 들려오면, 아주 걱정되는 얼굴로 고개를 갸웃거리는 것이었습니다.

"왜 소리가 저럴까. 아무래도 좀 이상한데……"

태섭이는 다음 날부터 모터풀에서 일하게 되었습니다. 그곳의 책임자인 준위의 하우스보이로 있게 된 것입니다.

오덴이라는 그 준위는, 키가 무척 크고 얼굴이 험상궂게 생겼습니다. 그러나 보기와는 딴판으로 마음이 좋은 사람이었습니다. 처음에 통역하는 사람이 태섭이를 끌고 가서 소개해 주었을 때에도, 그는 기름묻은 손을 자기 옷에다 아무렇게나 씻고 나서, 싱글벙글 웃으며 태섭이와 악수를 하자는 것이었습니다.

태섭이는 온종일 있어야 별로 하는 일은 없었습니다. 아침에 일터로 나가기 전에, 오덴이 시켜놓고 가는 몇 가지 일을 해 놓으면 그뿐이었습니다. 그것도 별로 힘든 일은 아니었습니다. 부대 앞에 있는 사진관에 가서 사진을 찾아오는 일이 아니면, 구두나 닦아놓는 일이었습니다.

그런 일이나 시키자고 자기를 무엇하려고 쓰는지 태섭이는 알 수가 없었습니다. 그는 자기도 기름투성이가 된 옷을 입고, 어른들과 섞여 기계를 만지고 싶었습니다.

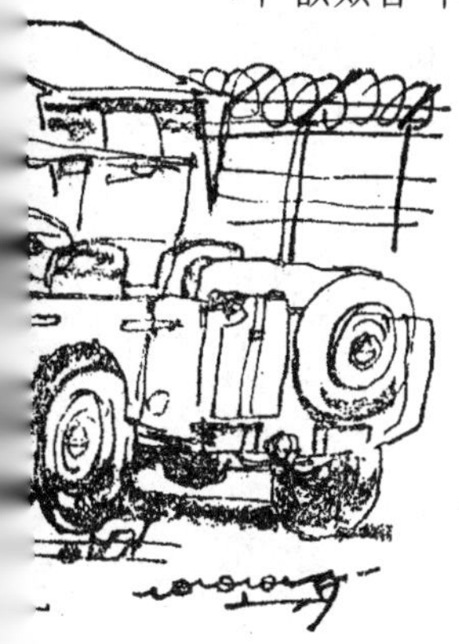

사실 그는 이 부대로 들어올 때 자기도 기름투성이가 되어, 엔진을 만지며 열심이 일을 할 수 있으리라고 생각했던 것입니다.

"이제부터는 나도 일선에서 쓰고 있는 차를 내 손으로 수리하게 되는 것이다. 그렇다면 일선에서 싸우는 군인들과 조금도 다름이 없지 않은가."

하고 그는 자기 책임이 중요하다는 것을 새삼스럽게 느꼈던 것입니다. 그러나 막상 들어와 보니 자기가 하는 일은 너무나도 맹랑한 일이었습니다.

그러나 같이 있는 동무들은 그렇게도 생각지 않은 모양이었습니

다. 태섭이가 불평을 말하면, 오히려 그것이 이상하다는 듯이,
"부대에야 뭐 일하자고 들어왔나. 놀자고 들어 왔지."
하고 코웃음을 치는 것이었습니다.
어느 날, 그는 오덴에게 차 수리하는 곳으로 보내 달라고 졸라 보았습니다. 그러나 오덴은 언제나 마찬가지로 싱글벙글 웃는 그 웃음으로,
"존은 아직 어려서……"
하고 들어 주질 않았습니다.
태섭이는, 오덴이 다른 것은 다 좋아도 자기를 존이라는데는 질색이었습니다.
"태섭이란 내 이름이 있는데, 왜 하필 존이라고 불러 줄까?"
그것이 싫다고 해도, 오덴은 무엇이 그렇게 싫으냐는 얼굴이었습니다. 태섭이는 속으로 화가 났습니다만, 어쩌는 수가 없었습니다. 그러나 오덴은 태섭이를 놀려주자고 그렇게 부르는 것은 아닌 모양이었습니다. 오덴은 태섭이를 무척 귀여워해 주는 편으로, 피엑스에서 먹을 것 같은 것도 잘 사다 주었습니다. 태섭이는 그런 것을 얻게 되면, 혼자 먹는 일이 없었습니다. 언제나 집에 갖고 가서 어머니와 같이 먹었습니다. 그런데 어머니는 태섭이가 부대안에서 한 일을 듣는 것이 무엇보다도 즐거운 모양이었습니다. 그러나 태섭이는 손수건이나 빨아주고, 구두나 닦아 주었다고는 이야기하고 싶지가 않아서, 말을 꾸며대는 수밖에 없었습니다.
"오늘은 캬브레터라는 것을 고쳐 주었어요."
"그것이 뭔데?"
"말하자면 가솔린과 공기를 적당히 섞는 것이어요. 그것이 자동차에선 제일 중요한 것이래요."
"네가 벌써 뭘 알기에……"

"글쎄, 이젠 그런 것쯤 고치는 건 문제없어요."

하고 대답을 하면서도, 어머니를 속인다는 것이 미안했습니다.

어느 날, 태섭이는 식당에서 저녁을 먹고 나오다가, 같은 하우스보이인 영선이가 쓰레기통에 무엇을 감추는 것을 보았습니다. 태섭이는 가슴이 두근거리는 대로 그의 옆으로 갔습니다.

"그게 뭐니?"

"아무것도 아니야."

"뭐 감춰?"

"누구에게 말했단, 넌 죽는 줄만 알아."

하고 영선이는 눈을 굴리며 뒤를 흘금흘금 보면서 저편으로 갔습니다. 자동차 부속을 누가 그곳에다 감추라고 시킨 모양이었습니다. 태섭이는 아무리 생각해도 좋은 일이라고는 생각할 수가 없었습니다. 그는 그들에게 매를 맞는 한이 있더라도 하는 수 없다고 결심하고, 그것을 오덴에게 이야기해 주었습니다. 세수를 하고 나서 수건으로 얼굴을 씻고 있던 오덴은, 태섭이의 이야기를 듣고 나자, 잠시 입을 다물고 있다가,

"그런 것 아는 체하지 않는 것이 좋아."

하고 한 마디 하고는, 멍하니 서 있는 태섭이를 꾸짖기나 하듯이,

"할 것 없으면 어서 집에나 가봐!"

하고 소리쳤습니다.

태섭이는 알 수 없었습니다. 오덴은 그 일은 그 후로도 자기 혼자 알고 있는 모양으로 물건을 쓰레기통에 묻어 두었다가, 쓰레기차에 실어 내가는 일은 그대로 계속되었습니다. 그것은 아무리 생각해도 태섭이가 학교에서 선생님께 배운 일과는 달랐습니다.

어느 날 오후, 태섭이가 읽던 동화책을 서랍에 넣어 두었던 것이 없어졌습니다. 태섭이가 그것을 찾느라고 서랍마다 모두 뒤져보고

있을 때, 옆의 침대에 누워서 자고 있는 줄만 알았던 영선이가 갑자기 웃어댔습니다. 그러자 다른 동무들도 모두 웃었습니다.

태섭이는 알 수가 없는대로,

"감췄지? 내놔!"

하고 영선이 머리맡으로 가서 말했습니다.

"감추긴 뭘 감췄다는 거야?"

하고 영선이는 어이없다는 얼굴을 했습니다.

"그러지 말고 어서 내 놔!"

하고 태섭이가 거듭 재촉하자,

"뭘 내놓란 거야? 한 대 들어가야 정신들 모양이야."

하고 주먹을 들먹했습니다. 웃음소리가 또다시 터

졌습니다. 태섭이는 자기 자리에 가서 숨을 죽여가며 가만히 생각해 보다가, 결심을 하고 불시에 일어섰습

니다.

"남의 책을 감췄으면 비겁하게 굴지 말고 나가자."

그러자 영선이는 움츠러들며 그곳에서 대장격인 성팔이가 불쑥 일어섰습니다.

"내가 감췄다. 그러니 어떻게 할 작정이야?"

천막 뒤는 바로 언덕이었습니다. 태섭이는 앞서서 언덕을 얼마큼 올라가다가 문득 돌아섰습니다. 뒤에서 따라오던 그들은 주춤하고 서며, 그를 둘러 쌌습니다.

"죽어도 좋다."

하고 태섭이는 이를 악물었습니다. 하여튼 손에 잡히는 놈은 죽어라고 때려 줄 생각이었습니다. 영선이는 뒤에서 우물거리고, 다른 애들도 기가 눌리는 듯했으나, 키가 큰 성팔이가 팔을 걷으며 소리쳤습니다.

"얘가 오덴에게나 곱게 뵈면……"

하고 손이 달려들었습니다. 그것을 날쌔게 피하고 나서 태섭이가 그의 멱살을 잡으려 할 때, 급기야 주위가 끓듯이 여럿이 달려들었습니다. 순간, 태섭이의 몸은 언덕 밑으로 굴러 떨어지고, 어느 새 등 위에는 성팔이가 타고 앉아서,

"스파이나 해 먹을 자식!"

하고 소리쳤습니다.

그와 함께 머리와 잔등에는 빗발치듯 주먹이 날아 들었습니다. 태섭이는 스파이라는 소리에 악이 뻗쳤으나, 손도 발도 움직일 수가

없었습니다.

태섭이가 다시 정신을 차렸을 때에는, 그새 얼마나 지났는지 알 수가 없었습니다. 사방은 고요한 채 아무도 보이지를 않았습니다. 태섭이는 갑자기 슬퍼지며 어머니가 생각났습니다.

"어머니, 어머니!"

울음소리와 함께 눈물이 빰 위로 흘러내렸습니다. 전신은 자꾸만 쓰리고 쑤셨습니다. 뒤에서 발소리가 들려 왔습니다. 그리고 누구인지 자기의 목을 끌어 당겼습니다.

"쌈은 왜 해?"

오덴의 소리였습니다. 영선이가 가서 알린 모양으로, 그도 뒤를 따라와서 태섭이의 몸을 붙잡아 주었습니다.

피투성이가 된 얼굴을 손수건으로 닦아주고 나서 오덴은 의무실로 업고 갔습니다.

그날 밤 태섭이는 의무실 한쪽 구석에서 밤을 밝혔습니다. 아침 식사를 하기 전에, 오덴이 잠깐 의무실에 들러서 머리의 혹과 얼굴의 멍든 데를 보고 갔습니다. 태섭이는 오덴이 싸운 이유를 물으리라고 생각하고 있었습니다. 그러나 오덴은 그런 말은 한 마디도 묻는 일이 없이 요를 다시 고쳐 주고서는

"하긴 싸움을 해야 빨리 크지."

하고 웃으면서 나가 버렸습니다.

태섭이는 누워 있으면서도 어머니가 어젯밤은 한잠도 자지를 못하고 자기를 기다렸을 생각을 하니 미안해 견딜 수가 없었습니다.

싸운 태섭이

태섭이가 동무들에게 매를 맞고 부대 의무실 침대에 누워 있던 그날 밤, 그의 어머니는 한잠도 자지를 못했습니다. 그날, 그의 어머니는 시장에 옷을 넘겨주러 갔다가 늦게야 돌아와서 방문을 열어 보고,

"우리 애가 아직 돌아오지 않았어요?"

하고 건넌방 아주머니에게 물었습니다.

그제야 그 아주머니도 태섭이가 아직 돌아오지 않은 것을 안 모양으로,

"그 애가 정말 오늘은 늦는구먼."

하고 대답했습니다.

그래도 태섭이 어머니는 별로 놀라지는 않았습니다. 부대에서 파티 같은 것이 있으면, 그것을 도와 주느라고 늦는 날도 있었기 때문이었습니다.

태섭이 어머니는 여느 날과 마찬가지로 옷을 짓고 있다가, 괘종시계가 아홉시를 치는 소리에 문득 놀랐습니다.

여름의 아홉시라면 그렇게 늦은 것도 아니지만, 그때 서울은 통행시간이 아홉시까지였던 것입니다.

태섭이 어머니는, 당황해서 옷을 짓던 것을 밀어놓고 부대로 찾아갔습니다.

불이 환히 켜져 있는 부대 정문에는, 미국 군인 둘이서 문을 지키

고 있었습니다.

태섭이 어머니는 그들에게 어떻게 말을 해야 할지 몰랐습니다. 그곳으로 달려오면서도 이런 것은 생각지도 못하고 왔던 것입니다. 그렇다고 그대로 돌아갈 수도 없는 노릇이었습니다. 혹시 부대안에서 한국 사람이라도 나오면, 붙잡고 이야기할 생각으로 기다렸으나 나오는 사람이 없었습니다. 이미 통행 시간이 지난 때라, 아무도 나올 리가 없었습니다.

태섭이 어머니는 하는 수 없어 문을 지키는 미국 군인한테 가서 절을 하고 나서,

"우리 태섭이 좀 찾아 줘요."

하고 말했습니다,

그러나 미국 군인은 태섭이 어머니의 말을 알아 들을 리가 없었습니다.

"태섭이?"

하고 장난치듯 외어 보고서는 모르겠다고 고개를 흔들었습니다. 그래도 태섭이 어머니는, 태섭이를 찾아볼 생각으로 손짓으로 자기 아들이 부대 안에 있다는 시늉을 했습니다. 그래도 미국 군인은 무슨 뜻인지 알 수 없는 모양으로, 멍청하니 태섭이 어머니를 쳐다보고 있다가, 뒤에 있는 군인에게 고개를 돌려 히죽 웃으며 뭐라고 중얼거렸습니다. 너는 알겠느냐고 묻는 모양이었습니다. 뒤에 있는 군인도 고개를 절레절레 흔들었습니다.

태섭이 어머니가, 이번엔 자기 아들이 자러 오지 않아 걱정이라고 자는 시늉을 하고 손을 흔들어 보였습니다. 그러자 지금까지 싱글벙글 웃던 미군이 갑자기 눈을 부릅뜨고

"까라까라"

하고 밀어댔습니다. 미군은 태섭이 어머니가 잘 데가 없으니 부대

안에 들어가 자게 해 달라고 조르는 줄 안 모양이었습니다.

태섭이 어머니는, 아들의 걱정도 걱정이려니와 마음까지 서러워졌습니다.

그때 저편 어두운 골목에서, 구두소리를 저벅 저벅 내며 순경이 왔습니다.

태섭이 어머니는 분주히 그 순경한테 달려가서 사정 이야기를 했습니다. 이야기를 듣고 난 순경은 영어를 모르는 때문인지 난처한 얼굴을 하고 있다가,

"하여튼 물어나 봅시다."

하고 미군한테 가서 태섭이 어머니와 마찬가지로 손짓을 해 가며 뭐라고 중얼거렸습니다. 그러나 미군은 아까와 마찬가지로 고개를 흔들었습니다. 순경도 하는 수없이 단념하고,

"저 사람들이 모르기만 한다니 어떻게 해요. 오늘은 늦었으니 그대로 돌아가시고, 내일 아침 다시 오셔서 알아보도록 하시오. 부대

안엔 애들이 많으니까 놀다가 늦어 자는지도 모르지요."

하고 마음을 누긋혀 주었습니다.

그러나 태섭이 어머니의 마음이 그런 말로 가라앉을 리는 없었습니다. 집에 돌아와 자리에 누워서도, 태섭이가 어떻게 된 것만 같아서 통 잠이 오지를 않았습니다.

언덕길 아래로 군대 트럭이 지나가는 소리가 들려도 혹시 차에나 치인 것이 아닌가, 하는 생각으로 가슴을 설렜습니다. 혹은 남들이 물건을 훔치는 걸 보고, 태섭이도 물건을 훔쳐갖고 나오다가 잡히지나 않았는가, 하는 생각도 해 봤습니다. 이렇게도 별별 생각이 다 날수록, 철없는 애를 부대에 보낸 것이 큰 잘못이라고 생각됐습니다.

걱정으로 밤을 밝힌 태섭이 어머니는 이튿날 새벽, 밥 지어먹을 생각도 않고 부대로 달려갔습니다. 문을 지키고 있는 미군은 다른 사람으로 바뀌어졌으나, 말을 모르는 것은 마찬가지였습니다. 그러니 태섭이 어머니는 누구든지 부대로 들어가는 사람을 문앞에서 기다릴 수밖에 없었습니다.

조금 후에 부대 안에서 일하는 노동자가 두 사람 왔습니다. 태섭이 어머니는 그들을 붙잡고 부대안으로 들어가게 해 달라고 이야기했지만,

"우리야 말을 알아야지요. 좀 있으면 영어를 아는 사람들이 올테니, 그때 부탁하도록 해요."

하고 자기들만 들어가 버렸습니다. 태섭이 어머니는 다시 문에서 물러서는 수밖에 없었습니다.

그때 부대안에서 지프차가 한 대 나왔습니다. 문을 지키던 군인이 대문을 막았던 장대를 들어주자, 지프차는 태섭이 어머니 앞을 씽 지나치다가, 갑자기 멈춰 서며 뒷걸음을 쳐 왔습니다.

"저 길 선생 사모님 아니셔요?"

하고 차에서 군복을 입은 젊은 청년이 얼굴을 내밀었습니다. 태섭이 어머니는 그 말이 기뻤습니다. 그러나 그 젊은 청년이 누군지를 알 수가 없었습니다. 멍하니 그 청년을 쳐다보자, 그 청년은 차에서 내리며,

"아마 사모님은 저를 기억하지 못할 겁니다. 전 한 두 번 댁에 찾아가서 뵈어 기억하고 있지만……"

"우리 집을 어떻게……"

"전 길 선생님에게 배운 학생이랍니다."

"그래요? 그리고보니 나두 어디서 본 것같이 낯이 익군요."

태섭이 어머니는 지금까지 어떤 모욕감으로 차 있던 마음도 사라지고, 그저 그의 손을 덥석 쥐고 싶은 마음이었습니다.

"그동안 고생 많이 하셨지요?"

"고생이 우리뿐이야 말이지요. 모두가 고생인 걸요."

"선생님의 소식은 통 모르지요?"

"알 길이 어디 있어요?"

"이번 싸움으로 모두가 걱정뿐이니!"

하고 한숨을 지어가며 우울한 얼굴을 하고 있다가,

"참, 사모님이 어떻게 이런 곳을 새벽에 나오게 되었어요?"

하고 물었습니다.

태섭이 어머니는 그제야 태섭이 아버지의 생각으로 울적해졌던 기분에서 벗어나며, 태섭이가 어제 집에 오지 않은 이야기를 하게 되었습니다. 그 청년은 잠잠히 이야기를 듣고 있다가,

"그래요? 그 애가 나와 같이 여기 있는 줄은 전혀 몰랐어요. 하여튼 제가 들어가서 알아보고 나올 테니 여기서 잠깐 기다리셔요."

하고 다시 차에 올라 '빵빵'하고 몰아 나가다가 휙 돌려 부대안으로 들어갔습니다.

조금 후에, 그 청년은 이번엔 걸어서 다시 나왔습니다.

"집의 애가 누군가 했더니 바로 그 애더군요. 그 앤 언제나 얌전했는데, 어쩌다가 동무들과 싸운 모양으로……"

하고 어찌된 일을 간단히 이야기해 주었습니다. 그리고는 문지기에게 뭐라고 한 마디 한 후 들어가자고 했습니다.

태섭이 어머니는 어젯밤부터 못 들어가서 애타던 생각을 하면, 이렇게도 쉽게 들어갈 수 있는 것이 이상스럽게 생각되었습니다.

청년이 안내해 주는 의무실로 가자, 얼굴이 부어오른 태섭이가 침대에 누워 있는 것이 이내 눈에 띄었습니다. 태섭이는 어머니를 보고 미안스러운 얼굴이 되었습니다. 그 얼굴을 보니 태섭이 어머니는 갑자기 가슴이 뜨거워지며 눈물이 흐르려고 했습니다. 그것을 억지로 참아가며 침대 옆으로 가서,

"힘두 없는게 동무들과 싸우긴 왜 싸우니?"

하고 꾸중 대신 웃었습니다.

태섭이는 어제 싸운 것은 자기의 잘못이 아니라고 생각했습니다. 오히려 자기가 떳떳한 때문에 싸운 것이라고 생각했습니다. 그것을 어머니에게 알리고 싶었습니다. 그러나 어떻게 말해야 좋을지 모르다가,

"어머니 어떻게 들어왔어요?"

하고 그것을 물었습니다.

"네 엄만 이곳에두 못 들어오는 바본 줄 아니?"

하고 웃으면서,

"정말이지, 저 선생님 만나지 못했더라면 들어오지 못할 뻔했다. 다행히도 저 선생을 만났기 망정이지."

"그럼, 어머닌 정 선생님을 전부터 아셨댔나요?"

하고 태섭이는 놀란 얼굴이 되며 물었습니다.

그러자 정 선생이 태섭이 옆으로 다가오며,
"알아두 잘 아는 사이지. 그러니 넌 오늘부터 나하구 친해져야겠다."
하고 웃으면서 말했습니다.
태섭이는 어떻게 된 영문인지 몰라, 이상하다는 눈으로 웃고 있는 두 얼굴을 번갈아 쳐다봤습니다. 그러다가 어머니의 설명을 듣고 나서야,
"정 선생님이 아버지 제자셔요?"
하고 좋아서 일어나려고 했습니다. 그러나 어제 채인 허리가 뜨끔하는 바람에 '아야!'하고 소리치고서 그대로 눕고 말았습니다.
태섭이와 정 선생은 그날부터 아주 친해지고 말았습니다. 태섭이는 정 선생이 마치 형과 같았으며, 또한 그와 마찬가지로 정 선생도 태섭이가 자기 동생처럼 생각되었습니다.
어느 날 오후였습니다. 태섭이가 동무들과 탁구를 치고 있는데 정 선생이 차를 몰고 와서,
"나하고 놀러가지 않으련?"
하고 산책을 가자고 했습니다. 그 말이 물론 태섭이는 싫을 리가 없었습니다. 정 선생과 같이 차를 타고 교외 길을 달리는 것도 즐겁거니와 태섭이가 좋아하는 냉면도 사주기 때문이었습니다. 그러나 언젠가는 정 선생이 친구 집에 잠깐 들른다면서 태섭이에게 차를 보게 하고서는, 거의 한 시간이나 있다가 온 일도 있었습니다. 그날은 오던 길에 중국집에 들러 우동을 사 줘서 태섭이의 마음을 풀어 주기는 했지만……
"오늘도 전날처럼 차나 보라고 데리고 나가겠다는 것 아니어요?"
"오늘은 절대로 그런 일 없이 좋은 데 데리고 갈 께."
"좋은 데가 어딘데요?"

"하여튼 따라만 와."
"따라만 오라는 게 아무래도 수상해요."
"염려 마라."
"또 골리려는 것 아니어요?"
"태섭이한테 내가 신용이 아주 폭락됐구나, 그러면 하는 수없이 나 혼자 가는 수밖에."
하고 정 선생은 일부러 시무룩한 얼굴을 하며 혼자 떠날 듯이 차의 '엔진'을 걸었습니다. 태섭이는 당황해서 분주히 차에 올라탔습니다.
차는 삽시간에 시가지를 지나 청량리 밖으로 달렸습니다. 속도를 내 달릴수록 앞에서 풍겨오는 바람에 모자가 날아갈 것만 같아 모자를 푹 눌러썼습니다. 얼굴을 조금이라도 옆으로 돌리면 코가 시려 견딜 수가 없을 지경이었습니다. 수풀이 우거진 산 언덕을 달릴 때면, 바람은 푸른 빛깔처럼 느껴졌습니다. 푸른 벌판을 지날때면 바다 위를 달리는 것만 같았습니다. 멀리 서 있는 포플러가 달려오다가 휙 지나가고—달리는 지프차에서 보는 세계는 모두가 춤을 추는 것만 같이 보였습니다.
태섭이는 정 선생이 정말 좋은 곳으로 데리고 가는 모양이라고 생각했습니다.
차는 계속해서 더욱 세차게 달려 산모퉁이를 돌았습니다. 그러자 그 산골짜기에 부대가 보였습니다. 정 선생은 차를 몰아 그 부대로 들어갔습니다.
"좋은데 데리고 간다는 것이 기껏 이런 곳이야?"
태섭이는 지금까지 긴장했던 기분이 한꺼번에 꺼지는 것 같았습니다. 또 골린다는 생각이 났기 때문이었습니다.
"좋다는 곳이 여기여요?"

"여기가 얼마나 좋니, 산 있구 물 있구 나무 있구?"
하고 웃고 나서,
"나 잠깐 사무실에 들어갔다 나올께."
하고 서류를 넣은 종이 봉지를 들고 차에서 내렸습니다.
태섭이는 정 선생의 잠깐만이라는 것이 한 시간이 될는지 두 시간이 될는지 모른다고 생각하면서도 하는 수 없다고 생각했습니다. 그러나 정 선생은 5분도 채 못 되어 나왔습니다.
"어때? 이만하면 나두 신용이 꽤 있지?"
"해가 서쪽에서 뜬 것 같아요."
"그래! 내가 그렇게두 태섭이에게 신용이 없어서 되겠나, 하여튼 오늘은 볼 일을 다 봤으니 좋은 곳에 가서 좀 놀다 가자."
차를 굴려 부대 밖으로 나왔습니다. 그리고는 올 때와는 달리 천천히 운전해 골짜기로 들어섰습니다. 그 골짜기로 한참 들어가다 산 중턱쯤 올라가서 차를 멈추었습니다. 그곳은 앞이 환히 터져 벌판이 바라보이고, 선선한 바람도 불어왔습니다.
"태섭아! 이 백(가방) 속에 뭐가 든지 아니?"
하고 정 선생은 차에서 백을 내리면서 태섭이에게 물었습니다.
"뭐가 들었어요?"
"맞춰 봐."
"글쎄, 뭐가 들었을까?"
"풀어 봐."
백을 태섭이에게 내어 주었습니다. 열어 보니 그 속엔 과일과 과자가 가득 차 있었습니다.
"정말 웬 일이어요?"
"태섭이에게 잃은 신용을 되찾기 위해서 내가 한턱 내는 거야."
둘이서 풀밭에 뒹굴어 가며, 과일과 과자를 먹었습니다. 태섭이가 처음 맛보는 맛난 과자였습니다.

"태섭인 앞으로 무슨 공부를 하고 싶어?"

정 선생이 무슨 생각인지 이런 말을 물었습니다. 태섭이는 늘 어머니에게 하던 말대로,

"달나라에도 갈 수 있는 비행기 만드는 공부를 할래요."

하고 대답했습니다.

"아버지가 훌륭한 과학자이시니까 태섭이도 역시 과학자가 되고 싶다는 것이구나."

하고 정 선생은 말하고 나서,

"그 과학자가 지금은 하우스보이란 좀 처량한데……"

하고 놀리듯이 웃었습니다. 그 말은 태섭이에게도 싫은 말이었습니다. 태섭이는 풀이 죽은 얼굴로,

"사실 난 하우스보이나 되자고 부대에 들어갔던 건 아니어요."

"그럼?"

"모터풀(자동차 정비소)에서 일을 하러 들어갔던 걸요."

"자동차 고치는 일을?"

"그럼요."

"대단한 생각이었구나."

"그런데 어디 오덴이 그런 일을 하게 해야 말이지요."

"그야 네가 그런 일 하긴 아직 어리니까 못하게 하는 것이지."

"그렇지만 난 지금부터 그런 기계 일을 하고 싶은 걸요."

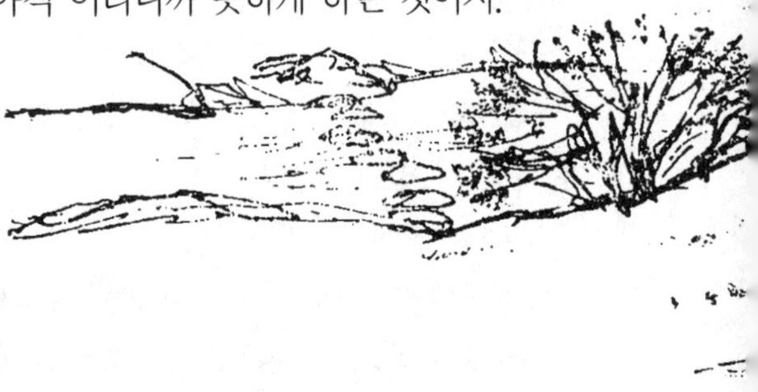

하고 그런 일을 좀 하게 해달라고 정 선생에게 졸라댔습니다. 그러나 정 선생은

그런 말을 들어줄 생각은 않고,

"넌 그 보다도 더 중요한, 네가 할 일이 있어."

"그것이 뭔데요?"

"학교에서 배우던 공부."

하고 말하고 나서,

"너, 학교에서 공부하던 것을 계속하고 있니?"

하고 물었습니다.

태섭이는 갑자기 얼굴을 붉혀 고개를 모로 흔들었습니다.

"그렇다면 안 됐다. 내일부터 나하구 시작하도록 하자."

하고는,

"그것이 말하자면 앞으로 네가 만들겠다는 비행기를 지금부터 만들고 있는 것이나 같은 거야."

하고 말해 주었습니다.

태섭이는 그동안 전쟁을 핑계로 너무 놀았다고 생각했습니다.

"그래, 내일부터는 다시 공부를 계속해야겠다."

이렇게 결심했습니다만, 결심하고 보니 교과서가 없는 것이 걱정되었습니다. 그러나 그것도 다시 생각해보니, 헌책방에 가서 찾아보면 구할 수가 있을 것 같았습니다.

"그러면 선생님, 내일부터 제 선생님이 돼 주시겠어요?"

"네가 공부를 한다면야."

"그럼, 내일부터 점심시간에 공부를 시작해요."

태섭이는 기쁨에 찬 얼굴을 정 선생에게 들어 뵈었습니다.

어머니와의 이별

부대 안에서 이야기가 돌던 그대로 역시 일선 전방으로 이동하게 되었습니다. 그것이 앞으로 일주일 밖에 남지 않은 어느 날 저녁이었습니다. 태섭이가 부대에서 돌아오는 길에 문득 지프차가 멈춰지며, 어디 나갔다 들어오는 정 선생이 분주히 차에서 내렸습니다. 그리고는 차를 먼저 보내고 나서,

"너 나하고 저기 가 앉아서 이야기 좀 하자."

하고 태섭이를 데리고 무너진 집 현관 앞에 가서 앉았습니다. 정 선생은 서쪽하늘에 아직도 붉은 노을을 잠시 바라보고 있다가,

"너 어머니에게 부대가 이동한다는 이야기 말씀드렸니?"

하고 머리를 돌려 물었습니다.

태섭이는 잠잠히 고개를 끄덕였습니다.

"뭐라고 말씀하시던?"

"가지 말래요."

그 말에 정 선생은 실망하는 얼굴빛을 드러내며,

"그래?"

하고는, 다시 서쪽 하늘로 얼굴을 돌렸습니다. 그리고는 무엇을 생각하는 듯 한참이나 있다가 다시 입을 열었습니다.

"그래도 내년 봄에 중학교에 들어가려면 나와 함께 공부를 계속해야 하지 않겠니?"

하고 태섭이의 얼굴을 살폈습니다. 태섭이는 아무 대답없이 땅만

내려다보고 있었습니다.

"넌, 나를 따라 일선에 가고 싶니?"

하고 정 선생은 다시 물으셨습니다..

그 물음에도 태섭이는 대답을 못하고 역시 마찬가지로 땅만 내려다보고 있었습니다. 그러나 정 선생은 그것을 태섭이에게 더 물으려고는 하지 않았습니다. 담배를 꺼내 두어 모금 푹푹 피워 보다가 그대로 집어던지고 일어섰습니다. 그리고는 지금까지 침울하던 얼굴이 갑자기 밝아지며,

"빨리 가야지. 어머니가 기다리실 텐데."

하고 웃었습니다. 태섭이는 정 선생을 따라 잡초가 무성한 오솔길을 나와서 헤어졌습니다. 갑자기 마음이 텅 비어지는 듯한 기분이었습니다. 사실 태섭이는 여기 부대가 이동한다는 말은 아직까지 하지 않았던 것입니다. 그러니 어머니가 태섭이에게 일선에 가라니 말라니 하는 말도 했을 리가 없었던 것입니다. 그것을 태섭이는 정 선생에게 어머니가 가지 말란다고 거짓말을 한 것이었습니다.

그는 이미 자기 혼자서 자기는 정 선생을 따라 일선에 갈 수 없다고 생각했기 때문이었습니다. 만일 자기가 일선에 가게 된다면 어머니는 얼마나 외로울 것인가. 내가 공부를 못하는 한이 있더라도, 언제나 어머니 옆에서 어머니와 같이 살아야 하는 것이다, 하고 그는 생각한 것이었습니다.

그러면서도 한편 정 선생과 헤어져야 한다는 안타까운 마음은 또한 어찌할 수 없는 것이었습니다.

그것을 생각할수록 마음은 자꾸만 어두워지는 것 같았습니다.

태섭이는 부산에서 4학년에 다니다가 서울에 올라왔지만, 그동안 피란살이 사느라고 제대로 공부를 못해서 3학년의 것도 모르는 것이 많았습니다. 그것을 간신히 정리해 놓고, 4학년의 것을 배우려고

할 때, 정 선생과 헤어지게 된 것이었습니다—이제 정 선생이 떠나면 모르는 것은 누구에게 물어야 하는가. 그래도 국어 같은 것이라면 어머니에게 물어서라도 어떻게 할 수 있을지 모르지만 그러나 자연이나 산수 문제 같은 것은 어머니도 몰라서 쩔쩔 매지 않는가……

그는 돌부리를 차며 걷던 걸음을 멈춰 몸을 돌이켜 우뚝 서서 정 선생의 뒷모습을 바라보았습니다. 어느덧 사방은 어둠 속에 스며들기 시작하여, 멀리 걸어가는 정 선생은 어두운 윤곽만이 겨우 짐작될 뿐, 자기와는 자꾸 멀어지는 것 같았습니다. 태섭이는 덧없는 마음으로 길바닥의 돌을 주워 아무렇게나 던졌습니다. 돌은 공중을 날다가 빈 집의 들창으로 들어가 떨어지는 소리가 났습니다. 태섭이의 마음은 더욱 텅 비는 것 같았습니다.

그날 밤 태섭이는 옷을 짓고 있는 어머니 옆에서 산수 문제를 풀었습니다. 요즘은 그전보다 모르는 문제가 더 많았습니다. 그는 아까부터 문제를 풀지 못해서 끙끙거리다 못해 어머니에게 물었습니다. 어머니가 풀지 못할 것을 뻔히 알면서도 묻게 되는 것이었습니다. 어머니는 분주히 일감을 놓고서는 산수 문제를 읽어 보았습니다. 그리고는 꽤 풀 듯한 얼굴로 연필을 쥐고 숫자를 써 보는 것이었습니다. 그러다가는 잘 알 수 없다는 듯이 다시 산수 문제를 읽었습니다. 이렇게 몇 번이고 반복하다가 그만,

"난 모르겠다. 내일 정 선생님께 가르쳐 달래렴."

하고 연필을 놓고 말았습니다.

태섭이는 그 정 선생이 이곳에 있는 것도 며칠 남지 않았다는 것을 생각하니, 마음이 답답해져 공부할 생각도 없어지고 말았습니다. 그때 누가 밖에서,

"태섭이!"

하고, 찾는 소리가 들렸습니다. 정 선생의 목소리였습니다. 태섭이

는 갑자기 가슴이 울렸습니다. 밖에서 찾는 소리가 다시 들렸습니다. 그제야 찾는 소리를 듣고 어머니가,

"누가 찾는가 보구나."

하고 태섭이에게 말했습니다.

그래도 태섭이는 나가서 문을 열어 줄 생각을 하지 않고, 어머니의 얼굴만 쳐다보고 앉아 있었습니다. 정 선생이 오시게 되면 자기의 거짓말이 드러날 것이 걱정되기 때문이었습니다. 다시금 밖에서는 대문을 흔들어대면서 불렀습니다. 그제야 어머니도 정 선생의 목소리를 알아차린 모양이었습니다.

"정 선생이 오시지 않았니?"

"그런가 봐요."

태섭이는 어차피 일어나지 않을 수가 없었습니다. 그리고도 마루에서 신을 찾느라고 한참이나 어물거렸습니다. 밖에서 찾는 사람은 그들의 생각대로 역시 정 선생이었습니다. 태섭이는 대문을 열어 주며 기쁘기도 하고 걱정되기도 했습니다. 정 선생이 뜰로 들어서자, 어머니도 전등불을 비춰 주며 반겼습니다.

"그렇지 않아도 우린 지금 산수 문제를 풀다가 못 풀어 정 선생 이야기를 하고 있었다우."

"그래요, 태섭이가 모르는 것이 어떤 문제야?"

하고 정 선생은 산수 문제부터 읽고 나서,

"이런 것을 몰라 쩔쩔 매다니."

하고 놀리면서 이어 풀어 놓았습니다. 산수 문제는 참 이상스러운 것이었습니다. 남이 풀어 논 것을 보면 그렇게도 쉬운 것을 몰랐던 것이 어이없기도 하고, 부끄럽기도한 것이었습니다. 그러나 어쩐 셈인지 오늘은 정 선생이 풀어 논 것을 보아도 알 수 가 없었습니다. 태섭이는 고개를 꼬았습니다.

"뭐, 모를 것이 있어?"
하고 정 선생은 산수 문제 풀어 논 것을 보고 있다가,
"내 정신 봐. 대수로 풀어 놨으니, 태섭이가 알 리가 없지."
하고 허허 웃었습니다.
그 소리에 어머니도 따라 웃었습니다. 태섭이는 '대수'라는 말이 처음 듣는 말이었습니다.
"대수가 뭐여요?"
하고, 태섭이는 정 선생에게 물었습니다.
"그건 네가 이제 중학교에 다니게 되면 자연히 배우게 되니까 지금은 몰라도 좋아."

하고 가르쳐 주지를 않았습니다. 그 대신에 정 선생은 어머니에게 얼굴을 돌려,

"태섭이를 앞으로 어떻게 하실 생각입니까?"

하고 물었습니다.

어머니는 그 말이 무슨 뜻인지 몰랐습니다. 그러나 태섭이는 결국 자기의 거짓말이 드러날 때가 왔다고 생각하며 얼굴을 푹 숙였습니다.

"제가 없어두 태섭이를 계속해서 가르쳐 줄 사람이 있냐 말이어요."

하고 정 선생은 재차 물었습니다.

어머니는 갑자기 놀라며,

"정 선생이 어디로 가게 됐어요?"

하고 되물었습니다.

정 선생은 이상하다는 듯이 어머니와 태섭이의 얼굴을 두루 살피다가 다시 물었습니다.

"제가 있는 부대가 일선으로 이동한다는 것을 모르시나요?"

"난 처음 듣는데……"

하고 어머니는 더욱 놀랍다는 얼굴을 했습니다.

그러자 정 선생은 태섭이에게 얼굴을 돌려 약간 꾸짖는 듯이 말했습니다.

"너 어머니에게 부대가 이동한다고 말씀드렸다는 것은 거짓이었구나?"

태섭이는 어떻게 대답을 해야 할지 모르는 채 고개를 끄덕였습니다.

정 선생은 태섭이의 마음을 그제야 어느 정도로 짐작한 모양이었습니다. 그러면서도 일부러 우스갯소리로 꾸며댔습니다.

"일선엔 대포소리가 요란하다니까 겁이 난 모양이지."

그 말에 태섭이는 그게 아니라고 고개를 내저었습니다.

"그럼, 왜?"

정 선생은 웃으며 물었습니다. 태섭이는 슬그머니 눈을 들어 어머니를 바라보았습니다. 그 순간 어머니 눈과 부딪쳤습니다. 어머니도 태섭이의 마음을 알아챈 모양이었습니다. 그러자 정 선생이 정색해서 어머니에게 입을 열었습니다.

"사실 전 오늘, 사모님이 태섭이를 일선에 가지 말란다기에 그것을 의논하러 왔던 것입니다. 사모님은 어떻게 생각하십니까? 태섭이를 저와 함께 일선에 보내는 것을 말입니다. 사모님이 혼자서 지내셔야겠으니 쓸쓸도 하시겠지만, 그렇지 않고서는 공부를 계속하기가 곤란할 일이 아닙니까?"

"정 선생이 그렇게까지 태섭이를 생각해 주니 얼마나 고마운지 모르겠어요. 그런데 가는 곳이 험한 일선이라니 마음이 놓이지 않는군요."

역시 어린 자식을 일선에다 내어 놓기가 거리끼는 모양이었습니다.

"그렇지만 요즘 일선이란 싸움이 없으니까 별로 위험한 일은 없습니다."

정 선생의 이 말을 듣고서도 어머니는 그 자리에서 결정을 지을 수가 없었습니다. 그저 멍하니 전등불만 쳐다보고 앉아 있다가, 내일 아침 태섭에게금 확답을 알려 주겠다고 정 선생에게 말했습니다.

정 선생이 돌아간 후 밤늦게까지 일을 하시던 어머니도 그날은 태섭이와 함께 자리에 누웠습니다. 불을 끄고 나서 어머니는 태섭이에게 가만히 타이르듯 말했습니다.

"네가 나를 생각해서 정 선생에게 거짓말 한 심정을 내가 모르는 것은 아니란다. 그러나, 네가 정말 나를 기쁘게 하는 것은 어떻게 해서든지 애써서 네가 훌륭해지는 것이란다."

태섭이는 어머니 말에 가슴이 흐뭇해지면서 눈시울이 뜨거워짐을 느끼었습니다. 그러면서 소르르 잠이 들고 말았습니다. 그러나 어머니는 그렇게 쉽게 잠이 들 수가 없었습니다. 날이 훤해 올 때까지 생각을 하다 못해, 결국 태섭이를 정 선생과 함께 일선에 보내 놓을 수밖에 없다고 생각했습니다.

태섭이 어머니는 전날보다도 더 열심히 옷을 짓고 있었습니다. 지은 것을 보자 이것도 저것도 모두가 태섭이 것이었습니다. 그것을 납치되어 간 아버지가 쓰시던 포스톤 백에 차근차근 넣었습니다. 그 속엔 비가 오는 으스스한 날에 입으라고 털 셔츠도 넣어 줬습니다. 맨 밑에는 아버지와 어머니가 둘이서 찍은 사진을 넣어 주었습니다. 그리고 태섭이가 좋아하는 약과도 만들어 유지에 싸 넣었습니다. 어머니는 이 두 가지를 태섭이 몰래 넣으면서 태섭이가 이것을 발견하고 얼마나 놀랄 것인가 상상하면서 쓸쓸히 웃었습니다.

이윽고 부대가 이동하는 그 날이 왔습니다. 어제와 마찬가지로 일곱 시에 놓은 사발시계가 요란스럽게 울어댔습니다. 그러나 자리에서 일어나는 태섭이는 그날만은 이상스럽게도 힘이 없었습니다. 이대로 언제까지나 어머니 곁에 있고만 싶었습니다. 어머니 심정도 역시 마찬가지였습니다. 잠시도 떨어지고 싶지 않은 자기 아들에게 힘을 주기 위해서 '잘가라' 고 하지 않으면 안 되는 것이었습니다. 쓸쓸하고도 괴로운 조반이었습니다. 어머니는 태섭이가 좋아하는 토란국을 끓여 주었습니다. 어머니는 마지막이나마 힘껏 태섭이를 껴안아 주고 싶었습니다. 그러나 태섭이는 그것이 싫었습니다. 자긴 아직 어린아이라 해도 자기 마음속에 사무치고 있는 슬픔을 어머니에게 보여 주고 싶지 않기 때문이었습니다. 나는 사나이다, 일선으로 싸우러 가는 씩씩한 사나이다. 그러나 그러한 자신과 자랑이 어머니의

품에 안기면 한꺼번에 무너져 버리고 말 것만 같기 때문이었습니다. 그러나 그는 대문에서,

"그럼, 안녕히 계셔요."

하고, 인사를 하다가 눈물이 글썽한 어머니의 눈을 보고, 그만 어머니 품에 뛰어들고 말았습니다.

어머니는 흐느끼면서 태섭이 머리 위에 부드러운 뺨을 부벼 주었습니다. 태섭이는 자기 머리 위에 어머니의 부드러운 사랑의 자국이 남아진 것 같았습니다.

"어머니, 울지 마셔요. 일선엔 지금 싸움도 없다는데 울긴 왜 울어요. 내가 그곳으로 가는 건 앞으로 훌륭하게 되기 위해서 가는 것 아니어요?"

태섭이는 그렇게 말하면서도 마음으로는 울고 있는 것이었습니다. 어머니는 분주히 눈물을 거두었습니다.

"잘 때마다 아버지를 위해 기도드리는 것 잊지 마라."

"제가 그걸 왜 잊겠어요. 어머니에게도 기도 드리겠어요."

"부대가 떠날 때는 나도 나가

보겠다."

"오지 말아요. 그러면 또 슬퍼질걸."

어머니는 대문에 서서 태섭이의 뒷모습을 바라보고 있었습니다. 구월의 하늘은 아침부터 맑게 개어 해는 벌써 중천에 올라 커다란 건물 들창 사이로 쏴 부셨습니다.

집 모퉁이를 돌아가다 태섭이는 다시 한 번 돌아서서, 어머니를 쳐다보며 손을 흔들었습니다. 그뿐으로 태섭이는 집을 돌아 없어지고 말았습니다.

어머니의 마음은 슬펐습니다. 오늘부터는 휘파람으로 노래를 부르면서 언덕을 뛰어올라오는 기운찬 구두소리도 들을 수가 없게 됐습니다. 대문을 덜커덕 덜커덕 세 번 흔들고서, '어머니!' 하고, 부르는 소리도 들을 수가 없게 됐습니다. 그리고 밤늦게 일을 하고 있다가 태섭이가 이불을 차고 자면 끌어다 덮어 주고, 얼굴을 만져 줄 일도 없게 되었습니다. 그러나 이 슬프고도 외롭고 괴로운 어머니의 마음을 위로해 주는 것은 단 한 가지, 태섭이가 일선에서 정 선생과 함께 뛰어놀며 즐겁게 공부하다가 돌아오리라는 그것뿐이었습니다.

새 출발

태섭이네 부대가 일선으로 이동한 곳은 아주 경치가 좋은 곳이었습니다.

뒤에는 수풀이 우거진 산이 있어, 아침 저녁으로 이름 모를 새들이 울었고, 앞에는 강이 흘러 고기도 낚을 수 있었으며, 헤엄도 칠 수가 있었습니다.

아직도 따가운 햇빛 아래서 동무들과 멱을 감다가 모래밭으로 나와 뒹굴어 가며, 자줏빛 아지랑이가 뽀얗게 낀 먼 산을 바라보면 마치 동화에서 나오는 나라에 와 있는 것만 같은 기분이었습니다.

태섭이는 이 곳에 온 후로 매일 규칙적인 생활을 했습니다. 아침 다섯시면 벌떡 일어나, 정 선생에게 글을 배웠고, 여덟 시 반에 식사를 하고 나서는 열두시까지 오덴의 일을 해 주었습니다. 오덴의 일은 후방에 있을 때보다도 이곳으로 온 후로 훨씬 많아졌습니다. 이곳은 세탁소가 없기 때문입니다. 그래서 오덴의 빨래를 모두 태섭이가 해 줘야 하기 때문입니다. 그렇다고 그것이 그리 대단스러운 일은 아니었습니다. 오전 중엔 넉넉히 해치울 수 있는 일이었고, 또한 강에 나가서 빨래를 하는 일은 즐거운 일이기도 했습니다.

그는 빨래를 모래밭 위에 널어 놓고, 자기도 하고, 모래밭에 누워 푸른 하늘을 바라보기도 했습니다. 그러면 뒷산에서 들려오는 매미들의 소리가 어느 때보다도 더욱 아름답게 들려 왔습니다.

점심 시간이 끝나면 그때부터 저녁까지는 완전히 그의 자유로운 시간이었습니다. 태섭이는 정 선생과 함께 뒷산으로 올라가, 나비와 벌레들을 잡아다가 표본을 만드는 것이 무엇보다도 즐거웠습니다.

태섭이는 가끔 군인들과 같이 섞여 '인도어·베이스볼' 도 했습니다. 그때는 언제나 세컨드를 맡아 보았습니다. 키는 비록 작지만 자기 앞으로 오는 공은 좀처럼 놓치질 않았습니다. 뿐만 아니라, 떠오는 공을 재빨리 잡아내어, 다른 베이스에 던져서 단번에 '투 아웃'을 먹여 구경하는 사람들로부터 박수를 받기도 했습니다.

저녁 식사가 끝나면 대개 군인들은 둘러앉아서 돈내기 트럼프를 했습니다. 그러나 태섭이는 그런 것엔 눈을 팔지 않고, 한편 구석에서 정 선생이 내어 준 숙제 문제를 풀었습니다. 군인들은 태섭이가 공부를 하고 있는 것을 보고는, 기특하다고 머리를 쓸어 주었습니다.

태섭이는 군인들에게 귀염을 받았을 뿐만 아니라, 동무들에게도 존경을 받았습니다. 언제나 무엇을 대할 때면 덤비지 않고 잘 생각해서 캐어 알려고 하는 태도였으니, 모두가 믿음성 있다고 생각하는 모양이었습니다.

태섭이는 또한 누구에게나 친절했고, 남을 도와주기를 좋아했습니다. 그렇다면 여러분은 태섭이란 소년이 아주 얌전하고 부끄러움을 잘 타는 애라고 생각할는지 모르지만, 천만에, 그러면서도 대단히 용기가 있는 소년이었습니다.

그러니까 태섭이는 이곳에 오기 전만해도 헤엄을 그렇게 잘 칠 줄은 몰랐습니다. 그러나 무엇이나 시작을 하게 되면, 열심인 그는 물살이 빠른 여울도 태연스럽게 헤엄쳐 나갈 수 있게 되었습니다. 이런 일이 또한 태섭이가 동무들에게 존경을 받는 일이기도 했습니다.

그럴수록 언젠가 태섭이의 책을 감추고 싸운 일이 있는 성팔이는, 태섭이에게 어떤 시기심을 가지고 있는 모양이었습니다. 그는 태섭이를 보기만 하면 없는 트집을 걸어,

"이 자식아! 정 선생한테 곱게 뵈면 누가 무서워 할줄 아니? 뭣 같은 자식이."

하고 괜히 못살게 구는 것이었습니다. 그런 때엔 태섭이도 화가 나는대로 그의 멱살을 끌어잡고 싶었습니다. 그러나 두 살이나 위인 그의 힘을 자기는 당할 수가 없었습니다. 그렇다고 그것을 정 선생에게 이야기해 주고 싶은 마음도 없었습니다. 태섭이는 성팔이가 부대 안에서 물건을 훔쳐 나가는 것을 오덴에게 고자질을 해 준 일도 있지만, 그런 일이 있은 그 후부터는, 그런 짓을 한 자기가 몹시 비겁했고 치사스러웠다고 생각했기 때문입니다.

그러나 태섭이와 성팔이의 이렇게 좋지 않던 사이도 어느 날 아주 달라지고 말았습니다.

바로 그날은 성팔이가 있는 위쪽 천막과 태섭이가 있는 아래쪽 천막 사이에 축구시합이 있던 날이었습니다. 그 축구시합은 삼대 일로 태섭이네가 보기 좋게 이겼습니다. 그것이 화가 나는 모양으로, 성팔이는 다시 나무에 올라가는 경쟁을 하자고 우겨댔습니다.

"너희들 중에 저 버드나무에 올라가서 까치 둥우리를 갖고 내려올 사람이 있어?"

하고 그는 부대 앞에 있는 높다랗게 올라간 버드나무를 가리켰습니다. 태섭이는 좀 위험하기는 하지만, 그래도 올라갈려면 올라갈 수 있다고 생각했습니다. 그러나 태섭이는 그런 위험한 짓은 할 필요도 없거니와, 더군다나 까치 둥우리를 갖고 내려온다는 것은 좋은 일이 아니라고 생각했습니다. 그래서,

"그런 쓸데없는 짓은 그만 둬."

태섭이는 한 마디로 성팔이의 말을 퉁겨 버렸습니다. 그러자 성팔이는 더욱 화가 나는 모양으로,

"무서워서 못 올라가겠으면 못 올라가겠다고 사실대로 말해.'

하고 주먹을 들어 한대 먹여 댈듯이 들먹거렸습니다. 그런다고 만만히 움츠러들 태섭이도 아니었습니다.

"야! 내 말을 똑똑히 잘 들어 봐. 올라가는 것이 무서워서가 아니라, 필요없는 짓은 괜히 할 필요가 없다는 거야."

"이 자식아! 못 올라가겠으면 입이나 가만히 닥치고 있어. 괜히 나불거리지 말고."

그때 태섭이네 편 아이가 불쑥 나서며,

"그래서 넌 올라갈 자신이 있어?"

하고 대들어 물었습니다.

"물론 있지."

"그렇다면 너부터 먼저 올라가 봐."

"올라가서 까치 둥우리를 내려오면 어떻게 하련?"

"오늘 축구시합도 우리가 진 것으로 친다."

"그래! 좋다."

성팔이가 앞서서 그 버드나무 아래로 가자, 다른 아이들도 모두 따라갔습니다.

태섭이는 성팔이가 그 나무에 올라간다는 것을 가만히 보고만 있을 수가 없었습니다.

"그런 쓸데없는 짓은 그만 둬. 우리가 놀면서 이기고 지는 것이 뭐 그렇게도 큰 일이냐. 그렇지만 만일 네가 올라가다가 떨어지기나 하면 어떻게 되니?"

하고 태섭이는 성팔이가 나무에 올라가려는 것을 다급히 붙잡았습니다. 그러자 그는 붙잡는 손을 모질게 뿌리치며,

"이 자식아, 비켜! 비겁한 너 같은 애들 앞에 내가 까치 둥우리를 내려다 보여 줄 테니."

하고 비웃었습니다.

그리고 나서는 뛰어올라 나무를 끌어잡고 두 발로 밀어 짚으며 올라갔습니다. 아이들은 모두가 걱정되는 눈으로 그를 쳐다보고 있었습니다. 그러나 그는 사다리를 짚고 올라가듯이 아주 익숙하게 까치 둥우리가 있는 곳까지 무사히 올라갔습니다. 아래서 쳐다보고 있던 아이들은 그제야 걱정되던 얼굴을 약간 풀어버릴 수 있었습니다.

까치 둥우리에서는 까치가 놀라 날아갔습니다.

성팔이는 한손으로 나뭇가지를 잡고 또 한 손으로는 까치 둥우리

를 내리기 시작했습니다. 그러나 까치 둥우리가 있는 곳이 워낙 높은 곳이라 손이 떨려 잘 떼낼수가 없는 모양이었습니다. 그는 나뭇가지를 힘껏 흔들어 보다가그래도 잘 떨어지지 않으니까, 다시 나뭇가지를 꺾어서 그것으로 퉁겼습니다. 그러나 나뭇가지가 가늘어서 휘기만 하고 힘을 받질 못했습니다. 그래도 그는 기어이 까치 둥우리를 떼 내려고 한 발자국 앞으로 더 내 짚었습니다. 그 순간에 그만 나뭇가지가 부러지는 소리와 함께 그의 몸이 공중에 던져지고 말았습니다.

아래에서 지켜보고 섰던 아이들은 질겁을 하면서, 물방울이 튀기듯 흩어졌습니다. 그러나 태섭이만은 떨어지는 성팔이를 받아 보려고 바로 두 팔을 벌리었습니다. 그러나 성팔이의 몸무게는 태섭이에겐 너무나도 무거운 것이었습니다. 태섭이는 성팔이를 안은 채 쓰러지고 말았습니다. 그러나 그 덕분에 성팔이는 심하게 땅에 부딪치지 않았습니다.

도망치던 아이들도 다시 와서 걱정되는 눈으로 두 소년을 바라보았습니다.

태섭이는 일어났지만, 왼팔이 몹시 아픈 듯 오른 손에 힘을 주어 잡고 있었습니다. 성팔이는 일어나려고 했으나 일어날 수가 없는 모양이었습니다.

아이들이 일으켜 줘서 어깨를 짚고 겨우 일어났습니다. 성팔이는 힘이 세다고 곰이라 불리는 영대에게 업혀 가서 침대에 누웠습니다.

정 선생이 달려와서 성팔이의 팔다리를 만져 뼈가 부러지지 않았는가 살피고 나서, 머리에 찜질을 해 주었습니다.

한편 태섭이는 동무들에게 둘러싸인 채, 뜰 한 옆에 있는 벤치에 앉아 있었습니다. 그들은 모두가 태섭이에게 미안스러우면서도 우러러보는 듯한 눈을 돌리고 있었습니다.

말하자면 태섭이의 용기란 이런 것이었습니다. 자기 원수의 불행을 좋다고 보고만 있는 것이 아니고, 뛰어가 구원해 줄 수 있는 것은 보통 사람으로서는 힘든 일인 것입니다.

태섭이는 아직도 창백한 얼굴로 팔이 몹시 아픈 모양이었습니다. 그때 정 선생이 나와서,

"쓸데없는 용기 때문에 얼마나 큰 불행을 저지를 뻔 했니? 태섭이가 성팔이의 불행을 막기 위해서 자기 자신의 위험을 무릅쓰고 나서지 않았다면 지금쯤 어떻게 되었겠니? 생각만해도 무서운 일이다."

하고 아이들에게 타이르며 태섭이의 어깨를 두들겨 주었습니다.

그 사이에 정 선생이 급히 부른 구급차가 달려왔습니다. 성팔이는 뇌진탕이라 하며, 며칠 동안 안정을 받아야 한다고 했습니다. 그리고 태섭이는 팔이 뻤다면서 옥도정기를 발라 주었습니다.

이런 일이 있은 후로는 부대안에서 웃 천막과 아래 천막이 편을 갈라 싸우던 일도 없어지고, 모두가 태섭이를 훌륭하다고 생각하게 되었습니다.

십여 일쯤 지나서 부대 병원에 입원했던 성팔이가 완쾌되어 다시 부대로 돌아오게 되었습니다. 그러나 부대로 다시 간다는 것은 성팔이에겐 그리 즐거운 일이 아니었습니다. 그것은 자기를 구해 준 태섭이에 대해서, 어떠한 태도를 취해야 좋을지 몰랐기 때문입니다. 자기는 역시 자기 생명을 구해 준 태섭이에게 고맙다는 말을 해야 하는가, 그리고 그를 공연히 못살게 군 것도 자기 잘못이라고 사과를 해야 하는가. 더군다나 많은 아이들 앞에서…… 그것은 성팔이에겐 말할 수 없는 부끄러운 일이며, 생각만 해도 창피스러워서 죽을 일이었습니다 .

성팔이는 부대안에 들어서서는 어떻게 해야 할지 몰라 망설이고

서 있었습니다. 그러자 어느 사이에 태섭이가 보고 누구보다도 먼저 그의 옆으로 달려왔습니다. 그리고는 성팔이의 손을 잡고서,

"이젠 몸이 아주 좋아졌니?"

하고 웃으면서 물었습니다. 그러자 성팔이는 태섭이에게 지금까지 못난 생각을 품었던 자기가 부끄러워지고 말았습니다.

"정말 난 네게 잘못한 일이 한 두 가지가 아니다."

하고, 성팔이도 태섭이의 손을 힘껏 마주 잡았습니다. 그러자 태섭이도 더욱 힘을 주어 그의 손을 쥐었습니다.

"그야 나도 마찬가지지. 이제부터는 그런 것 다 물에 씻어 버리고 좋은 동무가 되자."

"정말 난 너 같은 훌륭한 동무를 갖게 돼서 기쁘다."

"나도 그래……"

이리하여 그들은 지금까지 느껴 볼 수 없던 친밀감을 갖게 되었습니다. 그러면서 전같이 편을 갈라 공연히 싸우는 패싸움도 없어지게 되었습니다.

밤나무 골

일선에 온 후로 태섭이가 무엇보다도 즐거운 것은 서울 계신 어머니로부터 편지를 받는 일이었습니다. 어머니는 반드시 매주 편지를 부쳐 주었습니다. 그러나 태섭이로선 어머니의 편지에 약간 불평이 없는 바도 아니었습니다. 그것은 어머니의 편지 내용이 언제나 같기 때문이었습니다. 자기는 잘 있으니 걱정하지 말고 정 선생에게 열심히 공부를 배워 내년 봄에는 꼭 중학교에 들어가도록 힘쓰라는 그 말이었습니다. 태섭이는 어머니의 편지를 읽고 나면, 어째서 어머니는 이렇게 같은 이야기만 할까 하는 생각을 하면서도, 그래도 어머니의 편지를 읽고 나면 어머니를 만난 것같이 기뻤습니다.

태섭이는 어머니의 편지를 읽고 나서는 곧 회답을 썼습니다. 그가 편지를 쓸 때에는 어떻게 쓰면 어머니를 좀 더 기쁘게 할 수 있을까 하고 고개를 기웃거려 가며 생각했습니다. 그리고 나서 붓을 들고서는 그 동안에 일어난 일을 자세히 쓰려고 애썼습니다. 동무들과 놀다가 일어난 우스운 이야기를 쓸 때면, 어머니가 옆에서 웃어 주는 것만 같아, 자기도 모르게 입가에 미소를 흘려 놓곤 했습니다.

오덴에게 잘못을 하고 꾸중을 들은 일도 썼습니다. 그런 것을 쓰지 않으면 어쩐지 마음이 꺼림칙해 이렇게 어머니와 떨어져 있다고 어머니를 속이는 것만 같은 기분이었기 때문입니다.

언젠가의 편지에는 동무들과 부대 뒤에 있는 커다란 밤나무에 올라가서 놀던 이야기를 썼습니다. 그 밤나무는 부근에서 제일 큰 나무라 그 꼭대기에 올라가면 서울도 보일 듯해서 올라갔더니 역시 서울은 보이지 않더라고 쓴 것이었습니다. 그렇다고 물론 태섭이는 그 곳에 올라가면 서울이 보인다고 올라갔던 것도 아니고, 편지에 그렇게 쓴 것도 어머니를 웃기자고 썼던 것입니다. 그러나 어머니는 그 편지를 받아 보고 몹시 걱정한 모양이었습니다. 곧 회답을 보내 다음부터 다시는 그런 위험한 짓을 하지 말라고 했습니다. 태섭이는 참 어머니는 걱정도 많은 사람이라고 생각했습니다. 그러면서도 어머니 말은 듣는 수밖에 없다고 생각했습니다.

이상스럽게도 태섭이는 일선에 온 후로 아버지 걱정을 그렇게 하지 않았습니다.

물론 집을 떠날 때에 어머니와 약속한 대로 이북에 납치되어 간 아버지를 위해서, 아침 저녁으로 기도를 드리는 일은 잊지 않았지만……그것은 전선이 너무나도 조용한 때문인지도 몰랐습니다. 전선엔 간혹 비행기가 소리치며 지나갈 뿐 포소리도 총소리도 들리지 않고 언제나 잠잠했습니다.

태섭이는 때때로 혼자서 뒷산에 올라가 잡초가 무성한 휴전선을 바라보았습니다. 벌판을 넘어 아지랑이가 아물거리는 저 건너편에 적이 살고 있다는 것이 이상스럽기만 했습니다. 어째서 저 곳엔 적들이 살게 되었고, 저렇게도 휴전선이 가로막혀 내 나라를 마음대로 다닐 수조차 없게 되었을까? 물론 태섭이는 그것이 자기 아버지를 잡아간 공산군 때문이라는 것을 모르는 것은 아니었습니다. 그런데도 휴전선을 바라보면 모든 것이 이상스럽게 생각되는 것이었습니다. 그러나 태섭이는 그 휴전선도 반드시 없어질 때가 언제든지 있으리라고 생각했습니다. 그때가 어서 오기를 바랐습니다. 그러면 자기 아버지도 만날 수 있을 것이고, 옛날처럼 자기도 즐거운 가정을 가질 수 있으리라고 생각했습니다.

어느덧 일선에는 가을이 왔습니다. 벌레소리가 들리면서부터 아침 저녁엔 셔츠 하나론 견딜 수 없게끔 으스스 떨렸습니다. 들에는 노란 들국화가 피었고, 밤나무가 들어찬 뒷산에는 밤송이가 떨어지기 시작해, 부대의 아이들을 즐겁게 해주었습니다.

태섭이와 성팔이는 성팔이가 버드나무에서 떨어진 후로 갑자기 친해져 뒷산에 밤도 늘 같이 따러 갔습니다.

미군들은 밤을 먹는 사람이 별로 없었습니다. 그래서 뒷산에 있는 밤나무는 부대에 있는 아이들의 독차지가 된 셈이었습니다. 그들은 틈만 있으면 뒷산으로 올라가서 밤을 땄습니다. 긴 작대기를 휘저어 밤송이를 따는 것도 재미났거니와, 떨어진 밤송이를 주워 모아 놓고 밤청대를 놓고 입이 거멓게 되어가며 주워 먹는 것도 재미난 일이었습니다. 밤청대는 누구보다도 성팔이가 잘 했습니다. 모름지기 그는 밤 고장에서 산 모양이었습니다. 그는 밤송이가 타는 냄새만 맡고도 밤이 얼마큼 익었다는 것을 알아냈습니다. 처음에 밤청대를 시작할 때는 나무가 젖었기 때문에 불이 잘 일지를 않았지만, 그래도 성팔이는 곧잘 불을 일구어 놓곤 했습니다.

그들은 낮에는 밤을 따서 모아놓기만 하고 내려 왔다가, 저녁에 다시 올라가서 밤청대를 하는 일도 있었습니다. 청솔가지가 와작와작 소리치며 불이 붙기 시작하면, 붉은 불길은 마치 춤을 추듯 나불거리며 올랐습니다. 그러면 아이들은 그 불길을 중심 삼고 뺑뺑 돌아가면서 춤을 추고 노래를 불렀습니다. 불빛에 벌개진 그들의 얼굴은 씩씩한 것을 자랑하는 그것 밖에 아무 것도 없었습니다.

이윽고 밤이 다 익어서 탁탁 소리치며 휘어나기 시작하면, 거세게 타오르던 불길도 스러지고 빨간 모닥불만이 남습니다. 그러면 그들은 둘러앉아서 모닥불을 헤치고 밤을 골라 먹는 것이었습니다. 어떤 것은 삶은 밤 맛 같기도 했고, 어떤 것은 군밤 맛 같기도 했습니다. 그것이 또한 별맛이었습니다. 그러나 태섭이는 한참 동안 밤을 주워 먹다가는 먹는 것도 잊어버리고, 갑자기 울적해질 때가 많았습니다. 어디선지 부엉이 소리가 들려오기 때문이었습니다. 부엉이 소리가 들려오면 태섭이 뿐만 아니라 모두가 잠잠해지는 것이었습니다. 그곳은 부엉이 소리를 듣기에는 사방이 너무나도 캄캄한 것이었습니다. 다만 보이는 것은 부대에서 반짝거리는 불빛뿐이었고, 그리고는 하늘에 무수히 뿌려 놓은 별들 뿐이었습니다. 그런 때면, 으레 누가 우리 살던 고향에서도 저 별들은 보이겠지 하고, 한숨을 지어 가며 자기집 이야기를 꺼내 놓는 것이었습니다. 그 이야기는 언제나 슬픈 이야기였습니다. 자기집에 폭탄이 떨어졌다는 이야기가 아니면, 태섭이와 마찬가지로 자기 아버지가 이북으로 납치되어 갔다는 이야기였습니다. 물론 태섭이도 서울에 어머니가 혼자 있다는 이야기를 몇 번인가 했습니다. 그러나 성팔이는 자기집의 이야기를 한 번도 한 일이 없었습니다. 그는 동무들이 그런 이야기를 하면 입을 꾹 다문 채 하늘을 쳐다보는 것이었습니다. 마치 무수한 별속에서 자기 별을 찾듯이 하늘을 쳐다보는 것이었습니다. 그 얼굴을 보면 그에게도 슬픈 이야기가 있다는 것을 알 수가 있었습니다.

어느 날 밤이었습니다. 그날 밤에도 동무들과 뒷산에 가서 밤청대를 해 먹고 내려오던 때였습니다. 성팔이는 여느 날과는 달리 몹시 침울한 얼굴로,

"태섭아!"

하고 다른 동무들에게 들리지 않으리만큼 가만히 불렀습니다. 태섭이는 걸음을 멈추었습니다.

"난 네게 의논할 것이 있는데, 저기 가 앉아서 이야기 좀 하자."

하고 태섭이의 얼굴을 바라보았습니다.

그들은 동무들과 헤어져 논둑길을 걸었습니다. 달빛에 드러난 풀밭에서 벌레소리가 들려 왔습니다. 얼마큼 더 걸어가다가 그들은 전에 집자리였던 버드나무 옆으로 가서 앉았습니다.

"태섭아, 난 네가 부럽더라."

"무엇이?"

"정 선생에게 글을 배우는 것이."

"그것이 뭣이 부러워."

"부럽지 않고."

태섭이는 성팔이의 마음을 알 수가 있었습니다. 성팔이는 다시 입을 열었습니다

"그래도 넌 어머니가 서울에 있으니 말이지, 나 같은 거야……"

"너의 부모들은 지금 어디 있기에?"

"부모가 있으면 왜 이 꼴이겠니."

"돌아가셨니?"
"돌아간 것도 아니지."
"그럼?"
"그까짓것 알아 뭣하겠니."
"그래도 좀 알자꾸나."
"어떻게 되었는지도 모르지."
"왜?"
"이북에서 피란 나오다가 잃어버린 걸!"
"그래!"
그들은 말이 끊어지고 말았습니다. 태섭이는 성팔이의 마음을 위로해 주고 싶었지만, 어떻게 말해야 좋을지 몰라서 풀만 뜯고 있었습니다. 버드나무에 걸린 달을 쳐다보고 있던 성팔이가 고개를 바로 하고 말했습니다.
"나도 부모나 있었으면 너처럼 공부를 할 수 있지 않아."
"부모가 없으면 공부를 왜 못해."
"어떻게 할 수 있니?"
"정 선생에게 배우면 될 터인데."
"정 선생에게?"
"그럼."
"정 선생이 아무나 글을 배워 줄라고."
"너라고 왜 글을 배워 주지 않겠니."
"너야 정 선생하고 친하니까 배워 주는 것이지, 정 선생이 전엔 너의 아버지한테 글을 배웠다면서?"
"응."
"그래서 배워 주겠지만, 나 같은 거야 왜 배워 주겠니? 더군다나 나야 학교에도 못갈 애인 걸."

성팔이는 고개를 돌리고 말았습니다. 달빛에 비친 얼굴엔 그가 얼마나 공부를 하고 싶어 하는지 드러나 보였습니다.

태섭이는 정말이지 성팔이가 그렇게까지 공부를 하고 싶어 하는 줄은 몰랐습니다. 성팔이는 그저 우쭐거리기를 좋아하고, 떠들어대기만 좋아하는 아이인 줄로 알았습니다. 그렇게만 알고 있었으니, 성팔이를 태섭이는 잘못 생각했던 것입니다.

사실 태섭이는 성팔이가 나무에서 떨어진 일이 없었다면, 지금도 그를 원수로 생각했을는지도 모르는 일이었습니다. 태섭이는 어떻게 해서든지 성팔이도 정 선생에게 글을 배우게 해 주고 싶었습니다.

"학교에 안 간다고 정 선생이 글을 배워주지 않을 리도 없는 것 아니야?"

"희망도 없는 애를 왜 배워 주겠니?"

"왜 희망이 없어?"

"학교도 다니지 못하는 것이 무슨 희망이 있겠어?"

"학교를 꼭 다녀야 희망을 가질 수 있는 건가?"

"그렇지 않고."

"난 그렇게는 생각지는 않아. 학교에 다니지 않고 훌륭하게 된 사람이 얼마나 많다고."

"그렇지만……"

성팔이는 무슨 이야기를 하려다가 입을 다물고 말았습니다.

"하여튼 내일 정 선생에게, 너도 공부를 하고 싶다는 말을 내가 할께."

"정 선생이 들어 줄까?"

"난 들어 주리라고 생각해."

"정 선생이 가르쳐만 주겠다면 다른 아이들도 배우고 싶은 애가 많을 꺼야."

바로 그때 맞은편에서 버석하는 소리가 나면서 어두컴컴한 그림자가 움직이는 것이 보였습니다. 불시에 그들은 질겁을 하고 뒤로 물러섰습니다. 그러자 그 그림자가 다시금 달빛 속에서 움직이는 것이 보였습니다.

"누구야?"

성팔이가 한걸음 나서며 소리쳤습니다.

그러나 그곳에서는 아무 대답이 없었습니다. 태섭이가 뒤따라 나오며, "누구야?" 하고 소리쳤습니다. 그래도 그곳에서는 역시 아무 대답도 없었습니다.

이상한 일

성팔이는 한걸음 더 다가서며,

"누구야?"

하고 고함쳤습니다. 그러자 무엇을 둘러쓴 듯한 어두운 그림자가 불쑥 일어섰습니다. 그 순간에 성팔이와 태섭이는 너무 놀라서 뒤도 돌아볼 새 없이 마구 달렸습니다.

그들은 어두운 논둑 길을 달리다가 발을 헛집고 몇 번인지 모르게 굴러 떨어졌습니다. 그때마다 무엇이 뒤에서 끌어가는 것만 같아, 아픈 것 같은 것은 생각할 수조차 없이 벌떡 일어나 그대로 달렸습니다. 불이 환히 켜 있는 부대 앞에 와서야 그들은 간신히 숨을 내쉬었습니다. 그래도 지금까지의 그 무서움에서 벗어나지 못한 채 서로 얼굴만 쳐다보고 있었습니다. 그렇게 한참이나 있다가 태섭이가 먼저 입을 열었습니다.

"뭣일까?"

그리고는 입을 꾹 다물고서 달려온 컴컴한 곳을 물끄러미 바라보았습니다.

"글쎄?"

성팔이도 고개를 비틀고 나서는 태섭이의 시선을 따르다가,

"사람일까?"

태섭이를 쳐다보았습니다.

"사람이 그곳에 있을 리 있어?"

태섭이는 그대로 어두운 곳을 바라보며 말했습니다.

"그럼, 뭐란 말야?"

"알 수 있어."

"하여튼 동무들에게 알려가지고 여럿이서 가보면 알 수 있겠지."

"그래."

그들은 분주히 부대안으로 들어갔습니다. 부대안에는 어린애들을 좋아하는 포엘이라는 군인이 지키고 있었습니다. 그는 태섭이와 성팔이를 보고 무엇이라고 소리쳤습니다. 그러나 그들은 그 군인과 이야기를 주고 받을 때가 못되었습니다.

산에서 먼저 돌아온 아이들은 태섭이와 성팔이를 기다리다 못해 누가,

"숨바꼭질 하지 않겠니?"

하고, 소리쳤습니다.

"하자, 하자."

하고, 모두들 '가위 바위 보' 하기 위해서 손을 내밀었습니다. 불빛 아래서 고누를 두고 있던 아이들도 그것을 집어치우고 와서 손을 내밀었습니다. 그들은 술레의 집을 커다란 느티나무로 정하고 술레뽑기 '가위 바위 보'를 했습니다. 한사람이 '가위 보' '가위 바위'하고 소리를 치는데, 누군가가 '바위'를 내밀면 술레가 되는 것이었습니다. 처음에 '가위 보' 하고 소리쳤을 때에는 주먹을 내민 사람은 한 사람도 없었습니다. 두 번째에 '바위 보' 하고 소리 쳤을 때에도 모두들 보를 내밀었습니다. 세 번째에 가서 '가위 바위' 하고 소리치는 바람에 곰이란 별명을 갖고 있는 영대가 그만 주먹을 내밀고 동무들의 웃음을 받으며 술래가 되어버리고 말았습니다.

곰은 군인들이 야외에서 식사를 하는 테이블 밑에 숨어 있는 영선이를 제일 먼저 손쉽게 찾아냈습니다. 그리고는 계속해서 천막 뒤

에나 쓰레기통 뒤에 숨어 있는 애들을 하나 하나씩 잡아냈습니다. 드디어 달팽이라는 별명을 갖고 있는 성규만이 하나 남았습니다. 영대는 냄새를 맡듯이 이리 저리로 두루 살펴가며 찾았으나 보이지가 않았습니다. 그러나 다른 애들은 성규가 숨은 곳을 아는 모양이었습니다.

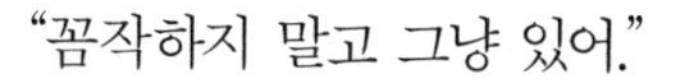

"꼼작하지 말고 그냥 있어."

하고 성규에게 소리치기도 하고,

"바로 제 옆에 있는 것도 몰라."

하고 영대에게 약을 올리기도 했습니다. 그럴수록 영대는 더욱 화가 나서 찾았으나 찾아 낼 수가 없었습니다.

그때 나무 위에서 '부엉부엉' 하고 부엉이 우는 소리를 흉내 내는 소리가 들렸습니다. 그제야 영대는 성규가 나무에 올라가 있는 것을 알아차리고,

"이 자식아, 빨리 내려와!"

하고 소리쳤습니다.

성규는 내려올 생각은 않고 '부엉부엉'하고 부엉이 울음소리만 내고 있었습니다.

"빨리 내려오라니까!"

영대는 아까보다도 더 화가 나서 소리쳤습니다. 그러나 역시 성규는 내려오려고는 하지 않고, 이번엔 부엉이 소리도 뚝 그치고 못 들

은 척했습니다. 그러자 아래 있는 아이들 중에서 영선이가,

"화를 낼 거야 없지. 술레가 됐으면 올라가서 잡아 내야 할 것 아니야."

하고 영대를 나무랐습니다. 영대는 그 소리를 못들은 척하고, 숨을 헐떡거리며 나무에 올라가 있는 달팽이를 쳐다 보고 있었습니다. 영대가 나무 오르기를 전혀 못한다는 것을 알고 있는 아이들은 킬킬거리며 웃어댔습니다.

"내가 올라가서 잡아 줄까?"

누가 또 영대를 약을 올리며,

"가만 있어. 이제 곰이 나무 밑둥을 입으로 갉아서 나무를 쓰러뜨려 달팽이를 잡아 낼 테니."

하고 더욱 놀렸습니다.

그래도 영대는 그런 소리를 못들은 척하고 팔을 낀 채 성규만을 쳐다보고 있었습니다.

"곰아, 나무를 쓰러뜨려 나를 잡겠어? 그럼 나무 밑둥을 갉아내기 하려므나."

하고 성규는 해쭉해쭉 웃음을 치며 소리쳤습니다.

성규의 그 소리를 듣고서는 영대도 참을 수가 없는 모양이었습니다.

"달팽이, 너 정말 안 내려 올래? 안 내려와도 좋다. 누가 이기나 해보자. 난 여기서 내일 아침까지 기다릴 작정이니까."

그 소리를 들은 성규는 더욱 의기양양했습니다.

"그래, 누가 이기나 해봐. 난 모레 아침까지라도 있을란다."

"난 한 달이라도 기다리겠다."

"네가 한 달이라도 기다린다면 난 일 년이라도 여기서 살겠다."

"이 자식아! 일 년 동안 그곳에서 뭐 먹고 살겠다는 거야."

"달팽이는 이슬만 먹고도 사는 것을 모르니?"

그 소리에 아이들은 왁 웃어댔습니다. 영대는 더욱 화가 나서 생각할 수조차 없기 때문에 또다시 같은 대답을 했습니다.

"누가 이기나 해봐. 난 십년이라도 기다리겠다."

"난 백 년이라도 있겠다."

그 소리에 아이들의 웃음이 왁하고 다시금 퍼졌습니다.

"난 천 년이라도 지키고 있을 테니."

"이 자식아! 사람이 어떻게 천 년을 살 수 있니?"

"죽어서 귀신이 돼서도 지키고 있겠다."

그러자 성규는 더욱 재미가 있다는 듯이 켁켁거리며 웃어댔습니다.

"귀신이 돼서도 지키고 있겠대. 그러지 말고 내려와 달라고 빌어라. 그러면 내 내려가 줄께."

"누구보고 하는 소리야, 넌 거기서 나무귀신이나 돼라. 이슬 먹고 나무귀신이나 되라니까."

"그것도 좋지. 참 여기선 달나라에서 토끼가 콩콩 방아찧는 것도 빤히 보이는구나. 곰아, 너도 올라와서 좀 보렴."

아이들의 웃음은 또다시 터졌습니다.

"은하수도 보이니?"

누가 성규에게 부러운 듯이 물었습니다.

"물론이지."

하고 성규는 대답을 하고 나선,

"푸른 하늘 은하수 하얀 쪽배엔……"

하고 태평스럽게 노래를 부르기 시작했습니다.

그 노래에 더욱 화가 난 영대는 성규의 기분을 꺾어 줄 말을 생각했으나, 미처 생각나지 않는대로,

"저 자식이, 정말 나무 귀신이 되었나 보구나. 하하하…… 나무 귀신이 아주 되고 말았다니까."

하고 웃어댔습니다.

그러나 다른 애들은 영대의 웃음을 따라 웃는 애는 하나도 없었고, 오히려 나무 위에서 노래를 부르고 있는 성규를 부러워하는 얼굴들이었습니다. 바로 그때 성팔이와 태섭이가 그들을 소리쳐 부르면서 달려 왔습니다.

"뭣들 하고 있어?"

"숨바꼭질."

하고 누가 말하고 나서, 영대가 나무에 올라간 성규를 못잡아서 등이 달았다는 이야기를 해 주었습니다. 성팔이와 태섭이는 영대와 성규를 쳐다보고는 웃음을 터뜨렸습니다. 그러나 이어 성팔이가 갑자기 심각한 얼굴이 되며 말했습니다.

"우린 지금 아주 이상한 것을 보고 왔다."

"뭣인데?"

"뭣인지 알 수 없지만……"

하고 성팔이가 말하자, 뒤이어 태섭이가 말을 받아 이야기했습니다.

"성팔이 하고 저기서 얘기를 하고 앉았는데, 갑자기 뭣이 버석하니 소리가 나잖아, 그래서 보니까 컴컴한 그림자가 말없이 어물거리고 있는 거야."

"뭣일까?"

모두들 무서운 듯이 눈을 둥그렇게 떴습니다.

"그게 어딘데?"

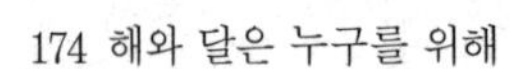

"버드나무가 있는 집터 자리."

하고 성팔이가 대답했습니다.

그냥 나무 밑에서 성규를 지키고 있던 영대가 그 소리를 듣자 그들 옆으로 다가서며 말했습니다.

"응, 그건 나무 귀신이야. 나무 귀신이라니까. 저 달팽이 자식처럼 나무 귀신이 된 것이 갑갑하니까, 내려와서 한잠 자던 모양이지."

그 말에 나무 위에 있던 성규가 화를 버럭 냈습니다.

"이 자식아, 지금 세상에 귀신이 어딨니?"

"그럼, 넌 왜 나무 귀신이 된다고 했니?"

"귀신은 네가 된다고 했지 내가 언제 귀신이 된다던?"

"저것 보라고, 이제 방금 자기는 나무 귀신이 된다고 하고서!"

"자기가 천 년 묵은 귀신이 된다고 했지, 누가 된다고 했어?"

"네가 나무 위에서 천 년 동안이라도 살겠다면 나무 귀신 밖에 더 될 테냐?"

그 말엔 성규도 대답을 못하고 잠시 먹먹히 있다가,

"누가 나무에서 천 년 살겠다던? 곰처럼 미욱한 너라면 모르지만."

하고 대답하고 나서는 곰이란 말에 문득 생각난 듯이

"옳지, 그건 귀신이 아니고 곰일꺼야. 영대가 산에서 내려와 그곳에서 자고 있던 모양이지."

아이들은 왁 하고 다시금 웃어댔습니다. 그러나 그것은 웃음소리만도 아니었습니다. 두려움과 궁금함이 섞여 있기도 했습니다.

"그렇지, 곰일지도 모르지. 컴컴한 그림자라면 정말 그럴지도 몰라."

하고 영선이가 눈을 굴리며 말했습니다.

다른 애들도 곰일지 모른다고 고개를 끄덕였습니다. 그러자 나무에서 핑계 없어서 못 내려오던 성규가,

"빨리 곰을 잡으러 가자."

하고 나무에서 분주히 내려왔습니다. 영대도 이제는 달팽이를 잡는 것이 싱거웠고, 자기 별명인 곰을 잡으러 간다는 통에 또 무슨 소리가 나올지를 몰라 모른 척했습니다.

"그것이 정말 곰이라면 우리끼리만 이대로 가는 건 위험하지 않니?"

태섭이가 아이들을 돌아다보며 침착하니 말했습니다.

"그러면 내 싸진한테 가서 피스톨을 얻어 갖고 올께."

하고 영선이가 피스톨을 가지러 뛰어가려고 했습니다. 그것을 태섭이가 분주히 말리고 나서,

"그건 더 위험한 일이야. 피스톨을 잘 다룰 줄도 모르는 우리가, 공연히 그런 것 가지고 잘못해서 짐승을 노하게 하면 해를 입게 될는지도 모르는 걸."

하고 차근차근히 말했습니다.

그러자 아까부터 말없이 팔장을 낀 채 무엇을 생각하는 듯이 서 있던 성팔이가,

"그것이 정말 곰일까?"

하고 의심스럽다는 듯이 말했습니다.

"곰이 아니면 범일지도 모르지."

하고 누가 말했습니다.

"범은 아니야, 범은 지금까지 부대에서 본 사람이 없는데다 눈에 광채가 요란해서 모를 리도 없는 거야."

"그렇지, 범이면 사람을 보고 가만 둘 리도 없는 것이지."

"그러면 승냥이일지도 모르지."

"그렇지 승냥이일 거야."

그러자 성팔이가 다시 입을 열었습니다.

"난 승냥이도 범도 곰도 하여튼 짐승은 아니라고 생각해."

"그럼, 뭐란 말이야?"

"아무래도 사람 같아."

"사람?"

하고 그 소리를 외며 모두들 놀랐습니다.

"사람이라면 무슨 사람일까?"

성규가 나서며 물었습니다.

"술에 취한 군인이 그곳에서 자고 있는지도 모르지."

"군인이?"

모두들 그 말을 외면서도 믿어지지 않는다는 얼굴이었습니다. 그때 또다시 누가,

"스파이다, 그건 분명 스파이야."

하고 자신있게 말했습니다.

"옳다! 스파이야!"

하고, 모두들 그 소리가 옳다고 소리쳤습니다. 그러나 태섭이만은 고개를 비틀고 나서,

"난 스파이도 아니라고 생각해. 스파이라면 우리를 보고 가만 있었겠어? 도망치든지 했지."

"그렇지."

아이들은 또다시 생각에 잠겼습니다. 그렇게 한참이나 잠잠해 있다가 누가 문득 또다시 소리쳤습니다.

"그건 휴전선을 넘어온 귀순병일 거야."

그 소리에 모두들 옳다고 손뼉을 쳤습니다.

옛집을 찾아

영선이가 달려가서 손전등을 갖고 오자, 그들은 어둠에 싸여 있는 집터를 향해서, 논둑 길을 걷기 시작했습니다. 그러나 지금까지 떠들던 소리는 뚝 끊어지고 논바닥에 흐르는 불빛을 따라 잠잠히 걷기만 했습니다. 개울을 건너는 다리목에 이르자, 손전등을 비추며 앞서서 걷던 영선이가 문득 걸음을 멈추고서,

"누가 앞서요."

하고 겁이 나는 얼굴을 돌이켰습니다.

"바보 같은 거, 뭣이 그렇게 무섭다고."

바로 뒤에서 따라가던 영대가 손전등을 받아들고 앞섰습니다. 그러나 영대도 겨우 스무 여 발자국 가나 마나 해서, 언젠가 성팔이가 떨어진 일이 있는 버드나무까지 가서는 성규에게 고개를 돌렸습니다.

"달팽이, 너 나무 잘 타는데, 이 나무에 올라가서 거기에 뭐가 있나 좀 보려무나."

그러나 그곳에서 집터까지는 아직도 백 여 미터나 남아 있었습니다. 어두운 밤중인데 나무에 올라간다고 그것이 보일 리는 만무한 것입니다. 성규는 그 소리를 듣고 아까까지 영대와 싸우던 화가 되살아 나는 모양이었습니다. 또다시 말다툼이 시작되었습니다.

"이 자식아, 곰의 눈엔 보일지 모르겠다만 여기서 저기가 어디라고 컴컴한 밤에 보인다는 거냐?"

"손전등으로 비춰 보면 알 것 아니야?"

"그것이 그곳까지 가니?"
"하여튼 올라가서 가는지 안 가는지 비춰봐야 알 것 아니니?"
"앞장 서기가 무서우면 그저 무섭다고나 해."
하고 성규는 영대에게서 손전등을 빼앗아 들었습니다. 그러나 막상 손전등을 빼앗아 들었어도 앞장서기는 켕기는 모양이었습니다. 선뜻 걸음을 옮기지 못하고 머무적거리며,
"성팔아, 넌 보고 왔으니까 네가 앞장서는 것이 좋을 거야."
하고 손전등을 성팔이에게 내 주었습니다. 성팔이는 잠잠히 손전등을 받아 들고 앞서서 뚜벅뚜벅 걸었습니다. 그리고는 몇 발자국 안 가서 무슨 생각이 났던지 전등불을 꺼버리고 말았습니다.
그때 누가,
"왜, 불을 끄니?"
하고 물었습니다.
"저편에서 불빛을 보면 우리를 알 것 아니니."
"알면 어떠니, 이북에서 넘어온 귀순병인데."
성규는 아까 귀순병이라는 말을 자기가 말하기나 한 것처럼 그 말을 내세우며 자신 있게 말했습니다.
"만일에 귀순병이 아니고 상대편이 우리의 적이라면 우리를 알리는 것이 불리하지 않니."
"그렇지, 스파이라면 피스톨을 가지고 있을지도 모르는 걸."
하고 영선이가 눈이 둥그레지며 말을 받았습니다.
"하여튼 좀 더 가서 동정을 살피도록 하자."
하고 성팔이가 다시 앞서서 걷기 시작하자, 다른 아이들도 그제는 입을 다물고 뒤따랐습니다. 전등불이 없으니까 걷기가 더욱 무시무시했습니다. 논둑을 넘어 집터자리가 달빛에 어렴풋이 짐작되는 곳까지 오자, 성팔이는 문득 걸음을 멈추고 가만히 뒤에 따라오는 그

들을 돌아다보았습니다. 그들도 걸음을 멈추고 나서 숨을 죽였습니다. 그때 성팔이는 갑자기 용기를 얻은 듯이,

"그곳에 있는 거 누구야?"

하고 소리쳤습니다.

그러나 산울림이 무섭게 들려올 뿐, 그곳에서는 아무 대답도 들려오지 않았습니다. 그러자 그들은 약속이나 한 듯이 이번엔 모두 소리를 합쳐서,

"그곳에 있는 거 누구야?"

하고 소리쳤습니다.

산울림이 아까보다도 더 무섭게 들려올 뿐 역시 그곳에서는 아무 대답이 없었습니다.

"그곳에 사람 없니?"

하고 다시금 태섭이가 소리쳤습니다. 그래도 역시 대답없이 산울림만이 들려 왔습니다.

"귀순병 아니오?"

하고 이번에는 성규가 소리쳤습니다.

"귀순병이면 우리가 구해 줄 테요."

그래도 그곳에서는 역시 대답이 없었습니다. 대답이 없을수록 그들은 말할 수 없는 불안이 몰려와서 서로 얼굴만 쳐다보는 것이었습니다. 그때 영선이가 또다시,

"스파인가?"

하고 고함을 쳤습니다. 그 소리에 문득 저편에서,

"아니야."

하는 대답이 처음으로 산울림과 함께 돌아왔습니다. 그 소리에 그들은 모두 놀라면서 엉겁결에,

"누구냐?"

하고 한꺼번에 함성을 질렀습니다.

"나야."

"내가 누구야?"

"길용이란 아이야."

그 소리를 듣자 성팔이가 재빨리 손전등을 번쩍하니 켰습니다. 불빛 가는 길이 길게 그려지면서 한 손에 담요 끝을 쥐고 있는 어린 소년의 모습이 드러났습니다. 그 소년은 그곳에서 담요를 덮고 자고 있었던 모양입니다. 그들은 그 소년을 보자 어이가 없다느니 보다도 모두가 무섭기도 하고, 이상도 하다는 듯이 멀뚱멀뚱 바라보고만 있었습니다.

그 소년도 입을 꾹 다물고 그들을 지켜보고 서 있었습니다. 커다란 군대복 저고리의 소매를 걷어붙이고 입고 있는 그 소년의 얼굴은 불빛에 반사된 때문인지 몹시 창백하게 보이면서 눈이 유난스럽게도 커 보였습니다.

그 소년은 그렇게 한참이나 그들과 마주 서 있다가 그만 자려는 듯이 담요를 깔았습니다.

"그곳에서 무엇하고 있니?"

태섭이가 소리쳐 물었습니다. 그러나 그 소년은 대답하기가 귀찮다는 듯이 그곳에 그냥 누워 버렸습니다. 그러자 태섭이는 다시 소리쳤습니다.

"그곳에서 자려고 하니?"

그래도 그 소년은 대답이 없었습니다.

"정말 그곳에서 잘래?"

하고 여럿이서 소리쳤습니다. 그래도 그 소년은 아무 대답도 하지 않았습니다, 그러자 영선이가,

"미친 아인가보다."

하고 말했습니다.

"그렇지, 미치지 않고서야 그곳에서 자려고 할 리가 없지."

"미친 애가 어떻게 여길 왔을까?"

하고 태섭이가 모를 일이라고 고개를 갸웃거렸습니다.

"하여튼 미친 애가 분명하다. 그렇지 않아?"

하고 영선이가 다시금 자기 말이 옳다고 내세웠습니다. 그들 사이엔 미친 애라는 아이들도 있고, 그렇지 않다는 아이들도 있어서 제각기 의견이 분분했습니다.

그러자 누가

"너 미친 애니?"

하고 소리쳐 물었습니다.

그 소리에 누웠던 그 소년은 다시금 벌떡 일어났습니다.

"내가 왜 미친 애란 말이야?"

"그러면 왜 그곳에서 자니?"

"우리 집이라서 자려는데 무슨 상관이야."

그 소리를 듣고 나자, 영선이는 저런 소리를 하는 것을 보면 미친 아이인 것이 틀림없다고 자신있게 말했습니다. 그러나 성팔이는 영선이의 말에는 귀도 기울이지 않고 앞으로 몇 걸음 더 나아가서 소리쳤습니다.

"어떻게 그것이 너의 집이냐?"

"우리 집이니까 우리 집이지."

"집도 없는데 어떻게 너의 집이냐?"

"우리 집이니까 우리 집이지."

"사람도 살지 않는데, 어떻게 너의 집이냐?"

"우리 집이니까 우리 집이지."

소년은 꼭 같은 내답만 되풀이했습니다. 성팔이는 다시 무엇이라고 고함쳐야 할지 몰라 잠시 우두커니 서 있다가,

"어떻게 그것이 너의 집이냐?"

하고 처음에 물은 말을 다시금 소리쳐 물었습니다.

그 소년은 대답 없이 무엇에 잔뜩 화가 난 듯 허리에 양 손을 붙인 채 성팔이를 노려보고 있었습니다.

성팔이는 다시 고함쳤습니다.

"어떻게 너의 집이냐 말이다."

"우리가 이 집에서 살았으니까 우리 집이지."

"네가 그곳에서 살았단 말이지?"

"그럼, 뒷산의 밤나무도 우리 밤나무다."

그 소리를 듣자 다른 애들도 그제야 알았다는 듯이 성팔이 옆으로 왁 밀려왔습니다.

"자기 집을 찾아왔는데 집이 없어졌으니까 하는 수 없이 그곳에서 자려는 모양이다."

하고 성팔이가 설명했습니다.

"그렇대도 혼자 집을 찾아올 리는 없지 않아. 자기 어머니와 아버지를 따라왔다면 몰라도……"

하고 생각이 많은 태섭이가 역시 이상하다는 듯이 심각한 얼굴이 되었습니다.

"으음."

다른 애들도 모두 생각에 젖었습니다.

"하여튼 저 아이한테 가서 어떻게 된 일인가 자세히 물어 보자."

하고 성팔이가 말하자,

"그래, 그것이 좋다."

하고 성규가 말했습니다.

그들은 그 소년이 있는 곳을 향해서 잡초가 무성한 어두운 논바닥을 달렸습니다. 아이들이 자기를 향해서 달려오는 기색을 알아차리자, 그 소년은 자기를 때리려고 오는 줄로 생각한 모양인지, 분주히 돌멩이를 집어들고 그들을 향해 겨누고 있었습니다.

"그 돌멩이를 놔라."

앞서서 달려가던 성팔이가 문득 서며 그의 얼굴에 전등불을 비췄습니다. 그 소년은 눈이 부신듯 얼굴을 피하고 나서,

"무엇하러 나한테 달려오는 거야?"

하고 소리쳤습니다.

"우린 저 부대안에 있는 애들이다. 네가 여기서 잔다기에 우리와 같이 부대안에 들어가자고 데리러 왔다."

"난 여기서 자는 것이 좋다."

"여기서 자다가 감기 들면 어떻게 하겠니?"

"난 감기 들 줄 모른다."

"여기서 혼자 자면 무섭지 않니?"

"난 무서운 것도 모른다."

"그럼, 우리가 온다고 왜 돌멩이를 집어들고 야단이야?"

하고 성팔이가 물었습니다.

"돌멩이를 놓아도 좋다."

하고 소년은 쥐었던 돌멩이를 떨어뜨렸습니다. 그러나 긴장한 자세는 풀지 않고 눈을 말똥말똥 굴렸습니다. 그들은 어느덧 그 소년을 둘러쌌습니다.

"이것이 너의 집이라면 너의 부모는 오지 않고 어째서 너 혼자만 왔니?"

하고 태섭이가 아까부터 이상하다고 생각했던 것을 물었습니다. 그러나 소년은 그 대답은 하지 않고,

"난 오늘 많이 걸어서 피곤해 죽겠다. 너희들도 귀찮게 굴지 말고 어서 가서 자려므나."

하고 자리에 털썩 드러누웠습니다.

"추워서 어떻게 여기서 자겠다는 거야?"

영선이가 물었습니다.

"난 늘 이런 데서 자면서 살아 온 걸. 괜찮다."

하고 소년은 일부러 기지개를 폈습니다.

"여기서 자다가 짐승이라도 오면 어떡하겠니?"

"우리 집인데 무슨 짐승이 와."

하고 소년은 태연스럽게 별들을 쳐다보았습니다.

뒷산에서 부엉이 울음소리가 '부엉 부엉' 들려 왔습니다.

"너 정말 여기서 자려는 거냐?"

영선이가 다시금 걱정되는 얼굴로 물었습니다.

"으응."

"저녁은 먹었니?"

소년은 말없이 고개만 흔들었습니다.

"그러면 아주 배고프겠구나."

"한 두 끼쯤 굶는 건 난 보통이다."

"하여튼 오늘 밤은 우리와 같이 부대에 들어가서 자자. 그곳에 가면 우리가 먹을 것도 구해다 줄테니."

하고 성팔이가 그의 머리 옆으로 가 앉으며 차근차근하게 말했습니다. 그러나 소년은 머리를 절레 절레 흔들었습니다.
"그러지 말고 우리와 같이 가서 자자니까."
하고 성팔이가 소년의 양 팔을 잡고 일으키려고 했습니다. 소년은 그의 손을 뿌리치며,
"싫어!"
하고 소리쳤습니다. 그러자 다른 애들도 소년에게로 왁 달려들어 소년을 억지로 일으켰습니다. 소년은 그들에게 끌려가면서 악을 써 뿌리치고 나서는 도로 자기 자리에 가서 누웠습니다.
"왜 싫다는 거냐?"
성팔이가 알 수 없다는 듯이 물었습니다.
"싫으니까 싫은 것이지. 왜 자꾸 귀찮게 구니?"
소년은 화가 난 듯이 퉁명스럽게 말했으나, 성팔이는 그래도 조용한 말씨로,
"우리가 너를 데려다가 어떻게 할 것 같아 무서워서 그러니?"
하고 물었습니다,
"그런 게 아니야."
"그럼 왜?"
"난 우리 집에서 자고 싶어 그런다."
"집도 없는 벌판에서?"
"응, 집도 없는 우리 집에서 잘란다."
"부엉이 울음소리가 들려오는 벌판에서?"
"으응, 부엉이 울음소리가 들려오는 우리 집에서 잘란다."
"잡초가 무성한 벌판에서?"
"으응, 잡초가 무성한 우리 집에서 잘란다."
"별만 보이는 벌판에서?"
"으응, 별만 보이는……"

하고 소년은 누운 채 눈을 돌려 가만히 숨을 모아 별을 쳐다보았습니다.

성팔이는 다시 입을 열었습니다.

"달만 보이는 벌판에서?"

"달만 보이는 우리 집에서 잘란다."

그 말에 다른 애들도 모두 달을 쳐다보았습니다. 달은 오늘따라 유달리도 밝은 것만 같았습니다. 성팔이는 다시 말을 이으려다가 다음 말이 이어 생각나지 않는 모양으로 머뭇거렸습니다. 그러다가, 벌판에 우뚝 서 있는 마른 나무의 밑둥을 보자,

"외양간도 없는 너의 집에서?"

소년을 지켜보며 말했습니다.

소년은 별을 바라보는 그대로,

"그래, 외양간도 없는 우리 집에서."

그리고 나서는, 아이들을 둘러보고 무엇을 외듯이 다시 말했습니다.

"외양간도 없어진 우리 집에서, 소도 없어진 우리 집에서, 아버지와 어머니도 없어진 우리 집에서, 누나도 없어진 우리 집에서, 벽돌마저 부서진 우리 집에서……"

그리고는 버드나무에 걸린 달을 물끄러미 쳐다보았습니다. 그러나 아까와는 달리 달빛에 비친 그의 얼굴엔 눈물방울이 반짝이고 있었습니다.

새 동무

그 이상스러운 소년은 벌판이 자기 집이라면서 그곳에서 자겠다고 끝끝내 고집을 부려서 그들은 하는 수없이 그대로 돌아왔습니다.

이튿날 아침 태섭이는 그 소년이 밤사이 그곳에서 무사히 잘 잤는지 그것이 걱정되는 한편, 또한 그 소년이 아침에 일어나선 자기들을 어떻게 대할까 하는 것이 궁금한대로, 어느 날보다 일찌감치 성팔이가 자는 천막으로 찾아갔습니다. 그러자 성팔이도 역시 태섭이와 같은 생각이었던 모양으로, 벌써 일어나 눈을 부비며 태섭이를 찾아오고 있었습니다. 둘은 그 소년의 이야기를 하며 그가 자던 곳으로 찾아갔습니다. 그러나 그곳에는 그 소년이 보이지 않고, 그가 덮고 자던 담요와 그리고 구두닦이 상자가 하나 있을 뿐이었습니다. 그것을 보고 성팔이가,

"이 애가 구두를 닦는 앤 모양이구나."

하고 알았다는 듯이 고개를 끄덕였습니다.

"응."

하고 태섭이도 팔짱을 낀 채 구두닦이 상자를 물끄러미 보고 있었습니다.

"그런데 이 애가 어딜 갔을까?"

"얼굴을 씻으러 강에 나간지도 모르지."

"불러 볼까?"

"그래."

그들은 둘이서 목소리를 합해 그 소년을 불러봤습니다. 그러나 아침 안개가 자욱하니 떠오르는 강 쪽에서는 아무 대답이 없었습니다. 그들은 또다시 소리쳐 불러봤습니다. 그러나 강 쪽에서는 역시 아무런 대답도 없었습니다.

"강에 밖에 갈 데가 없겠는데……"

"글쎄 말이야."

그들은 이상하다고 잠시 서로 얼굴을 쳐다보고 있다가 강가로 나갔습니다. 그러나 강에도 그 소년은 보이지 않고 낚시질하던 군인이 그들을 보고 소리치며 손을 들어 보였습니다. 그 군인은 그들이 자기 낚시하는 것을 구경하러 나온 줄로 아는 모양이었습니다. 그들이 그의 옆으로 가서 많이 잡았느냐고 물으니까,

"메니, 메니."

하면서 채롱을 들어 보였습니다. 그 속에는 손바닥 만한 붕어와 납줄개가 펄떡거리고 있었습니다. 그들은 그 군인에게 자기들과 같은 어린 소년을 하나 보지 못했느냐고 물었습니다. 군인은 모른다고 고개를 흔들었습니다. 둘이서는 그곳에서 한참 동안이나 우두커니 서서 군인이 낚시하는 것을 보고 있었습니다. 그러나 낚시하는 것이 별로 재미나서 보고 서 있는 것은 아니었습니다. 그 소년이 어디를 갔나 생각하느라고 서 있는 것이었습니다.

바람을 따라 잔잔히 흘러가는 강가에는 동쪽 산 위로 해가 얼굴을 내밀기 시작했습니다. 그러자 갑자기 강물에는 햇빛이 술렁거렸습니다.

"어딜 갔을까?"

성팔이가 알 수 없다는 얼굴로 다시금 중얼거렸습니다.

"이상하다니까."

태섭이도 여느 때와 마찬가지로 고개를 비틀어 보이다가 문득 생

각난 듯이,
"어제 뒷산의 밤밭이 자기네 밤밭이랬으니까 그곳에 간지도 몰라."
"그곳에 아침부터 뭣하러?"
"자기네 밤밭이니까 그저 가 보는 거지."
"자기네 밤밭이라도 아침부터 혼자서……"
하고 성팔이가 미심쩍은 얼굴을 짓다가,
"그렇지, 배가 고프니까 밤이라도 주워 먹으러 갔는지도 모르지."
하고 알겠다는 듯이 또 고개를 끄덕였습니다.
그들은 산으로 올라가서 한참이나 두루 찾으며 그 소년을 불렀습니다. 그러나 아무 대답이 없다가 난데없이 그들이 서 있는 나무 위에서,
"왜 찾니?"
하는, 소년의 소리가 났습니다. 그들은 놀라며 나무 위를 쳐다보았습니다. 그곳에 그들이 찾고 있던 소년이 나뭇가지를 말처럼 타고 흔들어대며 간밤과는 달리 생글생글 웃고 있었습니다. 그들이 지금까지 자기를 찾고 있는 것이 재미나서 한참동안 나무 위에서 가만히 보고 있은 모양이었습니다. 성팔이는 약간 화가 난 채,
"찾는데 왜 대답이 없어?"
하고 짜증을 냈습니다.
"너희들은 왜 아침부터 남을 찾아다니며 야단이니?"
소년도 샐쭉해지며 말했습니다.
"우린 네가 그곳에서 잘 잤는지 걱정돼서 찾아온 거야."
"그래…… 범이 와서 날 물어 갔나 하고? 참 고맙구나."
소년은 역시 비꼬는 투로 말했습니다.
"하여튼 내려와. 우리와 같이 부대로 가서 아침을 먹자."
하고, 이번엔 태섭이가 말했습니다. 그러나 그 소년은 고개를 흔들

었습니다.

"왜 또 싫다는 거야?"

"나는 얻어먹는 건 싫다."

"얻어먹긴, 우리 먹는 것 노나 먹는데."

"그것도 싫다."

"어제도 굶었다면서 배고프지도 않니?"

"밤을 많이 따 먹었더니 배고프지 않다."

"그래도 밤만 먹고 어떻게 사니?"

"왜 못 살아."

"넌 다람쥔가 보구나."

"그런지도 모르지."

하고 그 소년은 정말 다람쥐처럼 나무 위에서 미끄러져 내려왔습니다. 그리고는 웃으면서,

"다람쥐가 딴 밤, 좀 먹을래?"

주머니에 불룩하니 따 넣은 밤을 그들에게 꺼내 주려고 했습니다.

"너나 먹어, 우리는 너 없을 때 실컷 따먹은 걸."

하고 성팔이가 말렸습니다.

"정말 너희들 무던히 밤을 따 먹었더구나. 널려 있는 밤 껍질을 보니."

"이것이 너의 밤밭이라지? 주인도 없는데 우리끼리 따 먹어서 참

미안하다."
"미안하긴 뭐가 미안하니, 밤도 따먹어 주는 사람이 있으니 열릴 맛이 있었지. 너희들까지 따먹어 주지 않았다면 밤이 무슨 맛으로 열렸겠니. 안 그래?"
그 소리에 태섭이와 성팔이는 슬쩍 웃고 나서,
"넌 무척 밤을 좋아하는 모양이구나."
하고 성팔이가 물었습니다.
"왜?"
소년은 성팔이에게 고개를 돌렸습니다.
"말하는 것 보면 알지."
"그래, 난 밤을 좋아한다. 다람쥐처럼……"
하고 소년은 해죽 웃었습니다.
"그래서 넌 밤 생각이 나서 여길 찾아온 모양이구나."
하고 태섭이가 따라 웃으면서 물었습니다.
그 소리에 소년은 부끄러운 듯이 열쩍은 웃음을 짓고 나서,
"그런지도 모르지, 거리에서 밤을 먹는 것을 보면 집 생각이 자꾸만 나더라. 그렇지만 그래서만 내가 이곳을 찾아 왔겠니."
"그러면?"
하고 태섭이가 다시 물었습니다.
그러나 소년은 자기도 그 대답을 분명히 할 수 없다는 듯이 길가의 풀잎을 뜯어 입에 물었습니다.
"너의 부모는 다 어떻게 됐기에 너 혼자만 여길 왔니?"
그러자 소년은 그런 것을 자기에게 묻는 것이 이상하다는 듯이, 태섭이를 쳐다보다가 고개를 흔들었습니다.
"그러면 너는 너의 부모가 어떻게 된지 모르니?"
하고 성팔이가 재차 물었습니다. 소년은 갑자기 우울해지며 고개

를 끄덕였습니다.

“그러면, 넌 너의 부모가 집에 와 있을지 모른다고 생각하고 찾아 왔구나.”

하고 성팔이가 알겠다는 표정을 했습니다.

그러자 그 소년은 갑자기,

“그런 소리가 뭐 재미난다고 자꾸 하고 있어.”

하고 소리를 버럭 지르고서는 빠른 걸음으로 대여섯 발자국 앞으로 걸어 나갔습니다.

그리고는 획 돌아서며,

“너희들이 나를 저 부대에 붙여 줄 수 없니?”

하고 심각한 얼굴로 물었습니다.

태섭이와 성팔이는 할 수 있다든지 없다든지 하는 그 대답을 쉽게 할 수가 없었습니다. 그들도 심각한 얼굴이 되어 팔짱을 끼고 잠시 생각하고 있다가 성팔이가 먼저 입을 열었습니다.

“네가 그런 생각이라면 우리가 알아보도록 하자꾸나.”

“정 선생에게 이야기하면 될꺼야.”

태섭이는 약간 자신 있게 말했습니다. 그 소리에 성팔이는 문득 생각난 듯이 ‘내가 글 배우는 것도 꼭 물어봐야 한다’ 하고, 다짐을 두었습니다.

그 소리를 듣고 있던 소년은 태섭이 앞으로 다가와서,

“나 부대에 붙여 준다고 약속하면 이것 줄께.”

하고 라이터를 꺼내 보였습니다. 그 라이터를 보고 태섭이는 어색해져 뒷걸음을 치며,

“그런 것 주지 않아도 내 힘껏, 알아서 잘 할테니 걱정마라.”

하고 웃었습니다. 소년은 라이터를 받지 않는 태섭이가 이상한 듯이 잠시 보고 서 있다가, 그것을 자기 주머니에 도로 넣었습니다. 그

리고 나서는,
"어떻게서든 너희가 나를 부대에서 일하게 해줘. 난 이곳이 내가 살던 고향이니. 우리 부모들이 나를 찾아온대도 이곳으로 찾아올 것이 아니니."
"글쎄 염려 말라니까."
태섭이는 아까보다도 더 자신있게 입을 열었습니다. 그리고 나서는,
"참 네 이름이 뭣이었지?"
하고 물었습니다.
"길용이."
"성은 뭣인데?"
"이 가."
"그러면, 이 길용이구나."
그러자 옆에서 성팔이가
"이기는 용이란 말이야."
하고 웃었습니다. 그 소리에는 그들도 그만 따라 웃고 말았습니다. 그들이 산에서 내려와 개울목까지 왔을 때, 영선이와 달팽이가 낚시질을 하던 군인과 함께 지껄이며 강쪽에서 오는 것이 보였습니다. 그들도 그 소년을 찾으러 나왔다가 없으니까 강가에 나가서 군인이 낚시하는 것을 보다가 오는 모양이었습니다. 성팔이가 손을 들어, "야!"
하고 소리치자, 영선이와 달팽이가 분주히 달려왔습니다.
"우린 길용이를 찾으러 뒷산에 갔댔어."
하고 성팔이는 방금 들어서 알게 된 소년의 이름을 불렀습니다.
"이 애 이름이 길용이니?"
영선이가 물었습니다.
"그래."
"길용이, 길용이, 그 이름 좀 이상하다."

"뭐가 이상해?"

길용이는 자기 이름이 이상하다는 바람에 눈을 크게 뜨면서 대들었습니다.

"길용이, 길용이, 이상하지 않고……"

"이기는 용인데 뭐가 이상하다는 거야?"

"어째서 또 이기는 용이야?"

하고 이번엔 달팽이가 물었습니다.

"성이 이가니까 이길용 아니니."

하고 성팔이가 설명해 주었습니다.

"아, 그러면 용이란 말이구나. 그래서 용처럼 없어졌다 나타났다 하는구나."

그 소리에 모두 웃었습니다. 눈을 크게 뜨고 있던 길용이도 그만 웃고 말았습니다.

그때 뒤에서 낚싯대와 고기를 잡아넣은 채롱을 들고오던 군인이 그만 그것을 땅에 떨어뜨리며,

"오, 길용이!"

하고 소리쳤습니다. 그 소리에 놀란 길용이는 잠시 서먹하게 서 있다가 갑자기 달려가서 그의 품에 안겼습니다. 아이들은 무슨 영문인지 모르는 채 멍하니 서서 바라보고 있었습니다.

소년단

그날부터 길용이는 낚시질 나왔던 그 헨리라는 군인의 하우스보이로 있게 되었습니다. 그러나 이름만이 하우스보이였지 헨리는 길용이를 자기 동생처럼 귀여워했습니다.

물론 아이들은 길용이가 어떻게 헨리를 알게 되었는지 모두들 궁금한대로 알고 싶어했습니다. 그러나 길용이는 그것을 속시원히 이야기해 주질 않았습니다.

"너 어떻게 헨리를 알게 됐니?"

하고 물어도,

"그저 전부터 알고 있지."

"전이라니 언제부터?"

"싸움이 나서부터지."

"싸움이 나서부터라니 언제?"

"싸움이 나서부터라니까."

하고 어물어물 넘겨 버리고 마는 것이었습니다.

그것을 보면 길용이가 그 이야기를 하고 싶지 않은 무슨 이유가 있는 모양이었습니다. 그럴수록 아이들은 그 일을 더욱 캐내 알고 싶었습니다. 그중에서도 곰이 그 일을 누구보다도 제일 알고 싶은 모양이었습니다. 곰은 길용이만 보면 그 일을 알아내려고 했습니다. 그 때문에 둘은 싸우기까지도 한 일이 있었습니다.

어느 날 부대에 있는 아이들이 강에 빨래를 하러 갔다가 돌아오던 길에, 길용이가 껌을 꺼내어 한개 씩 나눠 줬습니다. 그것을 본 곰은 헨리가 어째서 저렇게도 껌을 길용이에게 사다 줘 남까지 나눠 주게 하는지 알 수 없다는 생각이 든 모양이었습니다.

"헨리가 너에게 고맙게 구는 이유를 좀 알자꾸나."

하고 곰은 껌을 받아 입에 넣으면서 또 그것을 물었습니다.

그러나 길용이는 역시 언제나 마찬가지로,

"고맙게 굴긴 뭐가 그래."

하고 그렇지도 않다는 대답이었습니다.

"껌을 그렇게 사다주는 것도 너한테 고맙게 구는 것이지 뭐야."

"그래?"

하고 길용이는 약간 빈정대는 눈으로 곰을 지켜보고 나서는 더 이야기하고 싶지 않다는 얼굴을 지었습니다. 곰은 길용이의 그런 태도가 못마땅한 듯 속으로 불끈 화가 치밀었습니다.

"그렇지 않고……"

곰은 길용이에게 대들듯 소리쳤습니다. 길용이는 대답 대신에 귀찮다는 듯 싱긋 한 번 웃었을 뿐이었습니다. 그 웃음에 그만 창피하기까지 한 곰은 화가 더욱 치밀어 올랐습니다.

"껌을 그렇게도 많이 주는 미군이 어디 있어. 그건 여기서 아이들에게 물어봐도 알 수 있는 일이야."

"그러면 그렇다고 생각하렴."

"그러니까 알고 싶다는 거야."

"뭘?"

"헨리가 너한테 왜 고맙게 구냐 말이야."

"그렇지 않다니까."

"그렇지 않을께 뭐야?"

"그럼 너 혼자 그렇게 생각하라는데!"

길용이도 약간 골이 나서 외쳤습니다. 그러자 길용이 옆에 있던 달팽이가,

"남 말하기 싫다는 것 왜 자꾸 물으면서 야단이야?"

하고 길용이 대신으로 말을 가로막았습니다.

"싫을 게 뭐야?"

곰은 화가 난 그대로 이번에는 달팽이에게 대들었습니다.

"싫으니까 싫다는 것이지."

"왜 싫단 말이야."

하고 곰이 재차 묻자, 달팽이는 기가 차다는 듯 혀를 차고 나서,

"너도 참 답답도 하다. 자기 싫으니까 싫은 것이지."

"자기 싫어도 이야기할 순 있는 것 아니야?"

"자기 싫은 것 어떻게 이야기하니?"

"그래서 넌 그것이 알고 싶지 않단 말이야?"

"알고 싶어도 할 수 없지. 자기가 싫어서 이야기 하지 않으니까."

"난 내가 싫은 것도 남이 알겠다면 이야기할 수 있어."

"그렇기에 너하구 길용이는 다른 애 아니야?"

그러자 성팔이가 나서며,

"하여튼 남이 말하고 싶지 않다는 이야기라면 캐어 알려고 할 필요는 없는 거야. 그런 이야기 집어치우고 부대까지 먼저 가기로 하자!"

하고 소리쳤습니다. 그 소리가 떨어지기가 무섭게 지금까지의 이야기는 모두들 잊은 듯 저마다 앞을 다투어 달리기 시작했습니다.

뒷산의 단풍은 불이 붙듯 빨개져 가을도 짙을 대로 짙어지자, 강변에는 별로 사람들이 보이지 않았습니다. 그러나 길용이만은 혼자서 곧잘 강변에 나와 앉기를 좋아했습니다.

뒷산 기슭을 돌아가면 깎아 내린 듯한 절벽이 나섰습니다. 그 앞

의 강물은 몹시 깊어서 마을 사람들이 낚시터로 삼던 곳이었습니다. 길용이는 혼자서 그곳에 가 앉아 행방을 모르는 가족들을 생각하는 것이었습니다. —아버지와 어머니, 그리고 누나들은 지금 다 어떻게 되었을까, 그런 것을 생각하고 있으면 자연 옛날에 같이 놀던 동무들의 생각도 나는 것이었습니다. 모두가 좋은 아이들이었습니다. 그러니 옛날에 놀던 그 때의 일이 더욱 간절하게 그리워지는 것이었습니다.

그런데 이 부대의 아이들은—물론 이 부대의 아이들이 별로 싫은 것은 아니지만, 그래도 전에 같이 놀던 아이들처럼 다정하지는 못했습니다.

길용이는 언제나 이런 생각을 하다가는 돌을 집어들어 강물에다 돌팔매질을 하는 것이었습니다.

하나 둘 셋…… 돌은 물수제비를 뜨며 번어 나가다가는 소리도 없이 물속에 숨어 버렸습니다.

길용이는 오늘도 혼자서 강변에 와서 놀고 있었습니다. 강물은 밑바닥까지 빤히 들여다 보이리만큼 맑았습니다. 여기 저기 게들이 바위 위에 올라와서 엉거주춤하니 퍼런 딱지를 드러내고 있었습니다. 모름지기 해가 비치는 하늘을 바라보고 있는 모양이었습니다.

"하늘은 어쩌면 저렇게도 넓고 파랄까?"

하고 게들은 생각하고 있을지도 모릅니다. 얼마든지 잡을 수 있는 것이었습니다. 그러나 그는 가운데 손가락으로 게딱지를 꼭 찔러 볼 뿐이었습니다. 그러면 게는 그만 놀라 물속으로 기어 들어가서 바위 틈 사이에 숨어버리고 말았습니다. 게가 분주히 달아나는 꼴은 참으로 우습기가 짝이 없었습니다. 그러나 그런 장난도 몇 번하면 물려버리고 맙니다.

길용이는 그런 장난에 물리면 하염없이 바위 위에 누워 버드나무

잎 사이로 새어드는 푸른 하늘을 바라보곤 했습니다.

"길용아!"

하고 갑자기 찾는 소리가 들려 왔습니다. 언덕 위를 보니 태섭이와 성팔이가 올라오라고 손짓을 하고 있었습니다.

길용이도 반가와서 언덕 위로 올라가자,

"너도 물론 소년단에 들겠지?"

하고 성팔이가 영문 모를 소리를 무턱대고 꺼내 놓았습니다.

"소년단이라니 무슨 소년단 말이야?"

하고 길용이가 멍하니 서 있자,

"소년단 말이야."

하고, 성팔이는 말을 되뇌고 나서 말을 이으려다가 태섭이에게 눈을 돌려 설명을 좀 해주라고 했습니다. 태섭이는 정색을 하고 한걸음 나섰습니다. 그리고는,

"우리가 왜 소년단을 만들게 되었는지 이야기부터 해야지."

먼저 이렇게 말을 꺼내 놓고서는 다시 계속했습니다.

"내가 매일 아침마다 정 선생에게 글을 배우고 있다는 것은 너도 알고 있지. 내가 사실은 서울에 혼자 계신 어머니를 떠나 이 부대에 와 있는 것은 정 선생에게 글을 배우기 위해서란다. 그런데 이곳에 있는 애들 중에 글을 배우고 싶은 애들이 나뿐만이 아니다. 성팔이도 영선이도 그리고 너도 물론 글을 배우고 싶겠지."

하고 길용이를 바라보았습니다. 길용이는 잠잠히 고개만 끄덕였습니다.

"그래서 그것을 정 선생에게 의논했더니 글을 배우려는 성의만 보이면 언제든지 글을 가르쳐 주시겠다는 거지."

"성의를 어떻게 뵈니?"

"그러게 말이지, 그래서 나도 그것을 물었더니 우선 소년단을 만들어서 우리들이 좋아하는 일을 얼마 동안 해 보라는 거야. 그러면 정 선생이 글도 가르쳐 주고 또한 지도도 잘 해 주겠다는 거야."

하고 설명해줬습니다. 그러자 성팔이가 뒤 이어,

"그래서 태섭이와 나는 곧 소년단을 조직하기로 하고, 단원을 모으기 시작했어. 그러니까 너도 물론 가입하겠지?"

하고 굳어진 얼굴로 길용이를 바라보았습니다.

"응."

하고 길용이는 고개를 끄덕였습니다.

"그러면 이제부터 훌륭한 소년단원이 된다는 의미로 악수를 하자."

하고 성팔이가 길용이 손을 잡자, 태섭이도 길용이의 손을 잡았습니다. 그리고는 셋이서 손을 흔들어댔습니다.

길용이는 셋이서, 악수를 하는 것이 속으로 좀 우습기는 했지만, 얼굴은 그들과 마찬가지로 심각한 얼굴이 되었습니다.

다음 날 단풍이 빨갛게 물들기 시작한 뒷산 밤나무 아래서 그들은 소년단의 결성식을 가졌습니다.

마음이 약한 아이는 마음을 굳세게 갖게 하고, 결심이 어렴풋한 아이에게는 무엇이나 기어이 자기가 할 수 있다는 자신을 갖게 하고, 게으른 아이는 부지런하게 하여 나라를 위해서는 물불을 가리지 않고 뛰어들 수 있는 희생적 정신을 가질 수 있도록 훈련하기로 했습니다.

태섭이는 내년 봄이면 이곳을 떠나 어머니가 계신 서울로 돌아가게 되지만, 이곳에 있을 때까지는 소년단을 위해서 있는 힘을 다 하리라고 생각했습니다.

"앞으로 우리가 해야 할 일은 너무나도 많은 것입니다. 첫째로 지금 우리 눈에 가로놓여 있는 휴전선을 없애 하루바삐 남북을 통일해야 할 것이 아닙니까? 또한 우리가 남보다 더 잘 살기 위해서는 많은 공장을 건설해야 할 것이 아닙니까? 우리가 그렇게도 훌륭한 일군이 되자면, 지금부터 모두가 힘을 합해서 우리의 정신과 몸을 굳세게 단련해 나갈 수 있는 우리의 소년단을 훌륭히 키워 나가야 하겠습니다."

태섭이의 말에 모두들 감격해서 주먹을 쥐고 눈을 굴렸습니다.

"소년단을 위해서 일하는 것은 나라를 위해서 힘쓰는 것과 같구나."

하고 영선이가 말했습니다. 그 말에 곰은 다시금 감격했습니다.

"그렇지, 우리들은 대한의 아들이니까."

하고 말하고서는, 자기도 또한 훌륭한 말을 했다고 생각했습니다.

이리하여 그들의 소년단은 탄생하게 되었습니다.

모두들 기뻐서 견딜 수가 없었습니다. 그대로 가만 있을 수가 없어, 밤나무에 올라가 노래도 부르고, 산등성이를 뛰어 올라가서 고함도 쳐보며 야단을 쳤습니다.

그날 밤 태섭이는 어머니에게 즐거운 편지를 썼습니다.

태섭이는 연필 알을 꺾고는 깎고 꺾고는 다시 깎아 가면서 썼지만, 좀처럼 마음에 흡족한 문귀가 떠오르지 않았습니다. 태섭이가 가까스로 편지를 써 놓았을 때는, 밤도 어지간히 깊은 모양으로, 옆방에서는 오덴의 코고는 소리가 들려왔습니다. 태섭이는 자기가 쓴 편지를 봉투에 넣기 전에 다시 한 번 읽어 보았습니다.

어머니! 저는 먼 이곳에서 그저 어머니에게 말하는 것처럼 편지를 쓰고 있습니다. 이곳은 벌써 단풍이 한창이랍니다. 아침 저녁이면 추워 견딜 수가 없어 어머니가 짜 주신 자켓을 입고 있습니다. 그것을 입고 있으면 어쩐지 어머니 사랑이 제 몸에 닿는 것만 같습니다.

어머니는 오늘도 등불 밑에서 돋보기 안경을 끼고 옷을 짓고 계시겠지요? 그것이 지금 제 눈 앞엔 환히 보이는 것만 같습니다. 제발 너무 피곤하게 일하시지 말아요.

어머니, 나는 오늘 어머니를 놀라게 할 아주 훌륭한 소식을 알리게 되었습니다.

어머니! 어머니는 늘 말씀하시기를 지금은 어린애들이 마음을 단단히 먹고 나라를 훌륭하게 만들기 위해 힘써야 한다고 가르쳐 주셨지요. 저는 그 말씀을 들을 때마다 마음으로는 그렇다, 그렇게 하지 않으면 안 되겠다고 생각했습니다. 그러면서도 어떻게 해야 할지를 몰랐던 것입니다. 그런데, 이번에 이곳 동무들이 소년단을 만들고 규칙적인 단체훈련을 해 튼튼한 몸을 닦고 훌륭한 정신을 키우도록 했습니다. 앞으로 우리가 어떤 일을 하고 있다는 것은 그때 가서 하나하나 알려 드리겠습니다.

어머니! 저는 이번 소년단원이 되면서 크게 느낀 것이 있답니다. 그것은 어떻게든지 남북을 통일해야겠다는 것입니다. 사실 제가 오기 전까지는 어떻게 해서든지 아버지만 모셔 올 수 있으면 된다고 생각했던 것입니다.

그래서 제가 어머니에게도 아주 훌륭한 비행기를 만들어 아버지를 모셔온다고 했지요. 그러나 지금 생각하면 얼마나 미련한 생각이었는지 모르겠습니다.

어머니! 지금 제 귀에는 눈앞에 보이는 휴전선을 넘어 수백 만의 울음소리가 들려오는 것만 같습니다. 그 속엔 아버지의 울음소리도 섞여 있겠지요.

참, 어머니! 제가 심고 온 국화꽃은 피었겠군요. 어머니처럼 보고 싶습니다.

어머니의 아들 태섭 울림

아침 체조

가을의 이른 새벽이었습니다.

강 위로 길게 우윳빛처럼 멀겋게 끼어 있던 안개가 가벼운 바람에 움직이며 점점 걷혀지기 시작했습니다. 그러자 요란스러운 물소리와 함께 물이랑을 치는 바윗돌이 드러났고 저편 산기슭에 붉게 물든 단풍이 드러났습니다.

해는 아직도 뜨지 않았습니다. 그러나 동쪽 산봉우리 위가 빨개진 것을 보니 해도 곧 떠오를 모양입니다.

강 언덕 모래밭에서 갑자기 나팔소리가 들려 왔습니다. 소년단의 집합 나팔 소리였습니다.

단원들은 하나, 둘 모이기 시작했습니다. 어떤 애는 아직도 잠이 덜 깨어 눈을 부비며 뛰어왔습니다.

그들은 아침 다섯 시에 이 모래밭으로 모여 체조를 하는 것이었습니다.

"다 모였나?"

반장인 성팔이가 단원들을 둘러보며 물었습니다.

"길용이가 아직 안 왔어."

태섭이가 말했습니다.

"길용이가 오늘은 왜 늦을까?"

"글쎄, 무슨 일이 생겼나."

"하여튼 잠시 기다려 보기로 하자."

며칠 전부터 배우기 시작한 덴마크 체조를 제각기 연습하며 모두들 기다리고 있었습니다.

그러나 길용이는 십 분이 지나도 십오 분이 지나도 나타나지를 않았습니다.

"어떻게 된 셈이야?"

성팔이가 다시 입을 열어 걱정을 했습니다.

"내가 뛰어가서 알아보고 올께."

하고 달팽이가 분주히 부대 안으로 뛰어갔습니다. 그러나 길용이는 부대 안에도 없었습니다. 이상하다는 듯이 머리를 비꼬며 돌아온 달팽이는,

"헨리에게 물으니까 벌써 새벽에 일어나 나갔다는데, 이곳에 오지 않고 어딜 갔을까."

"그러면 또 뒷산 절벽 아래에 가 있을 거야."

길용이가 늘 혼자서 절벽 아래에 가 앉아 있는 이유를 알 수 없다는 듯이 영선이가 말했습니다.

"맞았어, 그곳에 가 있을 거야."

곰도 영선이와 마찬가지로 말했습니다. 성팔이는 찌푸린 얼굴로 잠시 길용이가 있으리라는 그 쪽을 바라보고 서 있다가,

"오늘은 하는 수가 없다. 길용이가 없는대로 시작하자."
하고 말했습니다.
단원들은 성팔이 앞에 일렬로 쭉 섰습니다. 성팔이는 먼저 단원에게 번호를 부르게 하고 나서 쉬엇을 시킨 후에,
"전날 우리가 국군 아저씨들을 위해서 토의한 일에 좋은 의견을 생각한 사람이 있으면 이야기 해요."
하고 말했습니다.
그것은 소년단의 첫 사업으로 국군들을 즐겁게 해 줄 수 있는 일을 생각해 보자는 것이었습니다.
그러나 아무도 좋은 의견을 생각하지 못한 모양으로 누구 하나 손을 드는 단원이 없었습니다.
"성규, 좋은 생각 없었나?"
성팔이는 성규에게 지명을 해서 물었습니다,
"생각 중이야."
"태섭이도 없나?"
"나도 아직 못 했는데……"
"아직 모두들 좋은 생각이 떠오르지 않은 모양인데, 우리가 좀 더 열심이 생각하기로 하고, 태섭이 나와서 체조를 지도해."
성팔이가 줄에 들어서고 태섭이가 나섰습니다.
"먼저 내가 할 터이니까 잘 보았다가 오늘은 모두 틀리지 않게 해."
하고 태섭이는 주의를 시키고 나서, 처음부터 끝까지 계속해서 마치 춤을 추듯 뛰기도 하고, 목을 돌리고 팔을 벌리기도 하며, 덴마크 체조의 모범을 보였습니다. 태섭이는 이 체조를 납치되어 간 그의 아버지에게서 배운 것이었습니다. 태섭이의 호령으로 체조는 시작되었습니다.
"하나, 둘, 셋, 넷."

"둘, 둘, 셋, 넷."
그러나 단원들의 체조는 아직도 익숙하질 못해 발과 손이 서로 맞지 않았습니다. 태성이는 손을 흔들어 멈추게 하고 다시 처음부터 시작했습니다.
이렇게 몇 번이고 고쳐 하는 사이에 어지간히 들어맞게 되었습니다.
이번에는 제각기 호령을 하면서 했습니다.
"하나, 둘, 셋, 넷."
"둘, 둘, 셋, 넷."
그들의 호령소리가 산을 쩌렁쩌렁 울렸습니다.
"셋, 둘, 셋, 넷."
무릎을 굽히고 손은 올리고……그들의 힘껏 내민 가슴과 가슴은 맑은 공기에 핑핑하니 부풀어 오를대로 올랐습니다.
"넷, 둘, 셋, 넷."
소리를 치면 칠수록 기운은 더욱 뻗쳐지는 듯 이런 상쾌한 일을 왜 좀 더 미리 생각하지를 못했는가 화가 날 지경이었습니다.
그들의 호령소리가 끊어지는 사이 사이에 들리는 물소리도 더 크게 들리는 것 같았습니다.
연습을 끝내고 모두 땀을 씻고 있을 때에,
"늦어서 미안해, 미안해."
길용이가 언덕 위에서 굴러내려오듯 분주히 달려 왔습니다.
성팔이는 지금까지 참고 있던 성이 불시에 터졌습니다.
"지금이 몇 신줄 알고 지금에야 오는 거냐."
"난 그렇게 늦은 줄 몰랐어."
"모르는 것이 뭐야!"
성팔이는 더욱 골을 냈습니다.

"그렇지만……"
길용이는 어떻게 대답해야 할지 모르고 난처한 얼굴이 되었습니다.
"그렇지만이 뭐야! 규칙을 어기고서 무슨 변명이냐 말이야?"
"그렇지만……"
하고 길용이는 그 말만 되풀이하며 할 말을 못하고 우물쭈물하자, 태섭이가 나서며,
"처음이니까 다음부터 주의하도록 하라고 하지."
하고 말했습니다.
"그래, 그래. 처음인데 그만하자."
영선이도 곰도 길용이 보기가 민망한 듯 말했습니다.
그러나 성팔이는 성이 가셔지질 않았습니다.
"다음에 또 늦으면 알지?"
하고 주먹을 들어 보였습니다.
"그렇지만……"
길용이는 우울해진 얼굴이면서도 불만인 듯 입을 열었습니다.
"그래도 난 늦은 이유가 있어."
"무슨 이유란 말이야, 말해 봐……"
"어제 우리가 의논한 국군 아저씨들을 위한 일로……"
그 말엔 모두들 지금까지의 태도와는 달리 긴장한 얼굴이 되었습니다.
"무슨 좋은 수가 있니?"
"응."
하고, 길용이는 말하고 나서,
"나는 어제 저녁 자리에 누워 그것을 생각해 봤지. 어떻게 하면 국군 아저씨들을 좋게 해줄 수 있을까 하고, 그것을 생각한 끝에 뒷산

에 떨어진 밤을 주워다가 주면 되리라고 생각하고 오늘 아침 일어나 산에 올라가 보았어. 떨어진 밤은 그렇게 많지 않지만, 그래도 우리들이 모두 가서 주워 모은다면 두어 말은 모을 것 같은 걸."

두 말이라는 소리에 모두들 신이 나는 모양이었습니다.

"참 좋은 생각이다. 이제 바로 산으로 올라가서 밤을 줍기로 하자."

"그래, 쇠뿔은 단김에 뽑아야 한다고……"

그들은 산으로 올라가서 밤을 줍기 시작했습니다. 그러나 밤은 길용이의 예상한 것만큼 많지를 못했습니다. 두 시간 동안이나 주워 모은 것이 겨우 두어 되 되나마나 했습니다.

"이럴 줄 알았으면 밤을 좀 작작 따 먹었으면 좋았을걸."

하고 달팽이가 말했습니다.

"그러게 말이야."

영선이가 달팽이 말을 받아 말했습니다.

그러나 지금와서 그런 이야기를 해 보았댔자 소용없는 일이었습니다.

부대에서는 두 주일에 한 번씩 영화가 있었습니다. 부대에서 하는 영화는 미군 상대로 하는 영화이기 때문에, 자막이 씌어 있지 않아 그들은 영화의 내용을 잘 알 수가 없었지만, 그래도 그런 날은 어느 날보다도 기뻐했습니다. 그런데 바로 그날 저녁에는 국군들의 전투하는 모습을 그린 '진격'이란 우리나라 영화를 미군들에게 보여주게 되었습니다. 그 영화에 국군 아저씨들이 나온다는 이야기를 듣고 아이들은 모두 신이 났습니다.

"곰아, 오늘은 정말 너의 형님이 영화에 나올는지도 모르니, 눈을 똑바로 뜨고 봐요."

곰하곤 늘 싸움만 하는 달팽이면서도 국군에 가 있는 형으로부터 때때로 편지를 받는 곰이 부러운듯이 말했습니다.

"너의 형이 나오게 되면 우리에게도 알려 줘야 한다."
태섭이도 부러운 듯이 말했습니다.
동무들이 떠드는 소리에 곰은 정말 자기 형이 나올지도 모른다고 생각했습니다.
"응, 우리 형님이 나오면 크게 소리칠께."
동무들에게 이런 이야기를 하는 사이에 자기 형이 꼭 나올 것만 같은 생각이 들었습니다.
날이 저물자 군인들은 뜰에 쳐 있는 영사막 앞으로 모여들었습니다.
아이들은 왼편에 가서 자리를 잡고 앉았습니다.
이윽고 하얀 광선이 스크린에 켜졌습니다. 핀트를 맞추는 모양으로 광선만이 위로 올라갔다 아래로 내려왔다 하며, 좀처럼 사진은 비쳐지질 않았습니다.
아이들은 어느 때와도 달리 어서 사진이 비쳐지길 가슴을 졸여가며 기다리고 있었습니다. 군인들도 기다리기가 갑갑한 듯 휘파람을 휙휙 불어댔습니다. 그러자 이번엔 그와 반대로,
"비 콰이엇. (조용해라)"
하고 소리치는 군인들도 있었습니다. 갑자기 흰 광선이 사라지자 어두워지며 음악 소리와 함께 찬란한 빛깔이 비쳐진 것은 '뽀빠이의 권투'라는 천연색 만화였습니다.
"만화야! 멋이 있다."
아이들은 모두 손뼉을 치며 좋아했습니다.
구경하는 사람들의 허리를 끊어내게 하는 그 만화가 끝나자, 계속해서 '진격'이란 영화가 시작됐습니다. 아이들은 '진격'이라고 커다랗게 쓴 자막을 보고 너무나도 좋아서 손뼉을 마구 쳤습니다.
"우리 형님이 나온다. 잘 봐라!"

곰은 흥분한 채 소리쳤습니다. 손에 땀을 쥐어가며 그곳에 나오는 국군들을 한 사람도 놓치지 않으려고 눈을 굴려댔습니다. 서울 탈환을 앞두고 고막이 깨질 듯이 요란스럽게 대포를 쏘는 국군들이 보여졌습니다.

"야! 저 로켓포 굉장하구나."

드디어 서울을 탈환해 중앙청에 태극기가 펄럭이는 장면이 나타나자, 우뢰같은 박수가 터졌습니다.

"태극기, 멋이 있구나!"

곰은 장면이 자꾸자꾸 바뀌지는 동안에, 자기 형도 서울 탈환 전투에 참가한 것을 생각하자 눈물이 나리만큼 기뻤습니다.

적군 고지에서는 포위된 적군들이 무기를 던지고 어정어정 오는 장면도 있었습니다.

유엔군 사령관의 당당한 모습—

그러나 그들이 기다리고 있던 곰의 형은 끝끝내 나타나지 않고 영화는 끝나버리고 말았습니다.

"어디, 너의 형님이 나왔어?"

영선이가 말하자 곰은 그만 시무룩해지고 말았습니다.

"나온 걸 내가 못 봤는지도 모르지."

"하긴 그랬을지도 몰라."

영선이도 정말 곰이 자기 형이 나온 것을 못 봤다면 참으로 분한 일이라고 생각했습니다.

영화를 보고나서 감격한 것은 소년단원들 뿐만이 아니었습니다. 부대에서 일하는 어른들도 모두 감격했습니다.

"우리 국군의 용감성이란 이루 말할 수 없어."

"그야 말해 무엇하겠나, 그런데도 또한 우리 국군처럼 불쌍한 군대도 없지. 그렇게 용감히 싸우고도 먹을 것을 제대로 먹길 하나……"

"그렇지만 우리 국군은 자기 나라를 지켜야 한다는 각오가 있으니까, 어떤 군인보다도 훌륭하게 싸울 수 있는 것이지."

"그야 물론 그렇지만, 그럴수록 국군에 대한 대우를 좀 더 좋게 해줘야겠지. 부식도 그렇고, 여기처럼 한 달에 한두 번씩이라도 영화 같은 것을 보여 주고……"

식당에서 쿡과 페인트장이가 주고 받는 이야기를 옆에서 듣고 있던 태섭이는 문득 좋은 생각이 떠올랐습니다.

"우리들이 연극으로 국군을 즐겁게 해 줄 수 있지 않을까."

태섭이는 먹던 음식도 집어던지고 분주히 식당을 뛰쳐 나왔습니다.

"성팔아, 난 아주 멋있는 생각을 했어."

"무슨 생각을 했기에 야단이야."

구두를 닦던 성팔이는 솔을 놓고 일어서며 말했습니다.

태섭이가 지금 생각해 낸 것을 이야기하자,

"응, 그것 참 훌륭한 생각이야! 우리가 연극만 잘 한다면 얼마든지 많은 국군이라도 모두 즐겁게 해 줄 수 있겠구나."

"물론이지."

성팔이는 태섭이가 참으로 훌륭한 생각을 곧잘 생각해 낸다고 감탄했습니다. 그러나 뒤이어 걱정되는 일이 생겼습니다.

"우리가 연극을 하려면 먼저 각본이 있어야 할 것이고, 또한 무대 장치도 있어야 할 것이 아닌가?"

태섭이도 그것까지는 미처 생각지 못했던 것이었습니다. 팔짱을 끼고 잠시 생각하다가,

"그것도 문제가 없어, 연극은 정 선생보고 써 달라고, 무대 장치는 부대에서 그림을 그리는 강 선생에게 부탁하면 되지 않아."

하고 숙였던 머리를 들었습니다.

"그렇지, 나도 이북에서 학교 다닐 때 연극을 해 본 일이 있어. 정 선생과 강 선생이 도와준다면 훌륭한 연극을 할 수 있을 거야."

하고, 성팔이도 얼굴에 자신감을 띠어 보였습니다.

국군을 위해서

태섭이와 성팔이는 분주히 단원들을 모아놓고 국군을 위해서 연극할 것을 이야기했습니다. 단원들은 모두들 손뼉을 치며 좋아했습니다.

"난 헌병이 될 테야."

하고 곰이 연극에서 자기가 하고 싶다는 배역까지 벌써 말하자,

"이 자식아! 헌병이면 그만인 줄 아니? 난 네 상관인 지휘관이 될 터이다. 애햄……"

하고 달팽이가 수염을 쓰다듬는 시늉을 해 가며 곰을 놀려 주었습니다. 곰은 대번에 골이 나서,

"헌병엔 지휘관이 없는 줄 아니? 헌병의 지휘관은 너 같은 것은 문제없이 영창에 넣을 수도 있는 거야."

하고 대들었습니다. 그러자 달팽이도 가만히 있을 리가 없었습니다.

"헌병의 지휘관도 지휘할 수 있는 사람이 바로 이 사람이란 말이다."

그 말에 곰은 더욱 화가 나면서도 이어 대답을 못하고 있다가,

"하여튼 난 너보다는 높은 사람이 될 테야."

하고 말했습니다. 그러자,

"그것이 바로 나란 말이지?"

하고 달팽이가 또 빈정댔습니다.

다른 단원들은 그들이 또 싸움이 붙었다고 웃어대기 시작했습니다.

그러자 태섭이가 그들의 싸움을 말리는 셈으로 나서며,

"너희들은 아직 어떤 연극을 할지도 모르면서, 헌병이니 지휘관이니 벌써부터 배역 싸움이구나."

하고 웃어댔습니다.

그 소리에 싸움을 하던 그들도 정말 그렇구나 하는 생각에 열쩍게 서로 웃고 말았습니다.

그들이 연극을 한다고 정 선생에게 재미나는 각본을 써 달라고 몰려갔을 때, 정 선생은 한가한 듯 침대에 누워서 책을 읽고 있었습니다.

"웬일이야? 이렇게 모두가……"

"선생님, 우리들은 이렇게 의논을 했어요."

"무얼?"

"우리가 연극을 하자고."

"연극을?"

정 선생은 뜻하지 않았던 말에 약간 놀란 채 몰려온 어린 손님들을 하나하나 쳐다보고 있었습니다. 그러다가 그들이 국군을 위해서 연극할 것을 결정했다는 이야기를 듣고 나서,

"그것 참 훌륭한 생각이구나. 국군 아저씨들이 너희들의 연극을 본다면 얼마나 기뻐할지 모르겠구나."

하고 몹시 감동한 얼굴이 되었습니다.

그러자, 성팔이가 그들을 대표해서 입을 열어,

"그래서 말입니다. 우리가 연극을 하려면 무엇보다도 먼저 연극할 대본이 있어야 할 것이 아닙니까? 그것을 정 선생님에게 부탁하려고 이렇게 다 같이 선생님을 찾아온 것입니다."

하고 의젓하게 찾아온 뜻을 말했습니다.
“날보구 대본을 쓰라구?”
정 선생은 선뜻 대답 대신으로 웃음을 흘려놓고는
“내가 언제 그런 것을 써 봤어야 말이지.”
하고 피해 버릴 기색이었습니다.
“그런 말씀 마시고 꼭 써 줘야 해요. 선생님이 안 써 주신다면 우리들의 결정은 모두 틀려 버리고 마는 걸요.”
하고 이번에는 태섭이가 아이들을 헤치고 나서며 말했습니다.
“글쎄 내가 그런 걸 써 봤어야 쓰지.”
하고 정 선생이 역시 난처한 일이라는 듯 웃고만 있자,
“써 줘야 해요.”
“선생님이 못 쓴다면 누가 써요?”
“종이도 갖다 드리겠어요.”
“잉크도 사다 드리고요.”
“뭐든지 선생님 하라는대로 다 할테어요.”
하고 모두가 달려들어 한 마디씩 하며 졸라댔습니다.
그래도 정 선생은 승낙을 하지 않고, 무엇을 생각하는지 잠시 입술을 깨물고 있다가,
“너희가 하는 연극이니 내가 쓰는 것 보다도 너희들 중에서, 누가 쓰는 것이 더욱 재미있을 것 같구나.”
하고 말했습니다,
그 말에 아이들은 서로 얼굴을 쳐다보며 자기들은 도저히 쓸 자신이 없다는 표정을 짓고 있을 때, 문득 태섭이가 입을 열어,
“그래, 우리끼리 한 번 만들어 보자.”
하고 동무들을 둘러보며 의견을 물었습니다.
“우리끼리 만들다가 만들지 못하면 어떻게 할려고?”

영선이는 그것이 지금부터 걱정이란 듯이 말했습니다.

"그때는 다시 정 선생님께 부탁하지."

하고 태섭이는 정 선생의 의견을 묻는 모양으로 쳐다보았습니다. 그러자,

"그때는 내가 쓰기로 약속하마."

하고 정 선생도 태섭이 의견에 찬성해 주었습니다.

그들은 정 선생의 천막에서 나와 그들이 늘 모이는 버드나무 아래로 가서 둘러앉았습니다. 버드나무 잎은 누렇게 물들대로 물들어, 바람이 불 때마다 낙엽들이 그들 어깨 위에 흩어졌습니다. 그러나 그들은 그런 것은 돌아볼 생각도 없이 모두가 심각한 얼굴이 되어, 연극을 어떻게 쓸까 하는 생각에 깊이 잠겨 있는 것이었습니다. 이렇게도 무거운 침묵이 흐르던 중에, 문득 곰이 생각에 젖었던 고개를 들며,

"참 좋은 연극을 생각했다."

하고 소리쳤습니다. 모두들 긴장한 얼굴로 곰에게 시선을 모았습니다.

"무슨 이야긴데?"

영선이가 제일 먼저 입을 열어 물었습니다.
"이북에서 넘어오는 빨갱이를 헌병이 잡거든."
"그래서?"
"그리고선……"
곰은 그만 다음 이야기가 막혀버리고 말았습니다.
"이북에서 넘어오는 빨갱이를 헌병이 잡고 그만이야? 그것이 무슨 연극이 된담."
옆에 있던 달팽이가 빈정댔습니다.
"그러니까 다음은 너희가 생각하려무나."
그 소리에 모두가 '와' 하고 웃어댔습니다.
곰은 부끄러워진 채,
"그래 그래, 다음도 내가 혼자 생각할 터이니 걱정 마라."
하고 다시 고개를 숙였습니다. 그러나 다음을 어떻게 전개시켜야 할지 통 생각이 나지를 않았습니다. 곰 뿐만 아니라 다른 단원들도 연극이 될 만한 좋은 이야기를 생각해 낸 사람은 하나도 없었습니다. 그래서 역시 각본만은 정 선생에게 써 달라는 수밖에 없다는 것이 모두의 의견이었습니다.
그러나 태섭이는 그들과 헤어져 자기 숙소로 돌아와서도, 자기가 대본을 써 보겠다는 의욕을 버리지 않았습니다. 자리에 누워서도 그는 눈을 말똥거리며 연극의 줄거리를 생각했습니다.
그는 무엇보다도 자기 집 이야기를 연극으로 쓰고 싶었습니다. 모름지기 지금도 어두운 등불 아래서 바느질을 하고 있으리라고 생각되는 어머니를 생각할 때, 그 마음이 더욱 간절해졌습니다.
"아버지도 없고 나도 없는 빈 방에서, 외로이 바느질을 하고 계신 어머니는 얼마나 고독할까?"
문득 이런 생각을 하고 나서는 눈시울이 뜨거워지며 눈물이 나오려고 했습니다. 그래도 그는 입술을 깨물어가며 눈물을 참았습니다.
"못나게도 울긴, 너는 지금 연극을 생각하고 있는 것이 아닌가."
하고 자기 자신을 꾸짖었습니다.
그리고는,
"지금 내가 어머니와 헤어져 사는 것은 앞날의 행복을 위해서가 아닌가, 우리나라가 통일되어 반드시 아버지가 돌아오는 날이 있을 것이고, 또한 그때에 아버지를 대하기에 조금도 부끄럽지 않은 사람이 되기 위해서, 어머니를 떠나 이곳에 와서 지금 열심히 공부를 하고 있는 것이다."
여기까지 생각했을 때, 그는 문득 무릎을 탁 치고 벌떡 일어나 앉았습니다.
"―옳다 그것을 쓰자. 아버지가 돌아오시는 것을……"
그 순간부터 태섭이는 흥분에 싸여 가슴이 팔딱팔딱 뛰기 시작했습니다. 그러나 그것을 어떻게 연극으로 꾸며야 할지는 처음과 마찬가지로 생각이 나지 않았습니다.
아버지가 이북에서 돈을 많이 모아 가지고 와서 어려운 사람들을 위해 병원을 짓는 일을 생각해 보기도 했습니다.
그러나 다시 생각해 보면 아버지가 이북에서 돈을 많이 모아 가지고 올 리는 없는 것이었습니다. 또한 이와 반대로 몹시 몸이 약해서 돌아온 아버지를 병원에 입원시키고 어머니가 간호하는 장면도 생각해 보았습니다. 그러나 아버지가 그곳에서 아무리 무서운 학대를 받아 가며 살아왔다 하더라도, 몸이 약해가지고 돌아온 아버지라고는 생각하고 싶지가 않았습니다. 이런 생각으로 잠을 못 이루고 몸만 뒤치다가, 네 시가 넘어서야 태섭이는 겨우 잠이 들었습니다.
그날 아침, 태섭이가 늦잠을 잔다고 오덴이 코를 흔들어주는 바람에 벌떡 잠에서 깼습니다. 눈을 뜨고 보니 지금까지 자기는 꿈을 꾸고 있었습니다. 소년단들이 '우리들의 즐거운 집'이라는 것을 지어 놓고, 그곳에서 노래와 춤을 추며 소년단 대회를 하고 있을 때 아버지와 어머니가 자기를 데리러 온 꿈이었습니다. 태섭이를 데리러 온 어머니는 지금보다도 젊고, 아버지도 젊었습니다. 태섭이가 좋아서 뛰어가 그 품에 안기려 할 때, 꿈은 그만 깨어 버리고 만 것이었습니다. 태섭이는 분하기가 끝이 없는대로 오덴에게 눈을 찌푸려 보였습니다. 오덴이 코만 흔들어 주지 않았더라면 꿈에서나마 어머니와 아버지 품에 안겨 볼 수 있지 않았겠습니까. 그러나 오덴은 태섭이가 자기에게 잠투정을 하는 줄만 알고 낄낄 웃어댔습니다. 태섭이는 그것이 더욱 화가 났습니다. 그러면서 그는 그것이 꿈이 아니고 사실이라면 얼마나 좋을까고 생각하고 또 생각했습니다. 그러다가 아침 체조시간에 늦은 것을 알고는 그만 침대에서 뛰쳐 일어 났습니다.

그날은 바로 일요일이었습니다. 그동안 부대에서는 외출했던 군인 중에서 어떤 불상사가 일어났기 때문에, 외출금지를 하고 있던 것이 오래간만에 해제되어 많은 군인들이 서울로 놀러 나갔습니다. 태섭이도 물론 서울에 나가려면 나갈 수 없는 것은 아니었습니다. 그것은 오덴의 승낙만 얻으면 되는 일이었습니다. 그러나 태섭이는 이 부대를 아주 떠나 집으로 돌아갈 때까지는 어머니를 만나지 않기로 결심한 것입니다. 지금 서울에 가서 어머니를 만난다면 다시 이 부대로 돌아올 수 있을는지 없을는지 자기로서는 도저히 자신을 가질 수가 없었기 때문이었습니다.

태섭이가 아침을 먹으러 식당으로 가자, 그곳에서 정 선생도 식사를 하고 있었습니다.

"왜 얼굴빛이 좋지 않아?"

하고 정 선생이 태섭이를 쳐다보면서 걱정되는 얼굴로 물었습니다.

"제 얼굴빛이 나빠요? 어제 잠을 잘 자지 못해서 그런가 보지요.

연극 대본을 생각하느라고 밤을 새우다시피 했어요."

"그래, 대단한 열성이구나. 그래서 좋은 연극을 생각해 냈니?"

태섭이는 먼저 고개부터 흔들고 나서,

"지금 같아서는 자신이 없어요."

하고 흐린 얼굴이 되었습니다.

"태섭이까지 자신이 없다면 안 되지."

하고 정 선생은 말하고 나서,

"그렇다면 오늘 서울 나갔다 와서 나도 너희들과 함께 열심히 생각해 보기로 하자."

라고 했습니다.

"선생님, 오늘 서울 나가셔요?"

태섭이는 서울을 다녀온다는 정 선생이 부러워서 선생님을 쳐다보았습니다.

"그래, 너도 가려니?"

태섭이는 대답 대신 성급하게 고개를 흔들어댔습니다. 그러나 정 선생은 그의 마음을 잘 알고도 남았습니다.

"오늘 너의 집에 들르겠으니, 어머니에게 전하고 싶은 말이 있으면 편지를 써 다오."

하고 태섭이의 쓸쓸한 얼굴이 보기가 민망한 듯 먹던 수프에 얼굴을 돌렸습니다.

태섭이는 분주히 음식을 먹고 나서 자기 방으로 가서 어머니에게 보낼 편지를 썼습니다. 편지에는 소년단에서 연극을 하게 되었다는 이야기이며, 어머니와 아버지가 자기를 데리러 왔던 꿈 이야기도 썼습니다.

그리고는 오덴에게 얻어 두었던 캔디와 과자들도 어머니에게 전해 달라고 정 선생에게 갖다 주었습니다. 그리고는 어머니가 자기에게 보내는 선물을 정 선생이 반드시 갖고 올 것이라 생각했습니다.

그러나 그날 저녁, 서울로 나갔던 차가 모두 돌아 왔으나 정 선생은 돌아오질 않았습니다. 어떻게 된 일인가 하고 태섭이는 같이 나갔던 군인들에게 모두 물어 보았으나, 누구 하나 안다는 사람이 없었습니다. 그래도 그날은 서울에서 오래간만에 친구라도 만났나보다 하고 별로 걱정을 하지 않았습니다. 그러나 다음 날도 정 선생은 돌아오질 않았습니다. 이틀씩이나 돌아오지 않는 것을 보면, 무슨 잘못이 생기지 않았는가 하고 태섭이는 성팔이에게 걱정스럽게 이야기를 했습니다.

그러나 성팔이는 태연한 얼굴로,

"술도 안 마시는 선생님인데 뭣이 잘못된 일이 있겠니?"

하고 그런 걱정은 하지도 말라는 말투였습니다.

그러나 사흘이 되어도 정 선생은 돌아오지 않았습니다.

"아무래도 이상해."

태섭이는 아침 체조시간에 성팔이를 만나자 첫 마디로 그 말부터 꺼냈습니다. 그러자 성팔이도 어제 태도와는 달리 그도 역시 걱정되는 모양이었습니다.

"어제 저녁엔 꼭 돌아오실 줄 알았는데……"

"글쎄 말이야."
"그렇다면, 정 선생이 아주 뺀 것은 아닐까? 갑자기 이 부대에 있기 싫어서."
"부대를?"
"그렇지."
그러나 태섭이는 그렇게는 생각되지 않았습니다. 정 선생이 부대를 그만둔다고 해도 자기에게 이렇다는 말 한마디 없이 그만 둘 리는 없다고 생각된 것입니다. 그것은 태섭이가 누구보다도 정 선생을 믿고 있었기 때문이었습니다.
"그럴 리는 없을 거야. 우리에게 학교까지 만들어 주겠다는 약속을 하고 아무 말씀도 없이 그만 둘 리는 없는 것이 아니냐."
"그렇지만 지금까지 정 선생이 외출나갔다가 이틀, 사흘씩 걸리는 일이 없지 않았어?"
"서울에 나갔다가 갑자기 앓게 되었는지도 모르지."
"하긴 그런 일도 있을 수는 있지."
"하여간에 오늘까지 안 돌아오시면 우리가 어떻게서든지 알아보자."
태섭이는 그날도 무슨 일을 하다가 자동차 엔진소리만 나면 뛰쳐나가 보곤 했습니다. 그러나 정 선생은 날이 어두워도 돌아오질 않았습니다.

어머니의 죽음

정 선생이 부대에 돌아온 것은 나흘째가 되는 밤—밤도 늦어서입니다.

그날 밤은 전기 발전기가 고장이 생겼기 때문에, 태섭이는 등불을 켜 놓고 공부를 하고 있었습니다. 그는 어떤 산수 문제를 못 풀어 끙끙거리다가 문득 사발시계를 보니 어느 새 열 두시가 되었습니다.

그러면 정 선생이 오늘밤도 또 못 돌아오는 모양이구나, 하고 생각하고 있을 때 갑자기 지프차가 들어오는 소리가 났습니다. 태섭이는 공부하던 것을 집어던지고 분주히 나가 보았습니다.

어둡기 때문에 차에 탄 사람은 보이지 않았지만, 차에서는 헤드라이트에 비쳐진 태섭이를 이내 알아 볼 수가 있었습니다.

"태섭아, 아직 자지 않구 있었구나."

그것은 정 선생의 목소리였습니다. 그러나 평소보다는 어쩐지 침울한 목소리였습니다.

"선생님, 어떻게 며칠씩 걸렸어요?"

태섭이는 반가워서 지프차로 달려가며 물었습니다. 정 선생은 지프차에서 내리며,

"오늘도 날 기다리느라고 자지 않은 모양이구나."

하고 피곤이 서린 눈을 슴벅거리며 말했습니다.

"우리가 선생님이 왜 이렇게도 안 오나 하고 얼마나 걱정했다고요."

"그럴 수밖에 없는 일이 생겼단다."

역시 언짢은 얼굴로 말했습니다. 그런 얼굴에 태섭이도 약간 걱정이 되며,

"무슨 일인데요?"

"뜻하지 못했던 일이야. 하여튼 그 이야긴 내일 하기로 하고 어서 가서 자라."

정 선생이 돌아서려고 하자 태섭이가,

"저의 집에 들렀나요?"

하고 물었습니다. 그러나 정 선생은 어쩐 일인지 곧 대답을 못하고 머뭇거리다가,

"응, 그래."

하고 말끝을 흐렸습니다.

그러자 태섭이는 다시 입을 열어,

"어머니가 제게 뭐 보내는 것 없었어요?"

하고 물었습니다. 태섭이는 어머니에게서 올 물건이 있었던 모양이었습니다.

그러나 정 선생은 그 말에도 선뜻 대답을 못하고 무엇을 생각하는 듯 하다가,

"그래, 네게 보내 준 물건도 있다만 그것도 내일 줄테니 어서 가서 자."

하고 어서 가서 자라는 말에만 힘을 주어 말했습니다.

태섭이는 정 선생이 어머니가 보내 준 물건을 생각하면서 좀 더 즐거워 보라는 뜻이라고 생각하고, 자기 방으로 돌아왔습니다.

이튿날 아침 소년단의 체조시간이 끝나자, 태섭이는 여느 날과 마찬가지로 정 선생에게 아침 공부를 하러 갔습니다.

언제나 정 선생은 태섭이가 공부를 하러 가야만 '벌써 공부시간이 됐나?' 하고, 그제야 분주히 침대에서 일어나는 것이었습니다. 그러

나 오늘은 여느 날과는 달리 정 선생이 벌써 일어나 책상 앞에 앉아서 무엇을 생각하는지 양 손으로 머리를 싸매고 있었습니다.

"선생님, 웬 일이셔요. 벌써 일어나셨으니?"

태섭이가 놀렸습니다. 그러나 정 선생은 그런 농도 하고 싶지 않은 듯 굳어진 얼굴로,

"거기 앉아라."

하고 의자를 내어주며 조용히 말했습니다. 태섭이는 무슨 근심이 생긴 모양이라고 생각하며, 자기도 시무룩해졌습니다, 그러면서도 태섭이는 조심스럽게 책을 폈습니다. 그러자 정 선생은,

"오늘은 어디서부터지?"

하고 묻는 대신에 더 침통하고도 심각한 얼굴이 되며,

"오늘은 공부를 그만 두자."

하고 말했습니다.

태섭이는 잠시 정 선생의 얼굴을 멍청하니 쳐다보다가 힘없이 고개를 떨어뜨렸습니다. 아무리 생각해도 정 선생의 입에서는 무슨 슬픈 이야기가 나올 것만 같았기 때문이었습니다. 급기야 정 선생이,

"태섭아!"

하고 불렀습니다.

적이 낮은 목소리였습니다. 그 소리에 태섭이는 바로 고개를 들었습니다. 알 수 없게도 가슴이 떨리었습니다. 정 선생은 태섭이를 부르고도 이어 입을 못 떼고 눈만 껌벅이고 있다가 드디어 결심이나 한 듯이,

"너는 지금 용기를 내지 않아서는 안 된다. 나는 지금 네게 가장 슬픈 이야기를 하지 않으면 안 되게 됐단다."

그리고는 말을 하기가 괴로워 견딜 수가 없는 듯이 긴 한숨을 내쉬고서 다시,

"너를 귀여워해 주시던 어머니가 돌아가셨다."
"네?"
태섭이는 그 말이 무슨 말인지 알 수 없는 듯이, 멍하니 정 선생을 보고만 있었습니다. 우는 것도 잊은 듯이 보고만 있었습니다. 그러나 방안은 어느새 무서운 슬픔으로 꽉 찼습니다.
정 선생을 슬픔을 감추려고 무척 애쓰는 얼굴로 다시 입을 열어,
"넌 어머니가 어떻게 돌아가신지 알고 싶겠지?"
하고 말했습니다. 그러나 태섭이는 사실 그런 것도 생각하지 못하고 있었습니다.
어머니가 죽었다는 것이 아직도 믿어지지 않았기 때문이었습니다.
"어머니가! 정말 어머니가, 그것이 정말이어요?"
돌처럼 굳어졌던 태섭이의 얼굴에 급기야 경련이 일어나듯 비로소 입을 열었습니다. 그러나 말이 떨려 사실은 무슨 말인지도 알아들을 수가 없었습니다.
"어머니는 참으로 훌륭한 분이었어. 이렇게도 슬픈 일이 일어나게 된 것도 어머니가 너무나 훌륭한 때문이었지. 어머닌 차에 치게 된 어린 생명을 구해주려다 자기 목숨을 잃게 되었단다."
정 선생은 슬픔을 참느라고 잠시 쉬었다가 다시 입을 열어,
"내가 서울 나간 바로 그날, 난 너와의 약속대로 집에 들렀더니 어머님은 장에 나가시고 안 계시더구나. 그래서 난 건넌방 사람에게 안부만 전하고 그냥 돌아올 생각이었지. 그랬으면 우린 여태까지 어머니가 돌아가신 것도 모르고 있었을는지도 모르는 일이야. 그런데 공교롭게도 어느 친구를 만나, 그날로 부대에 못 들어오게 됐단다. 그래서 다음날 어머니를 다시 찾을 시간이 생겨 갔더니 건넌방의 처녀가 뛰어나오며 어머니가 차에 치었다지 않아. 난 너무나도 뜻밖의 일이라 어쩔줄 모르고 병원으로 달려갔어. 그러나 그때는 이미

어머닌 돌아가셨을 때였다."

태섭이는 가만히 앉아서 앞만 보고 있었습니다.

"어머니는 몹시 괴로워 하셨겠지요?"

정 선생에게 가만히 눈을 돌리며 물었습니다. 정 선생은 대답을 어떻게 할지 몰라 눈만 껌벅거리고 있었습니다. 태섭이는 정 선생의 얼굴로 대답을 알아내려는 듯이 가만히 쳐다보고 있었습니다.

그 순간 정 선생은 태섭이가 이미 소년이 아니고 훌륭한 어른 같이만 느껴졌습니다. 이런 생각이 들자 정 선생은 이 용감한 소년 앞에는 아무 것도 숨길 필요가 없다고 생각되었습니다. 드디어 그는 자기가 들은 모든 이야기를 털어 놀 결심을 했습니다.

"네가 생각한대로 어머니는 몹시 괴로워한 모양이다."

"어머닌 혼자서, 단 혼자서 돌아가셨나요?"

"건넌방 아주머니가 계셔 주셨대."

"그 아주머닌 어머니가 차에 치인 것을 어떻게 아셨을까요?"

'아! 태섭이는 얼마나 똑똑한 소년이냐. 이 절정에 다다른 슬픔 속에서도 자기가 생각할 것은 모두 다 생각하고 있지 않은가'

정 선생은 태섭이가 이런 것까지 물으리라고는 생각지도 못했던 일이었습니다.

정 선생은 가만히 손을 모으고 앉아서 눈물 한 방울 흘리는 일 없이 참고 있는 태섭이의 얼굴이 말할 수 없이 성스러운 얼굴이라고 생각하며 이야기를 계속했습니다.

"어머니가 차에 치게 된 것은 길가에서 놀고 있던 어린애 때문이었어. 바로 동대문 시장 앞이라고 하더라. 앞에서 트럭이 달려오는 것을 모르고 아장아장 걸어 나가는 어린애

를 보았을 때, 어머니가 뛰어들어가서 끌어낸 그 순간에 차 한 옆에 부딪쳐서 쓰러졌다고 한다. 어머니는 곧 병원으로 업혀 간 후에 어머니의 시민증으로 주소를 알아 건넌방 아주머니에게 연락을 한 모양이더라. 그 아주머니가 병원으로 달려갔을 땐 그래도 아직 약간 정신이 있어서……"

하고 정 선생은 말 끝을 못맺고 다시 태섭이의 얼굴을 살폈습니다. 태섭이는 아까와 조금도 다름없이 눈 하나 깜박이지 않고 앉아 있었습니다. 이제 겨우 열두살 밖에 되지 않은 소년이—

"어머니의 마지막 말은 네 이야기였다."

이 말을 하고선, 정 선생은 더 참을 수가 없어 수건을 꺼내 눈물을 닦았습니다.

"너는 아버지가 돌아올 때까지 내게 부탁했다고 하더라. 나는 오늘부터 너를 내 동생으로 생각 할테다. 네 의향은 어떻니?"

태섭이 눈에선 그제야 눈물이 반짝 보이며,

"고맙습니다."

하고 고개를 숙였습니다.

"이것은 어머니가 그동안 너를 공부시키기 위해서 저금한 통장이

다. 그리고 이 반지는 어머니가 나중까지 끼고 있던 것이다. 네가 꼭 갖고 있다가 아버지가 돌아오시면 드리라고 하셨다더라."

정 선생은 저금 통장과 함께 가는 백금 반지를 내 주었습니다. 태섭이는 반지를 받아 쥐고 가만히 보았습니다. 다이어가 반짝이는 반지, 그것이 마치 어머니의 눈동자 같다고 생각하며 힘껏 쥐었습니다. 이곳에 올 때 어머니의 손을 꽉 쥐고 놓고 싶지 않던 그때처럼.

"어머니의 장례식은 어떻게 했나요?"

태섭이는 조용히 고개를 들어 물었습니다.

"그것도 끝났다. 네가 있어야 할 장례식이지만 나는 네게 알리지 않기로 생각했다."

정 선생은 분명히 말했습니다. 태섭이는 그만 뺨 위에 눈물을 주르르 흘렸습니다. 이제는 서러움을 더 참을 수가 없었기 때문이었습니다. 그러나 우는 소리만은 억지로 참고 있다가 그것도 참을 수가 없는 듯 급기야 일어서서 바깥으로 나왔습니다. 그러나 그곳도 마음 놓고 울 곳이 못 되었습니다. 그는 북받쳐 나오는 울음을 어찌해야 할지 몰라, 양손으로 얼굴을 감싸쥐고 부대밖으로 뛰어나갔습니다. 문을 지키던 까드가 이상한 눈으로 보았습니다. 그러나 그는 그런 것을 알 리가 없었습니다.

그는 버드나무 아래를 지나가며 울었습니다. 언젠가 성팔이가 올라갔다가 떨어진 그 나무였습니다.

그러나 그것도 생각날 리가 없었습니다. 논두렁을 걸어가며 울었습니다. 벼 대신에 누런 잡초가 어지럽게 얽혀진 벌이었습니다. 그러나 그것도 보일 리가 없었습니다. 그는 산비탈길을 올라가며 울었습니다. 멧새가 서글프게 울어댔습니다. 그러나 그것도 느끼지를 못했습니다.

그는 산 위로 올라가서 기운 없이 나무에 기대고 있었습니다. 눈물어린 눈앞에는 무연한 벌이 보였습니다. 그곳은 아무도 발을 들여 놀 수 없는 휴전선이었습니다. 지금 그곳에는 시들기 시작한 잡초가 뒤덮여 있을 뿐, 그리고는 가끔 바람소리만이 들려 왔습니다.

태섭이는 그 벌을 언제까지나 물릴 줄 모르고 멍청하니 보고 있었습니다.

저 벌판 저 쪽에는 아버지가 있으려니 하고 생각했습니다. 아버지가 저쪽에 끌려가지 않았더라면 어머니는 죽지 않았을 거라는 생각도 했습니다. 그렇다고 그는 결코 아버지를 원망하는 것은 아니었습니다. 그보다도 지금엔 어머니의 죽음을 아버지에게 알릴 수 없는 것이 말할 수 없이 안타까왔습니다.

아버지라도 있어 같이 울 수가 있다면 이다지도 가슴이 찢어지게 아플 것 같지는 않았습니다. 태섭이는 문득 입을 열어,

"아버지."

하고, 가만히 불러봤습니다. 그러나 가슴속에서 북받쳐 오르는 설움은 그런 가냘픈 소리로는 달랠 수 없을 것만 같아 이번엔 힘껏 목청을 놓아,

"아버지!"

하고 불렀습니다. 뒷산에서 들려오는 메아리에 태섭이는 깜짝 놀랐습니다. 어머니도 어디서 자기를 따라 아버지를 부르는 소리가 들렸기 때문이었습니다. 태섭이는 다시 더 크게,

"아버지!"

하고 불렀습니다. 메아리소리도 더욱 크게,

—아버지

하고 들려 왔습니다.

"어머니가 죽었어요."

—어머니가 죽었어.

"난 걱정 말아요."

—나도 걱정 마라.

태섭이는 눈물을 닦아가며 마구 소리쳤습니다. 메아리가 들려오는 것이 꼭 아버지와 이야기하는 것 같았기 때문이었습니다.

슬픔을 넘어서

태섭이 어머니가 죽은 것을 알게 되자, 소년단원들은 그들이 하려던 연극을 그만두기로 생각했습니다. 연극을 하자고 발안한 것도 또한 각본을 쓰겠다고 한 것도 태섭이었던만큼, 자기끼리만 연극을 할 수 없다고 생각했기 때문이었습니다.

그러나 태섭이는 그들 생각과는 달랐습니다. 그는 며칠 전에 어머니와 아버지가 자기를 데리러 온 꿈을 꾸었습니다. 그 꿈이야기를 각본으로 쓸 생각을 했습니다.

"어머니가 나를 데리러 올 수야 없는 일이지. 그렇지만 연극으로는 할 수 있는 일 아냐. 즐겁던 꿈이 그대로 실현될 수 있는 것이니까."

이렇게 생각한 태섭이는 그것이 자기 혼자만의 즐거움은 아니라고 생각했습니다. 그것은 이북에서 나오다가 가족을 잃어버린 성팔이의 즐거움도 될 수 있는 일이고, 폭탄으로 어머니와 동생과 그리고 집까지 잃은 곰과 달팽이와 길용이의 꿈도 될 수 있다고 생각됐습니다.

"그래 쓰자, 쓰자. 우리의 꿈과 기쁨을 쓰자. 그것이 잘 될는지는 모르지만 하여튼 쓰자."

그는 그날부터 각본을 쓰기 시작했습니다. 그러나 각본을 써 보니 생각보다는 아주 힘든 일이었습니다. 여느 땐 술술 나오던 동무들의 이야기도 붓을 들고 나니 통 써지지를 않았습니다. 더구나 줄거리를 끌고 나가다가 막혔을 땐 마치 폭풍을 만난 벌판에서 혼자 길을 잃고 허덕이는 것만 같은 마음이었습니다. 그러나 그는 처음 결심을 버리려고는 하지 않았습니다. 밤이 깊어 가는 줄도 모르고 책상에 혼자 앉아서,

"—태섭아, 써라, 써라. 넌 이것을 꼭 써야한다. 사람이 한 번 한다고 결심한 걸 못하다니 될 말이냐. 태섭아, 정신을 차려서 써라."

마치 무거운 짐을 실은 당나귀에게 힘을 주듯이 자기 자신에게 부르짖었습니다.

"—태섭아, 너는 사내 자식이다. 못하는 일이 있을 수 있냐 말이야."

태섭이는 드디어 각본을 다 썼습니다. 그것이 끝나는 날도 그는 밤 늦게까지 책상에 앉아 있었습니다. 그는 동무들에게 그것을 읽어 줄 생각을 하니 말할 수 없이 기뻤습니다. 그러한 기쁨에 잠겨 침대에 누워 있는데 갑자기 맥이 풀리면서 몸이 오싹 떨렸습니다. 그는 지금까지의 긴장이 풀어진 때문인 모양이라고 생각하며, 제발 앓지만 말기를 바랐습니다.

그러나 그런 생각도 보람없이 다음 날 아침, 침대에서 일어나려던 그는 힘을 잃고 쓰러지고 말았습니다. 그의 얼굴엔 열이 빨갛게 타올랐고, 눈이 이상했습니다.

오덴이 놀라서 의무실에 전화를 걸고 정 선생도 불러왔습니다.

태섭이는 몹시 괴로운 듯 가쁜 숨을 쉬며 자꾸만 헛소리를 쳤습니다.

"태섭아, 너 왜 이래. 정신을 차려요."

하고 정 선생이 소리쳐도 누군지를 알아보지 못했습니다. 정 선생은 당황해서 전화를 걸다 못해 의무실로 뛰어가서 군의관을 데리고 왔습니다.

군의관은 진찰을 하고 나서 주사를 놔 주었습니다. 그리고는 정

선생과 오덴에게 과로 때문에 열이 오른 모양인데, 차차 열도 내리겠으니 너무 걱정말라고 했습니다. 그러나 당분간 안정시키는 것이 좋을 것이라 하고 돌아갔습니다. 주사는 눈에 보이게끔 효과가 있었습니다. 눈이 이상스럽던 것이 제대로 되고, 숨결도 고르게 됐습니다. 저녁에는 열도 많이 떨어져서 문병 온 동무들과도 아야기를 했습니다. 그러나 입맛이 없어져 아무 것도 먹지를 않았습니다.

"오덴이 파인애플을 사왔는데 좀 먹어봐."

하고 정 선생이 권해도 태섭이는 고개를 슬슬 돌렸습니다.

"그래두 뭘 좀 먹어야 기운이 나지. 뭘 먹고 싶니?"

하고 물어도 태섭이는 아무 대답이 없었습니다. 정 선생은 잠시 무엇을 생각하고 있다가 밖으로 나갔습니다. 그리고는 한참이나 있다가 죽을 쒀 갖고 왔습니다. 이 부대 안에서는 좀처럼 구하기 힘든 쌀을 어디서 구해다 죽을 쑀는지 알 수가 없었습니다.

태섭이는 정 선생의 정성을 생각해서도 죽을 먹지 않을 수가 없었습니다.

"난, 네가 죽는 줄만 알고 얼마나 당황한지 몰라."

정 선생은 태섭이가 죽을 먹는 것을 보고 기뻐서 말했습니다.

"제가 왜 죽어요?"

"그렇지, 죽기는 왜 죽어. 네가 죽을 수야 없지."

"그럼요, 내가 죽으면 해도 못보고 달도 못보게요?"

"그렇지, 해와 달은 너희들을 위한 것인데……"

그리고는 무슨 약속이나 한 것처럼 웃어댔습니다.

태섭이가 쓴 각본을 정 선생이 약간 손을 댄 후 연습을 하기 시작했습니다. 그러나 태섭이는 아직도 침대에 누워 있어야 했습니다. 그러나 하루하루 몸이 좋아지는 것은 알 수가 있었습니다.

점심에 빵과 수프를 먹고 잠이 들었던 태섭이가 눈을 떴을 땐 어느 새 바깥이 어두워졌습니다. 그의 침대 옆에는 언제 와 있었는지 길용이와 달팽이가 앉아 있었습니다. 태섭이가 일어나려고 하자,

"그대로 누워 있어요. 아직 일어나면 안 된다는데."

하고 길용이가 말렸습니다.

"괜찮아."

태섭이는 잠옷 단추를 끼우며 일어나 앉았습니다.

"그래, 연극 연습은 어떻게 되었니?"

하고 궁금한 듯 물었습니다.

"모두 신이 나서 열심이지."

하고 달팽이가 말하자 길용이가 뒤이어,

"달팽이가 어머니 역이야."

"그래?"

"달팽이는 아주 익살꾸러기야. 말하는 것이 꼭 어머니 같잖아."

하고 길용이가 달팽이의 연기를 칭찬해 줬습니다.

"곰은 뭘 해?"

"아버지."

"곰이 아버지야? 너무 재미난다. 분대장 못됐다고 불평 안 해?"

"아주 좋아해요. 달팽이하곤 사이좋은 부부가 됐다면서, 이제는 쌈도 말아야겠다는 거야."

그 소리에 달팽이는 약간 부끄러워진 채,

"길용이 요 녀석은 우리 아들 놈이다."

하고 어머니 말을 흉내내는 통에 태섭이는 웃지 않을 수가 없었습니다.

태섭이는 다시 입을 열어,

"성팔이는?"

하고 물었습니다.

“뭘 맡았을 것 같아?”

달팽이가 되물었습니다.

“뭣일까, 선생 아니야?”

“맞았어, 아주 점잔을 빼서 이야기하는 것이 꼭 선생이야.”

태섭이는 자기가 쓴 각본을 갖고 연극 연습하는 것을 빨리 보고파 견딜 수가 없었습니다. 그러나 군의관은 아직도 이삼일은 더 누워 있어야 한다고 했습니다.

그때 길용이가 갑자기 서글픈 얼굴이 되며,

“우린 연극 연습을 하다가 갑자기 너의 엄마가 어떻게 생겼는지 알고 싶어졌단다. 그래서 왔는데, 어머니 사진을 좀 보여 줄 수 없어?”

하고 말했습니다.

태섭이는 서랍 속에서 어머니 사진을 꺼내줬습니다. 달팽이와 길용이는 머리를 모으고 그 사진을 들여다 보았습니다. 그리고 보니, 태섭이는 자기 어머니를 꼭 닮은 얼굴이었습니다.

“태섭아, 너무 서러워하지 마, 이곳에 있는 동무들은 모두 부모가 없는 걸. 길용이도 나도 성필이도 모두가……”

달팽이가 조용히 말하자 길용이가 뒤를 이어,

“오늘 정 선생이 우리에게 말했단다. 연극이 끝나면 우리가 학교를 짓자구."

"학교를 짓자구?"

태섭이는 어머니를 생각하던 서글픈 생각도 잊고 소리쳤습니다.

"학교를 짓자는 말이 난 누구보다도 더 기쁘다. 내가 자란 마을에 학교를 짓고 너희들과 같이 공부를 하게 됐으니."

하고 길용이가 말했습니다. 그러자 달팽이가,

"우리가 학교를 짓고 나서도 또 할 것이 많아."

"뭔데?"

"우리 주위에 놀고 있는 땅이 얼마나 많아. 그것을 갈고 씨를 뿌려 농사 짓는 일."

"그렇지."

달팽이 말에 길용이와 태섭이는 아주 감동했습니다.

"그리고, 우리가 살 집을 짓고……"

"그러자."

"부대가 떠나가도 우린 여기서 그냥 살 수 있도록 만들자는 거야."

"그러면 그 땐 길용이 너희 부모도 이곳으로 다시 찾아 올거다."

하고 태섭이가 말하자 길용이가,

"태섭아, 너의 아버지도 꼭 찾아올 게다."

"달팽이, 너의 어머니도 오겠지."

그리고는 제각기 무엇을 생각하는지 입을 다물고 들창 밖을 내다보고 있었습니다.

수필

외짝구두

재작년 겨울 내가 후암동 어느 친척집에서 먹고 자고 할 때의 일이다. 바로 옆집인 예배당에서 불이 나 뜻밖의 재난을 입은 일이 있다.

그때 나는 외투와 원고 그리고 지어 신은 지 며칠 되지 않은 구두 외짝을 잃었다.

원고는 실제로 남에게 있어서 휴지에 지나지 않는 것이므로 잃은 물건이 못되는 것이었다. 그러나 그것을 잃을만한 이유는 충분히 있었다. 그날 밤 나는 '불'이라는 소리에 나에겐 중요한 것이 원고뿐이라고 그것부터 책상 서랍에서 꺼내어 외투 주머니에 싸 넣었던 것이다.

그 외투를 야단치는 통에 누가 집어갔으므로 자연스럽게 원고도 잃을 수밖에 없었다.

그러나 아직까지 이상한 것은 그날 구두가 한 짝만 없어진 것이다. 누가 구두를 집어갔다면 한 짝만 집어 갈리는 없다. 그렇다면 으레 어느 틈에 박혔을 것이라고 다음날 짐을 정리하며 구두를 찾아보았다. 그러나 구두 한 짝은 아무리 찾아도 나오지를 않았다. 나는 하는 수없이 시장에 나가서 헌 구두 한 켤레를 사 신었다.

그러면 나의 구두이야기는 이것으로 끝났어야 할 것이다. 그러나 실인즉 그것으로서 끝난 것이 아니었다. 그대로 버리기에는 너무나 생생하고 아까운 구두 한 짝이 남아 있기 때문이다.

그 뒤로부터 나는 길에서 다리 하나가 없는 사람을 만날 때면 불현듯 나의 머릿속에 있는 외짝구두가 떠오르며 가슴이 두근거리기 시작했다. 그러나 나는 불행히도 '당신은 몇 문을 신습니까?' 하고 친절하게 물어볼만한 신경을 갖지 못하였다. 그저 멍하니 서서 그의 없는 다리가 왼쪽인가 오른쪽인가 그것만 살피고 나서는 마음이 한없이 서글퍼지는 대로 그의 곁을 그냥 지나치는 것이 어쩐지 자꾸만 죄짓는 것처럼 미안한 마음을 느끼게 되는 것이었다. 그러는 동안에 나는 다리 하나가 없는 사람이 예상 이외로 많은 것도 알게 되었다. 말하자면 내게 외짝구두가 생겼기 때문에 이런 슬픈 현상을 알아야 했다. 참으로 외짝구두를 가진 불행을 한탄하지 않을 수 없는 일이었다.

어느 날 몇 친구들과 주안(酒案)을 벌려놓은 자리에서 나는 외짝구두에 대한 놀라운 이야기를 듣게 되었다. 그것은 S리에서 뇌병원을 개업하고 있는 C형의 이야기였다. 즉 자기 병원에 구제품으로 구두가 3백 여족이 들어왔는데 그중에 짝이 맞는 것은 10여족 밖에 안 되고 그 외는 모두가 외짝이라는 것이었다. 물론 처음 보낸 사람이 외짝들을 보냈을 리는 절대로 없는 것이고 필시 도중에서 잘못된 것만은 사실이다. 그렇다면 받은 사람으로선 보낸 사람의 성의를 무시할 수도 없는 것이다. 그러니 그의 외짝구두들을 어떻게 하면 유용하게 처분할 수 있는가, 하고 C형은 친구들에게 물었다.

그때 어느 한 친구가

"그건 마침 잘된 일이지. 정신병자들에겐 외짝구두가 제격 아닌가."

하고 모두를 웃기었다. 실상 나도 정신병원에서만은 그 외짝구두들의 용도가 있을 상 싶기도 했다. 그러나 C형의 말은 그와는 전혀 반대였다. 정신병환자들에게 그런 구두를 주게 되면 정신의 혼란을 더욱 일으키기 때문에 치료하기가 대단히 곤란하다고 했다. 역시 외짝구두의 처분은 그리 간단한 것이 아니었다.

그 후 며칠 후에 나는 버스에서 C형을 우연히 만나 '문제의 외짝구두들은 다 처분했나' 하고 궁금한 대로 물었다. C형은 안색이 흐려지며

"그래. 자네야 지금까지 그 구두들을 생각할 필요가 없지 않나?"

하고는

"실상 난 그 구두들이 요즘엔 꿈에까지 보여 야단일세. 마치도 무슨 징그러운 동물처럼."

하고 어이가 없다는 듯 입을 썩 다시었다.

노란구두, 빨간구두, 흰구두, 검은구두, 단화, 편상화, 축구화, 농구화, 하이힐, 칠피 꼬도방복스… 가지가지의 외짝구두들이 꿈에 보인다면 그것들이 가죽을 쓴 이상 불쾌한 동물로 보일 것도 과연 짐작되는 일이었다. 마땅히 나로서는 '외짝구두의 불행'을 3백족이나 가진 C형에게 심심한 동정을 보낼 수밖에 없는 일이었다. 며칠 전에 나는 또 어느 다방에서 C형을 만났다. 그는 전날과는 달리 대단히 명랑한 얼굴로

"외짝구두의 처분할 방도를 듣겠나?"

하고 먼저 구두이야기를 꺼냈다.

"좋은 방도가 생겼나?"

"지금 당장은 아니지만 통일만 되면 용도가 생겨."

"통일이 되면 어떻게?"

"그걸루 미운 놈 상판 치긴 제일 아닌가."

"그렇지."

역시 외짝구두도 통일만 되면 용도가 생기는 것이었다. 나는 통일이 될 때까지 내 외짝구두를 잘 보관해 두기로 다짐했다.

어떤 소년의 부채(負債)

친구들과 거리에서 술을 한잔 하고 밤늦게 하숙으로 돌아올 때마다 내가 으레 들리는 책방이 있다. 그 책방은 책을 파는 집이 아니고 대체로 책을 빌려주는 것을 일삼는 집이었다. 나는 그 집을 통하여 오랫동안 잊었던 빙허(憑虛)와 동인(東仁)을 대할 수 있었고 유정(裕貞)형하고도 친할 수가 있었다. 그러면서 나는 이불을 쓰고 때가 진득진득한 책들을 뒤치면서 그것이 뜻뜻한 자리 속에서 사과를 깎는 재미 못지 않는 노릇이라는 것도 알게 되었다.

그날도 나는 술이 엔간히 취한 채 그 책방에 들려 책을 고르고 있을 때였다.

"아저씨, 이것 좀 또 빌려줘요."

"오늘은 돈 가져왔니."

"돈은 나중에 한꺼번에 드린다니까요."

"나중이라니. 넌 밤낮 하는 소리가 그 소리뿐이니."

내가 얼굴을 돌리자 그곳에서는 초등학교 4학년쯤 되는 어린애가 얼굴을 붉힌 채 눈을 말똥말똥 굴리며 주인을 쳐다보고 있었다. 웃으려는지 울려는지 구별할 수없는 얼굴이면서도 손에 쥔 책만은 꽉 그러잡았다.

"네가 빌려간 책값이 얼마나 밀린 줄이나 아니?"

"이것까지 360환이지요."

거침없는 대답이었다. 그러면서도 아이에겐 몹시 가슴에 걸리는 대답이었을 것이다.

"그래. 돈은 언제 가져오겠니?"

"음력 설날에 돈을 타서 모두 해 드린다지 아나요."

어린애는 아직도 긴장을 풀지 못한 채 그대로 주인의 얼굴만 바라보고 있었다. 그러나 주인의 대답은 좀처럼 떨어지질 않았다. 다른 손님이 책을 빌린다니까 그것만 대장(臺帳)에 올리고 있었다. 손님을 보내고 나서야 주인은 그 어린애에게 눈을 돌려

"너, 정말 설날엔 돈을 가져오지?"

"염려마세요."

"설날도 돈을 안 가져오면 네 아버지에게 이를 테다."

"네."

어린애는 대답을 던지기가 무섭게 유리문을 열고 달아나버렸다.

나는 하숙으로 돌아와 빌려온 책을 들쳐보았으나 그것보다도 그 어린애의 눈동자가 더욱 자꾸만 눈앞에 떠올랐다. 실제로 책을 읽기 위하여 빚을 진다는 것은 누구나 그리 쉽게 할 수 있는 일이 아니다. 그럴수록 나는 그 어린애의 360환의 빚이 마음에 쓰여 견딜 수 없었다. 360환이라면 결코 큰돈이랄 수는 없지만 그러나 그 어린애에게는 큰돈임에 틀림없다. 그렇다면 그 어린애는 말 그대로 정월 설날에 그 빚을 갚을 수 있을까? 그렇지 못한다면 그 아이는 언제까지나 책방을 피해 다니며 마음을 괴롭혀야 하는가.

들건대 외국에는 거리마다 곳곳에 도서관이 있어 돈 없이도 마음대로 책을 읽을 수가 있다고 한다. 공원 같은 데는 야외도서관이 있으며 특히 어린애들이 읽을 책을 많이 갖추어 놓았더라는 이야기였다. 우리나라의 책을 빌려주는 책방은 외국에 곳곳에 있는 조그마한 도서관과 비슷한 것일 것이다. 다만 다른 점이 있다면 빈약하기 짝이 없는 것이고 어린애들의 호주머니까지 털어내야 책을 읽을 수

있다는 그것뿐이다. 이 결점을 고쳐야하겠다고 생각하는 정치가를 나는 유감스럽게도 아직껏 알지를 못한다. 그러나 우리나라의 정치가라는 이름을 가진 훌륭한 분이 앞으로 이런 것에도 생각해 주시겠지.

책방에 빚을 진 어린이들이여, 우리는 그때까지 기다립세.

공담(空談)

'시간은 황금'이라는 격언이 있다. 내가 그 격언을 처음 알기는 모름지기 초등 2학년 때였다고 기억된다. 그 뒤로 나는 그 격언엔 훌륭한 교훈이 있는 것이라고만 생각해왔다. 또한 그것은 나뿐만 아니라 다른 사람들도 그렇게 생각하는 것이 통례(通例)일 것이다. 그러나 나는 요즘에 와서 돈이면 못하는 일이 없는 세상임을 볼 때 '시간은 황금'이 아니라 '황금은 시간'이라고 그 격언을 바꾸고 싶은 생각이 들었다.

시간이 황금이라면 황금이 시간이라 해도 좋을 듯 싶지만 사실 그 의미를 따져보면 전혀 반대의 뜻이 되고 만다.

그렇다면 도대체 '시간은 황금'이라는 말은 무슨 뜻인가. 그것은 말할 것도 없이 시간은 황금같이 귀한 것이다, 열심히 일하면 일할수록 돈이 벌린다, 이런 뜻이겠지만 그렇다면 그야말로 치부술(致富術)에 지나지 않는 공리적(公利的)이고 물질적인 교훈일 뿐, 마치 무엇에 속은 것만 같아 싫어진다. 그래도 사기삼득(四起三得)이라면 소박하기도 하고 풍취도 있다고 하겠지만—

더군다나 요즘 같은 사회에 있어서는 부지런히 일한다고 반드시 돈이 모여진다고 할 수는 없는 것이다. 아니, 일을 하려도 일할 자리조차 없는 경우가 많다. 시간을 돈에 비한 격언 중에도 '춘소일각치천금(春宵一刻値千金)'이라면 그래도 마음이 흐뭇해지며 앞이 열려지는 듯한 느낌이 든다. 그것은 끊임없이 흐르는 시간에서 한 부분을 떼어내어 시간에 대한 귀중한 관념을 소비자에게 느끼게 하는 풍류(風流)가 있기 때문이다.

그러나 진심으로 생각하자면 시간은 황금 같은 것에 비교할 수 없을 만큼 귀중한 것은 사실이다. 사람들이 의식하건 못하건 간에 시시각각으로 흐르는 시간은 우리들의 생명과 더불어 흘러가며 두 번 다시 돌아오지 않는다. 그렇기 때문에 시간을 낭비하는 것은 최대의 낭비라고 하는 것이다. 더욱이 인생의 고개를 넘어서면 '생명'이 아주 짧은 시간으로 줄어 들어감을 절실히 느껴질 것이다. 그러므로 시간은 즉 생명이랄 수 있는 것이요, 아무리 질탕하게 써버린 돈이라 해도 다시 벌 수 있는 그것과는 그 의미와 그 성질이 아주 다른 것이다.

그러면서도 요즘 세상은 아주 묘하게도 변하여 시간을 돈으로 살 수도 있다. 예를 들면 교통기관이 대단히 발달되어 이동 공간을 축소시켜 놓았으므로 사람들은 이것을 이용만 하면 얼마든지 시간을 만들어 낼 수가 있는 것이다. 태평양을 건너는 일도 지구를 한 바퀴 도는 일도 지금은 그렇게 대단스럽지 않게 되었다. 누구나가 돈만 있으면 일하는 시간을 5배도 10배도 늘릴 수가 있게 되었다. 실질적으로 장수를 돈으로 사게끔 된 것이다.

그것은 틀림없는 사실이라고 하여야할 일이다. 이미 그것을 실현하는 사람이 많다. 유명한 정치가와 군인과 실업가들은 말할 것도 없고 학자와 예술가와 일반인들도 돈만 있으면 그것을 실현할 수 있게 되었다.

'그러면 그 돈은—'하고 생각해보니 그 돈은 역시 활발하게 움직이는 그들에게만 생겨지는 일이다. 그러니 돈의 인연이 먼 내가 '시간은 황금'이라는 격언을 '황금은 시간'이라고 바꿔봤자 무슨 소득이 있을 것인가. 나로선 그런 생각 다 집어치우고 꼬박꼬박 원고지를 메꿔 나가는 것이 현명한 것이요, 또한 그것이 황금보다도 시간을 귀중히 여길 줄 아는 일일 것이다.

부채

아무리 무더워도 요즘엔 부채를 갖고 다니는 사람이 그리 흔치 않다. 그것도 들고 다니기가 귀찮아진 모양이다. 그렇다 해도 부채가 갖고 있는 풍류(風流)는 잊어버릴 수 없는 것이다.

부채를 가진 사람이 적어진 대신에 거리에는 눈에 띌 만큼 얼음집이 많이 생기었다. 그곳에는 나이 익숙한 신사들까지도 '아이스케키'라는 것을 입에 물고 쭐쭐 빨고 다닌다. 아무리 생각해도 아름다운 풍경이라고 할 수 없다. 더군다나 여인들이 붉은 연지를 칠한 입술로 그 둥글고 긴 그것을 빨고 있는 꼴은 보는 사람으로 하여금 낯을 붉히게 하다못해 아연케 하고야만다.

서양 사람들은 땀을 식히기 위하여 문명의 이기(利器)인 선풍기를 사용하고 있다. 윙윙 울고 있는 선풍기 앞에서 웃통을 벗어던지고 앞가슴에 무성한 털을 들어낸 채 바람을 맞고 있는 모습을 때때로 볼 수가 있다. 물론 바람을 맞고 있는 자신은 시원한 것이 사실이다. 그렇다 해도 옆에서 보는 사람에겐 마치도 선풍기와 겨누어 싸우려는 것만 같다. 불안스럽기가 끝이 없다.

여기에 비하자면 역시 부채에는 유연한 맛이 있다. 부채를 펴고 한 폭의 산수화를 대해도 땀은 어느덧 씻어지고 마음이 상쾌해지는 것도 사실이다.

우리나라 부채에는 백우선(白羽扇), 합죽선(合竹扇), 단선(團扇), 태극선(太極扇), 팔용선(八用扇)등 여러 가지가 있지만 흥미 있는 것은 그 종류에 따라 직업이 구별되며, 또한 부채질을 하는 모양으로 그 사람의 성격도 알 수 있어 때로서는 얼굴에 나타나지 않는 감정까지 들어나는 경우가 많았다.

백우선이라면 모름지기 옛날 궁실에서 사용하던 부채가 아닌가 생각된다. 그렇다면 궁녀들이 왕비의 등 뒤에서 한가스럽게 백우선을 놀리고 있는 장면쯤은 누구나가 쉽게 상상할 수 있는 일이다.

옛날 감사(監司)나 군수(郡守)들이 즐겨갖던 합죽선은 바람을 내기 위해서보다도 위풍을 나타내기에 더 필요했던 모양이다. 그러므로 부채의 길이에 따라서 그 지위도 구별할 수 있었고, 또한 부채 끝의 동작에 따라서 그들의 얼굴빛도 짐작할 수 있었던 것이다. 그렇다면 취중에 풍월을 읊을 때가 그들의 부채 끝이 가장 부드럽게 놀았을 것도 짐작된다.

옛날과 달라 요즘엔 합죽선도 말쑥해질 대로 말쑥해져 여인들의 핸드백 속에서도 꺼내놓게 되었지만 부채가 작으면 작을수록 바람이 덜 나는 것은 어쩔 수 없는 일이다. 극장 같은 곳에서 여인들이 그 말쑥한 부채로 부리나케 붓고 붓는 모양을 보자면 보는 사람이 민망할 지경이다.

역시 여인에게는 태극선이 어울리는 것 같다. 흰 모시치마와 적삼에 태극선을 들고 나선 여인은 생각만 해도 마음이 가벼워지며 즐겁기 한이 없다. 더군다나 태극선을 들어 해를 가릴 때 태극선의 붉고 푸르고 노란 빛깔이 햇빛을 통하여 얼굴 위로 흘러지는 그 아름다움이야말로 무엇이라 형용할 수 없는 것이다.

단선은 일반가정에서 쓰고 있는 둥근 부채를 통틀어서 말한다. 이 단선도 일본 부채보다는 유지로 만든 우리나라 부채가 역시 정다운 데가 있다.

농가에서 부들이나 왕골을 역어 만든 삿부채를 팔용선이라 한다.

팔용선이라는 이름은 여덟 가지로 쓸 수 있다는데서 온 것이다.

단오 같은 날 씨름구경이나 갈 때 팔용선을 들고 나서면 제격이다. 바람을 내기가 싫어지면 해를 가릴 수도 있는 것이며 서서 보기가 힘들면 깔고 앉을 수도 있고 등에 땀이 배면 땀받이도 할 수 있는 것이다.

돌아오는 길에 친구들과 들렀던 술집에서 놓고 온 줄만 생각했던 삿부채를 집에 와서 얼굴을 씻으려고 옷을 벗다 문득 잔등에서 찾아내는 일도 흥취 있는 일이다. 그런 때에 늦은 저녁상을 차려온 아내가 옆에서 그 부채를 들고 슬슬 부쳐주며 농담을 받아주는 것도 또한 즐거운 일 중 하나이다.

정열의 부활

올해도 다 지내놓고 보니 새삼스럽게도 문학을 처음 시작할 때의, 또는 문단에 처음 들어갈 때의 그때의 순수한 정열을 다시 한 번 생각해보고 싶어진다. 이러한 생각은 오직 나 혼자뿐만 아니라 모든 작가들에게 요청하고 싶은 일이다. 정열의 고향으로 돌아가자는 것은 아니다. 그것을 눈앞에 그려보며 앞으로의 문학 활동의 새로운 힘이 되자는 것이다. 실제로 나 같은 말배(末輩)가 이 같이 주제넘은 이야기를 할 바는 아니지만 한해를 보낸다는 이때에 있어서 겸허한 마음으로 우리들이 살아온 정열의 고향을 다시 한 번 생각해볼 필요는 있다고 생각한다. 수로 보아 결코 많다고 할 수 없는 우리 문단의 유능한 작가들의 문학정신이 약화되고 상실되어가는 현상을 보더라도 이러한 말이 자연 뛰쳐나오게 되는 것은 어쩔 수 없는 사실이다.

물론 우리 문단에도 초기의 순수한 정열을 지금까지 지니고 온 작가가 없는 바는 아니다. 염상섭(廉尙燮) 씨가 그 한 사람이라 하겠다. 최근의 그의 작품을 대할 때마다 나는 우리 민족이 순응과 극복에 뒤섞여 살아가면서 나라를 사랑하고 한탄하는 그 심정의 세계가 마치 얼음이 얼어가듯 눈에 보이지 않는 적극성으로 나타남을 느끼곤 한다. 인간의 인정에 대한 그의 관심을 보더라도 염상섭이 인간의 당위(當爲)함에 있어서 진실하겠다는 것 밖에는 없다.

그것은 도의(道義)적인 것이나 또는 근면 같은 것을 의미하는 것은 아니다. 다만 사람으로서의 진실히 살겠다는 순수한 모습이 있을 뿐이다. 그 모습은 언제나 흔히 있는 세태와 더불어 나타나는 것이다. 그러면서도 우리의 가슴을 흐뭇하니 울려주는 것은 무엇 때문인가. 연륜이 쌓아올린 원숙함과 노성(老成)에서 오는 것도 있겠지만 그렇다 해도 그의 오랜 문단 경력에 있어서 시대의 사조에 흔들려오며 자기의 목표와 존재성을 잃지 않고 지금의 문학적 경지를 창조할 수 있음은 역시 정열의 결정이라고 볼 수밖에 없다. 우리가 창조에 있어서 행복의 꿈을 갖는 것도 말하자면 초기의 순수한 정열이라고 할 수 있는 것이지만 그 정열이 이밖에도 여러 가지 형태로 나타나는 것을 우리들은 이미 경험한 일이라고 하겠다.

예를 들면 누항(陋巷)에 궁사(窮死)해도 좋다는 서글픈 결의를 품어보았을 때도 있을 것이다. 처음으로 작가가 되겠다고 지망하는 청년이라면 으레 어떠한 고생이라도 좋다. 돌을 씹으면서라도 해내겠다는 결심을 보이는 것이 보통이다. 그러나 작가생활이 계속됨에 따라 그러한 결의는 어느덧 없어지고 저널리즘의 영합과 대중적 인기에 날뛰게 되어버리고 만다. 그리하여 순수소설은 통속소설의 연습마당이나 되는 것처럼 변해버리고 순문학은 우작한 작가나 하는 일처럼 보이게까지 되었다. 작가들은 그러한 이유를 붙여 독자가 많지 못하는 문단소설은 더 이상 의미가 없다고 말한다. 그러나 이것은 일리가 있는 것 같으면서도 문단의 순수소설의 약점을 찌르는 것은 못된다. 그러한 말은 독자의 수라는 것을 공간적인 현재의 순간을 놓고 이야기를 삼겠다는 초조한 말에 지나지 않기 때문이다. 하여간에 통속소설이 시간적으로 많은 독자를 가져본 적이 있었던가. 그보다는 참문학으로는 볼 수 없다는 것이 옳은 말일 것이다.

작가와 가을

며칠 전만해도 무더웠던 것만 같은데 어느덧 가을이다. 밤마다 벌레소리가 처량하니 들려오며 아침엔 셔츠 하나로 앉아 있기가 으슬으슬 추울 정도다.

예전부터 가을은 등화가친(燈火可親)이라 하여 독서하기에 최적의 계절이라고 했다. 물론 나도 그것에 이의가 있는 것은 아니다. 친구들이 이번 가을엔 부지런을 피워 공부를 좀 해야겠다는 결심을 보여줄 땐 부럽기도 하다. 그러면서도 나는 요즈음같이 좋은 날씨에 집구석에서 책을 펴고 있으면 무슨 손해를 보는 것 같은 생각이 든다. 사실 나는 요 며칠째 써야할 원고가 밀리고 있으면서도 원고를 쓴다고 책상에 앉아서는 공연히 헌 잡지책만 뒤적이다가는 기어이 무슨 핑계를 찾아내고는 거리로 나오기가 일쑤다. 마치 공부를 못하는 애가 연필만 깎고 있다가 아버지의 눈을 피하여 빠져나오는 것 같은 그런 기분이다. 그렇다고 일을 보고나서 곧바로 집으로 들어가는 것도 아니다. 놓여난 애처럼 놓여난 대로 하잘것도 없이 혼자서 거리를 싸다니다 때로서는 영등포 쪽으로 가서 잡화전을 기웃거려보기도 하고 때로서는 왕십리 쪽으로 나아가 맹물 같은 커피에 입맛을 다시고서는 뒤떨어진 영화에 눈물을 흘려보기도 한다. 이렇게도 어이없게 시간을 보내는 동안에 자연 날이 어두워지면 어느 술집으로 찾아들어가 대포를 한잔 들이킨다. 술기운에 골격이 부드러워지면 공연히 장해진 것 같다. 분수에 맞지 않게 호사를 부리고 싶어진다. 그러나 호사를 부려보아야 별 수 없는 일로 고작 노점에서 포도나 한 송이 사는 것이다. 그것을 한 알 한 알 빼어먹으며 돌아오노라면 입안엔 이상한 촉감이 느껴진다. 싫지 않은 촉감이다, 마음도 약간 달떠진다.

어제는 신촌 쪽으로 나가 풀밭에 누워서 반나절을 보냈다.

듣건대 금년은 풍작이라고 한다. 언덕 아래로 논과 밭이 뒤섞인 벌에는 낟알들이 벌써 누렇게 익기 시작했다. 그곳에는 군데군데 허수아비들이 서 있었다. 허수아비는 물론 새들을 쫓기 위해서 세워졌지만 새들은 떼를 지어 몰려와서 낟알을 쪼아 먹는다. 그러니 그것은 있으나마나다. 그래도 허수아비는 언제나 한 몫을 하는 셈으로 바가지를 눌러쓴 채 두 팔을 잔뜩 벌리고 서 있었다. 그것이 우습기도 하고 한편 불쌍하기도 하면서 어쩐지 나와 비슷한 생각도 들었다. 나는 돌을 던져 새들을 날려도 보았다. 그러면서 나는 새들이 날아가는 하늘을 바라보며 햇볕은 아직 따가우면서도 견딜만한 정도라고 생각했다.

내일은 또한 어디서 나의 이런 부활을 즐기고 있을는지 지금은 예측할 수 없는 일이다.

냄새

우리가 소설을 읽거나 영화를 보면서 냄새를 느낀다는 일은 좀처럼 없는 일이다. 아무리 잘 그린 꽃이라 해도 역시 마찬가지다.

그러나 사람의 냄새라든가 물건의 냄새라든가 거리의 냄새라는 것은 어디서나 흔히 느낄 수 있는 것이다.

여자의 체취는 여자로서는 느낄 수 없는 모양이지만 남자로서는 쉽사리 느껴지는 것이다. 사나이의 냄새도 역시 마찬가지로 여자에게는 으레 쉽게 느껴지리라 여겨진다. 그러므로 단신으로 사는 홀어미나 홀아비의 환경은 더욱 지독하리라는 것도 짐작되는 일이다.

서양 사람의 노린내라는 것은 우리로서는 견딜 수 없게 고약한 것이지만 우리들의 김치냄새와 고추장냄새도 그들이 몹시 싫어하는 모양이다. 중국 사람들의 파 냄새, 일본 사람들의 된장냄새, 그것은 그 나라 국민의 일상생활의 음식에서 오는 냄새와도 같은 것이다. 그렇게 생각하면 버터와 치즈가 흔해진 우리나라에서도 노린내를 풍기는 사람도 없지 않아 있을 성싶지만 다행히도 체취란 그렇게 쉽게 배어지지 않는 모양이다.

그러나 거리의 냄새는 체취와도 달리 쉽사리 변해지는 것을 알 수가 있다.

전쟁으로 인해 난리를 겪고 난 지금의 서울은 어디를 가나 거리의 모습이 비슷해지고 말았지만 전에만 해도 북촌은 우리나라 사람, 진고개는 일본인들이 진을 펴고 살았으니까 자연 풍정(風情)도 달랐고 따라서 냄새도 달랐을 것이다.

그 뒤로도 서울거리의 냄새는 몇 번인가 달라졌는지 모른다. 처음으로 미군이 진주(進駐)하여 갑자기 퍼뜨려놓은 '가솔린' 냄새와 DDT냄새, 화약 냄새와 시체 냄새, 폐허가 되었던 서울의 두엄 무더기 냄새, 그리고 요즘엔 양단치마에서 오는 누에고치 냄새와 얼굴에 바르는 '코티' 냄새. 이만하면 서울도 어지간히 냄새가 변한 셈이다.

내가 학생시절 때 밤거리를 싸다니다가 하숙집을 찾아 필운동 골목길을 들어서면 거리 모퉁이 설렁탕 집에서 소대가리를 삶는 구수한 냄새가 풍겨왔다. 또한 술에 약간 취한 채 천변 길을 조심조심 건노라면 시궁창의 퀴퀴한 냄새도 잊게 하고 한약 싸는 냄새에 걸음을 멈추게도 했다.

그런 것들이 서울 냄새의 하나였던지는 모르겠다. 그러나 지금은 같은 곳을 같은 시간에 걸어보아도 그때의 순수한 냄새를 찾을 길이 없다.

아직도 재동이나 계동 뒷골목을 찾아들면 뚝배기에 끓이는 된장찌개냄새쯤은 남아 있을는지 모르지만—

새와 벌레들은 울음으로써 이성을 가깝게 한다고 한다. 사람도 이성의 냄새를 따라 가까워진다고 할 수 있을는지. 좋은 냄새를 좋아한다는 것이 이성을 가깝게 하는 원인이 될 수 있는지. 그렇지만 좋은 냄새라 해도 사람에 따라 각기 다르리라고 생각된다. 좋은 냄새라 해도 좋은 색과 같은 것으로 자기의 취미에 따라 모두가 다르리라고 생각된다.

그러나 사람으로 태어난 이상 자기의 체취를 아주 없이할 수는 없을 것이다. 그러므로 자연히 자기가 좋아하는 냄새를 몸에 갖도록 힘쓰는 수밖에 없는 것이고 또한 이것에도 교양이 필요하리라 생각된다.

인내의 미덕

세상에 아무리 악한 사람이라 해도 선을 좋아하고 악을 싫어한다. 그것은 우리 인간의 본능과 같은 것이라 하겠지만 그와 마찬가지로 남을 미워하던 일은 세월과 함께 잊어버리게 되면서도 은혜와 애정은 좀처럼 잊어지지가 않는다.

증오에서 받는 마음의 충격은 대단한 것이지만 그 대단한데 비하여 쉽사리 기억에서 지워질 수 있는 일이다. 그러나 그와 반대로 대수롭지 않은 호의라고 생각했던 것도 날이 가면 갈수록 자꾸만 가슴속에 부풀어져 따스하니 남아 있는 것은 참으로 이상스러운 일이다.

이것은 확실히 인간성의 아름다운 일면이라 하겠다.

나는 지금도 분명히 기억하고 있지만 초등학생 때 우리 반에 요즘 말로 '깡패'와 같은 애가 하나 있었다. 어느 날 현관에서 나오는 나를 본 그 아이는 불시에 달려와서 내 목을 껴안고 비틀어댔다. 늘 나를 못살게 했으므로 무슨 짓을 할지 몰라 나는 질겁을 했다.

정신없이 그의 팔을 뿌리쳐 머리를 뽑고 나자 핑핑 도는 눈에 돌이 보이는 대로 다잡고 집어 들어 그를 향해 던졌다. 그러나 그 '깡패'는 나의 동작을 보고 곧 피했기 때문에 그 아이가 맞는 대신 교실 들창의 유리가 요란스럽게 소리를 내며 부서졌다. '깡패'는 곧 달아나버리고 말았지만 나는 유리를 깨친 벌로써 학생들이 다 간 텅 빈 복도에서 손을 쳐들고 어두울 때까지 서 있어야했다.

아무튼 이유도 없이 나를 괴롭히려하는 그 아이에게 나는 악이 바치는 대로 거의 본능적으로 복수를 해버렸다. 그 때문에 나는 벌을 받게 되었고 불집을 만든 당사자는 꾸지람 한마디도 듣지를 않았다.

이 일은 뒷날에 있어서 나에게 좋은 교훈이 되었다.

나는 많은 직공들을 거느리고 공장도 경영해 보았고 화학실험실에서 고용살이도 해보았다. 신문기자, 잡지편집원, 교원 같은 노릇도 해보았다. 더욱이 1.4 후퇴 때 북에서 빈 몸으로 나온 나는 그 덕으로 세상의 쓴맛도 좀 더 콜콜히 알게 되었다.

생각해보면 결코 단순한 길이라고는 할 수 없지만 하여튼 이 길을 더듬어오면서 나는 어느 직장에서나 한둘의 '깡패'를 만나곤 했다. 그 '깡패'는 직접 내 목을 타고 누르지는 않았다. 또한 돌을 던지거나 몽둥이를 들고서 달려들지도 않았다. 힘으로 하자면 오히려 나에게 질 사람도 많았다. 그러나 이 '깡패'는 말할 수 없는 악질이었다.

그들은 눈에 보이는 모략과 흉계로서 나를 궁지에 몰아넣으려고 애썼다. 그것은 내가 그들과의 타협을 거부한 때문인지도 모른다.

그러나 돌이켜 생각해 보면 내게 있어선 그런 '깡패'가 필요한 존재였다고도 할 수 있었다. 나는 그런 인간들과 부딪치기 때문에 분함을 느껴 바르게 살아야 하겠다고 생각했으며 바르게 살면서 그들을 비웃어주는 것이 유일의 복수라고 생각했다. 만일 내가 다른 방법으로 복수를 할 생각을 했다면 나는 초등학생 때 손을 쳐들고 있던 이상의 벌을 세상에서 받았을지도 모른다. 사실 내게 다소나마 인내의 미덕이 있고 이를 악물고 참는 성질이 어느 정도로 키워졌다면 이것은 나를 증오하는 사람에게서 얻은 선물이라고 할 수밖에 없다. 그러므로 나는 그 선물의 대가로서 세월과 함께 그들도 잊어버릴 수 있는 것이 다행이라고 생각한다.

청춘과 문학

40대의 작가로서

어느 친구에게 우리들은 이미 '샤강'과 같은 청춘의 문학은 쓸 수 없게 되었다고 하자 '톨스토이'의 '안나·카레니나'는 청춘의 문학이 아닌가라는 반발을 샀다. 사실 '안나·카레니나'는 '톨스토이'가 40을 지나 썼다 해도 청춘의 향취가 강한 작품이므로 청춘의 문학이라고 할 수가 있다. 그러한 의미에서 우리들이라 해도 앞으로 청춘의 문학을 얼마든지 쓸 수 있을 것이다.

우리들도 청춘의 감정을 완전히 상실한 것은 아니고 일생 지니고 있을 수 있으므로 청춘의 문학을 쓸 수 없는 것은 아니다. 그렇다 해도 우리들이 청춘의 생활 속에 뛰어들어 청춘을 즐기고 노래한다는 그런 의미의 문학은 우리들이 거꾸로 선다 해도 도저히 쓸 수가 없다는 한탄은 어찌할 수가 없다.

현재 우리가 쓸 수 있는 청춘의 감정은 청춘의 재현일지는 몰라도 청춘 그것일 수는 없다. 다시 말하면 우리들은 한탄이라든가 동경이라든가 그런 것을 매개로서 청춘을 포착할 수는 있지만 노래를 부르는 그 스스로가 청춘의 감정이 될 수는 없는 것이다. 또한 청춘을 추상(追想)하는 것으로서 청춘의 감정으로 돌아갈 수 있을지 모르고 혹은 청춘에 가탁(假託)함으로써 청춘의 감정을 나타낼 수 있을는지는 모르겠지만 무심히 노래를 불러 청춘의 그 발랄하고도 즐거운 감수성을 발산할 수는 없는 것이다.

그러므로 '샤강'이 쓴 청춘은 이제 도저히 쓸 수 없게 된 것이다. '안나·카레니나'를 끌어내는 것은 앞으로의 우리들에 있어서의 위안이며 용기이며 시사(示唆)를 주는 것일지는 몰라도 청춘의 감정을 직접적으로 표현할 수 있다는 것을 그대로 말하여주는 것은 아니다.

제2의 청춘이라는 말이 있다. 확실히 우리 자신에 비춰 봐도 또한 다른 사람들의 작품을 읽어봐도 제2의 청춘이라는 말이 존재하고 있다는 것은 사실인 듯싶다. 뿐만 아니라 제2의 청춘은 제1의 청춘에 비하여 풍취도 있고 심오한 맛도 있고 온자(蘊藉)한데도 있다고 할 수 있다. 때에 따라서는 제1의 청춘보다도 높이 평가될 때도 있다. 그러므로 제2의 청춘이라는 이 시기에 수확되는 작품은 그 작가의 성패를 결정짓는 일이 많다.

그러나 청춘기를 지나 다시금 제2의 청춘을 설정한 심리에 들어가 생각해보면 이미 청춘을 잃어버린 사람들의 덧없는 심정으로밖에 들리지 않는다. 모름지기 청춘에 대한 미련의 집착이 제2의 청춘이라는 시기를 원했을 것이라고 생각된다.

계절에는 11월 초순인 요즘처럼 봄날같이 따스한 날씨가 있다. 제2의 청춘이라는 것은 인생에 있어서 이런 것이 아닐까.

이렇게 말하고 보니 좀 무자비한 것 같기도 하다. 그러나 그것이 무신경한듯해도 자기 자신에 대하여 이렇게도 분명히 단정 짓는 것이 앞으로의 인생 태도를 결정짓는데 있어서 중요하다고 생각된다.

아직도 청춘의 감정을 가지고 있다고 허세를 부려가며 자위적으로 안주해 있는 것은 아닐까.

여기까지 생각하고 보니 청춘을 무자비하게 버려야 한다는 나의 진심은 어느 정도 분명해졌다고 판단된다. 다시 말해 우리들이 청춘을 보낸 뒤 성년으로서의 해야 할 일을 자각하는 동시에 청춘에 치열한 관심을 가져야겠다는 진심을 잃어서는 안 되겠다는 것이 나의 생각이다. 청춘을 버리고 청춘에 무관심해보이려 해봤자 청춘의 관심이 더욱 높아짐은 어찌할 수 없는 일이다. 이것은 청춘과 노년과의 분수령에 서서 최후의 잔광(殘光)을 아끼는 마음일는지도 모른다. 만일 그렇다 해도 그것은 좋은 것이다. 하여튼 이런 이유로 내가 요즘 젊은 작가들의 작품에 특히 관심을 갖게 된 것은 사실이다. 그러나 이러한 나의 희망은 현재에 있어서 만족시켜주는 것이 전혀 없다고 말할 수 있다. 청춘의 소리가 도무지 들리지 않기 때문이다. 사실을 따져 이야기한다면 젊은 작가들이 쓴 것이라면 모두가 청춘의 소리라고 할 수 있을는지 모르지만 그것은 그것일 뿐 하늘을 찌르는 소리가 없는 것이다. 물론 그들의 섬세한 감각과 소시민성의 저항을 모르는 것은 아니지만 그것만으로는 미온한 것이다. 20대의 사람에는 자기의 연령에 따라 무엇이든 외치는 소리가 있을 것이다. 나는 지금 그 목소리가 듣고 싶다. 40대의 작가로 하여금 청춘문학의 대열을 따르라고 외치는 소리라고 생각하기 때문이다.

그것은 청춘과 헤어진 또 다른 하나의 자기를 찾는 것이다. 청춘과 연결되어 있는 장소에서 벗어나 자기를 세우는 것을 의미한다.

그러나 다만, 그것만으로는 그리 큰 의미가 없을는지도 모른다. 여기서 이상스러운 것은 청춘과의 절연(絕緣)을 의식함으로서 청춘상실이 너무 슬프게 느껴지는 동시에 청춘의 자태라는 것이 명확하게 눈에 보인다는 것이다. 만일 청춘과의 절연을 의식하지 못하고 어물어물하니, 또는 허세로서 청춘을 부르짖고 있다면 모름지기 일생동안 청춘의 분명한 모습을 모르고 지낼는지 모른다. 청춘이라는 것은 자기가 당해있을 때보다 멀어짐에 따라 그 실체가 더욱 명확해지는 것이 아닌가라고 생각하게 된 것도 사실 최근의 일이다.

나는 지금까지 청춘에 대한 글을 한 번도 써본 일이 없었지만 요즘에 와서 이런 것이나마 써보고 싶은 생각이 든 것도 이 때문이 아닌가라고 생각한다. 늙어서도 언제나 청춘소설을 쓸 수 있는 비결은 모름지기 여기에 있다는 생각이 들기 때문이다.

굿빠이 1957년

소설을 쓰는 목적이나 알자

벽에 걸린 달력이 마지막 장이 남은 것을 보아도 분명히 올해는 다 간 모양이다. 그래도 그 달력을 걸던 처음에는 금년엔 무엇 좀 하겠다고 이것저것 생각해 본 것 같기도 하다. 그러나 막상 지나놓고 보니 아무 것도 한 것이 없다. 억지로 이야기한다면 소설을 몇 편 쓴 것이 있다고나 할까.

그러나 그것조차도 무엇 때문에 썼는지 나로서도 알지 못한다.

실상 나는 무역상을 하는 어느 친구에게 소설은 무엇 때문에 쓰느냐는 질문을 받고서 잠시 대답에 궁했다. 궁한 대로 돈 때문에 쓴다고 했다. 나 같은 사람은 이제 어디 가서 취직할 수도 없는 것이고 소설이라도 쓰지 않으면 돈을 만들 재주가 없으니 별수 없이 원고지를 한 칸 한 칸 메우는 것이라고 대답했다.

그러나 이것은 대답을 피하기 위한 궁색한 방책에 지나지 않는 것이다. 돈을 만들 데가 없어서 쓴다는 것은 노력에 부수하는 한 조건으로서 문학을 말하는 것일지는 몰라도 그것이 전부라고는 할 수가 없는 것이다.

만일 꿈같은 기적이 생겨서 내게 일생동안 누워서 먹을 수 있는 돈이 들어온다 해도 나는 역시 소설을 쓰고 있으리라 생각한다. 내가 쓰는 것이 인쇄가 될 때까지는 모름지기 소설을 쓰고 있을 것이다.

좀 더 돈이 많이 생긴다면 몇 천매의 장편을 써가지고서 자비출판을 할 생각도 할지 모른다.

그렇다면 무엇 대문에 세상에서 그리 대수롭게도 여기지 않는 소설 같은 것을 써가지고 고생을 하고 있는가.

내가 여태까지 천재라고 한 번도 생각해 본 일조차 없는 일이고 앞으로 죽기까지 이 일을 계속해 봤댔자 빤한 것으로 어쩌다가 잠이나 오지 않는 날 이런 생각을 해보면 어두운 그림자가 가슴을 눌러내듯이 암담할 뿐이다. 그럴수록 나의 가슴은 더욱 격동되어 무엇 때문에 쓰는가, 하고 소리쳐보는 것이지만 이때까지 만족한 회답을 얻어 본 일이 없다.

단순한 일종의 발표욕심인가. 세상에 이름을 날려보겠다는 명예욕인가. 천만에, 그런 쑥스러운 이야기는 그만두기로 하자. 나도 이제는 20대의 문학청년의 치기는 면했다고 생각한다.

그렇다면 '문학은 아편이예요' 라는 그런 말 때문인가. 아유, 그런 말 마십시오. 그런 소리만 들어도 전신이 오싹해 들어온다.

그러면 무엇 때문에 쓰는가. 그것을 생각해 보면 생각해 볼수록 알 수가 없다. 그러면서도 내가 밤낮으로 쓰고 생각하는 것도 역시 소설이 아닌가. 그러고 보면 나는 다만 소설을 쓰고 싶은 욕망 대문에 쓴다고 밖에 대답할 도리가 없지만 그것은 무의식적인 행동의 비근대적인 대답에 지나지 않는 것이다.

나는 결국 무엇 때문에 소설을 쓰는지를 올해에도 모르고 지나는 모양이다.

새해를 맞이하면 나는 이제 마흔 셋이다. 벌써 이런 연령이 되었는가하고 놀랄 일이다. 이제는 정신을 차려서 무엇 때문에 소설을 쓰려는지 분명히 알고서 써야할 때도 온 모양이다.

고향을 잃고 10년

내가 살던 H동 하숙집 앞에는 넓은 공지(空地)가 있었다. 그곳에는 어린이들이 많이 모여 놀므로 나는 별로 바쁘지 않은 날이면 그 앞을 지나다가 한참이나 서서 그들이 노는 것을 보곤 했다. 그곳에는 어린이를 상대로 하는 장사꾼도 많이 모여들었다.

10환으로 뉴욕거리를 보여주는 요지경할아버지, 술병과 엿을 바꾸는 엿장수아저씨, 강냉이 튀기는 사람, 솜사탕 만드는 사람, 말 태우기 하는 사람, 이런 장사꾼이 끊이지를 않았다.

어느 따뜻한 겨울 날, 늙은 노인 한분이 이곳에서 비눗물을 팔고 있었다. 철사로 만든 조그마한 고리로 비눗물을 찍어 휘두르면 셀 수 없이 많은 비눗방울이 날아가는 것이 몹시도 신기한 모양으로 그 앞에 많은 애들이 둘러서서 눈을 반짝이고 있었다.

비눗방울은 바람을 타고 멀리 멀리 흩어져 애들의 머리 위에도 내려앉으려고 했다. 그 아이들 중에는 '리리'도 섞여 있었다.

'리리'는 우리 앞집에서 사는 그런 여자가 낳은 딸이었다. 혼혈아는 대체로 예쁘다고 하지만 노랑머리에 잿빛이 도는 눈을 가진 '리리'도 역시 귀여운 계집애였다.

내가 '리리'와 이야기하게 된 것은 급한 원고를 써 가지고 분주히 나가면서 모자를 거꾸로 쓰고 나간 일이 있었다. 그것을 본 '리리'는

"아저씨, 모자 봐요."

하고 가르쳐줬다. 그 후로 우리는 서로 웃는 사이가 되었다.

그날 저녁에 내가 돌아오는데 '리리'가 자기 집 대문 앞에 혼자 서 있었다. '리리'는 비눗물이 든 통과 쇠고리를 쥐고 번갈아 보다가 조심스럽게 비눗물을 찍어 공중에 휘둘렀다.

'리리'가 휘두른 힘이 너무나도 약했기 때문인지 의외에도 비눗방울은 커다랗게 부풀어져 공중으로 날아갔다.

그 순간 겨울의 하늘색과도 같은 '리리'의 눈이 갑자기 반짝이었다. 그 눈에는 오색무늬가 그려진 커다란 비눗방울이 비쳐졌을 것이다. 동시에 비눗방울에도 '리리'의 귀여운 얼굴이 비쳐졌을 것이다. 그러나 그것은 극히 짧은 순간이었고 '리리'의 비누거품은 소리도 없이 터져 없어지고 말았다.

지금쯤 '리리'의 아버지는 텍사스 한복판에서 트럭을 몰고 있을지도 모른다. 시카고 뒷골목에서 바지에 양손을 찌르고 뚜벅뚜벅 걸어가고 있을는지도 모른다. 아니, 지금은 밤이 되어 카바레 뒷방에서 포커에 눈이 벌개졌는지도 모른다. 그러나 피를 나눈 '리리'는 이런 곳에서 그런 애처로운 얼굴로 터져 없어진 비눗방울의 간 곳을 찾고 있다는 것을 그는 한 번이나 생각해 본 일이 있을까. 아니, '리리'란 이름이나 기억하고 있을까. 나는 그때의 '리리'의 그 얼굴은 지금도 좀처럼 잊어지지가 않는다. 나도 북에 그 또래의 딸을 두고 나온 때문인지도 모르겠다.

1·4 후퇴로 내가 북에서 나온 것이 벌써 10년이라고 한다. 정작 손가락을 꼽아보니 역시 10년이다. '리리'처럼 가엾은 얼굴을 하고 있으리라고 생각되던 내 딸도 열여덟 살의 성숙한 처녀로 변했을 것이다. 서로 만난다 해도 알아나 볼 수 있을는지, 아니 살아나 있는지 그것조차도 모르고 있다.

그러면서도 나는 매일 태연스럽게 밥도 먹고 잠도 자고 거리를 활보하기도 한다. 이북에 있는 내 딸이 죽었다 해도 눈물 한 방울 흘릴 성싶지도 않다. 어쩌면 이렇게 무신경한 사람이 되었는가. 이러한 비극은 비단 나 혼자만이 아니므로 그들을 따라 나도 체념할 수 있기 때문인가. 그렇지도 않다면 너무나도 큰 비극에 신경이 완전히 마비되어 버리고만 그 이유 때문인가.

내란이 하루도 그치는 날이 없던 중국에서도 언제나 전쟁은 돌개바람처럼 지나갈 뿐으로 피난 갔던 사람들은 한 달도 못되어 자기 고향으로 돌아가게 마련이었다. 그러나 내가 나온 고향은 10년이 된 지금에도 아직 돌아갈 날은 먼 것만 같다. 역사에서도 찾아볼 수 없는 이렇게도 가혹한 전쟁의 결과는 어디서 생긴 것인가. 한마디로 말한다면 우리 민족의 자주성이 없는데서 온 것이라고도 하겠지만 그렇다고 우리들의 뜻이 아닌 것도 사실이다.

지금 거리에서는 3년 후에 동경에서 있을 '올림픽'을 간다고 저축을 하느니 계를 하느니 야단인 모양이다. 그러나 나는 그런 것엔 통 흥미가 없다. 내가 가고 싶은 곳은 역시 고향이다. 옛날엔 서울에서 4원 60전만 내면 기차로 네 시간 안으로 갈 수 있었던 고향. 그러나 지금은 지구 어느 한 끝 쪽보다도 먼 곳이 되었으니 답답하기만 하다.

모월(某月) 모일(某日)

오늘도 박장로 교회라는 그곳에서 들려오는 파이프·오르간 소리에 눈을 뜨다. 오늘 아침은 어쩐 일인지 거리에서 한참 유행하던 '징글벨 징글벨' 그 곡이 들려왔다. 그 교회의 찬송가엔 그런 곡도 있는지도 모르지만 하여튼 네온사인이 번쩍이는 그곳에서 들려오니 그럴싸한 일이다.

우유를 끓여놓고 빵을 적셔가면서 어제부터 쓰기 시작한 소설 이야기를 계속해서 어떻게 끌고나가야 할지 몰라 멍청하니 앉아 있을 때 이웃에 사는 수영형이 찾아와서 오늘같이 날씨 좋은 날에 일이 무어냐고 배를 타자고 유혹한다. 서강으로 나와 강을 마주안고 사는 지가 근 반년이나 되지만 아직 한 번도 배를 타본 일이 없으니 그의 말이 싫을 리가 없다.

나는 당장 쓰던 원고를 덮어버리고 형을 따라나섰다. 배를 타자기에 하다못해 보트라도 타자는 줄 알고 따라갔더니 밤섬 나룻배 터로 데리고 간다.

"이 사람아, 배 탄다는 것이 기껏 나룻배인가."

하고 내가 웃자 형 말이 나룻배가 안전하기도 하고 노를 젓지 않아 편안하기도 하고 또한 내리지만 않으면 뱃삯을 한번만 내고도 하루 종일이라도 탈 수 있다는 것이다.

그 말대로 우리는 두 번 왕복을 했다. 부근의 경치가 좋아 그런 뱃놀이도 싫지가 않았다.

돌아오는 길에 두어 뼘 되는 농어를 한 마리 사가지고 와서 삼삼하니 끓여놓고 소주를 마시다 생각해보니 단물고기를 입에 대보는 것이 몇 년 만인지도 알 수 없는 일이다. 내가 월남해서 처음 해보는 일은 아닌가.

술에 취해가며 둘이서 밤이 깊어가는 것도 모르게 연극이야기를 주고받다 내린 결론은 밥만 먹을 수 있다면 뜻 맞는 친구 몇이서 조그마한 이동극단을 하나 갖고 싶다는 것이다. 그러고 보면 나도 한때 연극운동으로 일생을 살겠다고 생각해 본 적도 있었는데……

공백 기간 겪고서

창작의 실제담(實際談)을 이야기하라는 모양이다. 그러나 나는 아직도 내 창작 실제담 같은 것을 이야기해서 독자들에게 흥미를 줄 만큼은 훌륭해지지 못했다고 생각한다. 그러므로 사실 이런 원고를 쓸 자격이 없는 셈이다. 그러한 내가 이런 글을 써도 되는가.

사실 나는 작품을 하나 쓰자면 며칠 동안은 하는 일도 없이 공연히 날을 보내야 한다. 그 전에는 아무리 서둘러 책상에 마주앉는다 해도 쓰겠다는 작품은 써지지를 않는다. 원고 기일이나 촉급(促急)할 땐 정말 어이없기 짝이 없는 노릇이다. 이런 공간(空間)상태는 대개 5,6일은 지속되지만 그렇다고 그 동안에 작품을 쓸 노트를 만든다거나 구상을 하는 것도 아니다. 그런 일과는 전혀 관계가 없는 집의 일을 돕는다거나 그렇지 않으면 별로 가보지 않던 거리를 혼자 걷다가 한가스럽게 뒤떨어진 영화나 보고 오기가 일쑤다.

이렇게 맹랑스럽게도 날을 보내다가 겨우 마음을 진정시키고서 책상에 마주앉게 되는 것이지만 막상 마주앉고 나서도 작품이 슬슬 써지는 것도 아니다. 나는 작품을 쓰는 속도가 대단히 느리다. 잘 써져야 20매. 그것도 아침 다섯 시에 일어나 저녁 다섯 시나 여섯시까지 쓰는데 잘 써지는 날이라야 그렇게 쓴다. 보통은 하루에 12,3매 정도다. 이것은 물론 순소설을 두고 이야기하는 것이고 중간풍의 소위 통속소설과 비슷한 것은 50매의 소설이라면 이틀에 끝낸다면서 3,4일이 걸리는 일도 많다.

원고 쓰는 속도가 느리다는 것은 반드시 양심적이라고도 할 수 없는 일이다. 나는 글을 빨리 쓸 수 없는 것을 나의 치명적인 결함이라고 생각한다. 그것은 양심적이라기보다도 결단력이 없기 때문일 것이다.

자기가 쓰는 작품에 신경을 섬세하게 쓰는 것은 나쁜 버릇이라고는 할 수 없겠지만 그 때문에 소설이 위축되는 것도 사실이다. 나는 좀 더 대담해져서 붓끝이 가는대로 맡기어 심혈을 기울인 작품을 쓰고 싶다. 나는 소설을 쓰기 시작할 때 물론 대체의 테두리는 잡지만 그 속에 일어나는 사소한 사건은 별로 생각지를 않는다.

나는 써나가면서 그러한 이야기가 자연히 솟아나오기를 기다리는 셈이다. 이것이 또한 나에겐 소설을 쓰는 괴로움인 동시에 즐거움이라고도 할 수 있다.

나의 출발은 〈단층(斷層)〉지(誌) 시절

아직까지 세상에 자랑할 만한 작품도 없는 나로서 작가로 나오던 이야기부터 쓰자니 쑥스럽기가 끝이 없다. 그러므로 나는 옛날 동인지를 하던 그 시절의 이야기로 이 글을 대신할까 한다.

내가 〈단층〉이라는 동인지에 소설을 쓰기 시작한지도 근 20년이나 되는 일이니 생각하자면 어이가 없다 못해 아연해지고 만다.

나는 중학교를 나오던 그 해에 북경을 갈 생각으로 북경대학에 수속까지 했던 적이 있다. 그것이 돌연 형이 맹장염으로 돌아가게 되자 열아홉 살의 소년으로 형님이 경영하던 오프셋공장의 주인님으로 주저앉는 수밖에 없게 되었다. 그때 평양엔 오프셋이 한 대밖에 없었으므로 늘 밤일까지 해도 맡은 일을 채우지 못하는 형편이었다. 그렇다 해도 나로서는 그것이 귀찮았을 뿐이었고 저녁이 되기가 무섭게 공장 일은 서사(요즘은 왈 지배인이라 하겠지만)에게 맡겨버린 채 서문통(西門通) 네거리에 있던 태양서점을 찾아가곤 했다.

그곳에는 언제나 악우(惡友) 네 다섯 명이 머리를 마주대고 둘러앉아서 문학이야기에 열중해 있었다. 그것이 말하자면 〈단층〉 동인들의 전신(前身)이었다.

그 무렵에는 일본에 행동문학이라는 것이 새로이 프랑스에서 수입되어 한참 논의될 때이다. 우리들도 그것에 대한 논쟁이 벌어지곤 했다. 그런 뒤 그 행동문학이라는 것은 어느 날 자취조차 없이 사라지고 말았지만 '다다이즘'과 '쉐르레알리즘'의 반항운동으로서 프로

이드와 베르그송의 의식 활동을 존중하던 것을 미루어보면 유물사관도 부정하려던 문학이었다는 것이 지금도 어렴풋이 기억에 남는다. 그때 우리 문단엔 고(故) 박용철씨가 편집하던 〈월간문학〉이 발간되기 시작하였으며 그 잡지를 통하여 우리나라에서 처음으로 희곡다운 희곡을 할 수 있었던 유치진씨의 〈토막(土幕)〉과 함께 체홉의 작품을 연상시키던 홍일오씨의 작품들이 아직까지도 기억에 새롭다.

그때는 아직 평양에 찻집이라는 것이 없을 때였다. 그러므로 우리들은 서점의 가게 문이 닫기를 기다려 어두운 대동강 강변길을 밤새도록 싸다니며 문학이야기를 계속했다. 그러다가 자정이 넘어서야 집으로 돌아가다 의례히 육수 집을 찾곤 했다. 육수라면 곰탕과 비슷한 일종의 술국이라 하겠지만 평양의 독특한 음식으로서 그 담백한 맛은 먹어보지 않고서는 알 수없는 것이다.

그 육수 집에서 김병용, 박근선, 한수암 제씨들을 가끔 만나곤 했다. 그들은 우리들보다 한 세대 위에 속하는 분들로서 그때에 이미 문단의 등용문이었던 신춘문예현상에 한, 두 차례 당선된 분도 있었고 아직 문단에 나갈 기회를 못 가졌다 해도 상당한 역량을 갖고 있던 분들이었다.

그들은 문학을 같이 한다는 의미에서 우리들에게 언제나 허물없는 조롱을 해가며 부드럽게 대해 주었던 것을 지금도 잊을 수가 없다.

그때의 평양에는 김동인 선생이 서울로 이사한지 얼마 되지 않았고 문단의 선배로서는 숭전(崇專)에서 교편을 잡고 계시던 양주동 선생이 있을 뿐이었다.

어느 해인가 숭전에서 크리스마스 때마다 연중행사로 하던 연극을 보러갔을 때 마의태자로 분장한 연기자는 팔목시계를 그대로 차

고 나왔다. 나는 보기가 딱한 대로

"그때도 우리나라엔 벌써 팔목시계쯤은 있던가 봅세."

하고 같이 갔던 친구에게 말하며 웃었더니 옆에서 보고 있던 양주동 선생이 급기야 앙천대소(仰天大笑)를 하며 내게 악수를 청하던 일이 생각난다.

그 후에 우리 문단은 프로문학이 쇠퇴해짐에 따라 인본문학이니 세태문학이니 가지각색의 문학이 흘러들며 혼돈과 동요를 일으키게 되자 순문학도 반성과 재건을 생각게 되었다. 그러면서 9인회가 생기고 그 기관지인 〈조선문학〉이 나오게 되자 문단은 다시금 활기를 띠우기 시작하며 신인들이 새로운 경지에 많은 기대를 갖게 되었고 또한 그 시대를 전후하여 역량 있는 많은 작가가 나타났다. 고(故) 김유정을 비롯하여 박영준, 김동리, 최인준, 김정한, 김영수, 박계주, 정비석, 안수길, 이봉구 기타 제씨들과 시인으로서 김광균, 서정주, 고(故) 함형수 제씨들도 모두 그때에 나온 분들이다.

한편 동인지도 역시 그때가 전성기라 하겠다.

조풍연, 신백수 제씨들의 '3·4문학'을 비롯하여 〈시인부락(詩人部落)〉, 〈풍림(風林)〉 그리고 〈동경학생예술좌의 막(幕)〉 등이 쏟아져 나왔다. 이와 보조를 거의 같이 하여 평양에서 〈단층〉이 세상에 나온 것은 정축(丁丑)년이 아닌가 기억된다.

〈단층〉의 구성원들은 동인지를 발간하기 이전에 이미 3,4편의 습작을 대개 가지고 있었으므로 그것을 서로 돌려가며 읽고 작품평을 교환하던 것이 성숙하여 결국 〈단층〉이 된 것이다.

그때 우리가 지명을 〈단층〉이라고 부른 것은 별다른 의미가 있은 것은 아니었다. 그것을 구태여 설명하자면 새로운 문학으로서 문단과 층계를 지어보겠다는 기백이었다고나 할지.

그렇다고 우리들은 〈단층〉지를 통해서 주의주장을 이야기한 일은 한 번도 없었다. 그러면서도 동인들의 생활환경이 비슷하였기 때문에 작품의 형성은 각기 다르면서도 그 내용에 있어서는 현실의 반발, 자의식의 과잉, 다다이즘의 승화, 이런 것들이 주로 주제가 되었다는 것은 우연의 일치로만 볼 수 없는 일이었다.

'단층'이 세상에 나오자 최재서, 김환태 씨 등에 의하여 첫 호부터 문단의 주목을 받게 되었으며 호를 거듭함을 따라 동인들은 그때의 문학잡지였던 〈문장〉과 〈인문평론〉으로부터 원고청탁도 받게 되었다.

〈단층〉의 동인으로서 그때까지 시를 쓰던 황순원형이 처음으로 〈인문평론〉에 단편을 발표하여 그의 첫 단편집이 출판 인쇄되었을 때 〈단층〉의 아담한 표지를 만들어준 동인과 다름없던 김경기형의 집에서 합평회를 가졌던 것도 지금에 생각하면 15·6전의 옛일이다.

그 뒤로 〈단층〉은 오영수형을 통하여 박문서점의 주인이었던 고(故) 노성석씨가 일체의 경비를 맡아주었던 것이 다만 일제의 탄압으로 말미암아 그런 호의도 입어보지 못한 채 우리나라의 모든 언론기관과 함께 〈단층〉도 희생되고 말았다.

불친절

늘어나는 것이 다방이라 하겠지만 그 덕으로 내가 사는 홍제동에도 다방이 생기었다. 그 다방은 언제나 한가했다. 나는 그 한가한 것이 마음에 들어 가끔 들리곤 했었다.

그날 내가 갔을 때는 저편 구석에 한 쌍의 남녀가 있었을 뿐으로 난로 앞에서 레지가 어떤 젊은 청년과 웃고 있었다. 미스 리라는 처녀가 깜찍하다니 그렇지 않다니 그런 이야기였다.

그때 또 하나의 청년이 들어서며

"그 자식들, 왜 그렇게 불친절한 거야. 그거 편포를 만들어주고 오려다가…."

하고 아직도 화가 가시지 않은 얼굴로 투덜대고 있었다. 듣고 보니 구청에 기류계(寄留屆)를 내러갔는데 생년월일에 글자 한 자가 틀렸다고 다시 동회에 가서 도장을 찍어오라고 했다는 것이다.

"글쎄, 기류계 하나 내는데 이틀 사흘씩을 잡아먹게 하니 그래, 그 자식들이 무슨 사무를 본다고 앉아 있는 거야."

그곳에서 구청까지 버스로 먼지를 먹으며 갔다 온 그 청년의 분노는 대단한 것이었다. 그러자 그의 이야기를 듣고, 먼저 있던 청년이

"그런 땐 을러대는 것이 제일이야."

하고 입을 열었다. 그리고는 다음과 같은 이야기를 했다.

"언젠가 우체국에서 우표를 한 장 사고서 천환짜리를 내자 우표 파는 계집애가 '우표 한 장 사는데 천환짜리 내는 법이 어디 있어요'

하고 눈을 흘기는 게 아니야. 그 소릴 들으니 화가 안날 수 있어. '여보, 그래 천환짜린 여기선 못 쓰는 돈입니까'. 하고 대들었지. 그러자 그 계집애 하는 소리가 더 약을 올리게 하는 소리 아니야. '누가 못 쓰는 돈이라고 했어요. 당신처럼 천환짜리만 갖고서 우표를 사러온다면 돈만 세다가 말겠으니' 하고 우표를 팔 수 없다면서 꺼내놓았던 우표를 도로 서랍 속에 집어넣지를 않겠나. 사내자식이라면 한 대 갈겨라도 주겠지만 계집애니 그럴 수도 없구. 그래서 '그렇게 손님에게 불친절할 것 아니야. 나와 체신부 장관이 어떻게 되는 줄이나 알고 까부는 거야' 하고 시치미를 떼고 을러 주었지. 내 말이 떨어지기가 무섭게 그 계집애 얼굴이 새파랗게 질려가지고 '선생님 미안합니다. 다음부터 주의 할게요' 하고 대번에 비는 것 아니야. 세상일은 다 그런 거야."

이런 이야기를 생글생글 웃으며 듣고 있던 레지가 입을 열었다.

"선생님, 이제 그 이야기 정말입니까."

"정말 아니구."

"그 이야긴 미스터 박두 언젠가 자기 이야기라며 하던데요."

"그래?"

이번엔 그 청년이 약간 얼굴이 붉어졌다.

나는 그들의 이야기를 들으며 참 불친절한 레지라고 생각했다.

허수아비

'허수아비 같은 녀석' 이라고 하면 누구나가 화를 낸다. 말할 것도 없이 허수아비라고 하면 아무 재주도 없는 못난 사람을 가리켜 말하기 때문이다.

그러나 허수아비는 사람을 상대로 만들어 논 것이 아니므로 그것이 얼마마한 가치가 있다는 것은 새들에게 물어보지 않는 이상 분명히 알 수 없는 일이다. 누워서 라디오로 노래를 들을 수 있고 텔레비전으로 춤추는 것까지 볼 수 있고 최근엔 냄새까지도 맡을 수 있게 되었다는 세상이라면서도 아직 조류들과는 이야기가 통하지 않는 모양이니 그것은 알아낼 도리가 없다.

허수아비의 조상들은 바가지를 쓰고 활을 쏘는 시늉을 하고 있다. 이것은 새들에게 활을 쏜다는 무서움을 보여주는 동시에 눈에도 쉽게 띄울 수 있게 하는 뜻이 있었을 것이다. 이런 일로써 허수아비는 오늘에 이르기까지 소박하고도 해학적인 조형예술의 지위를 차지하고 있다.

그런데 새들은 천 여 년을 지나오면서도 자기들이 갖고 있는 털의 빛깔은 거의 변동이 없다시피 한데 비하여 사람들의 옷은 자꾸만 달라진다. 6.25전만해도 논에서 한복을 입고 일하던 농민들이 요즘은 거의 군복이 아니면 구제품양복이다. 여기에 따라서 허수아비의 차림도 양복으로 단연 '모던화' 하게 되었다. 그러므로 참새학교에서는 "사람들이 모두 양복을 입기 때문에 허수아비도 바가지를 쓰던 옛날과는 달리 지금은 군모도 쓰고 '헬멧'도 쓰게 되었으니 주의해라"라고 교과서도 개정하지 않으면 안 되게 되었다.

허수아비는 여성이 없는 모양이다. 나 자신으로도 여성 허수아비는 본 일도 없고 그런 것이 있다는 말을 들은 일도 없다. 그것은 남자보다 위엄성이 없기 때문이라고 생각하기도 쉬운 일이지만 사실은 그런 것 같지도 않다. 물론 이것도 새들과 이야기가 통하여 물어보지 않고는 알 수 없는 일이지만 그러나 내가 생각하기에는 하늘에서 세상을 내려다본다면 남자가 오히려 얌전해 보이고 여자는 모두가 무서운 마물이나 괴물로 보일는지도 모를 일이다. 옷의 빛깔을 따져도 붉은빛, 파란빛, 노란빛의 가지각색이며 더욱이 여름철엔 파라솔이라는 날지도 않는 이상야릇한 날개를 펼치고 있으니 그야말로 남자보다 몇 곱절이나 무서운 마물로 보이지 않을 리 없는 것이다. 그러므로 허수아비는 머리가 얽혀진 파마를 하고 입술을 벌겋게 립스틱을 칠한 것이 더욱 효과적이라는 생각도 들지만 그러자면 돈이 드는 노릇이니 그럴 수는 없는 노릇이다. 그러니까 허수아비 일체가 폐물을 이용하여 만들어진다는 것을 생각해 볼 필요가 있다. 그러면 헌 누더기로 된 허수아비가 돈이 드는 여성으로 태어날 리가 없는 것도 쉽게 알 수 있는 일이다.

어떤 동물학자의 말에 의하면 참새는 참을성이 없어서 쉬지 않고 이 나무로 저 나무로 옮기는 습성이 있다고 말했는데 사실 그 때문에 참새들은 조금만 침착해서 보면 이내 알아낼 수 있는 허수아비도 허수아비로 알아보지를 못하는 모양이다. 그러므로 참새들만 쫓을 수 있다면 그렇게 힘을 들여 허수아비를 만들 필요는 없다고 생각하게 된 모양인지 요즘의 허수아비들은 십(十)자로 된 막대기에

깡통이나 하나 거꾸로 올려놓고 찢어진 셔츠 하나 걸쳐놓기가 일수다. 말하자면 허수아비가 가볍게 차려 입은 마라톤 선수처럼 되었지만 역시 쌀을 늘 먹는 우리나라에서는 민족예술의 풍취가 있는 것이 아니면 허수아비 같은 느낌이 나지 않는다.

언젠가는 기차에서 창밖을 내다보다가 논에 꽂아놓은 장대 끝에 죽은 까치가 매달려 있는 것을 보았다. 이것도 참새를 쫓기 위해서 한 모양이지만 새들보다도 사람이 먼저 보기가 끔찍스러워 눈을 찌푸리게 된다. 그것이 사람들의 신경에 오는 만큼 과연 새들에게도 효과가 있는지 그것도 새들에게 물어보기 전에는 알 수없는 일이지만 결코 좋은 방법이라고는 할 수 없다. 죽은 물고기가 떠있는 어항 속에도 금붕어는 태연히 헤엄을 치고 있는 것을 보면 죽은 새가 매달려 있다고 참새들이 겁내어 달아날 것 같지도 않다.

하여튼 소박하고도 순진한 농민들이 그런 살벌한 것으로 허수아비를 대용한 것을 보니 바가지를 뒤집어쓰고 웃음광대처럼 자기를 보아달라는 듯이 서 있던 옛날의 허수아비가 더욱 보고 싶어지는 것도 사실이다.

총(銃)

내가 평양 종로에서 살던 어렸을 때, 어머니에게 졸라대어 공기총을 사갖고서 매일 참새를 쏘러 다닌 일이 있었다.

나의 아버지는 아이들이 그런 총 같은 것을 가지고 노는 것을 좋아하지 않았다.

총이란 위험한 물건이므로 잘못을 저지를 염려가 있었기 때문이었겠지만 지금에 또 생각해 보면 그때 순사나 일본 군인이 메고 다니는 총을 자기 아들에게 쥐어주고 싶지 않은 심정도 있었기 때문이었으리라.

그러나 나는 그 총을 꼭 갖고 싶어 견딜 수가 없었다. 모름지기 어머니에게 한 주일쯤은 울며 졸라댔으리라고 생각된다. 처음엔 나의 말을 들으려고 하지도 않았던 어머니가 나중엔 못 견디어 결국 공기총을 사주고야 말았다. 그 공기총은 바로 우리 집 맞은편 장난감을 파는 가게에 걸려있던 남이 쓰던 중고품이었다. 나는 그 총을 사다 총대를 닦던 생각은 지금도 잊어지지를 않는다.

나는 아버지 몰래 총을 감춰두었다가는 학교에서 돌아오기가 무섭게 총을 들고서 새를 쏘러나갔다. 그때 우리 집에서 장대현 예배당은 아주 가까웠다. 그 예배당 안엔 나무가 무성하여 언제 가나 참새를 쏠 수가 있었다. 그러나 새가 더 많은 곳을 찾아가기 위해서 동네 애들과 미국 선교사들이 사는 경창문 밖을 지나 보통 벌로 나가곤 했다. 돌아올 때면 의레히 선교사들이 심은 과수원에 들러 사과를 따먹었다. 가시줄을, 총까지 들고 껴들어가 남의 사과를 훔쳐 먹는 노릇이었으니 잡혔다면 대단한 범인이 되었을지도 모르는 노릇이었다. 그러나 다행히도 잡혀본 일은 한 번도 없었다. 또한 우리는 그것을 무슨 범죄라고 생각해 본 일조차도 없었다. 사과를 따먹으러 가는 것을 솟구어주려 간다고 했으니 말이다.

어느 날 오후 나는 학교에서 돌아와 공기총을 들고서 늘 가던 장잿재(章臺峴)로 올라갔다. 그날은 식모처녀가 손아래 되는 여동생을 데리고 나를 따라왔다. 그러나 그날따라 전선주에도 나무에도 새란 종류가 보이지를 않았다.

총대를 드리운 채 눈을 두룩거리며 새를 찾고 있는데 한 마리의 노란 새가 저편 주택 지붕에서 '푸릉' 날아 오후의 햇빛에 잎이 번쩍이는 포플라 나무로 가서 앉았다. 나는 가슴이 뛰는 대로 더 생각할 것도 없이 금빛깔의 그 찬란한 새를 향하여 총대를 겨눴다. '탕!' 총소리에 놀란 새는 다시금 날았다. 그러나 멀리 날지를 못하고 대 여섯 발도 못 되어 딴 나무로 가서 앉았다. 나는 또 총을 겨눴다. 이렇게 몇 번이나 되풀이 하는 동안에 내가 쏜 총알 하나가 드디어 새에 명중(命中)되어 땅에 떨어졌다.

나는 새가 떨어진 곳으로 분주히 달려가서 새를 집었다. 아직도 채 숨이 넘어가지 않은 새는 노란 털에 피가 번진 채 따뜻한 체온이 그대로 남아 있었다.

잠시 동안 나는 새를 손에 쥔 채 어쩔 줄을 몰라 식모처녀애의 얼굴을 쳐다봤다. 식모처녀도 어린 동생도 나의 잔악한 짓을 꾸짖는 듯한 그런 울먹해진 얼굴이었다.

바로 그때 여학생이 하나 달려와서 자기네가 놔버린 카나리아를 쐈다면서 야단을 쳤다. 내가 기어이 쏴서 떨어뜨리고 만 황금빛 새는 그 집 조롱에서 도망쳐 나온 모양이었다. 조금 전만 해도 이 나무에서 저 나무로 날 수 있었던 새였지만 지금은 움직일 수 없게 된 그 새를 버릴 수도 없어 손에 쥔 채 그 여학생의 꾸지람을 들어야하던 그때의 나의 복잡한 심정—하여튼 나는 범죄란 의식을 그때 비로소 처음으로 느꼈던 것이다.

그 뒤로 나는 공기총을 들고 나간 일이 없었다. 아니, 그 뒤로부터 나는 무슨 총이건 간에 손에 들고 싶은 생각이 나지 않았다.

소의 화가에의 추억

9월 6일의 고(故) 이중섭화백 2주기에

중섭형은 1956년 9월 6일 서대문 적십자병원에서 정신분열증으로 치료하다가 41년으로 인생이 끝나버리었다. 정신분열로 근 일 년 동안이나 먹는 것을 거부하다가 온몸은 매골처럼 말라빠져 죽었다. 마치 자기 살을 긁아먹다 못해 죽은 셈이었다. 죽을 때도 누구 하나 지켜주지 못한 무섭게 고독한 죽음이었다.

중섭형은 일생 남에게 싫은 소리 한마디 못했고 또한 거짓말 한마디 못해보고 산 사람이다. 그렇게도 선하고도 착한 사람이 그렇게도 참혹하게 죽어야하는 인과는 어디 있는지 나는 알 수가 없는 일이다.

내가 알기에는 모름지기 형은 북에서 피난 나와 한 번도 침구를 갖춰 발을 뻗치고 자본 일은 없었을 것이라고 생각된다. 피난을 처음 나왔을 때에는 가족들을 먹여 살리기 위하여 하수도 청소부로도 나섰고 제주도로 건너가서는 게만 잡아먹고 살기도 했다고 한다. 그 뒤로는 가족들을 일본으로 보내놓고 혼자 살아도 역시 빈궁한 생활이었다. 언제나 만나도 점심을 떼먹고 저녁도 굶은 얼굴이었다.

중섭형이 서울에 올라와서 누상동 어느 친구네 집 2층 방을 얻어 살고 있을 때 나의 하숙은 형이 늘 드나드는 통의동 어귀였으므로 우리들은 매일같이 그곳에서 만났다.

중섭형이 나의 하숙에 들리는 시간은 대체로 오후 네 시쯤이었다.

나의 집필시간을 방해해서는 안 된다는 생각에 언제나 이렇게도 늦게야 들렀다. 내가 무슨 대단한 일을 한답시고—

그때도 중섭형은 아침 끼니를 굶은 듯한 얼굴로 내려오는 날이 많았다. 형이 사는 근처 음식점에 밥을 붙이고 먹던 것이 밥값이 밀리어 맞돈을 갖고 가지 않고서는 먹을 수가 없었기 때문이었다. 그러한 중섭형을 대할 때마다 나는 '배고파서 어떻게 지금까지 앉아 있었나' 했다. 그러나 중섭형은 언제나 태연한 얼굴로 '이불을 덮고 꼭 누워 있으면 그렇게 배고프지 않아' 하고 싱긋이 웃곤 했다. 조금도 눈에 거슬리게 보이는 일이 없는 금니를 드러내면서.

그러나 중섭형이 이불을 쓰고 있었다 해도 그것은 이불이 아니고 그가 늘 입고 다니던 팔꿉이 나간 오버코트였고 그림을 그릴 때마다 입던 어깨가 터져나간 털잠바였다. 다만 그것으로 중섭형은 기운 없는 2층 냉랭한 방에서 겨울의 추위도 견뎌냈던 것이다. 모름지기 중섭형은 추워서 잠을 이를 수가 없던 밤엔 그림만 생각하였을는지 모른다. 또한 배고픈 때도 역시 그림만 생각했을 것이다. 그렇지 않고서야 그 추위와 배고픔을 어떻게 견뎌낼 수가 있었던 일인가.

중섭형과 나와는 술집도 많이 다니었다. 둘이서는 언제나 주머니가 가벼웠으므로 순댓국 집으로, 빈대떡 집으로, 해장국 집으로 자연스레 싼 집만 찾아다녔지만 그중에서도 중섭형이 좋아하던 집은 통인동 시장 안에 있는 '백대구리'네 집이었다. 그 집은 돼지대가리니 간이니 그런 것과 함께 순댓국을 끓여 파는 집이었다. 눈이 나리는 날 '김형 있어?' 하고 손을 훅훅 불면서 들어와서는 눈도 내리는데 갑세나, 하고 커트 값 몇 푼 받아 놓은 것으로 앞장을 서는 것이었다. 머리가 하얗게 흰 그 집 주인은 돼지고기장수답지도 않게 빼빼 마른 영감이었다. 그 영감은 중섭형의 인품을 알아줘 그와 같이 가면 언제나 접시의 고기를 두툼히 담아주곤 했다.

같이 술을 마시면서 어떠한 이야기를 했는지 지금 분명치는 않다. 문학이야기도 했지만 그림에 대한 이야기를 더 많이 한 것 같다.

중섭형을 따라 나는 골동품상도 많이 드나들었다. 그는 골동품을 보는 눈도 확실히 남과는 달랐다. 비싼 자기 같은 데는 별로 눈을 돌리지 않고 그는 베갯모니 갓집의 꽃무늬 같은데다 흥미를 가졌던 것이다. 언젠가는 골동상에서 조그마한 베갯모를 사가지고 나오면서 몹시 기뻐하는 얼굴로

"김형, 연꽃 위에 비행기를 논 걸 봐. 그땐 이것이 얼마나 비약적인 생각이었겠나 말야. 그러나 요즘은 편본(編本)을 모두 인쇄해서 팔기 때문에 이런 개성이 모두 없어졌지."

하고 말하던 것이 나는 지금까지도 잊혀지지 않는다.

중섭형의 그림을 보면 꼭 울분에 싸인 고독자의 노래와도 같다. 그러면서도 그 울분은 살겠다고, 살아야겠다고 아우성치는 소리도 들려오는 것이 그의 작품에 생명의 힘이 실감적으로 나타나는 대로 우리들의 눈에 보여지고 있다. 생명이라는 것, 살겠다는 의지, 살고 있는 현실, 그것을 어떠한 화가보다도 우리 눈앞에 보여주고 있다. 그러므로 나는 형의 그림에서 암담한 광야에서 울부짖는 절망을 보면서도 오히려 그것을 초극(超克)하려는 격발(激發)을 보게 된다. 위(胃)의 아픔으로서 위의 존재를 생각할 수 있는 것과 마찬가지로 생명의 아픔으로서 생명을 분명히 알 수 있는 것과 마찬가지라고 생각한다.

여성과 담배

요즘은 젊은 여자가 담배를 피우는 일이 훨씬 많아진 것 같다. 이것이 혹은 나의 잘못된 생각으로 비단 요즘부터 시작된 일이 아닌지도 모른다.

오늘도 어느 음식점에서 식사를 하면서 보니 그것이 대단히 많았다. 젊은 남자들이 부인 같이 보이지 않는 여성들을 동반하고 있는 것도 특히 눈에 띄는 일이었지만 그 여자들 대부분이 담배를 피우고 있는 일이 더욱 눈에 띄는 것이었다.

하기야 이런 일을 가지고 놀란다는 것은 현대인이라는 자격부터 상실하는 것인지 모르겠다. 젊은 여성들이 담배를 피운다는 것은 커다란 역사적 의의(意義)가 있다. 그것은 여자를 남자에게 접근시켜준다. 여자를 남자답게 해준다. 여자의 지위를 향상시켜준다. 여자를 남자와 평등하게 해준다. 여자와 남자를 동등하게 한다. 여자와 남자의 구별을 없애주고 여자의 해방을 성취시켜준다. 이런 저런 것—

그러므로 나는 감심(感心)하면서 그런 풍경을 보고 있었다. 그리고는 여자들이 지녀야 할 여자다운 맛이 이 나라에서도 점점 변천되어가는 것을 약간 마음 섭섭한 눈으로 보지 않을 수 없었다.

하기야 옛날 여자들이 담배를 피우지 않은 것은 아니었다. 그러나 내 기억으로는 대개가 늙은이들이 아니었던가 싶다. 며느리에게 살림을 내놓은 시어머니가 주부로서의 임무를 어찌어찌 마쳤다는 안도감으로서 장죽을 손에 든 것이 아니었을까.

그렇다 해도 그 때에도 젊은 여자로서 담배를 푹푹 피운 여자가 없던 것은 아니었다. 바로 술집 여자들이었다. 그녀들은 그때의 가장 대담한 직업여성들로서 아마 독립 자존(自尊)의 신념에 불타 있었던 것이리라.

그렇다면 여자들이 담배를 피운다는 것은 벌써 옛날부터 여자들의 독립성과 해방성의 첫 번째의 상징이었다고 할 수 있는 일이다. 현대의 젊은 여성들이 이러한 역사적인 사실을 알고 이어받게 되었다는 것은 확실히 현명한 일이라 아니할 수 없다.

그렇게 생각하고 담배를 피우는 그 여자들을 다시 보면 역시나 당당하게 남성들과 대등한 자세를 취하고 있었다. 남자들도 또한 그것을 알고 여자들에게 대단히 겸손했다. 이렇게 여자들이 대등한 자세로 남자와 가까워졌다는 것은 경축해 마지않은 일이 아닐 수 없다.

그러면서도 한 가지 마음에 걱정되는 일은 이들이 가정주부가 된 뒤에 국그릇에나 아기의 이마에다 그만 담뱃재를 떨어뜨리지 않을까 하는 노파심이다. 아니, 살림이라는 것과는 담을 쌓으려 들지 않을까 걱정이다. 미국여자들은 대개 담배를 피우는 것 같지만 그래도 제 할 일은 다 하는 모양이니 나의 이런 생각도 공연한 걱정인지 모르겠다.

그려보는 미소

문필로 밥을 먹자면 문헌이 필요하므로 다소의 장서(藏書) 버릇이 생기는 것은 면할 수 없는 일이다. 그런 버릇 때문에 나는 길을 가다가도 고본(古本)서점이 눈에 띄면 곧잘 들르게 된다. 그러나 대개는 실망하고 그대로 나오기 마련이다. 탐나는 책도 없거니와 간혹 사고 싶은 책이 있다고 해도 값이 엄청나게 비싸기 때문이다.

작년 가을 어느 날 독립문 옆에 있는 조그마한 서점에 들렀다가 의외로 생각지도 못할 매천야록(梅泉野錄)이란 귀한 책을 대하게 됐다. 이조말엽의 사정을 단편적으로 기록한 책으로 해방 뒤에 이런 책이 나왔다는 말을 듣고서 찾고 있던 책이었다. 값을 물어보니 그것도 아주 헐값이었다. 나는 무슨 횡재나 한 것처럼 기쁜 마음으로 책을 싸 달라고 했다. 그때에 초등학교 5학년쯤 되는 어린애가

"아저씨, 이것 또 좀 빌려줘요."

하고 때가 진득진득 묻은 책을 한권 내밀었다. 보니 유정(裕貞)형의 《동백꽃》이란 단편집이었다. 그 집에서는 그런 소설책을 빌려주기도 하는 모양이었다.

주인은 내가 산다는 책을 싸면서

"오늘은 돈 가져왔어?"

하고 물었다.

"돈은 염려 말아요. 나중에 한꺼번에 드린다지 않았어요."

"나중에라니, 네가 빌려간 책값이 얼마나 밀린 줄 알구 그런 소리

야."
"이것까지 360환이지요."
"그래 돈은 언제 가져온다는 거야?"
"음력설날에 돈을 타서 모두 해 드린다지 않아요."
그러나 주인은 좀처럼 대답을 떼지 않았다. 내가 사는 책만 싸다가 돈까지 받고나서야 그 어린애에게 눈을 돌렸다.
"너 그땐 정말 가져와야 한다."
"염려마세요."
"그때도 안 가져오면 너희 집에 이를 테다."
"네."
어린애는 대답을 던지기가 무섭게 달아났다. 나는 집으로 돌아와서 사온 책을 들쳐봤으나 그것보다도 그 어린애의 눈동자가 자꾸만 눈앞에 떠올랐다. 그러면서 360환이라는 어린애의 그 빚이 마음에 씌워 견딜 수가 없었다.
책을 읽기 위해서 빚을 진다는 것은 누구나가 할 수 있는 일이 아니라고 생각했기 때문이다. 유정형이 사직동에 있을 때 나는 몇 번인가 놀러가서 술을 같이 한 일이 있다. 앓는 몸으로서도 술을 사양치 않던 유정형이니 술을 먹기 위해서 책을 팔아본 일은 있을지 몰라도 책을 읽기 위해 빚을 져본 일은 모름지기 없으리라. 그러한 형이 이러한 이야기를 안다면 어떠한 얼굴을 할까. 평소에 말이 없던 유정형이…
며칠 뒤에 다시 그 서점에 가보니 소년이 빌려갔던 책이 꽂혀 있었다. 나는 대본(貸本)이 되어 팔 수 없다는 그 책을 억지로 사가지고 와서 내 서가에 꽂아놓았다. 나는 집에서 혼자 술을 마시게 될 때면 가끔 그 책을 쳐다보며 유정형의 미소를 눈앞에 그려보곤 한다. 그러니 그 책은 나에게 잊을 수 없는 책이 되고 만 것이다.

사투리 소감(小感)

작품에 사투리를 사용하는 것은 내용의 진실성을 나타내기 위해서라는 것은 말할 필요도 없는 일이다. 즉 그 지방의 생활과 그곳에 살고 있는 사람들의 성격을 리얼하게 그리기 위하여 생활감정과 심리 같은 것의 개성을 표현하고자 하기 때문이다.

그러나 작품에 나타난 대화가 어느 특수한 지방 사람만이 알 뿐으로 다른 지방 사람은 알아 볼 수 없게 된다면 아무런 의미도 없는 것이다. 물론 이런 의도 밑에서 사투리를 쓰는 작가는 없겠지만 그렇다 해도 작가가 그 지방의 특수성에 흥미를 갖고 사투리에 힘을 지나치게 넣게 된다면 결국 마찬가지의 결과를 갖게 될지도 모르는 일이다.

나는 사투리 그 자체만으로 작품에 큰 의의가 있다고는 생각지 않는다. 예술상의 리얼리티는 본디 현실 속에 있는 리얼리티와는 다르다는 것을 새삼스럽게 이야기할 필요가 없는 것과 마찬가지로 작품속의 생활의 진실성을 그리기 위하여 그 지방에서 쓰는 말을 그대로 갖다 썼다고 반드시 자랑할 이유는 못되는 것이다. 요컨대 작가는 작가가 생각하는 리얼리티, 작품에 표현되는 작가의 개성을 통하여 이루어지는 진실성이 문제가 된다. 그러므로 작가는 언제나 자기가 아는 세계를 작품화하게 되는 것이지만 그것은 하여간에 작품에 나오는 인물을 잘 살리자면 자연히 그 인물에 대한 교양과 성격을 미루어 그 사람이라면 으레 이런 말을 쓰리라고 생각하게 되는 것이고 그때에 그것이 때로는 사투리를 써야만 들어맞는 경우가 생기는 것이다.

이와 같이 작품에 있어서 사투리는 그 지방의 말을 그대로 쓴다는 것이 중요한 것이 아니고 작가의 마음속에 있는 인물을 표현하기 위하여 지방적인 색조를 나타내자는 수단으로 사용되는 것이다. 그러므로 작가는 사투리의 기분만 낼 수 있으면 족한 것으로 그런 사투리가 어디 있냐고 트집을 당한다 해도 작가로서 조금도 부끄러운 일은 없는 것이다.

다시 말하면 사투리의 효과는 사투리가 아니면 그 사람을 살릴 수 없다는…… 작가의 인간 발견과 발견한 그 사람을 자기 작품 속에 표현하고 싶은 욕구에서 생긴 개성적인 말로서 작가가 만들 수 있는 그 말에 의의가 있는 것이다.

꿈과 시험

옛날의 3월은 시험의 달로서 학생들을 괴롭혔다. 그것이 지금엔 2월로 바뀐 모양이다. 그렇다 해도 그 괴로움이 달라질 리는 없는 일이다.

내가 학생시절을 지낸 것은 30년이나 되는 옛이야기로 무슨 시험, 무슨 시험해서 그 가지 수가 무척 많아진 지금에 비한다면 아무 것도 아니었지만 역시 시험에는 골치를 앓았다.

그것은 지금도 때때로 시험 꿈을 꾸는 것을 봐도 알 수 있는 일이다. 나는 얼마 전에도 시험지를 받아놓고 못 풀어 끙끙거리다 눈을 뜨고서 '아 꿈이었구나' 하고 한숨을 쉰 일이 있다.

지금도 그 모양이니 10여 년 전에는 그런 꿈을 더 많이 꿨을 것은 물론이다. 그런 일은 어이없기도 하고 자랑할 일도 못되므로 별로 남에게 이야기할 기회가 없었지만 언젠가 의학을 한 친구와 잡담으로 꿈 이야기를 하던 중에 무심코 그런 이야기를 하게 됐다. 그러자 친구는 웃으면서

"그런 꿈은 나도 가끔 꾸네. 아니, 그보다두 언젠가 강선생에게 그런 말을 했더니, 이 사람아, 건방진 소리 말어. 난 이 나이에도 아직 시험 꿈을 꾸네, 하고 웃더군."

그 이야기를 듣고는 나도 안심할 수가 있었다. 강선생은 그때 70세가 가까운 나이라고 생각된다. 그렇게도 늙은 선생이 시험 꿈을 꾼다면 나로서는 조금도 부끄러워 할 일은 아니라고 생각했다.

그러나 다시 생각해 보면 시험 꿈도 모두 같을 리는 없었다.

준비를 잘해서 열 문제 중에 한 문제를 풀지 못하여 애쓰는 꿈도 있을 것이고 모두 아는 문제이면서도 시간이 없어 야단치는 꿈도 있으리라. 강선생이나 친구의 꿈은 그런 종류의 꿈일지도 모른다. 그러나 내가 꾸는 꿈은 그와는 반대로 시험지를 받아놓고 하나도 알 수가 없어 실망하는 꿈이 아니면 옆의 학생의 시험지를 넘겨보다가 선생에게 야단을 맞는 꿈이다. 이런 꿈을 꾸고 나면 전신에 땀이 흐르기가 일쑤이므로 쓴 웃음을 웃지 않을 수가 없다.

앞에서 말한 강선생은 내가 중학교 때 기하를 가르쳐준 선생이다. 우리나라에 수학선생이 몇 안 되던 그때 수학을 공부한 분으로 참으로 온후하고 친절하여 힘든 문제는 몇 번이고 반복해서 설명해줬다. 선생은 늘 우리에게 기하는 사고방법의 토대가 되는 것이라고 했다. 그러나 그때의 나로서는 그 말이 무슨 말인지 이해하지를 못했다. 아니, 이해하려고도 하지 않았다. 그 시간이 되면 소설책이나 읽기가 일수였고 숙제를 못해 왔으면 남한테 노트를 얻어 그것을 베끼기에 여념이 없었다.

만일 그때 기하시간에 그런 짓을 안 하고 공부에 관심을 더 가졌더라면 무엇보다도 지금에 내가 생업으로 삼는 소설도 좀 더 잘 쓸 수 있고 좀 더 조리 있는 사람도 됐으리라. 그러니 나로서는 그때의 태만을 후회하지 않을 수가 없다.

이러한 자책과 후회가 남보다도 더 시험에 괴로워하는 꿈을 꾸게 된지도 모른다. 그렇다면 이것도 나에겐 하나의 인과로 생각할 수밖에 없다.

현실과 책임

내가 바라는 민정(民政)의 정치가

"요즘 젊은 사람들처럼 일을 설칠 수가 있어야 말이지요. 손이 말을 듣지 않는걸요."

이것은 40여년이나 가구를 짜왔다는 어느 늙은 목수의 이야기다. 지금 받는 공전(工錢)으로는 계산이 맞지 않는다는 것을 알면서도 그럴 수가 없다는 것이다. 그렇지 않으면 얼마 못가서 물건이 뒤고 틈이 생긴다는 것을 알기 때문이다.

무슨 물건이나 빨리 만들어 눈어림으로 수지만 맞출 생각을 한다면 영구성 같은 것은 자연히 마음에 없기 마련이다. 이 늙은 목수는 그러지를 못한다. 남달리 정직한 때문도 아니다. 끌이나 대패를 쥔 자기 손이 그렇게 밖에 움직이지를 않는다. 아무리 날림으로 만들려고 해도 손이 본능적으로 그것을 거부하는 모양이다.

이런 것이 우스운 이야기라고 생각하기 쉽지만 나는 이 목수야말로 우리가 본받아야할 훌륭한 애국자라고 말하고 싶다.

이 목수와 같은 기분으로 일하는 농민, 어부, 광부, 미장이, 구두장이, 공장직원, 하여튼 직업은 아무래도 좋다. 그들은 문화생활과는 아주 동떨어진 생활을 하고 있을지 모르지만 그들이야말로 참다운 문화인이다.

그들은 정치에 별로 관심이 없을지도 모르고 정치가 무엇이냐고 물어도 대답도 못할지 모른다. 그러나 그들이야말로 가장 올바른 정치를 지양하고 있는 사람들이다. 내가 가장 훌륭하다고 생각하는 정치가는 이런 사람들을 존중하고 옹호하고 또한 그들에게 배울 줄 아는 사람이다.

우리나라 각처에는 모든 직업에 걸쳐 이러한 사람들이 숨어 있으리라 생각한다. 몇 십년동안이나 기차를 운행한 기관수도 있을 것이고 방직공장에서 일생을 보낸 부인도 있을 것이다. 이런 근로자에게 문화상(文化賞)을 줄만한 일이 아닌가. 물론 예술 과학의 공로자에게도 표창하는 것은 당연한 일이지만 문화를 그런 곳에만 한정할 것은 아니다.

나는 이런 것을 생각할 줄 아는 정치가를 바란다. 명령만 하고 지배만 하려는 정치가가 아니고 숙련공과 더불어 친구가 될 수 있고 그들의 근로의 대가를 충분히 받아줄 수 있는 정치가가 나오기를 바란다.

연년세세(年年歲歲)

연년세세라는 말이 있다. 해마다 어물어물하는 동안에 또다시 새해를 맞이하게 된다는 뜻이리라.

나는 요즘에 와서 이 말이 뼈에 사무친다. 무엇 한 것도 없이 어물어물하는 동안에 한 해 한 해 지나 내 나이도 어느덧 50이 되었으니 그럴 법도 한 일이다.

올해도 다 간 모양이다. 벽에 갈린 달력을 보니 분명히 알 수가 있다. 그래도 그 달력을 걸 땐 이번 해엔 무엇 좀 해 본다고 이것저것 생각해 본 것 같기도 하다. 그러나 막상 지내놓고 보니 별로 한 일이 있는 것 같지가 않다. 억지로 이야기한다면 몇 편의 소설을 쓴 것뿐이다. 그러나 그 소설도 돌이켜 생각해 보면 얼굴이 붉어지는 것뿐으로 모두 손을 대지 않고서는 다시 읽을 수도 없는 것들이다. 원고 마감에 허덕이며 돈에 쪼들리어 썼다는 불쾌한 기억이 남아 있을 뿐으로 문학에 정진했다는 생각은 조금도 느껴지지 않는다.

작가가 이렇게도 타성(惰性)적으로 살아나간다면 결국 어떻게 될 것인가. 모르긴 해도 마음에서 우러나는 즐거움이나 슬픔 같은 아름다운 감정 같은 것은 잃어버리고 나중엔 허수아비 같은 인간이 될는지도 모른다. 생각만 해도 오싹해지는 일이다.

그러나 이런 암담한 일은 나 개인뿐만이 아니다. 나를 잠시 잊고 세상을 둘러봐도 역시 마찬가지다. 세상은 마치도 어두운 빛깔로 덮여 있는 것만 같은 생각이 든다. 신문 잡지 라디오에서 선정한 16 '뉴스'를 잠시 훑어봐도 알 수 있는 일이다.

정치가들의 아귀다툼과 그 혼란, 서적횡행(鼠賊橫行)에 어제도 오늘도 살인사건, 쌀 소동, 교통사고의 도주사건, 장승포 산사태, 조포(潮浦) 나룻배 침몰, 5·6세라는 소년, 소녀가 유괴되어 어리기 때문에 교살(絞殺)되었다는 어두운 기사가 신문을 덮게 되었고 그것이 또한 우리가 사는 세상인 모양이다.

이러한 암울한 세상에서 우리가 살게 된 것을 한 마디로 쉽게 이야기한다면 살림이 궁한 때문이라 할 수 있으리라. 그러기 때문에 새 정부가 들어서면서 첫마디로 외친 것이 인내생활로 살림을 북돋아야 한다는 것이다. 그러나 몇 부유층은 몰라도 우리 같은 서민층엔 이런 말도 타당한 것 같지가 않다. 왜냐하면 우리들은 여태까지 없으면 없는 대로 참고 견디고 살아왔기 때문이다.

치약이 떨어졌을 땐 소금으로, 소금마저 떨어졌을 땐 양치질도 못하고 사는 것이 우리네 살림이다. 정말 우리는 참고 견디는 것으로 살아왔다.

2,3일 전 철도쟁의에 대한 기사가 났다. 이런 일도 물론 참고 살다 못해 생긴 일이겠지만 이것을 보고 어떤 버스 운전사가 하는 말이

"그래도 철도원들이야 우리보다 낫지…… 가족수당이 있겠다, 앓으면 병도 치료해 주겠다, 게다가 일도 수월하겠다, 우리네야 앓아눕게 되면 만사가 그뿐 아닌가."

그 좁은 버스 속에 한종일 갇혀 더러운 공기를 마시며 잠시도 긴장을 풀 수 없는 것이 그들의 일상생활이다. 초조할 것도 당연한 일이요 인상조차 험악해질 것도 사실이다.

그러나 이러한 불평을 실업자가 들었을 땐 어떤 마음일까. 너는 그래도 입에 풀칠을 할 수 있으니 그런 불평이라도 늘어놓는 모양이라고 할지도 모른다.

티끌이 모여 태산이 된다는 말이 있지만 그러나 그 티끌조차 모아볼 일자리가 없는 것이 실업자의 운명이다. 뿐만 아니라 이것이 우리들 현실을 나타내는 상징이라고도 할 수 있으니 마음이 좀처럼 밝아지기 힘든 노릇이다.

나의 소설의 배경

어렸을 때 나의 별명은 '떼기베스'였다. 어떻게 생긴 말인지 모르지만 그때 우리들 사이에서는 쫓겨났다는 뜻으로 통했다. 나는 아이들 틈에 잘 끼이지를 못하고 늘 외톨로 놀았기 때문에 이런 달갑지 못한 별명을 받게 된 것이다.

이밖에도 나는 부끄럼을 잘 타고 내성적이고 마음이 약해 울기도 잘해서 그 어느 것 하나 자랑할 만한 성격이 못되었다.

이러한 성격은 오십이 지난 지금에도 남아있다.

나는 다섯 사람만이라도 눈앞에 있으면 제대로 입을 떼지 못하고 처음 만난 여자한테는 십 오륙세의 소년처럼 얼굴을 붉히는 것이 사실이다. 연설을 질색하는 것도 이 때문이요, '홍도야 울지 마라'는 값싼 비극에 잘 우는 것도 이 때문이요, 남처럼 친구를 잘 사귀지 못하는 것도 이 때문이다. 말하자면 나에게는 너무나도 비위가 없기 때문에 무엇이나 파고들만한 건강한 정신이 없는 것이요, 따라서 이런 나약한 성격이 현재 쓰고 있는 소설에 뒤따르기 때문에 여태까지 나는 이렇다고 내세울만한 작품 한편도 쓰지 못했다고도 할 수 있다. 그것은 나의 집필과정을 살펴봐도 알 수 있는 일이다.

우리나라 작가들도 대작을 쓰기 위해서는 산이나 바다를 간다는 이야기를 자주 듣는다. 요즘 돈벌이가 좋다는 시나리오작가나 드라마작가가 작품을 쓰자면 으레 호텔이나 온천을 찾는 모양이다.

이것은 집에서는 아이들이 시끄럽고 또한 찾아오는 손님도 있어

일이 제대로 진척되지 않기 때문이리라. 그러나 나의 경우는 아주 반대다. 알고 보면 이것도 내성적인 나의 성격 탓인 모양이다.

나는 별로 작품에 힘을 들여 쓰는 편도 못되지만 책상 앞에 앉고 나서도 공연히 시간을 허비할 때가 많다. 잡지를 훑어보기도 하고 쓰려는 소설의 지명을 조사한다고 지도를 펼쳐보기도 하고 지도에 그려진 철도를 따라 여행을 꿈꿔보기도 한다. 그러나 막상 붓을 들고 쓰는 이야기는 이런 일과는 전혀 관계가 없는 데서부터 시작한다.

붓을 들고 글을 쓰기 시작하고 나서도 나는 별로 자신을 갖고 써본 일이 없다. 대해(大海)의 편주(扁舟)같이 불안하기만 하다. 어디로 가는지 알 수가 없다. 이렇게 느껴지는 것을 보니 쓸데없는 것을 쓰고 있는 것이 아닌가. 이렇게 쓰다가는 결국 내가 쓰려던 것과는 딴 것을 쓰는 것이 아닌가. 그렇다면 다시 생각해봐야겠다고 붓을 놓고 산책을 나가기가 일쑤다.

이것은 자기가 하는 일에 자신이 없는 오히려 정신 박약증에 속하는 현상일지도 모른다. 이래가지고야 훌륭한 작품이 써지지 않는 것도 당연한 일이다. 소설은 여러 가지의 장면을 수없이 만들지 않으면 작품이 되지 않는다. 두 서너장 정도로 언제나 장면을 바꾸지 않으면 안 된다.

그 속에서 인물의 성격의 특징, 행동사상 같은 것을 드러내야 한다. 훌륭한 소설은 심리묘사 하나로 작품의 인물과 생활이 드러나 보인다. 마치도 산 위에서 넓은 벌을 굽어보는 것만 같은 느낌이다.

이렇게도 혼란이 없는 시원스러운 작품을 쓰자면 확고한 작가정신이 있어 무엇이고 부딪쳐나갈 결단력이 있어야 할 것이다.

그러면 나도 이런 작가정신이 있었던가. 내 소설의 배경이 되어오다시피 한 나의 무기력과 함께 다시 한 번 생각해봐야 할 일이다.

여행과 나

동인(東仁)선생은 평양에서 유명한 사람의 하나였다. 그렇다고 선생이 소설을 잘 쓴다고 이름이 난 것은 아니었다. 돈을 분한 없게 쓰는 사람으로서 유명했다. 동인선생이 지나가면 장삿길의 사람들이 '저 사람이 모자도 안 쓰고 서울 술 먹으러 간다는 사람이야' 하고 뒤에서 숙덕거렸다. 그것을 나는 어렸을 때 몇 번인가 들은 기억이 있다. 검은 양복에 길고 가는 동인선생이 역시 길고 가는 스틱을 가볍게 휘저으며 걸어가던 기억도 아직 남아 있다. 신사 같지 않으면서도 어쩐지 멋이 들어보였다.

그때는 평양에서 서울을 간다는 것은 대단한 여행이라고 생각하던 때이다. (실상 지금은 서울에서 평양이 지구에서 제일 먼 거리가 되었지만). 그러한 서울을 그러한 차림으로 옆집처럼 다닐 수 있다는 동인선생이 말할 수 없이 부러웠다.

'사람이 우글거리는 밤시장을 구경 나왔다가도 마음이 내키면 정거장으로 나가 기차를 타고 휙 서울로 올라가서 불이 환한 충무로(忠武路)를 걷다가 그것도 싫어지면 정거장으로 나와서 기차를 집어 타고 평양으로 휙 다시 내려오겠지. 그래두 나라면 우미관 앞의 5전짜리 우동 한 그릇은 먹고 올 터인데.'

동인선생은 이렇게도 나에게 꿈과 같은 생각을 하게 하면서 별천지에 사는 사람처럼 생각하게 하였다.

이런 어렸을 때의 기억은 아직도 어느 일부에 남아 있는 모양으로 지금도 가끔 그러한 흉내를 피우고 싶어지는 발작을 일으키곤 한다. 예를 들면 소설이라도 한 편 써서 원고료를 받아 넣으면 무슨 큰돈이나 생긴 듯싶어 나도 동인선생처럼 서울역으로 나가서 기차를 타고 싶어지는 것이다. 그러나 그것은 결국 마음뿐이다. 그 원고료로해야 할 일이 너무나도 많기 때문이다. 우선 쌀도 사야 할게고, 아이의 수업료도 줘야할 게고, 연탄도 들여야 할게고…… 당장의 급한 데를 메우자 해도 그 돈으로선 한참이나 모자라는 것이다. 그러니 여행은 언제나 한 셈치고서 참아버리고 마는 것이다.

그러나 실제로 그런 것을 모두 모르는 척하고 여행을 떠나는 것이 더욱 멋이 있다는 것을 모르는 것은 아니다. 예술가라면 마땅히 그래야 한다는 것도 나는 잘 알고 있다. 동서고금을 통하여 보아도 훌륭한 예술가들은 모두가 그랬다. 살림이니 뭐니 하는 그런 것에 붙잡혀가지고서 훌륭한 작품을 쓴 예란 도대체 없는 일이 아닌가. 옳은 말이다. 여행을 하자, 여행을 하자 그러면서도 못 떠나는 것이 여행이고 그럴수록 내가 이렇게 밤낮 너절한 소설만 쓰는 것이 그 때문이라고 생각하는 것이고, 그럴수록 더욱 자꾸만 여행을 못하는 울분증이 부풀어지는 것이다. 그러니 그 울분증도 결국 터질 때가 있는 모양이었다. 어느 날 나는 원고료를 받아 쥐고서 늘 생각만 하던 여행을 기어이 실행으로 옮길 수 있게 되었다. 말하자면 나도 동인선생처럼 거리에 차를 마시러 나왔던 기분으로 서울역에 나가서 차표를 살 수 있게 되었다. 이것으로서 나는 처음으로 나도 예술가가 되었다는 기분을 느껴보게 되었다.

내가 탄 기차는 '치치 광광 치치 광광'하면서 달리었다. 달리는 들창 밖으로는 산도 보이고 벌판도 보이고 때로는 강들도 보였다.

봄과 기차

봄이 되면 공연히 걷고 싶어진다. 물론 친구들과 명소를 찾는 것도 즐겁지만 혼자서 이렇다 할 방향도 없이 변두리거리를 싸다니는 것도 즐겁다. 서강으로 나가 봄바람을 맞으며 둑길을 걷는 것도 즐겁고 영등포쪽으로 나가 이상한 커피에 입맛을 다시고 시시한 영화를 보며 웃어보는 것도 즐겁다.

변두리에는 어수룩한 설렁탕 집이 있다. 혀 밑과 만하를 썰어 다려 가지고서 대포 한잔으로 얼근히 취해 돌아오는 맛도 무던하다.

지난 일요일 오래간만에 수색으로 나가 이른 봄의 오후를 즐겼다. 논두렁에 앉아서 보는 시골풍경은 어딜 보나 무엇을 보나 한가하고도 여유 있는 무거운 움직임으로 밖에 보이지 않는다.

어디선지 와서 어디론지 모르게 자꾸만 흘러가는 구름도, 짐을 이고 가는 시골아낙네도, 지붕 위에서 우는 닭도, 소달구지도 모두 한가스럽기 짝이 없다. 야단스러운 것은 신작로의 먼지를 피우며 달리는 버스뿐이다.

거기에 비하면 벌판을 달리는 기차도 한가해 보이기만 하다. 경의선(京義線)의 급행차로 달리던 옛날과는 달리 지금은 시골의 지선(支線)으로 변했으므로 더욱 그렇게 보이는지, 그렇지도 않으면 역시 넓은 벌판 속에서는 기차도 한갓 장난감으로밖에 보이지 않기 때문인지. 그래도 기차가 철로를 건널 때는 제법 요란스러운 소리를 낸다. 통일호나 태극호에 조금도 진배가 없다. 그것이 왜 그런지 공연한 허세를 부리는 것만 같아 우습기 짝이 없다.

"그래두 제법 요란한데."

나는 그렇게 혼자서 중얼거려봤다. 누가 옆에 있는 것도 아니지만 그러지 않을 수가 없었다.

그 열차가 점점 내 옆으로 가까이 왔다. 천천히 한가한 풍경과 아주 어울리게 덤비는 일 없이 느리게 굴러왔다. 바퀴가 구르는 것도 분명히 보이는 정도였다.

이윽고 차는 논두렁에 앉아있는 내 앞을 지나갔다. 갑자기 울음소리 같은 고함을 치며 연기를 확 내뿜었다. 그 순간 나는 가슴이 덜컥했다. 열차가 갑자기 무슨 울분을 내뿜는 것만 같았기 때문이다. 옛날엔 신의주까지 단숨에 달리던 기운을 갖고 있었는데 지금은 기껏 문산까지 달릴 수밖에 없는 것이 화가 난다는 것인지. 그리고 기관차는 거꾸로 끌리고 있었다. 나는 기관차가 저 꼴을 해갖고서는 아무리 소리쳐도 신의주까지 달리긴 틀렸다고 생각했다.

다음은 객차였다. 닫혀있는 유리창, 열린 유리창, 절반만 닫은 창, 아이들이 얼굴을 내민 창 등 가지가지였다.

어떤 창에는 신문을 펼쳐들고 읽고 있는 사람도 있었다. 캡을 쓴 그 사람은 초등학교 선생같이 보였다. 그러나 다른 창은 어떤 사람이 탔는지 잘 보이지를 않았다. 신문을 펼쳐들고 읽는 창은 신문의 흰 색이 반사되었기 때문에 그 사람의 얼굴은 분명히 보였다.

오후의 햇빛이 가득 찬 밝은 벌판을 기차가 달리므로 어두운 객차 안이 보이지 않는 것은 당연한 일이다.

다음으로 화물차가 달려 왔다.

화물차 속에는 무엇을 실었을까하고 생각해 봤다. 그러면서 문득 흰 분필로 소 두 필이라고 쓴 것을 봤다. 기차가 하도 천천히 가므로 그렇게 쓴 것도 볼 수가 있었던 것이다. 그러고 보니 약간 열린 문사이로 눈을 번득거리고 있는 젖소가 움직이고 있는 것 같았다. 나는 그 젖소가 혹시 미국에서 들여온 소인지도 모른다고 생각했다. 그렇다면 대단히 긴 여행을 한 것이다. 그러나 이제는 그 지루한 여행도 끝난 셈이다. 그 소는 어떤 농가를 찾아가게 될는지 물론 소도 궁금하려니와 나도 궁금하다.

다음은 무개화물차이므로 무엇을 실었는지 곧 알 수가 있었다. 재목을 가득 실었다. 옛날엔 문산 쪽에서 재목이 나오던 것이 요즘은 거꾸로 서울서 들어가게 된 모양인가? 그렇지 않으면 혹시 문산 부근의 미군부대에서 가져가는 것인지.

다음은 또 화물차였다. 그러나 문이 닫혀 있고 분필로 쓴 것도 없으므로 알 수가 없다. 무개차에 재목을 실은 것을 보면 시멘트라도 실었는지.

드디어 마지막 차량이 흔들거리며 달려왔다. 차장실이 달려있는 차량이다. 그래도 차장은 보이지가 않았다. 퍼런색과 빨간색의 신호 깃발만이 의자 위에 놓여 있었다. 객실에 차표 검사라도 간 모양인가?

그 차장실 창 밑에는 흰 페인트로 무엇이라고 쓴 것이 보였다. 그러나 글자가 풍화(風化)되어 잘 보이지를 않았다. 아마 열차의 이름을 쓴 것인지도 모르겠다. 그러나 아무리 천천히 가도 그 글자를 알아볼 수 없으니 열차의 이름을 알 수가 없다.

나는 그 열차의 이름을 뭐라고 했으면 좋을까 고 생각해 봤다.

'소', '거북' 그러나 그런 짐승같이 부지런히 가는 열차라면 문산에나 가서 한잠 자고 돌아설 것 같지는 않다. 그럼 잠 잘 자는 '토끼열차'라고나 해볼까.

이런 생각을 하고 있는 동안에 그 느림뱅이 열차도 어느덧 저 앞산 모퉁이를 돌고 있었다.

• 동요

어쩌구 어쩌다가

치근대는 당신을 죽게 싫어서
돌옷길 걷던 내가 말유
어쩌구 어쩌다가 모르는 사이
글쎄말유 지금엔
제일 좋은 당신이니 어쩐 일이유

어이없는 당신의 허풍소리에
코웃음치던 내가 말유
어쩌구 어쩌다가 모르는 사이
글쎄 말이유 지금엔
왜 이다지 알뜰한지 모르겠구려

주정뱅이 그것두 사람이냐구
흔들어대던 내가 말유
어쩌구 어쩌다가 모르는 사이
글쎄 말이유 지금엔
당신 입의 술냄새두 꿀맛같구려

논문 및 평론

• 논문

김이석 소설연구

변혜원(卞惠媛)

이 논문은 변혜원 씨가 작성 당시(숙명여자대학교 대학원 석사논문, 1985) 저에게 건넸던 것입니다. 그 얼마 후에 변혜원 씨는 작고하셨다고 들었고, 30여년이 흘러서 이 전집에 변혜원 씨 논문을 실으면서 변혜원 씨와 연고가 있는 분을 찾았으나 뜻을 이루지 못했습니다. 이러한 사실을 여기에 밝혀둡니다.

—심심한 감사를 표하며 ·박순녀

요약

김이석은 1938년 문단에 등단하여, 1950년대에 활발한 작품활동을 한 작가이다. 그는 독특한 작가적 특성을 가지고 다양한 작품세계를 전개시켜 왔음에도 불구하고, 그에 대한 연구는 거의 없는 실정이다.

이에 본고는 그의 작품세계에 대한 포괄적인 논의를 위해, 그의 단편을, 주제와 제재의 동질성 및 유사성에 따라 4가지 유형의 작품군으로 나누어 살펴보았다.

첫째 유형에서, 작가는 1938년, 신심리주의적(新心理主義的) 경향의 소설을 쓰면서 새로운 문학에의 시도를 모색했으며, 그후 월남하여 《실비명》을 발표함으로써 한국적 인정의 세계를 전개시키고 있다.

둘째 유형에서는, 자전적(自傳的) 제재를 형상화(形象化)한 소설을 다루었다. 작가는 소년시절과 청·장년시절을 거치는 동안 체험했던 일들을 모두 소설로 형상화하여 의식적인 재편성의 길을 걸었다고 할 수 있다.

셋째 유형은 전후의 세태를 리얼하게 그림으로써 그 시대적 삶의 다양성을 구명한 소설들이다. 이 계열의 작품들은 1) 전란의 후유증으로 인해, 가난하고 피해받는 여성의 삶을 중심으로 한 소설, 2) 실향 지식인의 경제적 고통과 고독을 그린 소설, 3) 전후의 어지러운 사회를 배경으로 대립되는 두 인물상을 통해, 서로 다른 삶의 양식을 표출한 소설 등으로 나누어 질 수 있다. 이 작품들은, 김이석 문학에 있어서 가장 핵심적이고 중요한 위치를 차지하여 그의 문학적 특질을 극명하게 보여준 작품들이다.

넷째 유형은, 진정한 애정논리를 주제로 한 것들이다. 이 소설들은 1950년대에 만연됐던 성개방(性開放)과 퇴폐적 향락주의의 세태에 반기를 들면서 건전한 애정윤리란 어떤 것인가를 보여 주고 있다.

이상과 같은 작품의 분석을 통해, 그는 현실에 잘 적응하지 못하고 방황하는 실향민이라는 인물을 설정하여, 그들의 삶의 모습을 잔잔하고 호소력 있는 문체로 전개시키고 있음을 알 수 있다. 그가 구사한 특유의 묘사법과 강한 향수를 불러일으키는 서민층에 대한 비애의 생활상은 짙은 페이소스를 유발케 하여, 카타르시스의 효과를 나타내게 한다.

우리 민족의 불행의 공통요인이었던 6·25를 겪은 후, 그의 작가적 시선은 시대현실의 어두운 면에 향해져 있는 것은 사실이지만, 그의 작가적 관심은, 담담하고 밝고 건강한 세계를 지향하고 있다.

이렇듯 1950년대에 그가 구축한 독특한 문학세계는 중요한 문학적 특질로 평가되어야 마땅하며, 올바른 문학사적 위치를 확보할 수 있도록 앞으로 보다 다각적이고 상세한 접근을 통해 김이석문학연구가 진행되어야 한다고 생각한다.

Ⅰ. 서론

1. 기존 연구의 검토

작가 김이석(1914~1964)은 1938년 단편 《부어(腐魚)》로 〈동아일보〉를 통해 문단에 등단하여 50~60년대초까지(정확히는 51년 월남 이듬해부터 64년 작고할 때까지) 활발한 작품활동을 한 작가이다.

김이석은 등단한 이래 장편 3, 단·중편 등 100여편의 소설을 발표했고, 아동을 위한 작품, 기타 에세이와 연구문 등, 다방면에 걸쳐 지속적인 창작활동을 했다.

그러나 이러한 활동에도 불구하고 김이석에 대한 평가는 거의 전무한 상태여서, 아직 단 한 편의 본격적인 연구논문도 없는 실정이다. 그는 1950년대에 왕성한 작품활동을 했는데, 같은 시기에 활동한 타 작가들과 비교하여 볼 때*[1] 그에 대한 논의는 거의 월평(月評), 서평(書評) 또는 특정 작품에 대한 단편적이고 피상적인 거론뿐이었다.

이제 생존 당시로부터 최근에 이르기까지 짧은 평론들이나마 그에 대한 논의의 양상을 살펴 그 허와 실을 분석해 보는 것은 김이석 문학연구에 필수적이라 할 것이다.

그와 관련된 최초의 논의는 1937년에 그가 참여했던 동인지 《단층(斷層)》에 대한 언급으로부터 시작된다.

---

*1 이 밖에도 박순녀 씨와의 대담에서 그는 희곡과 시나리오를 상당수 썼음을 알 수 있었다. 1985. 7.

1938년 최재서(崔載瑞)*2는 단층파 작가들과 그들의 경향에 대해 소개하면서 이 시기의 작가들은 1930년대 소설계에 등장한 심리주의적 경향에 매우 심취했으며 또한 그러한 사조(思朝)들 작품 속에 도입하고자 노력했다고 하고, 그러나 이 새로운 사조의 도입은 무리와 미숙을 보이고 있다고 평했다. 이 《단층》에 대한 논의는 후에 홍성암(弘成岩)*3에 의해 다시 거론되는 데, 그는 《단층》 동인들은 모두 평양출신이며, 당시 연희전문을 중퇴하고 〈동아일보〉의 신춘 문예 현상에 소설 《부어(腐魚)》로 입선한 바 있는 김이석이 그 중심 멤버였다고 밝히고 있다. 그리고 단층파 동인의 형성과 그 활동, 작품세계 그리고 문학사적 위치와 그 한계 등을 상세히 논하고 있다. 위의 연구들은 《단층》을 형성하고 있는 작가와 작품들의 공통된 특성만을 추출한 것으로 김이석과 그의 소설 자체를 개별적으로 분석한 것은 아님을 알 수 있다.

방기환(方基煥)*4은 단편 《빼꾸기》를 논하면서 김이석의 세련된 솜씨를 높이 사고 있다. 그러나 같은 작품에 대해 이어령(李御寧)*5은 이 작품이 좌우간 용이하게 읽혀 진다는 것 하나만으로도 수작이라고 할 수 있으나 지적이고 싸이콜로지컬한 내용을 정적이고 설명적인 문장으로 표현하고 있어 문장과 내용과의 균형이 맞지 않았다고 하고 있다.

유종호(柳宗鎬)*6는 《지게부대》와 《흐름 속에서》를 평하는 자리에서 이 두 작품들이 모두 1인칭 회상형식을 팽개치고 정면으로 냉혹

---

*2 崔載瑞 : 《단층파의 심리주의적 경향》 문학과 지성(인문사, 1938), pp. 98~112, pp. 181~187.

*3 弘成岩 : 《단층파의 소설 연구》, 한양대학교 대학원 석사학위 논문(1983. 12).

*4 方基煥 : 《새로움에 대하여–5월호 작품을 중심으로–》(문학예술, 1957. 6), p. 169.

*5 李御寧 : 《문장면에서 본 5월의 소설》(문학예술, 1957. 6), p.172

*6 柳宗鎬 : 《8월의 소설》(현대문학, 1960. 9), pp. 240~241.

한 사실적 필치를 가해서 전개해 봄직한 작품세계이지만 이 작가는 1인칭 문장과 작품전개, 구성면에 있어서 철저한 무난주의(無難主義)에 있다고 하고, 이것은 좋게 말하면 무리가 없다는 말이지만 짓궂게 말하면 상투적인 것이라고 했다. 그러나 설정된 작중인물들이 소박한 통념의 규격에 예외 없이 꼭 들어 맞는 철저한 무난주의이지만 이들 작품들이 권태 없이 읽히는 것은, 이 작가의 체온처럼 풍기는 엷은 페이소스가 발휘하는 담담한 호소력 때문이라고 했다.

또 이래수(李來秀)*7는 《실비명》에 대해, 이 소설에서 작가는 인정의 아름다움과 훈훈한 선의지(善意志)의 세계를 펼쳐 보이지만 그의 이러한 인정의 세계는 훈훈한 향취를 풍기면서도 그것 나름의 한계를 지닌다고 논했다. 즉, 김이석의 작품세계는 행동이 없는 파토스적인 휴머니티를 그리고 있으며 비판 의지가 배제된 소박한 현실추구의 세계라고 하고 있다.

그리고 윤병로(尹柄魯)*8는 《실비명》과 《빼꾸기》가 그 소재와 주제가 서로 다른 것이지만 그것에 저류되고 있는 것은 김이석의 고유한 휴머니즘이라고 규정하고 있다. 임헌영(任軒永)*9 역시 김이석의 작품들은 한국의 토속적인 인정미에 중점을 두었으며 이는 곧 현대적 휴머니즘과 맥락이 닿는 것이라 했다.

이상의 평들은 모두 문예지에 실린 1, 2장 정도의 짧은 월평들이거나 단편집과 문학전집의 뒤에 첨가된 해설들이다.

이형기(李炯基)*10 《동면》을 중심으로 좀 더 밀도 깊게 김이석론을 썼다. 그는 《동면》과 《빼꾸기》에 나타난 인간상을 논리적으로 분석해서 매우 긍정적인 시각으로 김이석의 문학세계를 바라보고 있다.

---

*7 李來秀 : 《토속적인 인정의 세계》(소설문학, 1982. 1), p. 237.

*8 尹柄魯 : 《한국적 휴머니즘의 세계》(삼중당, 1976), p.316.

*9 任軒永 : 《신한국문학전집》 김이석 편(어문각, 1980), p.535.

*10 李炯基 : 《김이석론—동면을 중심으로—》(문학춘추, 1964. 12), pp. 278~287)

이에 반해 구인환(丘仁煥)*[11] 은 김이석은 이제는 문학사적인 골동품이라고 결론 짓고 있다. 그 골동품은 안이한 휴머니티의 향취를 풍기고 있을 뿐이며, 그는 어떤 사물에 부딪쳐 위험을 느낄 때는 의례 촉수를 오므리고 안전을 느낄 때까지 그 자리에 머물러 있는 달팽이의 생리를 닮은 작가라고 비난하고 있다. 김이석은 현실에 대한 관심을 표시하지만 그것은 언제나 그가 칩거해 있는 밀실에서 내다보는 것이기 때문에 그때마다 안이한 자기의 세계에 도피해 밀도 짙은 현실을 의식하지 못하며, 따라서 그의 작품에는 서정이 깃든 안이한 휴머니즘의 상아탑 속에 찾아드는 인간상의 대열이 있을 뿐이요, 현실에서 그 무엇을 찾아 울부짖는 처절한 인간의 모습은 볼 수 없다고 평하고 있다.

그리고 최근에 와서 김영화(金永和)*[12]에 의해 짤막하나마 그에 작품 전반에 걸친 논의가 시도되었다. 그는 김이석의 단편들을 유형별로 나누고 등장인물을 분석하고 있다.

이상과 같은 제가들의 견해를 검토해 볼 때 이들의 평가는 대체로 몇몇 작품만을, 즉 《뻐꾸기》《실비명》《동면》《흐름 속에서》《지게부대》만을 대상으로 한 단편적인 논급임을 알 수 있다.

그리고 그에 대한 일반적인 평가는 한국의 토속적인 인정의 세계를 그리고, 짙은 페이소스가 깔린 휴머니즘을 표출해 내긴 했으나 밀도 짙은 현실을 의식하지 못하고 안이하고 소극적인 인간상만을 그리고 있다는 것이 비난의 초점이 되고 있는 것을 알 수 있다.

2. 연구목적 및 방법

김이석에 대한 전반적이고 체계적인 연구가 영성(零星)하다는 것은

---

*11 丘仁煥 : 《한국근대 소설연구》(삼영사(三英社)), pp. 347~349.

*12 金永和 : 〈지식인의 초상〉, 《현대작가론》(문장, 1983), 6. pp. 142~143.

어느 면에서는 그의 작품들이 그만큼 한계성을 지니고 있기 때문이라고도 할 수 있다. 그러나 그의 소설들이 1950년대의 각박한 시대적 상황하에 씌어 졌다는 것을 지나치게 의식하고 그러한 시대에 대처해 나갈 수 있는 적극적인 행동이나 사상이 요구됨에 따라 그렇지 못한 그의 작품들에 대해 평자들이 일말의 가치를 두기를 주저하고 있다고도 할 수 있다. 즉 한국의 문학작품연구에 있어 연구자들의 어떤 선호경향과도 무관하다고 만은 볼 수 없을 것이다.

지금은 우리 현대문학, 더 범위를 좁히자면 현대소설에 대한 사적(史的) 정리가 이루어져야할 때다.*13 그러기 위해서는 우선 작가론과 작품론 등 작가와 작품에 대한 활발한 연구와 비평이 있어야 할 것이다. 현대문학의 경우, 작품론 또는 작가론은 비평이나 문학연구에 상당한 비중을 차지하고 있기 때문이다.

문학의 사적정리가 어느 특정 작가에 대한 연구만으로 이루어지는 것이 아님은 자명한 사실이다. 미발굴된 혹은 발굴되었어도 부당한 평가를 받고 있는 작가들에 대한 정당한 평가가 총체적으로 선행되어야 한다고 생각한다.

본고는 이러한 전제 아래 출발한다.

김이석의 작품을 점검하고 나름대로 분석해 그의 문학의 본질을 규명하여 그의 문학적 성과를 알아보고 새로운 평가를 내리는 데 미흡하나마 보탬이 되고자 한다.

본 연구는 우선 크게 3부분으로 나누어 접근을 시도해 보고자 한다.

첫째로, 김이석 문학연구를 위한 예비적 고찰에서는 작가의 생애와 1950년대의 시대적 배경과 문단적 상황을 다루었다. 생애를 고찰한다는 것은 이 작가에게 있어서 특히 중요하다. 물론, 본 논문의

---

*13 金永和 : 위의 책. p. 143.

핵심은 작품의 분석에 있고, 웰렉이 경고한 바, 비평에 있어서 전기는 어떤 결정적 요인이 되지는 않는다*[14]는 점을 충분히 고려하더라도 그의 작품세계를 다룰 때 그의 전기적 제정보가 중요한 몫을 차지하는 것은, 그에게 있어서 생의 사소한 체험 하나하나가 곧 문학, 즉 소설로 형상화되었기 때문이다. 그에게 작품의 소재와 작가의 체험이 밀착된 자전적 요소의 소설이 많은 것도 그의 문학의 특성 중의 하나라고 생각하고 생애의 본격적인 고찰을 시도해 보았다. 또한 1950년대의 시대적·문단적 상황은 특별한 의미를 갖는다고 할 수 있다. 김이석이 1938년에 등단했다고는 하나, 그 당시 발표된 단편은 소수에 불과하고, 1950년대가 그의 주 활동시기라는 점은 차치하고라도 1950년대엔 6·25전쟁이 있었고, 모든 가족을 북에 두고 월남한 실향민으로서 그가 갖는 실향의식은 그의 작품에 큰 근간을 이루고 있기 때문이다.

둘째로, 작품분석에 있어서는 그의 단편을 중심으로 다양한 작품 양상을 전개시켜 나갔다.

---

*14 René welleck & Austin Warren : 《Theory of Literature》, penquin Books, London, 1966. p. 80.

Ⅱ. 김이석 문학연구의 예비적 고찰

1. 작가의 생애

김이석은 1914년 7월 16일 평양시 창전리 89의 22에서 부 연안(延安) 김씨(金氏), 치화(致和)와 모 이득화(李得和) 사이의 4남 3녀 중 차남으로 태어났다.

> 그는 자기가 살던 거리를 다시 걷기가 싫어서 북쪽 길을 걸어 시청 앞으로 내려왔다. 그러고는 목적 없이 걸어가다가 무너진 미카도 앞을 지나 남문 시장 앞에 와서 술집이 눈에 띄는 대로 들어가 앉았다. 그는 주인이 부어 주는 대포를 쭉 단숨에 들이켰다.*15

1950년 6·25를 배경으로 아비규환의 평양을 다루고 있는 그의 단편소설 《광풍 속에서》에 나오는 〈무너진 미카도〉는, 김이석 부친의 소유였던 평양에서 손꼽히는 상가빌딩이었다.

'수만석을 했을 것'이라는 이 부잣집의 차남으로 태어난 그는 남부럽지 않은 어린 시절을 보내고 1921년(7세) 종로보통학교에 들어갔다. 이때의 그는 재담군으로서의 소질을 보여주어 때로는 친구들과 거짓말도 정말인 것처럼 태연히 말하고는 했다.

그러나 그의 성격은 결단성이 없었고 소극적이었다.

---

*15 김이석 : 《광풍속에서》. 삼중당

어렸을 때 나의 별명은 '떼끼베스'였다. 어떻게 생긴 말인지 모르지만 그때 우리들 사이엔 쫓겨났다는 뜻으로 통했다. 나는 아이들 틈에 잘 끼이지를 못하고 늘 외톨로 놀았기 때문에 이런 달갑지 못한 별명을 받게 된 것이다.

이밖에도 나는 부끄럼을 잘 타고 내성적이고 마음이 약해 울기도 잘하는 하나도 자랑할 만한 성격이 못되었다. 이러한 성격은 오십이 지난 지금에도 남아 있다. 나는 다섯 사람만 있는 앞이라면 제대로 입을 떼지 못하고 처음 만난 여자한테는 십오륙세의 소년처럼 얼굴을 붉히는 것이 사실이다.

연설을 질색하는 것도 이 때문이요, 〈홍도야 우지마라〉는 값싼 비극에 잘 우는 것도 이 때문이요, 남처럼 친구를 잘 사귀지 못하는 것도 이 때문이다.*16

위의 글은 작가 자신의 성격을 단적으로 말해주는 것이며 이런 성격은 그의 작품세계에서 제한된 소재를 갖게 된 중요한 요인이 된 것 같다.

김이석은 12세 되던 해 동요 〈돌배나무〉를 지어 주위 사람들의 칭찬을 받았고, 곡조가 붙어 노래로도 불려졌다. 1928년 평양 광성고등보통학교에 입학해 33년 졸업했는데 학교시절에는 운동으로 축구를 좋아했다고 한다.

나는 중학을 나오던 그해 북경을 갈 생각으로 북경대학에 수속까지 했던 것이다. 그것이 돌연 형님이 맹장염으로 돌아가게 되자 열아홉 살의 소년으로 형님이 경영하던 옵셋 공장의 주인님으로 주저앉는 수밖에 없게 되었다. 그때 평양엔 옵셋이 한 대

---

*16 김이석 : 《나의 소설의 배경—김이석씨 유고에서—》(서울신문, 1964. 9. 29).

밖에 없었으므로 늘 밤일까지 해도 맡은 일을 해치우지 못하는 형편이었다. 그렇다 해도 나로서는 그것이 귀치 않았을 뿐이었고, 저녁만 되기가 무섭게 공장 일을 서사(요즘은 지배인이라 하겠지만)에게 맡겨 버린 채 서문통 네거리에 있던 태양서점(太陽書店)을 찾아 가곤 했다. 그곳에는 언제나 악우 네다섯 명이 머리를 마주대고 둘러 앉아서 문학이야기에 열중해 있었다.*17

이렇듯 갑작스런 형님의 죽음으로 학업을 중단하고 집의 일을 돕던 그는 3년이 지난 1936년(22세), 상경하여 연희전문 문과에 입학했다. 그러나 부유한 데다가 기독교 신자의 개화한 집안에서 공부를 더 할 수 있었음에도 불구하고 그는 "시시하기 때문에"*18 38년 연전을 중퇴했다. 그리고 〈동아일보〉에 단편 《부어》가 입선했던 것을 전후해 열심히 소설 쓰는 데 전념했다.

그는 같은 해 평양에서, 구연묵(具然默)·김조규(金朝奎)·유환림(兪桓林)·양운한(楊雲閒)·김화청(金化淸)·김성집(金聖集) 등과 함께 동인지 《단층》을 발간하고 여기에 《감정세포(感情細胞)의 전복(顚覆)》과 《환등(幻燈)》을 발표했다.

1940년(26세), 조선곡산주식회사 연구실에 근무했으며, 1941년(27세)에는 평양 명륜여자상업학교 교사로 취임했으며 최순옥(崔順玉)과 중매결혼을 했다.

그 뒤 해방을 맞이했으나 분단된 상황하에서 공산주의자들과 월북파가 주름을 잡았던 그 시절, 대부분 단층파 사람들은 칩거의 나

---

*17 김이석 : 《작가로 세상에 나오기까지—꿈꾸던 시절의 회상—》. 발표 연대 미상.

*18 김이석의 죽마고우인 이근배(李根培) 씨에 의하면 "이 무렵 나는 일본에 가 있었는데 어느 방학 때 김이석을 만나니 학교를 그만두었다고 했다. 그 이유를 물으니 시시하기 때문이라는 것이었다. 부유하고, 기독교 신자의 개화된 집안에서 공부를 더 할 수 있었음에도 그는 그것을 마다했던 것이다."

날을 보내고 있었다. 김이석도 예외는 아니었는데 단 하나 농민·농촌을 다룬 희곡 〈소〉를 써서 공연을 가졌다. 그러나 만 하루만에 이데올로기가 약하다 하여 공연금지를 당했다.

해방 후, 그는 북에서 소설도 희곡도 몇 편은 아니지만 썼다. 작품을 안 쓴다는 데서 거기 '문예총'에서 많은 구박과 차별대우도 받았다.

이런 구박 속에서 쓴 희곡 〈소〉가 상연되자 두 가지 의미에서 화제를 일으켰다. 하나는 작품이 좋다는 것이고, 하나는 작품내용이 반동적이란 것이었다. 그 재치 있고 어딘가 구수하던 〈소〉는 드디어 첫 날의 상연을 본 채 금지를 당하고 말았던 것이다. 그들은 이렇게 해서 그의 붓을 꺾었고 글 쓸 길을 막아버렸던 것이다.*19

그러나 이 작품으로 김이석은 다소 유명해졌다.

1946년(32세)에는 평양 예술전문학교 강사를 지냈으며, 36세 때 6·25를 맞게 되었다. 그는 50년 말의 후퇴 때 서울에 왔다가 1951년 1·4후퇴로 다시 대구까지 내려갔다. 평양에서는 시내와 시외가 교통차단이 되어 있었으므로 시골로 피란을 가 있던 그의 가족들은 만나볼 틈도 없이 황급히 두 아우와 함께 남으로 길을 재촉했던 것이다. 그 해 6월에 육군 종군작가단에 입단해, 중부전선에 배치된 그는 종군작가로 활약을 했다.

1952년(38세), 전란 속에서 《실비명》과 《소녀 태숙의 이야기》 등을 발표했으며, 1953년(39세), '문학예술지'의 편집위원과 성동고교 교사직에 있으면서 《악수(握手)》《분별(分別)》 등 일련의 작품을 발표했다.

1956년(42세), 단편집 《실비명》을 발간하고, 제4회 아세아자유문학

---

*19 원응서(元應瑞) : 《늘 웃던 그 얼굴…… —김이석을 보내며—》(동아일보, 1964. 9. 22. 화).

상을 수상했다. 그는 《실비명》을 발표하고부터 꾸준한 창작생활을 해 1957년(43세), 《아름다운 행렬(行列)》을 〈조선일보〉에 연재할 무렵, 가장 왕성한 창작의욕을 보였으나, 실상 환도한 후의 그의 생활은 자취 또는 하숙으로 후암동, 을지로 4가 등을 전전한, 가난에 쪼들리고 무궤도한 생활의 연속이었다.

> 내가 그를 안 것은 56년께 명동의 살롱 동방(東邦)에서 친구 시인 구상(具常)을 통해서였다. 아세아자유문학상을 타기 전이었는데 북아현동에 있던 그의 창고같은 하숙에 그는 겨울에도 불도 때지 않은 냉방에 웅크리고 있기가 일쑤였다. 그러나 외출할 때의 모습은 단정한 스타일리스트였다.*[20]

그의 후기 친우였던 석영학(石榮鶴)의 이 말은 가족을 이북에 두고 홀로 월남한 뒤의 김이석의 인생의 깊이를 재 볼 수 있었던 사람이었다고 했다.

이 시기 김이석은 화가 이중섭(李仲燮)과 무척 막역히 지내면서 그의 그림을 관리하고 그것을 팔기도 했으며 이중섭이 정신분열증으로 근1년 동안이나 서대문적십자병원에서 치료를 받을 때에도 물심양면으로 그를 도왔다. 그림을 무척 좋아하고 또 조예가 깊었던*[21] 김이석은 이중섭이 1956년 9월 6일 세상을 떠나자 '1백년에 하나 날까 말까한 화가가 죽었다'고 애통해 했다고 한다.

1957년 5년간 나가던 성동고등학교의 강사생활을 끝내고 이번에

---

*20 석영학(石榮鶴(57) : 친우. 현대경제논설 위원.

*21 필자와의 대담에서 박순녀 씨는 "김이석 씨는 그림을 좋아하여 그림에 대해 상당한 전문적인 지식도 갖고 계셨으며, 고 이중섭 화가와의 우정은 각별한 것이어서 1958년 9월 6일 고 이중섭 화백의 2주기에는 〈소의 화가에의 추상〉–중섭형을 생각하며–라는 애도의 글을 신문에 게재한 적이 있다"고 했다.

는 마포구 현석동 177번지 옛 대원군 별장이던 집 한 구석에서 자취를 하며 원고료로 생활을 꾸려갔다.

1958년 6월 그는 박순녀와의 결혼으로 무질서하고 불안정하던 생활을 청산하고 안정을 얻게 되었다. 서대문구 문화촌에 새 집도 마련하고 의욕적인 작품활동을 계속해 〈민국일보〉에 장편 《흑하(黑河)》를 연재하며 《지게부대》《흐름 속에서》《동면》 등을 발표했다.

장편역사물에도 손을 대기 시작한 그는 후기 작품활동은 주로 신문소설에 주력해 상기 연재 작품 외에도 1962년(48세), 〈한국일보〉에 장편 《난세비화(亂世飛花)》로 대중의 인기를 끌었다. 이 작품이 끝나자 한국일보의 자료수집비를 얻어 〈대원군〉 구상과 자료수집차 강화도에 다녀오는 등 동분서주하기도 했다.

1964년(50세)에는 제2단편집 《동면(冬眠)》을 발간했다. 그리고 같은 해 9월 18일 장편 역사소설 《신홍길동전(新洪吉童傳)》을 집필하던 중 하오 5시경, 2회분을 써 놓고 기지개를 켜다 과로 끝에 긴장이 풀려 고혈압으로 쓰러졌다. 그리고 6시 40분께 영원히 세상을 뜨신 것이다.

사후, 생전의 문학업적에 의해 제14회 서울시 문화상이 수여되었다.

2. 시대적 배경과 문단적 상황

1948년 8월 15일, 정부가 수립된 뒤 한국문단은 차츰 자리가 잡혀가기 시작했다. 이때부터 좌익은 지하로 들어가게 되었는데, 49년 여름에 이들 지하세력을 일망타진하자, 비로소 모든 문화기관을 우익이 쥐게 되었다.

이 해 8월 모윤숙(毛允淑)·김동리(金東里)·최정희(崔貞熙)·서정주(徐廷柱)·조연현(趙演鉉) 등을 중심으로 순문예지인 《문예(文藝)》가

창간을 보게 되고 '백민(白民)'도 '문학(文學)'이라 개제되어 나오게 되었다. 그리고 동년 12월 17일에는 뿔뿔이 흩어졌던 문인들을 망라해 〈한국문학가협회〉가 결성을 보게 되어 문단은 바야흐로 정돈기에 접어들게 된 것이다.*[22]

그러나 이렇게 바야흐로 본궤도에 접어 들려고 하는 찰나, 1950년 온 민족의 비극인 6·25가 터지고 말았다.

6·25로 인해 겨우 싹터오던 작가들의 창작의욕은 다시 한 번 참담한 좌절을 겪게 되었고 펜대를 쥔 손으로 전선에 뛰어 다니고, 대구·부산 등지의 고된 피란살이에 고초를 겪어야 했으며, 혹은 죽음을 피해 지하로 숨고, 또 적지로 끌려가 목숨을 잃기도 했다.

9·28수복으로 서울에 되돌아온 일부 문인들이 문인들의 생사 여부를 확인하기 위해 교부한 '한국문협' 입회서에 의해 밝혀진 결과를 보면, 우선 춘원(春園) 이광수(李光洙)·안서(岸曙) 김억(金億)·회월(懷月) 박영희(朴英熙)·파인(巴人) 김동환(金東煥)·청천(聽川) 김진섭(金晉燮) 등 한국신문학의 장로급 대가 5명이 납치되고 20대 신인 홍구범(洪九範)·이종산(李鍾山)·김성림(金聖林)은 피랍 도중 학살되었으며 김영랑(金永郎)은 입경(入京)하는 국군을 맞아 너무 일찍 거리에 나왔다가 유탄을 맞고 생명을 잃는 등 많은 비극이 있었던 것이다.*[23]

적치중(赤治中) 임화(林和)와 어울린 정지용(鄭芝溶)·김기림(金起林)은 패퇴하는 북한군을 따라 북으로 타의반 넘어갔고, 오영진(吳泳鎭)·조지훈(趙芝薰)은 진격하는 국군을 따라 북진, 평양서 '북한문총'을 조직, 북의 문인들을 수습했다. 1·4후퇴 때 이들 북의 문인들은 속속 남하, 자유를 찾아 대구·부산으로 내려왔으니 김이석(金

---

*22 천이두(千二斗) : 《공백(空白)으로부터의 재건(再建)》(현대문학 124호. 1965. 4), pp. 28~29.

*23 김병익(金炳翼) : 《한국문단사》(일지사, 1973), p. 203.

利錫)·강소천(姜小泉)·함윤수(咸允洙)·박남수(朴南秀)·원응서(元應瑞)·양명문(楊明文)·임옥인(林玉仁) 등이 그들이다.

이들 북의 문인들을 획득한 것은 큰 행운이라 할 수 있으나, 그들은 월남한 뒤 다른 문인들 보다 더욱 어렵고 고달픈 피란생활을 해야만 했다. 피란시절의 문인들은 대부분 대구와 부산에 집중해 있었다. 3군의 종군작가단을 중심으로한 대구문단은 대개 염상섭·이무영 등 기성 작가들로 구성되었으며 주로 《전선문학(戰線文學)》을 거점으로 활동했다. 1952년 4월에 간행된 《전선문학》은 주로 육군 쪽의 종군 작가단의 소설가들에 의한 것으로서 김이석·박영준·김팔봉·박목월 등이었다. 한번 마해송을 중심으로 한 공군 작가단은, 조지훈·황순원·김동리 등이 활약하며 《창공》이란 잡지를 발간했다.*24 이들은 종군 보고, 강연, 문학의 밤 등으로 문단 활동을 계속하면서 군에서 지급하는 식량 기타의 배급에 의지해 살고 있었고, 신문·잡지사를 따라 몰려든 부산문단은 100만을 돌파하는 인파 속에서 끼니와 잠잘 곳을 때마다 걱정하면서, 한 푼 생기면 갈라 먹는 우정과 몇 달 만큼씩 걸러 나오는 《문예(文藝)》·《신천지(新天地)》·《문화창조(文化創造)》·《자유세계(自由世界)》·《자유공론(自由公論)》·《문학예술(文學藝術)》 등의 부실한 고료에 기대고 있었다. 이 부산문단의 사정은 오히려 대구보다 더 고된 형편이어서 신문·통신사 혹은 바라크와 다름없는 잡지사 사무실에 책상을 모아 5, 6명이 떼지어 자거나 어쩌다 방을 얻은 동료 문인집에 체면불구하고 끼어 들어가 새우잠을 자는 것이었다.*25

이같은 간난의 생활은 서울로 환도할 때까지 계속 이어졌다. 불과

＊24 김윤환(金允桓) : 한국의 전쟁문학 《우리 문학의 넓이와 깊이》(서래헌, 1979) pp. 301~302.

＊25 고은(高銀) : 1950년대

10년전 일제의 탄압 밑에 붓을 꺾고 혹은 징용과 징병을 피해야 했던 문인들은 좌·우익의 싸움을 거쳐 이제 다시 자신의 문학과 가정을 핍박하는 현실 앞에서 분노를 지나쳐 비장한 허망 속으로 빠지지 않을 수 없었다.*26

이같은 허무와 폐허 의식은 비단 문인들 뿐만 아니라 우리 민족 구성원 모두에게 공통된 의식이었다. 이것이 6·25가 갖는 가장 큰 비극이라 할 수 있다.

> 민족은 역사상 그 유례가 드문 피해를 입었다. 민족사회 구성원의 10%를 그 짧은 기간에 잃었다. 그리고 10만명의 고아, 30만명의 전쟁 미망인, 40만명의 불구자, 약 600만의 고향 잃은 피란민을 만들게 되는 것이다.*27

즉 6·25의 결과는 위와 같은 적의 인명피해 180만, 유엔군 측 33만, 전비 150억 달러라는 외면적으로 나타난 상흔 뿐만 아니라 구성원들의 의식세계에 미친 정신적인 충격이 더 컸다고 할 수 있다.

이 6·25라는 전쟁과 그 후유증이 과연 어떠 했는가를 물을 때, 이 질문에 대한 문학 쪽의 답변은 바로 문인들이 하고 있고 그것을 소위 한국의 전후문학이라 할 수 있을 것이다.

이러한 전후소설은 (1) 전쟁 자체의 고발, (2) 기지촌 주변의 증언, (3) 피란민의 문제점, (4) 제대 군인 문제, (5) 뿌리 뽑힌 생활인의 문제 등으로 주제가 나누어 지며,*28 보다 광범위하게 전후소설을 형성하고 있는 의식과 상황, 또 그것을 예술화하는 기법과 관련시켜

---

*26 김병익(金炳翼) : 같은 책 pp. 208~209.

*27 이상우 : 《남북한관계》(현대사. 1980. 가을) p. 175.

*28 김윤식(金允植) : 같은 책, p. 304.

보면 대체로 다음 세 가지 경향으로 나누어 볼 수 있다.*29

(1) 전통적인 생활의식을 전통적인 소설미학으로 형상화하려는 경향.

(2) 전통적인 소설기법으로 6·25의 상황에서 인간을 탐구하려는 경향.

(3) 전후의식을 새로운 소설기법으로 수용하는 경향.

(1)에 속하는 일련의 작품들은 그 테마에 있어서 결코 새로운 것도 아니며, 따라서 그 수법에 있어서도 아무런 새로운 실험을 찾을 수 없다. 그러나 살벌하고 암담한 탁류 속에서 마멸되어 가는 인간의 미덕을 되찾으려고 끈덕지게 노력하는 것이 그 기본 자세라 할 수 있다. 모두가 절망적 사변과 웅변을 토로하고 있는 속에서 새로울 것도 없는 전통의 세계에 안착해 끝내 낙천적·긍정적 자세를 견지한다는 것은 그 자체가 현대적 의의를 가지고 있는 것이라 할 수 있다.

(2)는 근대소설의 전통적인 소설기법인 리얼리즘에 의해 6·25의 소용돌이를 겪은 한국적인 현실에서 삶의 의미를 추구하고 절규하는 인간상을 부각하고 있다.*30 현실이 부정적일 때, 그리하여 그 속에서 작가가 긍정적인 아무것도 기대할 수 없게 될 때 그는 그러한 현실에 대해 곧잘 심판과 고발의 의지를 발휘하게 되는 것이다.

(3)은 새로운 전후세대들의 작품의 특질로써, 기성에 대한 철저한 불신, 전통의 단절을 내세워 기존의 것에 대한 반역, 혹은 저항의 모습을 드러낸다. 그들은 그들 세대에 깊숙이 침윤된 실존주의적 감수성으로 전쟁이나 그 이후의 극한상황을 의식의 흐름, 상황성, 우화적

---

*29 구인환(具仁煥) : 《한국근대소설연구》(삼영사, 1977), p. 279. "그러나 전후소설의 경향이 이렇게 확연하게 분류되거나 등식화되는 것은 아니다. 그것은 전후소설의 세 경향이 상호침투하고 흡인해 다양한 양상을 나타내고 있기 때문이다."

*30 구인환 : 같은 책. p. 375.

인 기법 등 혁신된 기법으로 작품을 썼다.

이렇듯 뚜렷하진 않으나, 기성세대와 새로운 전후세대 간의 사이에 나뉘어지는 인간상이나 주제별 유형은 전쟁의 체험적 다양화 때문일 것이다.

하나의 역사적 사건에 대한 인식은 그 사건 당시의 관찰자의 세대에 따라 달라질 수도 있고 그 사건과 그것을 인식하게 된 시간적 거리에 의해 바뀌게도 된다. 그러므로 6·25와 그 이후의 소설들에서 민족상잔의 전쟁과 분단의 상황을 받아들이는 의식의 광범한 편차에도 분명히 이러한 시간적 향수가 크게 작용하고 있다고 할 수 있다.*31 그러므로 작가의 어느 시기에 1950년대의 삼엄한 철조망을 뚫고 지나 왔는가를 안다는 것은 그의 문학을 이해하는 데 중요한 열쇠가 될 것이다.

물론 50년대 소설의 6·25인식은 기성세대로부터 새로운 전후세대에 이르기까지 그 세대적, 따라서 의식적 편차에도 불구하고 우리 민족의 일방적인 수난사였다는 범주로 수렴될 수도 있을 것이다.

그러나 30년대에 문단에 등장해 해방의 감격도 잠시, 30대 후반에 청천벽력처럼 6·25를 맞은 작가들, 특히 월남한 작가들에게 있어 이 전쟁은 곧 이 세계의 일대 재난이었고, 그것은 삶의 근거의 상실을 뜻하는 것이었다.

결국 50년대의 전체 상황을 압축적으로 설명해 줄 수 있는 하나의 단어는 6·25였고, 그 6·25로 인해 모든 것을 잃어버린 '상실'의 시점에서 김이석의 문학세계가 구축됐다고 볼 때, 6·25전쟁은 김이석 문학을 있게 하는 데 결정적 의미가 되는 것이다.

---

*31 김병익(金炳翼) : 《상황과 상상력, 문학과 상상력》(1979) pp. 14~15.

Ⅲ. 작품세계의 전개양상

1. 새로운 문학의 시도와 인정세계로의 전개

김이석은 월남 후 10여년에 걸친 작가생활을 통해 다양한 세계를 보이고 있다. 그러나 그 전에 1938년 《단층》이란 동인지에 처음으로 소설을 쓸 당시부터 그는 뚜렷한 작가적 경향과 의식을 갖고 있는 점이 큰 특색이라 할 수 있다.

그 무렵에 일본에는 행동문학이라는 것이 새로이 프랑스에서 수입되었을 때라 우리들도 그러한 문학에 관심을 갖게 되었던 것도 사실이다. 그 행동문학이라는 것은 그 후에 자취조차 없이 사라지고 말았지만 '슐리아즘'의 반항으로서 '프로이드'와 '베르그송'의 의식활동을 존중하던 것이 어렴풋이 기억에 남는다.*32

위 대목을 보면 그는 우리 문단에 해외문학파들이 중심이 되어 《월간문학》이 발간되던 당시 의식활동을 존중하던 행동문학에 심취하고 있었음을 알 수 있다. 그 후로 우리 문단은 프로문학이 쇠퇴해 짐에 따라 인본문학이니 세태문학이니 가지각색의 문학이 흘러들며 혼돈과 동요를 일으키게 되자 순문학도 반성과 재건을 생각케 되었다. 그러면서 '구인회'가 생기고 그 기관지인 《조선문학》이 나오게 되자 문학은 다시금 활기를 띄우기 시작하면서 신인들의 새로운 경지에 많은 기대를 갖게 되었고 또한 그 시대를 전후해 이상(李箱),

*32 〈나의 창작 역정—동인지 단층에서—〉(서울신문. 1959. 5. 28).

김유정(金裕貞)을 비롯한 많은 작가가 나왔으며 동인지도 역시 이때가 전성기였다고 할 수 있다. 《삼사문학(三四文學)》《시인부락(詩人部落)》《풍림(風林)》 등과 거의 보조를 같이 하여 《단층》도 세상에 나오게 된 것이다.

그때에 우리가 지명(誌名)을 《단층》이라 붙인 것은 별다른 의미가 있는 것은 아니었다. 그것을 구태여 설명하자면 새로운 문학으로서 문학과 층계를 지어 보겠다는 의도였다고나 할는지……*33

이상에서 《단층》의 형성목적을 알 수가 있다. 즉 1930년대 중반기부터, 우리나라에서는 그때까지 주류를 이루었던 사실주의소설에 대한 새로운 반성과 자각이 일기 시작했는데, 이는 시대환경의 빠른 변화와 인간생활의 다원화로 인간의 객관적 사실만의 표현으로는 인간의 완전한 참모습을 드러내 보일 수 없다는 한계를 깨닫게 된 것이며 이런 반성과 자각에서 처음으로 시도된 것이 의식의 흐름을 다룬 소설인 것이다.*34

김이석이 《단층》에 발표한 《감정세포(感情細胞)의 전복(顚覆)》과 《환등(幻燈)》 역시 이러한 의식의 흐름을 다룬 심리주의적 경향의 소설들이라 할 수 있다.

그 후 《단층》은 오영진(吳泳鎭)을 통해 서울 박문서점(博文書店)에서 일체의 경리를 맡아 오던 중 일제의 강압으로 말미암아 우리나라의 모든 언론기관과 함께 《단층》 역시 폐간되고 말았다. 그 후 6·25가 발발하자 국토 분단의 비극으로 단층의 동인들은 북한 땅에 갇힌 채 넘어 올 기회를 잃어 버렸으므로 작품활동은 커녕 생사조차 알 길이 없게 되었다.

---

*33 서울신문 1959. 5. 28.

*34 홍성암(洪盛岩) : 같은 책, p. 13.

단층파 작가 가운데서 해방 이후까지도 작품활동을 계속한 사람은 김이석 한 사람 뿐이며 그도 《단층》의 폐간 이후 창작활동은 중단되어, 월남하여 《실비명》을 발표할 때까지 15년 동안의 공백시기를 갖게 되는 것이다.

이러한 공백시기 후 그는 한국적인 인정의 세계를 표출시켜 나가게 되는데, 본격적인 작품의 분석은 다음과 같다.

《실비명》은 김이석이 월남한 후 처음 발표한 작품이며 그의 대표작이라 할 수 있다.*35

> 평양 모란봉 기슭인 진위대 마당에서 연년이 시민 대 운동회를 열던 일도 생각해 보면 이미 삼십여 년 전의 옛일이다. 그때 경기 중에선 장애물 경기가 제일 볼 만했지만 역시 인기의 촛점은 마라톤이었다. ……(중략)……그 해 어느 핸가 권번의 인력거꾼이 마라톤에 삼등을 했다. 그것이 바로 덕구였다.*36

이렇게 시작되는 《실비명》은, 일제 치하의 평양을 배경으로, 홀아비이며 가난한 인력거꾼인 주인공 '덕구'와 그의 외딸 '도화'의 삶을 그리고 있다. 그는 '도화'를 여의사로 만드는 것을 유일한 희망으로 삼고, '인력거를 끄는 것'도 '독신으로 사는 것'도, '그렇게 먹고 싶은 술을 절주하는 것'도 그리고 '다달이 저금해 나가는 것'도 그 희망을 위해서라고 생각한다.

> 그렇다고 그는 딸을 의사 공부를 시켜 호강을 하겠다는 그런

*35 이래수(李來秀)·윤병노(尹柄魯)·임헌영(任軒永) 등의 평자들이 《실비명》을 김이석 문학의 대표작이라 꼽고 있다.

*36 《실비명》(정음사, 1973), p. 6. 이하 같은 출전의 반복되는 인용은 본문에 면수만 기록하기로 함.

마음에서 그런 것도 아니었다. 그저 지금 기생의 인력거를 끄는 대신, 의사가 된 딸의 인력거를 끌어 보겠다는 단순한 그 마음이 었다.(p.8)

그러나 이렇듯 맹목적이고 헌신적인 부정(父情)은 차츰 허물어져 간다. '도화'는 여학교에 들어가면서, 남자들과 어울려 연극을 하다 퇴학당한다. 한 가닥 희망이 좌절된 '덕구'는 '도화'를 간호원으로 취직시킨다. 간호원으로 일하면서 의사 시험 공부를 하면 의사가 될 수 있다는 얘기를 들었기 때문이다. 그러나 그것은 너무도 고된 직업이어서, '덕구'는 '도화'의 마른, 해말쑥한 얼굴을 본 순간, 자기의 모든 소망을 포기하고 딸을 인력거에 태우고 돌아온다. 그러나 신창리 팔각집 모퉁이를 돌아 들던 그때, 달려드는 자동차와 충돌해 그는 비명횡사하고 만다.

곽종원(郭鍾元)이 '덕구가 인력거를 잡은 채 차에 치어 한 많은 일생을 끝마치는 장면은 참으로 우리의 뇌리에서 사라지지 않는 심각한 시인인 것이다.'*37 라고 말하고 있듯이 딸에게 소박한 희망을 걸었다가 끝내 좌절된 애닮은 부정은 깊은 비애를 자아내게 한다. 살아남은 '도화'는 아버지가 저금해 놓은 돈으로 기생학교에 들어갔고 승무(僧舞)를 배웠다. 추석에 아버지의 무덤을 찾은 '도화'는 비를 쓸어 보아도 자식의 이름 하나 없는 아버지의 비가 너무도 슬프고 허전하여, 소나무를 북으로 삼고 미친듯이 두드리며 승무를 추다 쓰러져 흐느낀다.

이 마지막의 리얼한 배경묘사는 마치 안톤 체호프의 단편이 주는 것과 같은 쓸쓸하면서도 훈훈한 감동을 준다.*38

---

*37 곽종원(郭鍾元) : 《신인간형(新人間型)의 탐구(探究)》(인간사(人間社), 1958), p. 275.

*38 이래수 : 같은 글, p. 237.

이듬해 봄에 기생이 된 도화는 인력거를 타지 않기로 결심했다. 비가 악스럽게 퍼붓는 밤에도 그는 옷을 적시면서 혼자 걸어왔다. 때때로 동무들이 그럴 것이 무엇이냐고 하면 더욱 매섭게 고집을 부렸다. (p.24)

아버지의 소망을 저버린 딸의 깊은 회한을 나타내는 위의 글에서 짙은 페이소스를 느낄 수 있으며 한국적인 인정의 아름다움을 감지할 수 있다. 이 작품은 가난한 인력거꾼의 생활을 통해 하층민들이 현실에서 어떻게 패배(敗北)하고 좌절하는 가를 보여주고 있다. 그러나 같은 인력거꾼을 주인공으로 한 현진건(玄鎭健)의《운수 좋은 날》과 비교해 볼 때, 김이석은 하층민의 암울한 생활상이나, 그들의 꿈의 좌절을 문제삼으려 하지 않고 그보다는 부녀 간의 혈육애 쪽에 시선을 돌림으로써, 인정의 아름다움과 선의지(善意志)의 세계를 펼쳐 보인다.

이같은 태도는《학춤》에서도 잘 나타나 있다. 주인공 '성구영감'은 돌보아 줄 자손이 없어 양로원에 살고 있는 불쌍한 노인이다. 그러나 그는 학춤의 대가로서 대단한 긍지를 갖고 살아간다. 그러나 그 긍지는 나이가 들어 춤을 출 수도 없고 의탁할 곳이 없어 양로원에 있는 그에게는 오히려 조롱감이 되게 하는 역할만을 한다.

……나두 남처럼 자식이나 두었드라면…… 하지만 그건 내 사주에 없는 팔자이니 어쩔 수 없었다 치고, 똑똑한 제자라두 하나 키웠으면 이 신세는 면했을 것이 아닌가.

실상 그도 제자를 키우지 않은 것은 아니었다. 둘씩이나 두었던 것이다. 그것이 인수라는 사내자식은 아직 발짝도 제대로 떼기 전에 어느 과부가 눈독을 들여 뺏겨 버렸고, 옥주란 계집년

은 그래도 손과 발이 격대로 움직이려 할 때에 어느 소리꾼에게 미쳐서 달아나 버리고 말았다.*39

'성구영감'은 《실비명》의 '덕구'가 딸을 키워 여의사가 되게 하려다 좌절한 것처럼 '옥주'를 키워 학춤을 계승시키려 했으나 끝내 좌절하고 마는 것이다. 그렇게 좌절당한 소망에의 회한이 그로 하여금 끊임없이 과거를 회상하고, 과거의 이야기를 되풀이 하게 만드는 것이며, 그로 인해 그는 다소 위안을 받는 것이다. 그러나 그런 위안도 '영월영감'의 빈정거림 때문에 항상 지속되지 못한다.

"그래서 영감은 학춤을 보기나 했나, 아마 학춤을 이렇게 춘댔지" 영월영감이 곱사춤을 흉내냈다.

성구영감은 그만 화가 터져 버리고 말았다.

"이이……육실할 녀석아, 다시 말해……말해 봐"

벌떡 일어난 채 전신을 와들와들 떨어대며 성이 악받쳐 말도 제대로 하지 못했다.(p.34)

결국 이같은 빈정거림에 심신의 타격을 받아 그날 밤부터 미열이 나기 시작해 병이 나서 기거를 하지 못하게 된다. 순수한 정신의 예인으로서 불합리한 모욕을 받는 것처럼 큰 고통은 없다. 더구나 '성구영감'에게 있어서 학춤은 자기의 일생을 바친, 생명과도 같은 것이었다. 그래서 작가는 한국의 전통적인 예인으로서의 긍지를 찾아 주기 위해, 결국 마지막 장면에서, '성구영감'이 모든 사람의 환성을 자아내게 하는 고고한 학춤을 추게 한다. 그리고 '성구영감'은 마치 학이 벌렸던 날개를 접듯이 사풋이 주저앉아 영영 눈을 감게 되는 것

---

*39 《학춤》, 같은 책, p. 30.

이다.

퍼어시 라보크*[40]가 '작중인물의 진실성과 힘을 터득하려면 반드시 스토리의 사소한 점까지 기억할 필요는 없는 것이다. 그리고 작품내용을 많이 잊어 버려도 우리가 회상할 때엔 작품의 가장 놀라운 이모저모가 머리 속에 남는다. 즉 극적인 에피소오드나 묘사가 훌륭한 부분, 그리고 무엇보다도 흥미 있고 놀라운 인물들의 존재는 잊히지 않는다'라고 말한 것과 같이, 항상 학춤에 대해 놀림받고 비양만 받던 '성구영감'이 아파서 거동조차 할 수 없는 몸임에도 불구하고 초인적인 예인의 기질로써 관중들 앞에서 불멸의 학춤을 추어 보인 후 숨을 거두는 극적인 장면은 참으로 감동적이어서 잊혀지지 않는다고 하겠다.

《실비명》과 《학춤》은 인생의 비애를 잔잔한 필치로 그리고 있어 일종의 비애의 미학을 구현해 놓고 있다. 이것은 인생을 조용히 관조하고 담담한 심경으로 인생의 단면을 그리는 인생파적 요소가 드러난 것으로 보여진다.*[41]

《우정》은 철로길에서 50리나 떨어진 두메산골 벽촌인 C읍에 우체국이 새로 생기면서 벌어지는 이야기를 그린 단편이다. 우편 배달부는 본시 30년 동안이나 엿장사를 해온 '강편영감'이다. 그가 전향한 이유는 '하도 오랫동안 가위질을 해가며 엿 사라고 목청을 돋군 일에 싫증이 난' 때문이며, 또 그는 여기저기 엿을 팔러 다녔으므로 우편배달의 일을 맡기에는 적임자라 할 수 있다. 그런데 그곳서 20리나 더 들어가 있는 산 속에서 짐승을 잡아가며 혼자 살고 있는 '박편영감'이 신문을 보기 시작하면서 사건이 발생된다. 즉 둘이 아무리 같이 자라난 죽마고우(竹馬故友)라 하더라도 신문하나를 배달해 주기

---

*40 퍼어시 라보크 : 《소설기술론》(일조각(一朝閣), 1981), p. 4.

*41 김영화(金永和) : 같은 책, p. 151.

위해 매일 40리길을 걸어야 한다는 것은 쉬운 일이 아니기 때문이다. 둘은 이로 인해 언쟁을 벌이고 '강편영감'은 '우편 배달부를 그만 두는 한이 있어도 이 멧구석엔 영 올라오지 않을 결심을 한다. 그러나 그는 혼자 앉아 있을 '박편영감'의 얼굴이 떠올라 그 산길을 다시 찾아간다. 너머켠 산으로 사냥을 가서 사흘이나 집에 없었던 그를, 짐승에게 잡혀 먹힌 것으로 생각하고 슬퍼하지만 '박편영감'은 다음날 멧돼지를 잡아 갔고 와서 친구를 기다리고 있어 둘은 반갑게 화해를 한다. 작가는 두 영감의 구수한 우정을 통해서 항상 따뜻하고 선의의 삶을 사는 인간들의 세계를 표출시키고 있다.

> ……박편영감이 신문을 보지 않는다면 자기는 어떻게 될까 생각해 봤습니다. 그렇게 되면 철을 따라 산속에 피는 꽃도 볼 수 없으며 아름다운 멧새 소리도 들을 수 없다고 생각했습니다.
> —그렇지, 산속의 꽃과 새는 나를 위해서 있는 거나 다름없지 않나,*42

이렇게 친구를 이해하는 '강편영감'의 선량하고 긍정적인 성격설정에서, 작가의 의도는 명백히 드러난다고 할 수 있다.

《밀주》에서는, 그것이 좀 더 적극적인 행동으로 나타나고 있다. 주인공 '나'는 새성골이란 두메산골의 분주소의 내무서원이다. 주로 하는 일은, 농가의 현물세 독촉, 벌목취체, 밀주취체 등이었다. '나'는 본시 남에게 싫은 소리를 못하는 성격이다. 그런 성격으로 제일 골치 아픈 일은 밀주를 적발하는 일이다. 산간지대는 농사만으로서는 살 수가 없으므로 밀주같은 다른 변통을 해야 했고, 따라서 그들은 생사가 걸린 문제라 결사적이었기 때문이다.

---

*42 《우정》(발표연대, 게재지 미상), p. 317.

어느 날 '나'는 '땅개'라는 별명을 가진 '정서원'과 검바위 골로 밀주를 적발하러 나갔다. 동구 앞에서 그와 헤어져 어느 집의 문을 열었을 때, 분명히 그 집에서 밀주를 하고 있다는 것을 알아차릴 수 있었으나, 그것을 은폐시켜 준다. 그리고 결국 밀주 방조자라는 '정서원'의 보고로써 탄광으로 끌려 가게 된다.

> 나는 남들에게 미움을 받을 그런 서툰 짓은 하지 않았다. 나는 그들이 밀주라도 하지 않고서는 살 수 없다는 그 답답한 심정을 누구보다도 잘 알기 때문에 악을 써가며 밀주를 적발할 생각이 없었다……(중략)……그 때문에 나는 2년 남짓 개천 탄광에 끌려 가서 석탄을 캐야 했지만 그렇다고 그때 내가 취한 행동을 후회해 본 일은 없었다.*43

궁지에 몰려 사색이 된 밀주자를 오히려 도와주었던 그의 인정어린 행동에서 훈훈한 감동과 진정한 양심을 알아낼 수 있다.

《외뿔소》는 한국적인 정취가 작품 전면에 흐르는 농촌소설로써 '화덕'이라는 순박한 농부와 외뿔소와의 이야기를 다룬 것이다. 소값이 모자라 외뿔을 가진 소를 산 그는 외뿔이 조금 마음에 걸리던 차에 '외뿔소를 들이면 그 집 부처가 헤어진다'는 알 수 없는 소문을 듣고 결국 꺼림직한 끝에, 동구 밖에 사는 '떡편영감'의 소와 바꾸어 버린다. 그러나 그 소는 병든 소로서 '화덕'이는 교활한 소장수인 '떡편영감'에게 속은 것이다. 결국 '화덕'이는 밀보리 때까지의 양식으로 남겨 놓았던 쌀을 다음날 짊어지고 가서 더 얹어 주고 외뿔소를 도로 바꿔오며 다시는 소를 바꾸지 않는다고 생각한다.

이 작품에서는 가난한 농촌을 배경으로, 어리숙한 '화덕'의 삶을

---

*43 《밀주》(자유문학(自由文學), 1961. 9), p. 19.

잔잔하고 정감어린 필치로 밝게 그려내고 있다. '요즘 같은 세상에 임자처럼 사람이 용해서야 어떻게 살겠나'하는 '강영감'의 말대로 작가는 순박한 '화덕'이라는 인물을 통해 꾸밈없고 착한 인간상을 그리려 했음을 알 수 있다.

그러나 같은 한국의 농촌을 그렸으되 《빛 받은 산간》은 조금 다른 각도로 다루어지고 있다. 고등학교를 마친 '길용'은 부친이 전답을 다 날리고 돌아가셨지만 고향에 깊은 애착을 가지고 결국 농민은 농민의 힘으로 하는 데까지 해 보겠다는 투지를 갖고 성실히 살아가는 농민이다. 그러던 어느 저녁 때 '분이'가 폐렴에 걸려 죽게 된다. 산골이라 의사가 늦게 오기도 했지만, 감기가 도져 폐렴이 된 걸 모르고서 시기를 놓쳤기 때문이었다. 그는 딸을 잃은 비통함 속에서도 의학지식 하나 없는 그 무지가 아이를 죽였다는 것을 깨닫고 예비적 의학지식을 얻기 위한 공부를 한다. 이런 열성으로 그는 '박석영감'의 외아들의 생명을 구하게 된다. 이제 그는 그 마을에서 없어서는 안 될 중요한 인물이 되어 사람들은 어려운 일이 있을 때마다 그에게 의론을 하게끔 되고, 그 마을은 자력으로 도로공사를 해 치운 일이 크게 평가되어 모범촌으로 선정된다.

이 작품에서 작가는 '길용'이라는 성실한 농민을 설정해 신념에 일관하는 자는 결국 이긴다는 것을 나타냈으며 마침내 농촌에 찾아온 진정한 봄의 세계를 극명하게 그려내고 있다. 자신의 딸은, 무지로 인해 잃었지만 다시는 그런 비극을 막기 위해 의학공부를 하는 '길용'의 헌신적인 태도에서, 한국적인 인정의 휴머니티를 감지할 수 있다. 작가는 그러한 휴머니즘의 향훈을 작품사건의 발전과 결구(結構)에서 잘 살리고 있다.

이 계열의 작품들에서는 그것이 6·25를 겪고 난 직후에 씌어진 소설들이지만 어디에서도 전쟁의 흔적을 찾아볼 수 없다. 이것은 작가가 냉엄한 현실의 상황으로부터 퇴행하거나, 현실을 망각함으로써 현실의 격랑을 피하려고 했기 때문은 아니다.

작가는 전후라는 현실의 소용돌이 속에서 하나의 여백지대를 찾아 내어, 아름다운 인정이 꽃피는 세계, 인간의 향훈을 맡아볼 수 있는 세계를 그려내 보려고 했던 것이다. 그리하여 우리의 가슴속에서 연소되는 인간적인 향수를 표출시키려고 했던 것이다.

이러한 작가의 주제가 우리의 단순치 않은 현실을 완전히 미화시킬 수는 없다 할지라도 이들이 우리에게 주는 감동의 내용은 카타르시스적인 효과를 거두고 있는 것이다.

2. 자전적 제재의 형상화

이 계열에 속하는 작품들은 대개 2가지 유형으로 나누어 질 수 있다. 하나는 작가의 유년시절에 대한 회상의 형식을 된 것으로《기억(記憶)》《발정(發程)》《편심(偏心)》《장대현(章台峴) 시절》《관앞골 기억(記憶)》 등이 있고, 다른 하나는, 청·장년시절을 지나오는 동안에 체험했던 갖가지 삶의 편린(片鱗)들이 투영된 작품들, 즉《교련(敎錬)과 나》《광풍(狂風)속에서》《지게부대》《재회(再會)》 등이 그것이다.

대체로 지나온 시절에 대한 회상은 그것이 설사 불행하고 참담했다 하더라도 아름답게 채색될 가능성이 있다. 그러나 김이석 소설에서 드러나는 것은 단순한 과거회상, 단순한 소년시절에 대한 그리움의 기억이 아니다.

> 나는 앞이 보이지 않을 때는 뒤를 돌아다보는 것도 하나의 방법이라고 생각한다.*44

---

*44 《동면》 후기(민중서관. 1964. 6), p. 314.

작가자신의 말대로 그는 전후의 앞이 보이지 않고 꽉 막힌 암담한 현실에서 자신의 존재를 스스로 인식시키기 위한 방법의 하나로써 자전적 제재를 형상화 한 것이라 할 수 있다. 즉 1920년대에 이 작가가 어린 시절을 보낸 평양을 배경으로, 성장과정에서 겪었던 아픔과 갈등의 이야기와 6·25의 와중에 겪었던 체험담과 피란생활을 리얼한 필치로 그려내어 뒤를 돌아다봄으로써 앞으로 전진하기 위한 몸짓을 시도하고 있는 것이다.

《발정》《기억》《편심》에서는 순수한 어린 소년의 눈을 통해 투시해 본 어른들의 세계를 잔잔하게 회상해 내고 있다.

> 돌아다보니 처음에 섰던 그 자리에 다시 돌아와서 서 있는 것이 아닌가. 그러자면 걷지 않아도 좋은 일이다. 어른들이 하는 일은 참말로 알 수 없는 일이 많다니까.*45

이것은 국민학교 1학년에 갓 입학한 '나'가 '앞으로 갓' '뒤돌아 갓' 만을 반복해서 시키는 어른들의 마음을 이해 못하는 심정을 아주 유머러스하게 적은 글이다. 《기억》의 '수남'은 비록 '동네 아이들이 나와는 놀아 주지를 않고, 나만 보면 얼간 망둥이라고 놀려 대어 밖에는 나가기가 싫은' 소심한 외톨이지만 남의 눈을 피해 못된 짓을 하는 어른들을 골려주는 행동을 한다. '나'는 노름을 하는 행위가 좋은 건지 싫은 건지의 의미도 모르면서 단지 다른 사람이 알면 큰일날 일을 그들이 하고 있다는 사실만을 막연히 알고 있을 뿐이다. 《편심》의 '나'도 역시 병약하고 소심한 성격 때문에 언제나 외톨이로 지내는 동안 뚱뚱한 사람에 대한 이상스러운 편협심을 갖게 되었다는 이야기가 전개되고 있다.

---

*45 《발정》(문학예술, 1957. 10), p. 32.

《관앞골 기억》에서는 어린시절 성장과정에서 한번쯤 만나게 되는 훌륭한 친구의 이야기를 '대성'이라는 인물을 설정해 그 소중함을 인식시키고 있다. '대성'은 모든 면에서 의젓하게 행동하며 결국 자기가 사랑하는 '복희'를 친구가 더 사랑하는 것을 알고 먼 길을 떠나려 한다. 그리하여 옹졸한 '선덕'은 자신이 얼마나 바보였던 가를 깨닫게 되는 것이다.

위의 작품들이 주로 주인공들의 성격적인 면에서 작가의 어린시절을 감지할 수 있는 데 반해 《장대현 시절》은 김이석의 소년 시절과 자라난 주위 환경 등을 선명히 연상케 하는 작품이며 동시에 20년대 식민지 사회의 단면을 제시하고 있어 비슷한 소년시절을 보낸 사람들의 가슴에 가벼운 감동을 준다고 할 수 있다. 기독교가 이 땅에 들어와 포교를 계속할 무렵, 어린 소년들과 외곬이며 무자비한 목사와의 갈등을 통해 선과 악 그리고 양심의 문제를 그린 이 소설은 한 지식인의 과거회상에 대한 두드러진 예가 될 것이고 또 3·1운동 전후 식민지 사회와 교회의 단면을 보여준다.*46

만세 만세 만세 만세
우리 주일 학교는
이천 만의 생명을
구원하는 집이다.
만세 만세 만세 만만세

이것은 내가 어렸을 때 평양에서 다닌 주일학교 교가의 후렴이다. 그때는 삼일 운동 만세 사건이 있은 직후라, 민족사상이 극도로 팽창되어 어린 우리들의 가슴에도 만세를 부르고 싶은 마

*46 김영화(金永和) : 같은 책, pp. 143~144.

음으로 꽉 차 있었다. 그러나 우리 코흘리개도 만세 소리만 입 밖에 내면 당장에 잡혀가는 판이라 결국 우리들은 이런 노래로 가슴에 뭉친 울분을 터는 수밖에 없었다.*47

어른과 함께 만세를 부르고 싶은 '나'의 심경이 절실히 드러나는 대목이다. 만세를 부르고 싶은 마음을 주일학교 교가의 후렴을 부르는 것으로, 대한 독립 만세를 부른 듯 달래야 하는 어린 소년의 아픔이 보인다. 그러나 작가가 다닌 이 장로교의 본산이라고 할 수 있는 장대현 교회라는 주일학교도, 섬세한 '나'에게 도피처가 되거나 꿈을 키워 주는 곳은 못되었음을 알 수 있다. '나'는 처음에는 예수님의 행적을 의심없이 믿고 성화를 소중히 모으는 착한 소년이었으나 '방목사'로부터 거듭 누명을 쓰고는 성화 카드 보다 알사탕이나 붕어과자에 더 큰 유혹을 받게 되고 결국 연보돈으로 못쓰는 백동전을 넣게 되어, '나'는 '방목사'로부터 '하나님을 속이려는 가증한 녀석'이라는 말을 듣게 된다. 세련되지 못하고 맹목적인 목사와 어린 소년의 갈등은 20년대 한국교회가 갖고 있는 한 단면으로 보이며 이런 '나'의 아픔과 고뇌는 어린시절에 누구나 있을 수 있는 성장과정의 한 단계일 것이다. 때문에 가벼운 웃음과 아픔, 두 가지 상반되는 정서를 독자에게 전달하고 어린 시절에 대한 회상과 기억으로 독자를 인도한다.

그중에서도 내가 가장 좋아한 카드는 예수님이 성전에서 장사치들을 몰아내는 것이었다. 나는 그 그림을 보면서 나도 채찍 하나로 왜놈들을 우리나라에서 모두 내쫓을 수 있다면 얼마나 통쾌할까 하고 생각하곤 했다.(p. 300)

---

*47 《장대현 시절》, 같은 책, p. 296.

이렇듯 선량하고 민족감정에 충일했던 소년을 무지막지한 목사의 오해로 교회에서 멀어지게 한 것을 생각하면 20년대 한국교회가 갖고 있던 문제점이 드러나는 듯하다.

이런 소년이 중학생이 되어 교련교사와 갈등을 빚는 《교련과 나》도 식민지 소년이 겪는 아픔의 기록이라 할 수 있다. 많은 민족투사를 배출해 낸 민족사상의 근원지인 평양의 S소학교를 나와 민족 사상이 투철한 '나'는 '이희근'이란 이름을 갖고 있는 한국인이면서 언제나 일본말로 지껄이고 자기가 한국 사람인 것이 무슨 수치나 되는 것처럼 생각하는 교련선생의 태도가 이해할수도, 이해하고 싶지도 않았던 것이다. 그래서 '나'는 체질적으로 교련을 싫어했다고 회고하고 있다. 교련은 일본군대의 훈련을 받는 과목이었기 때문이다. 이것은 '나'의 개인적인 체험인 동시에 식민지의 소년 모두가 겪었던 일이다. 그러므로 이들 소설들은 20년대 식민지 한국의 시대상과 사회상의 단면을 제시한 것이라고 할 수 있다.

이렇듯 어린시절을 보낸 후 작가는 평양에서 6·25를 맞게 된다. 작품 《광풍 속에서》는 평양에서 겪은 공습을 르포적인 효과를 생각해서 쓴 소설이다.*48 '경일'은 6·25가 발발하고 평양에 UN군의 공습이 시작되자 그때부터 죽음의 공포를 느끼게 된다.

> "으악" 하고 일시에 비명이—비명이라기 보다도 지옥 불구덩이에 떨어지는 순간에 발악하는 그 소리가 끝나기도 전에 픽하고 달려 든 광풍에 사람과 짐들은 하늘 높이 뿌려진 파편에 뒤섞여 둥둥 떠올랐고, 벽돌과 기왓장은 콩 튀듯 튀어 났다.*49

---

*48 《동면》 후기(민중서관, 1984), p. 314.

*49 《광풍속에서》(삼중당, 1979), p. 94.

위와 같은 극한상황에서 '이미 군중은 이지와 분별을 잃어버리고 고통과 불안에 신음하는 아비규환(阿鼻叫喚)의 상황을 작가는 리얼하게 묘사하여 전쟁의 비참함을 폭로하고 있다.

이러한 참상을 겪고 남하한 뒤의 피란생활을 다룬 것이 《동면》과 《지게부대》이다. 《동면》은 대구 피란 때 몸소 겪은 생활을 토대로 쓴 작품이다. 여기서 주인공 '6인조 극단'의 설정은 평소 조그만한 이동극단을 하나 갖고 싶다는, 그리고 한때 연극운동으로 일생을 살고 싶다*[50]고 생각한 작가의 의도가 들어 있다고 할 수 있다. 이들 6명의 연극인들은 심한 추위와 극심한 배고픔에 고통을 받고 있다.

> 우리들은 모두가 너무나도 많은 슬픔과 설움을 갖고 있었다. 고향을 잃은 슬픔, 가족을 잃은 설움, 배고픈 슬픔, 추위에 떨고 있는 설움, 앓는 친구를 멍청하니 보고만 있는 슬픔—생각하면 생각 할수록 우리들의 가슴속에는 슬픔과 설움 뿐이었고 가슴속에 가득 찬 그 슬픔과 설움은 자꾸만 부풀어 오르는 것만 같았다.*[51]

교회의 종소리를 들으면서 느낀 주인공의 상념이지만 이 땅의 모든 사람들이 체험한 공감이기도 한 것이다. 작가는 이 작품의 후기에서 그 당시에 대해 이야기 하며 '나는 그 때 꼬박 석 달 동안을 정말 동면같은 생활을 한 셈이다'라고 회고하고 있다. 그러나 작가는 이들 6인조가 참혹한 생활에도 불구하고 끝내 절망하지 않고 오히려 유머러스한 태도를 갖고 있었다는 사실을 전개시키고 있다. 처음 이들이 집단생활을 시작했을 때는 장차 연극을 하겠다는 목표가 있

*50 〈모월모일〉(발표연대, 게재지 미상).
*51 《동면》, 〈한국단편문전집〉(정문사, 1973), p. 177.

었다. 그러나 날이 감에 따라 그 목표는 무능한 인간들의 자위수단으로 퇴색해 버렸다. 이제는 그 누구도 '연극을 하기 위하여'라는 명분이 거짓임을 알고 있는 것이다. 정신적인 목표와 현실생활의 두 가지를 모두 다 상실해 버린 막다른 골목에서, 그런 경우 인간은 으레 절망의 시궁창에서 스스로 제 살을 물어 뜯는 법인데, 작가는, 사회를, 인간을 따뜻한 시선으로 바라보며 유우머를 풍길 수 있는 역설적인 자기수호의 의지를 표출시키고 있다.

그런가 하면 《지게부대》에서는 1·4후퇴 때, 이른바 지게부대에 끌려갔던 체험담이 펼쳐지고 있다. 즉 표제에 나타나 있는 바와 같이 전시의 노무사단(勞務師團)에서 취재한 작품이다.

> 무엇무엇 그래야 세상에서 제일 무서운 것은 무지와 폭력일 것이다. 그러한 무서운 세계에서 나는 거의 반 년 동안이나 산 일이 있었다.
>
> 그것은 내가 1·4후퇴 때 부산까지 밀려가서 우물거리다가 지게부대에 끌려 갔던 그때의 일이다. 나는 그때처럼, 내가 아무데도 쓸데가 없는 하나의 무능력한 인간이라는 것을 절실히 느껴 본 적이 없었다.*52

이러한 폭력과 무지의 세계에서 작가는 고지식하고 남의 비위를 맞출 줄 모르는 '나'와 무식하기는 하지만 교묘히 지게부대 안에서 자신의 위치를 확보하고 있는 '미륵영감' 이라는 두 인물의 유형을 통해 세상을 살아가는 나름대로의 방식과 시대상을 보여 주고 있다.

모파상이 '소설가는, 진실의 완벽한 환영(幻影)을 주는 데 성공하기 위해서는, 능숙하고 빈틈없이 시간경과를 다루는 데 최선을 다해

---

*52 《지게부대》, 같은 책, p. 224.

야 한다고 강조한 것을 숙지해 볼 때, 김이석은 앞이 보이지 않을 때도 결코 절망하지 않고 자신이 걸어온 시간을 뒤돌아 봄으로써, 자신이 겪은 사소한 체험 하나 하나를 소중히 소설로 형상화하여 진실의 환영을 재건했다고 할 수 있다.

즉 그는 연대기적 시간—모든 사람에게 있어서 똑같은 시계에 의한 시간—을 살면서 심리적 시간—시간을 그 가치와 강도에 의해 측정하는 자기 혼자만의 사적인 시간—*53에 의해 사물과 현실을 바라보고자 한 것이다. 그러면서 그는 현재의 자신에까지 이르게 만든 여러 가지 조건들을 기억행위에 의해서 회상하는 것이다. 이때 기억행위는 작가의 체험이라는 과거를, 과거 그대로 기계적으로 재구성하거나 개괄하는 것이 아니라 자신의 감정을 실어서 과거의 사건을 해석하고, 이 사건들은 해석자가 시간을 지내고 또 시간에 의해 변화됨에 따라 변동하는 것이다.

이런 시점에서 볼 때, 그가 회상해 낸 어린 시절과 청장년 시절에 대한 기억행위의 결과가 바로 위에서 언급한 작품들이라 할 수 있다.

3. 전후의 세태—그 시대적 삶의 구명

이 계열의 작품들은 모두 전후의 세태를 다룬 것으로써 김이석의 작가적 특성을 극명히 해 준 소설들이라 할 수 있다 1950년대의 전후문학의 경향은 처음에는 전쟁 그 자체의 상황을 묘사하는 데서 그쳤으나 휴전과 함께 전쟁이 일단락을 짓자 문학도 서울로 수복을 하고 차츰 전쟁에 대한 반성적인 의미가 문학작품상에 반영되어 문학은 깊이를 얻게 되었다. 이들 전쟁취재의 작품의 특징은 한 마디로 휴머니스틱한 경향을 띤 것이라고 할 수 있다.*54

---

*53 A.A 멘딜로우 : 《시간과 소설》 최상규(催翔圭)역(대방문예(大邦文藝), 1983), p. 41.
*54 백철(白鐵) : 《전후 50년의 한국소설》(신구문화사(新丘文化社), 1964), p. 376.

바로 이러한 위치에서 이 계열의 소설들은 자리한다. 김이석이 다작을 통해 전개시킨 전후의 시대적 삶의 구명방식은 다음 3가지로 분류해 볼 수 있다. 첫째는 전란의 후유증으로 인해 가난하고 피해받는 생을 중심으로 전개시킨 것, 둘째는 실향 지식인의 애환과 고독을 그림으로써, 그리고 세째는, 전후의 어지러운 사회를 배경으로 대립되는 두 가지 인물상을 통해 서로 다른 삶의 양식을 표출 시킴으로써 나타내려 한 것이 그것이다.

이들에 대한 구체적인 작품분석은 다음과 같다. 첫째의 유형에 속하는 작품들은 대개 여성의 피해상을 중심으로 다루고 있다.

> 숙희는 자기의 불행이 모두 육이오 때문이라고 했다. 또한 그렇게 생각하는 것이 마음이 편하기도 했다.*55
>
> "만일 동란이 일어나지 않았더라면……"
>
> 지금도 은주는 때때로 먼 옛날의 성업의 얼굴을 그려 보며 자기의 운명을 생각해 보곤 했다.*56

곱게만 자라난 '숙희'와 '은주'는, 그들의 신분으로 마땅히 가질 수 있었던 꿈과 이상들이 6·25로 인해 여지없이 허물어지게 된다. '숙희'는 자기의 이상과는 거리가 먼 PX에서 양키들의 얼굴을 그려주는 환장이인 '섭이'에게 몸을 의지하고 살아가나 결국 '섭이'도 전쟁에 나가서 행방불명 되자 다방의 마담으로 전락하고 만다. 그러다 남편이 포로교환으로 돌아온다는 소식에 공허와 죄의식에 자신도 모르게 들고 있던 거울을 깨뜨린다. 깨어진 조각들 마다에 비치는 '숙희'의 눈물방울은 그러나 그녀 자신의 잘못이라고도 할 수 없다. '은주'

---

*55 《파경(破鏡)》, 같은 책, p. 46.

*56 《화병(花甁)》, 《현대한국단편문학전집 V12》(문원각(文元閣), 1974), pp. 146~147.

의 경우도 6·25로 인해 헤어졌던 사모하던 사람을, 이제는 요릿집의 접대부의 신분으로서 떳떳이 설 수 없어 결국 떠나보내게 되는 비극을 맞게 된다. 《춘한(春恨)》의 '영숙'은 1·4후퇴 때에 평양에서 가족과 같이 나오다 그들을 잃어버리고 지금 부산의 '필녀'의 집에 가정부로 있는 19세의 소녀이다. 외로운 처지이면서도 밝게 살아가려는 그녀는 주인 아주머니의 질투와 의심으로 마음에도 없는 결혼을 강요당하자 그만 가출하고 만다. 《창부(娼婦)와 나》에서는 그것이 좀 더 절실하고 심각한 양상으로 그려지고 있다. 이 소설은 잡지사의 일을 하기 위해 동해안의 K항을 찾아간 '나'와 그곳에서 창부노릇을 하고 있던 '옥란'과의 만남을 그리고 있다. '나'는 1·4후퇴 때 UN군의 통역으로 종군하였던 경험이 있는데 그때 제천으로 후퇴하던 중 겨우 돌이나 되었을 어린애를 얻게 된다. '나'는 모여 있던 피란민들에게 어린애를 맡아 달라고 사정하지만 모두 거절한다. 그때 어머니와 단 둘이 있던 어린 소녀가 그 애기를 맡겠다고 자청을 한다.

> 중년부인의 말이 떨어지자 소녀는 몹시도 기쁜 듯이 아이를 받으려고 우리에게 팔을 벌렸다. 그때의 그 소녀의 아름답고도 성스러운 눈이란……*57

'나'는 그때의 성스러운 눈을 가진 소녀가 바로 창부 '옥란'임을 알고 경악을 금치 못하고 착잡한 심정이 된다.

> "난 이렇게 살다가 죽을 생각이예요, 늘 속으면서두 악을 부리지 못하는 성미인 걸요, 그러니 잘 살래야 어떻게 잘 살아요."(p. 220)

---

*57 《창부와 나》(자유문학, 1960. 1), p. 219.

이렇듯 자신을 타락시킨 전쟁과 사회에 대해 분노를 터뜨리는 대신에 체념을 하는 '옥란'의 태도는 오히려 독자들에게 역설적인 전쟁에의 분노와 참회를 유발케 한다.

그런가 하면 전쟁 중에 납치되어간 남편을 기다리는 부인의 심정을 그린 소설이 《추운(秋雲)》이다. '영옥'은 홀로 아들을 키우며 '스탠드빠 아라스카'의 마담 일을 보고 있다.

> "그는 언제든지 올 것이 아닌가"
> 영옥이는 가슴속에 크게 울려지는 대로 외워 가며 자기도 모르게 손가락을 물어 뜯었다.—오고야 말고 그리하여 항백이랑 셋이서 즐겁게 사는 날이 있을 거야.*58

그날을 위해 지금은 비록 술을 팔고 있지만 자랑스러움을 잃지 않는 주인공의 노력은 눈물겹다고 할 수 있다. 작가는 남편 친구와의 혼담에 동요되는 마음을, 납치되어간 남편의 얼굴을 분명히 그려봄으로써 감정을 누르는 모습을 통해, 전쟁이 남긴 애절한 상흔을 나타내려 했음을 알 수 있다.

《모정(母情)》의 '영애' 역시 6·25 때 북으로 끌려간 후 홀로 살아가는 주인공이다. 그러나 이 소설에서 작가는, '여자 형무소'라는 특수한 상황설정과 방화범 '105번', 살인미수범 '쥬리'라는 인물 설정을 통해, 전후의 혼란된 시대상과 혼혈아 문제라는 심각한 사회 문제에까지 확대해서 접근해 가고 있다. 6·25라는 뜻하지 않는 물결에 휩쓸려 양공주로 전락하고 마침내 미군을 죽이려다 살인미수를 저지른 '쥬리'가 어린 것을 미국에 양자로 보내면서 흘리는 눈물은 우리 모두가 흘려야 될 눈물이라는 것을 작가는 말하고 있다. 둘째로 실향

---

*58 《추운》(문학예술, 1956. 1), p. 59.

지식인의 애환과 고독을 그린 작품으로는 《한일(閑日)》《세상》《달과 더불어》《풍속(風俗)》《동창생의 약혼》 등이 그 대표적이라 할 수 있다. 작가 자신이 홀로 월남한 실향 지식인이니 만큼 경제적으로 겪는 고통과 북에 두고 온 가족들에 대한 그리움이 이 작품들 속에 잘 투영되어 있다. 더군다나 월남한 사람들에 대한 편견도 그들이 겪는 고통 중의 하나라 할 수 있다.

……(중략) 이곳 사람들이 이북의 사정을 너무도 몰라주기 때문이기도 하다. 하여튼 이곳 사람들은 그곳에서 장사나 했다면 모를까 무슨 기관의 수위라도 했다면 "저 녀석 빨갱이가 아닌가" 으레 한 번은 의심한다.*59

월남해 미처 뿌리박지 못해 겪는 극심한 가난과 고독과, 이남 사람들의 편견 등으로 이들 실향민들은 점점 이 사회에서 아웃사이더가 되어 가고 있는 것이다. 그러므로 《풍속》의 '진화'는 '세상이 오식인가, 자기가 오식인가, 세상이 틀린 것인가, 자기가 틀린 것인가,' 하는 삶의 회의를 갖게 된다. 그것은 《한일(閑日)》의 '성진'도 마찬가지다. 1·4후퇴 때 북에서 혼자 나와서 독신으로 하숙생활을 하는 그는 요즘에 와서 때때로 한숨을 쉬어 가며 '도대체 사람이란 무엇하자고 사는 것인가' 하는 상념에 방황을 한다. 극심한 경제적 고통은 작중인물로 하여금 비굴과 인내를 강요하고 또 그것은 지식인들인 그들에게는 견딜 수 없는 치욕으로 자각하게 하는 것이다.

《세상》과 《흐름 속에서》 역시 전후 지식인들의 경제적 어려움과 그것으로 야기되는 궁핍한 생활상을 리얼하고 설득력 있게 제시하고 있는 작품들이다. 《세상》의 '박경호' 씨는 판잣집과 다름없는 함석

*59 《밀주》, 같은 책, p. 413.

집에서 여러 식구와 함께 곤궁한 생활을 하고 있다.

> 이십 년 동안 월급생활로 살아온 내겐 남은 것이 무엇인가, 그리고는 새삼스럽게도 자기가 입은 옷을 훑어 보았다.
> "사원들은 이 초라한 나의 옷을 보고 웃을 터이지"*60

화가 나도 그것을 억누르며 온순하게만 살아온 그는 '농민독본'이라는 책을 출판하고 그 돈으로 집을 장만하려 했으나 출판사에 불이나 결국 그 꿈도 무산되고 만다. 빈민굴의 하숙집을 무대로 해서 천국사(天國社)라는, 이름만 굉장한 출판사에서 만화의 번역과 교정을 맡아 보는 '나'와 가난한 고등학교 고학생, 낙백(落魄)한 하숙주인, 향락파 대학생, 그리고 순정의 하숙집 딸 등이 전개하는 인생애환을 다루고 있는 《흐름 속에서》에서도, 우리는 전후 인텔리들의 고해의 정경을 깊이 있게 다루어 당시의 사회문제로 제기하려는 작가의 의도를 짐작할 수 있다.

월남한 실향민으로서 계절의 미각을 생각할 때면, 이북에 두고 온 아내의 미운 점은 없어지고 조촐한 음식의 솜씨만이 생각나는 《달과 더불어》의 소설가 '허규'의 점점 무능력해 지는 모습에서, 우리는 전후 30년이 지난 지금까지도 계속되는 실향민의 애환을 투시할 수가 있는 것이다. 그러나 작가는 이러한 심각성을 인간들의 끈끈한 정을 통해 극복하려 하고 있다.

《동창생의 약혼》에서 '병직'은 1·4후퇴 때 지게부대에 갔다가 팔에 관통상을 입고 부자유스러운 하숙생활을 하고 있다. 이를 알고 동창들이 힘을 합해 그가 새출발을 할 수 있도록 도와주는 장면은 참으로 감동적이라 할 수 있다. 모두가 참으로 어려운 시절을 보냈으

---

*60 《세상》, 같은 책, p. 160.

나 그들은 건전하고 메마르지 않은 인정을 소유하고 있음을 다음과 같은 대화를 통해서 작가는 나타내고 있다.

> "6·25전쟁을 체험한 우리들로써 무엇인가 일상생활의 모럴이 달라진 듯한 감이 느껴지지 않던가, 말하자면 남을 모략하거나 속인다는 것이 어이없게만 느껴지지 않느냐 말야"……(중략)
> "내가 지금 있는 병원은 자선사업의 병원인 만큼, 환자란 대개가 약값도 제대로 내지 못하는 가난한 사람들 뿐이지. 그러나 나는 지금 6·25전에 혼자서 병원을 경영해 여유 있게 살던 그 때 보다는 사는 보람이 더 느껴진다니까"
> "옳은 말이라니까, 실상 나두 학교를 못 떠나는 것두 그 때문이지. 내가 사회에 나간다면 지금보다도 더 의의 있는 생활을 할 수 있는가 그것이 생각되거든."*61

문필가, 의사, 사업가 그리고 교사라는 다양한 직업을 가진, 월남한 동창생들이 모여 나누는 이상과 같은 대화를 통해 볼 때 작가의 보다 긍정적이고, 따뜻한 시선으로 사회를 보려는 의도는 명백하다 할 수 있다.

다음 셋째 유형으로 《빼꾸기》《분별》《적중》《허민(許民)선생》《교환조건》 등은 전후의 어지러운 사회를 배경으로 대립되는 두 인물상을 통해 서로 다른 삶의 양식을 표출한 소설들이다.

《분별》은, 전에 서울서 교원생활을 하던 인텔리였으나, 피란시절 장사치로 변한 '응섭'이, 피란을 틈타 한 몫을 잡으려 했으나, 그만 어리숙한 성격 때문에 크게 손해를 보게 된다는, 피란민들의 일면을 그린 것이다. 그는 하노라고는 했지만,

---

*61 《동창생의 약혼》(발표연대, 게재지 미상), pp. 150~151.

"하하…… 교원질이나 하던 이 자식아, 네가 나를 속여……"

터져 나오는 웃음소리가 응섭의 얼굴에 배앝아지는 그 순간에 미닫이가 벌컥 열리며 젊은이의 구둣발이 앞가슴을 걷어찼다……(중략)……이 찰나에 분함과 부끄러움에 악이 받치는 그대로 매라도 실컷 맞으면 시원할 것만 같은 응섭이는 미친 듯이 때려라 때려라 나를 실컷 때려다고……나를……나를……때려다고*62

결국 '응섭'이는 교활한 '강영감'에게 속아 매만 맞고 망하게 된다. 피란으로 덕을 본 사람도 많으나, 그들은 남을 짓밟고 일어서려는 사람들임을 깨달을 수 있다. 또한 전후의 일그러진 인간상들의 이야기가 아름다운 서정묘사와 함께 펼쳐지는 《빼꾸기》에서는 '나'란 실직자의 페이소스가 드라마틱하게 전개된다. 군수품 용달회사의 통역을 그만둔 '나'는 1년 동안이나 취직을 하려고 했으나 길이 막히게 된다. 어느 날 H발전소 건설 공사장에 미국인 기사를 찾아 갔다가 만나지 못하고 대신 '토니 최'라는 미군부대에서 10년이나 굴러먹던 건달과 어울리게 된다. 결국 '나'는 그의 농간으로 여비까지 다 털리게 된다. 이 작품 속의 '토니 최'는 《분별》의 '강영감'의 현대판 분신이라 할 수 있다.

양키판에서 일을 하려면 무엇보다도 요령이 있어야 합니다…….(중략)……한국 사람들은 겸손을 무슨 미덕으로 생각하지만 그 애들이야 누가 그것을 알아줘요, 깟뎀이지, 그저 양키판에선 그애네들과 사바사바해서 수지 맞추는 것이 제일이지요*63

---

*62 《분별》, 같은 책, p. 29.

*63 《빼꾸기》, 같은 책, p. 138.

이상과 같은 처세술을 갖고 있는 '토니 최'는 '요령'과 '깟뎀'을 연발하면서 어리숙한 나의 주머니를 털게 하여 하룻밤을 재미있게 놀고 심지어는 싸움 끝에 박살이 난 그릇 값까지 내게 뒤집어 씌운 채 종적을 감추게 된다. 작가는 이 '토니 최'와 전혀 상반되는 속아서만 살아온 '나'라는 인물을 통해서 최후의 진정한 승리자는 과연 누구인가 하는 문제를 제시하게 된다. '토니 최'라는 건달은 전후의 부패한 사회상과 영악하고 세속에 물든 인간을 대표하는 인물이라고 할 수 있다.

> ……그러면서 차가 산모퉁이를 돌자 그는 그만 보이지 않으며 갑자기 빼꾸기의 울음소리가 들려왔다. 어디서 우는 지 알 수가 없으면서도 나는 안개가 자욱한 산 중턱을 쳐다보았다…….(중략) 내가 예까지 왔던 것은 혹시 저 빼꾸기의 울음소리를 들으러 왔던 지도 모른다고 생각했다.(p. 154)

이것은 이 작품의 마지막 장면묘사지만 작가는 사건의 심각성보다도 그 뒤에 깔린 암울한, 그러나 아름다운 분위기에 더 중점을 두어 독자의 가슴을 한없이 메이게 하고 있다.

전후의 부패한 사회상을 더 예리하게 풍자한 것으로는 《적중》이 있다. 산부인과를 개업하고 있는 '나'에게 '박문승'이란 동창생이 찾아온다. 어느 여대생에게 임신시킨 일을 의논하기 위해서이다. 그 아이를 처치해 달라는 말에 '나'는 내심 주저를 하지만 순박하고 성실해 보이는 웃음에 부탁을 들어 주기로 결심한다.

> ……그러고 보면 확실히 그 웃음은 단순한 웃음이 아니고 어떤 전술적인 것을 내포한 능청스러운 웃음이었다. 그 웃음으로

그는 돈을 벌고 기반을 닦아서 국회의원이 된지도 모르는 일이었다.*64

'나'는 이러한 그의 웃음에 이번엔 내가 걸려드는 판이라고 생각을 하면서도 거절을 못한다. 친구의 명예를 지켜주고 여대생에게 새 삶을 열어 주는 길이라고 생각했기 때문이다. 그러나 그것은 커다란 착각이었음을 알게 된다. 그 여대생은 임신을 하지도 않았고 순진한 처녀도 아니었던 것이다. 작가는 작품결말의 멋진 반전을 통해 부패한 국회의원의 비리에 일침을 가하고 있다.

《교환조건》에서는 이러한 문제를 더 리얼하고 적극적으로 다루고 있다. 그것은 '병수'와 '윤호'라는 두 인물의 대립상을 통해 첨예적으로 드러나고 있다. '윤호'는 어느 신문의 편집국장으로, 국회의원 선거를 앞두고 국회의원들의 비리와 약점을 잡아서 한밑천 잡으려고 혈안이 되어 있는 자이다. '나'는 그런 '윤호'에게 환멸을 느끼면서도 어쩔 수 없이 그에게 동조하게 된다.

병수에게는 지금 열변을 토하고 있는 윤호라는 자를 만나게 된 것이 어떤 올개미 속에 빠져 든 것만 같은 기분이었다. 잘 알지도 못하는—굶주린 개가 남의 쓰레기 통을 뒤지듯이 훅훅 냄새를 맡고 다니는 이런 자를—이전에 모 대학에서 잠깐 같이 있었다는 연고로 술집에서 만난 그 자와 합석을 하게 되었던 것이다.*65

'나'는 이번에 국회의원에 출마한 '김천득'이 나의 아내를 뺏은 자

---

*64 《적중》(자유문학 1959. 3), p. 182.

*65 《교환조건》(자유문학, 1959. 3), p. 31.

라는 걸 알고 그걸 미끼로 그에게 돈을 뜯어 내려는 '윤호'의 태도가 불쾌하고 비열한 생각이 들지만 병든 몸이므로 돈이 필요하기 때문에 그에게 끌려가게 된다. 그러나 작가는 결말에서 내가 그렇게도 치사한 놈이 되다니, 절대로 그렇게 될 순 없잖나, 될 수 없지, 이건 술에 취한 때문이야, 머리가 이렇게 빙빙 도는 걸 봐도 분명 술에 취하긴 취했어.(p. 33.)

라는 '병수'의 양심에 찬 절규를 통해 끝까지 타락하지 않는 지식인의 일면을 보여 주고 있다. 즉 작가는, 이 사회에 '윤호' 같이 기생충같은 고등 룸펜이 얼마나 많은 가를 보여줌으로써 부정적이고 추악한 일면을 제시하는 한편, 그래도 우리 사회에서 마지막 지성과 양심은 살아 있다는 것을 긍정적인 시각으로 해석해 내고 있다.

《허민선생》은 평양에서 조선어 선생을 하던 정의의 인물이었으나, 전쟁과 1·4후퇴를 거치는 동안 비굴과 동정의 대상으로 전락한 인물상을 대표하고 있다. '나' 자신도 월남하여 궁핍한 생활을 하고 있는데 체면과 염치를 버리고 찾아와서 괴롭히는 중학은사를 대할 때 동정보다는 환멸과 짜증이 일기 시작하는 것이다. 그래서 급기야는 선생의 부고를 받고 속시원한 해방감을 맛본다는 이야기다. 작가는 중학은사와 제자와의 갈등을 통해 전쟁이 얼마나 인간의 삶을 무섭게 변화시켰으며, 또 그로 인해 황량해진 세태가 어떻게 전개되는가를 형상화하는 데 주력했다고 생각된다.

이상과 같이 3가지 부류의 작품 전개를 통해 작가가 전후의 세태—그 시대적 삶을 어떻게 구명하고 있는 가를 살펴보았다.

작가는 우선 여성들의 수난을 통해 전란이 남긴 후유증이 얼마나 크게 인간의 삶을 파괴시켰는가를 보여 주고 있다. 전쟁이 일어나지 않았을 경우, 그들이 누렸을 지도 모르는 행복한 삶을 아울러 제시하여 주면서 지금의 전락한 삶을 전개시킴으로써 그 효과는 더욱 리얼하게 부각되었다고 할 수 있다.

그리고 작가는 실향민들이 월남해 뿌리를 박지 못하고 방황하는 심정을 애조띤 음색으로 다루고 있다. 작가자신이 고향을 잃은 실향민이니 만큼 이들 작품의 전개나, 애환과 고독의 형상화는 깊은 공감을 불러일으킨다 하겠다.

또한 서로 다른 방식으로 삶을 살아가는 두 인물들의 갈등이 돋보이는 계열의 작품들을 통해, 작가는 전후의 어지러운 사회의 모순과 비리를 날카롭게 꼬집고 있다.

이들 작품들에 우리가 발견할 수 있는 것은 사회와 인간을 바라보는 작가의 따뜻한 시선이다. 어떠한 경우에도 절망하지 않고 긍정적인 시각으로 모든 면을 해석하고 유추해 내려는 의도를 포착할 수 있다.

4. 진정한 애정윤리의 추구

이 항에서 다룰 작품들은*66 모두 남녀간의 건전한 애정윤리를 추구하고 있는 점이 그 특징이다.

6·25는 여성들이 성윤리를 일변시키는 가장 큰 요인이 되었다. 무분별한 성윤리는 특히 미혼여성들에게 크게 파급되어, 56년의 박인수(朴仁秀)사건에서는 판사로 하여금 무책임한 성윤리는 법에서 보호할 책임이 없다고까지 말하기에 이르렀다. 전쟁의 비참함과 전후의 퇴폐적 풍조는 이 시기의 많은 여성들을 쾌락주의로 이끌어 성과 결혼과 연애를 엄연히 구분해서 생각하게 만들었다.*67 이같은

---

*66 여기서 다루고 있는 작품들은 모두가 미망인 박순녀 여사로부터 그 귀한 자료를 제공받은 것인데 여러모로 애써 보았으나 불행히도 게재지와 발표연대의 추정이 전혀 불가능했다.

*67 정태용(鄭泰鎔) 〈20년의 정신사〉(현대문학, 1965. 4), p. 61.

세태에 편승해 대부분의 작가들이 불륜을 주제로 많은 작품을 쓰게 되었다.*68 그러나 김이석은 이렇게 전통적 윤리가 파괴되어 아프레 게르의 퇴폐성과 부조리가 범람하는 상황 속에서도 끊임없이 진정한 성윤리와 건전한 결혼관의 올바른 모럴을 제시하고 있는 점이 이 시대의 큰 특징이라 할 수 있다.

《파이롯트의 연인들》《여배우》《향수》에서는 자기가 사랑하는 사람이 이미 다른 여성을 사랑하는 것을 알고는 깨끗이 단념하고 마는 이야기를 그리고 있다. 죽은 애인의 친구인, 파일럿 김동규를 사랑하게 된 '은희'는, 고모가 그것을 눈치채고 혼담이 오가게 하자 부끄러우면서도 가슴설레며 기다리게 된다. 그러나 자기와 친한 친구인 '영숙' 역시 그를 사랑하고 있는 것을 알자 깨끗이 단념한다.《여배우》의 '은주'와 '문수'는 같은 극단에서 연극을 하는 사랑하는 사이다. 그때 그들이 속해 있던 '민중극단'에 '혜란'이 들어오게 되는 데 그녀는 '은주' 언니의 애인을 가로채 언니를 임신한 채로 자살하게 한 장본인이었다. 바로 그녀가 이번에는 '문수'와 가깝게 지내는 것을 보고 '은주'는 연극을 포기하고 조용히 살 결심을 한다. 그러나 그녀가 찾아와 진실을 이야기하고 수백 만의 관객을 위해 극단에 돌아와 줄 것을 눈물로써 호소하자 드디어 감동하게 된다. 작가는 이 작품을 통해 남녀간의 애정 뿐 아니라 '신극(新劇)은 지금과 같은 실험무대에서 하루바삐 벗어나야 하며, 그렇다고 관객들의 비위나 맞추는 저속한 연극은 지양해야 한다.'는 새로운 연극관도 제시하고 있다.

《향수》의 '영숙'은 약국을 경영하면서 병석에 있는 주인집 마님을 극진히 모시는 정숙한 처녀이다. 그녀는 주인집 아들인 '인섭'을 흠모

---

*68 그러한 작품들을 대략 살펴보면 다음과 같다. ①김광주(金光洲)《나는 너를 싫어한다》②정승석(鄭飛石)《자유부인》③김래성(金來成)《실낙원의 별》④염상섭(廉想涉)《결혼 뒤》⑤한말숙(韓末淑)《신화(神話)의 단산(斷産)》⑥손소희(孫素熙)《태양의 계옥》⑦손장순(孫章純)《파인 플레이》.

하지만 그가 이미 '희경'을 마음에 두고 있다는 것을 알고는 미장원을 연다면서 그 집을 떠나고 만다. 결국 '인섭'과 '희경'은 결혼해 온천장으로 신혼여행을 오게 되고 공교롭게도 '희경'이 간 그 온천장의 미용실에서 '희경'과 '영숙'은 만나게 된다.

우연히도 자기 손으로 단장한 신부가 이 밤을 새면 그이의 아내가 된다. 말하자면 인섭이의 행복을 자기 손으로 맺어준 것만 같은 만족된 마음이었던 것이다.

"그 향수는 참 보람 있게 쓴 거야"하고 그녀는 생각했다.*69

인섭이 그녀에게 어머니를 돌보아 준 감사의 뜻으로 준 향수를 다른 여성의 행복을 위해 뿌려주고 그들의 앞날을 기원하는 '영숙'의 행동은 참으로 훌륭하다고 할 수 있다.

《속정(俗情)》은 당시의 무분별한 성행위의 남발과 희박한 정조관념에 일침을 가하는 작품이라 하겠다. '은주'는 처음 선을 보고 와서 어서 결정을 짓자는 어머니의 성화에 자기와 일생을 같이할 반려자를 좀 더 신중히 결정해야겠다고 생각한다. 상대방인 '동화'는 의지가 굳지 못하고 경박한 데가 있다고 생각하니 망설여졌던 것이다. 그러나 마땅치 않은 데로 결국 약혼을 승낙하고 지내던 중 집에 놀러 온 '동화'가 단 둘이 있는 것을 틈타 짐승같이 난폭해 지는 것에 환멸을 느낀다. 그리고 얼마 후 '동화'의 집에서 '은주'의 어머니가 옛날에 기생이었다는 것을 핑계로 파혼을 요구하게 된다.

"내가 전신이 기생이래서……

그 순간 은주는 어이가 없는 대로 놀랐다. 어머니가 기생이었

---

*69 《향수》, p. 131 .

다고—그런 것을 이유로 삼는 동화의 태도가 말할 수 없이 불쾌하고……(중략)……"그런 일로써 마음이 변해지는 사나이를 믿고 결혼을 했으면 어떻게 됐겠어요, 지금에 이렇게 되기가 다행이지*70

어떤 인습에 얽매여진 감정에 잡혀 있는 어머니에 대한 연민과 그 어머니의 약점을 이용해 성급하게도 애정을 요구했다 거절당하자 파혼을 제기하는 동화의 비굴한 태도에 대한 분노로 '은주'는 마음의 평정을 잃는다. 그러나 곧 '선량하면서도 약하기 때문에 받은 피해를 생각하고 내일부터라도 일자리를 구하러 가야겠다고 생각하는' 것이다. 작가는 진정한 애정이 없는 육체적인 접촉은 그것 자체에 많은 위험이 내포되어 있다는 것을 이 작품을 통해 보여주고 있다.

그런가 하면 《복권(福券)》《결혼을 앞두고》《진실일로》《약혼》 등에서는 참으로 흐뭇한 건전한 젊은 연인들의 애정윤리가 밝은 터치로 전개되고 있다. 《복권》의 '억만'과 '은주'는 서로 사랑하는 사이지만 가난한 월급쟁이들이므로 결혼비용이 없어 항상 서로 안타까와 한다. 그러던 중 '억만'은 자기의 복권이 천만환에 당첨되었다는 것을 알고 꿈같은 공상에 잠긴다. 그러나 '은주'는 갑자기 부자가 된 '억만'이 마음이 변할까봐 한편 불안하기도 하다.

"자기가 노력하지도 않고 갑자기 돈이 생겼다고, 사람까지 달라질 수 있어? 만일 달라진다면 그것처럼 우스운 노릇이 없지"*71

---

*70 《속정》, p.48.
*71 《복권》, p. 162.

"돈이 있다고 무위도식배가 된다는 것은 인생의 타락이지, 나는 자기의 땀으로 산다는 데 언제나 의의를 가졌어"(p. 164)

'은주'는 천만 환이 생겼는데도 직장도 그대로 다니고 또 자기와의 사랑도 변치 않는다는 위와 같은 '억만'의 말을 듣고 감격한다. 그러나 다음날 그들이 의기양양하게 복권을 찾으러 갔을 때, 그것이 이미 지난 달의 복권이었다는 데에 그들은 아연해지고 만다. 그러나 그 일로 그들의 애정은 더욱 굳어지어 곧 결혼을 하게 된다. 작가는 진정한 행복이란 결코 물질적인 풍요에서 오는 것이 아니라는 것을 이 작품을 통해 유머러스한 주제와 가벼운 필치로 전개시키고 있다. 《결혼을 앞두고》에서 역시 작가의 이같은 의도를 읽을 수 있다. '원섭'은 약혼녀인 '문주'가 자라온 환경이 너무나도 좋았기 때문에 자신의 박봉으로 살림을 잘 꾸려갈 수 있을지 걱정을 하나 다음과 같은 '문주'의 말에 안심을 하게 된다.

"어떤 이유에서요? 전 값비싼 치마나 들르고 다닐 줄 밖에 모르는 그런 여자라고만 생각하셨나요?"*72

'문주'는 문주대로 그가 자기를 돈만 아는 여자로 생각해 온 것 같아 몹시 섭섭한 것이다. 그러나 결국 그들은 서로의 마음을 알게 되고 '원섭'은 희망에 찬 인생의 설계를 하게 된다.

……"말하자면 우리들은 지금 아무리 큰 이상이라도 가질 수가 있다는 것입니다. 어째서 그럴 수가 있느냐 하면 우리 지금 인생의 출발점에 서 있는 것이 아닙니까? 우리들은 힘껏 달려서 상

---

*72 《결혼을 앞두고》, p. 117.

도 힘껏 타 보자는 것이지요."(p. 118)

전혀 세속적인 쾌락이나 퇴폐에 물들지 않은 선량하고 모범적인 선남선녀들의 이상과 같은 포부는 부정적이고 암울한 1950년대에 신선한 애정모럴을 제시해 주고 있다고 할 수 있다. 《진실일로》에서 그것은 더 선명하게 부각되어 나타난다. 사회원인 '성일'은 밤낮 빈둥거리며 에로소설이나 읽고 있는 '박전무'가 부당하게 여사무원 '은숙'을 조롱하며 야단치자 그만 참지 못하고 그에게 조목조목 사리를 따져 대들게 된다. 그것 때문에 그는 회사에서 파면당하고 실직을 하게 된다. 그러나 '성일'은

> 저도 말할 수 없이 분개했습니다만 돌이켜 생각해 보면 그것이 세상의 전부가 아닌걸요. 분개한대야 결국 그런 사람에게 지는 것 밖에 없는 것이지요. 그래서 저는 별로 울적할 필요도 없다고 생각했답니다.*73

라고 밝게 생각한다. 이러한 주인공들의 긍정적이고 건설적인 사고는 작가의 사회관과 인생관의 투영이라 할 수 있으므로 우리는 혼탁한 시대에서도 좌절하지 않고 따뜻한 시선을 가지려는 작가의 주관을 알 수가 있다. 그러한 의도는 결국 두 사람을 결혼시킴으로써, 그리고 '상일'을 통신사에 취직하게 하는 행복한 결말을 맺게 하는 것을 보아서도 뚜렷하다. 《약혼》에서는 미래를 약속한 남녀들의 행복한 모습이 전면에 클로즈업 된다. 이 작품에서 작가는 '숙희'와 그녀의 동생 '성규'와의 대화와, 그녀 형부의 입을 통해 올바른 결혼관을 제시하고 있다.

---

*73 《진실일로》, p. 225.

"그것이 나로서는 알 수가 없다니까, 사진 한 장을 계기로 애정이 생긴다는 것은 참말 20세기 후반의 마술이 아니고 무엇이야?"*74

그녀의 동생 '성규'는 누나의 중매결혼을 아주 못마땅하게 생각한다. 그는 사진을 한 번 보고 선을 보러 나가서 당사자를 만나고 그리고 결혼을 결정지어 버린 누나를 이해하지 못한다.

"그래서 중매결혼은 불행하단 말인가?"

"아니 아니, 그 결과의 성공과 실패를 말하자는 것이 아니야. 첫째로 그 출발에 있어서 맹목적일 수가 있다는 말이지. 중매결혼이라는 것은 당사자의 이성의 판단 보다는 오히려 그 주위 사람들의 힘으로 움직여지는 걸. 그러므로 말하자면 그것은 일종의 봉건적인 도락근성(道樂根性)일지도 몰라. 누나는 그런 어이없는 세계에 자기를 맡기고도 태연할 수 있으니 이상하지."(p. 185)

이상은 연애 지상론자인 '성규'의 나름대로의 탄탄한 이론이다. 그러나 '숙희'는 '실상 우리 현실에서 보자면 중매결혼과 연애결혼이 다른 것이 하나는 일정한 장소에서, 또 하나는 버스 간에서 우연히 만났다는 그것밖에 없다'고 말하며 보다 중요한 것은 결혼을 앞두고 서로 상대자를 이해할 수 있는 마음의 준비라고 나름대로의 결혼관을 밝힌다. 작가는 중요한 것은 어떻게 만났느냐가 아니라 서로 신뢰하는 마음이라는 것을 다음과 같은 형부의 말을 통해 역설하고 있다.

---

*74 《약혼》, p. 185.

이제부터 너희들은 서로서로 이해하는 것이 필요한 것이야. 두 사람의 총명한 지혜로써 서로서로의 장점과 단점을 결혼이라는 숭고한 목표를 위하여 메꾸어 나가야 하는 것이다. 그 노력은 참으로 귀한 것으로 그곳에서 서로 믿는 마음도 생기며 희망도 생겨지는 것이야. 그리하여 드디어 결혼식을 맞이할 수 있는 감정이 성숙될 수 있는 것이지.(p. 185)

이것은 단순히 쾌락을 목적으로 만났다가 마음이 안 맞으면 쉽게 돌아서 버리는 당시의 무분별한 젊은이들에게 건전한 애정의 규범을 보여준 작품이라 할 수 있다.

《금붕어》와 《아내의 슬픔》에서는 위의 작품들과 조금 성격을 달리하여 훌륭히 내조를 하는 아내들의 이야기를 그리고 있다. 《금붕어》의 '은주'는 남처럼 패물을 탐내는 일도 없고 옷을 잘 입겠다고 욕심을 부리는 일도 없이, 사는 것이 너무나도 즐겁다는 태도로 매일매일을 살아간다. 이러한 아내니 남편 '덕수'도 불만이 있을 리 없다. 그러던 어느 날 '덕수'는 술집에 갔다가 대학 다닐 때 사귀던 '미란'이란 여급을 우연히 만나게 되고 그녀로 인해 번민하게 된다. 그리고 그 사실을 '은주'가 알까봐 몹시 걱정을 한다. 그러나 그녀는 남편에게 자기가 금붕어를 싫어하게 된 경위를 조용히 설명하고 '덕수'가 만났던 여자에 대해 밝은 미소로 물어본다. 작가는 이 작품에서 가장 바람직한 아내의 모습을 설정하여 보여주고 있으며 가정의 위기를 현명하게 처리해 가는 주부상을 그리고 있다. 《아내의 슬픔》 역시 작가의 같은 의도를 읽을 수 있는 작품이다. 고등학교 교사인 '오선생'은 교육자로서 결점이 있다던가, 교과실력이 부족해서가 아니라 이사장 아들에게 영어점수를 3점을 주었다는 이유로 사퇴를 강요당한다. 아내는 남편이 부당한 처사를 받았다는 소식을 듣고 깨끗이 학교를 그만 두고 평소에 쓰고 싶었던 소설을 쓰라고 독려한다.

> 오선생 부인은 더 주저할 것 없이 내재봉소라고 써붙이고 미싱을 굴리기 시작했다. 그녀는 시장바닥에라도 나 앉을 각오였다. 바르게 자기 길을 가는 사람들은 고달픈 법이라는 자기 위안도 있었다.*[75]

이상의 글은 아내의 굳은 의지를 잘 나타내 주고 있다. 남편이 아내의 마음도 몰라주고 자꾸 좌절하고 비굴해져 가는 것에 아내는 슬픔도 느끼지만 그래도 오선생의 아내는 미싱을 밟을 뿐이었다. 어떻게 해서든지 남편이 창작의 길을 걷도록, 가정적인 부담을 시키지 않고 힘쓰도록 하기 위해서인 것이다. 작가는 진정한 부부간의 윤리와 애정은 비록 생활이 궁핍해진다던가 하는 외부의 물리적 변화에도 불구하고 더욱 굳게 맺어 진다는 모범적인 부부상을 이 작품을 통해 호소하고 있다.

이상과 같은 작품들을 통해 볼 때 이 계열의 특성과 작가의 의도는 명백하다 할 수 있다. 전중, 전후의 혼란과 좌절, 그리고 인간의 안팎에 놓인 광활한 폐허뿐인 시대가 가져온 상실감은 전통적인 윤리의식과 정조관념에까지 파급되었다.

작가는 이러한 비윤리적이고 부도덕적인 풍조가 범람하는 사회에 올바른 애정윤리와 신성한 결혼의 개념을, 위의 작품들을 통해 제시하려고 했던 것이다.

---

*75 《아내의 슬픔》, p. 214.

Ⅳ. 김이석 문학의 작가적 특성

1950년대라는 한 시대를 놓고 그 시대를 거쳐간 숱한 작가들에 대해 논할 때, 비록 모두가 동일한 운명, 동일한 시대적 책임을 느끼고 있었다고는 하더라도 그 표현방법과 뉘앙스의 차이에서 한 작가마다 각각 다른 개성과 작품세계의 특성이 존재할 것이다.

이에 본고에서는, 이제까지의 김이석의 생애에 대한 고찰과 1950년대의 배경연구, 그리고 구체적인 작품의 분석을 기저로 하여 김이석 문학의 특성을 알아 보고자 한다.

먼저 김이석이 그의 작품 속에서 창출해 낸 인간형은 어떤 성격을 지니고 있으며 그 성격이 시대적 배경과 어떤 연대성을 갖는가 하는 문제부터 시작해 보고자 한다.

위에서 분석한 단편들에 나오는 인물들을 유형별로 나누어 보면 다음과 같다.

1) 선량하고 어리숙한 휴머니스트 ;

나 《밀주》, 대성 《관앞골 기억》, 경일 《광풍 속에서》, 나와 일행 4명 《동면》, 나 《지게부대》, 나 《창부와 나》, 두선 《추운(秋雲)》, 성진 《한일(閑日)》, 박경호 《세상》, 허규 《달과 더불어》, 병직 《동창생의 약혼》, 나 《흐름 속에서》, 억만 《복권》, 나 《허민선생》

2) 영악하고 교활한 기회주의자;

영월영감 《학춤》, 정서원 《밀주》, 떡편영감 《외뿔소》, 허광 《편심》, 허성영감 《동면》, 미록영감 《지게부대》, 이희근 《교련과 나》, 성훈 《흐름 속에서》, 토니 최《빼꾸기》, 강영감《분별》, 박문승《적중》, 윤호《교환조건》, 허민선생《許民선생》.

3) 소박하고 인정 많은 한국의 서민상 ;

덕구《실비명》, 성구영감《학춤》, 강편영감《우정》, 화덕《외뿔소》 강영감《외뿔소》, 길용《빛 받은 산하》.

4) 소극적이고 체념적인 순종의 여인상 ;

도화《실비명》, 옥주《학춤》, 길용처《빛 받은 산하》, 복희《관앞골 기억》, 혜란《동면》, 숙희《파경》, 은주《화병》, 영숙《춘한》, 옥란《창부와 나》, 105호《모정》, 은희《파이롯트의 연인들》, 영숙《향수》.

2)형은 현실의 탁류속에서 이해(利害)에 따라 쉽게 변신하는 인물이다. 그들은 환경에 따라 색이 변하는 카멜레온과 같아 급변하는 사회 속에 몸의 색을 바꾸어 가며 능란하게 처세해 나간다.

3)형의 인물들은 인정많은 한국의 서민들로써 그들은 나름대로의 소박한 꿈을 가지고 살지만 끝내 좌절하고 있다.

4)형의 여인들은 꿈을 버리고 현실(現實)을 쉽게 살려는 인물들이라 할 수 있다.*[76] 때문에 쉽게 유혹에 흔들리고 있다. 기생이 되었다든가, 현실의 벽에 부딪힐 때 화류계로 떨어지는 것이 이들이다. 《실비명》의 '도화'의 타락을, 식민지적 개화의 물결 속에서 많은 가난한 여인들이 학문 대신 허영과 타락의 길로 걸어간 민족사적 비극*[77]으로 파악한 것도 이들이 쉽게 현실과 타협하고 유혹에 빠져 들어가는 것을 지적한 것으로 보인다.

그러나 위의 유형들 중 주인공으로서 가장 빈번히 나오며 김이석 소설의 특징을 확연히 구명시켜주는 것은 1)형의 인물들이다. 그의

---

*76 김영화 : 같은 책, p. 153.

*77 임헌영 : 같은 책, p. 536.

소설에 등장하는 인물에는 강한 개성적 인물이나 행동력이 있는 인물이 보이지 않는다. 대체로 소극적이고 행동반경의 범위가 좁은 평면적 인물이 주류를 이룬다. 사물을 인식하거나 사태에 대처하는 태도가 현실과 사회의 밑바닥을 파헤치면서 치열하게 대결하는 정신이 없다.

……그러나 나는 그것을 받고 나서도 그 십중팔구라는 말이 된다는 소리로 들리느니 보다도 그와 반대로 될 리가 없다는 소리로 밖에 들리지가 않았다. 말하자면 나는 그만큼 속아온 셈이었다.*78

어째서 나의 부모들은 남의 비위를 살살 맞춰 줄 줄 아는 그런 인간으로 태어나지 못하게 하였는가고, 그러면서 나는 아침저녁으로 중대장이나 소대장의 잔등을 두드려 주고서 하루종일 낮잠이나 자는, 화투나 치고 있는 그런 자들이 부럽기가 끝이 없었다.*79

빨갱이라면 어쩌랴, 비굴하지 않고서는 못사는 세상인걸. 참자, 참어, 책상을 둘러 엎는 일만은 참자, 눈을 꾹 감고 살자.*80

그 순간에 박경호씨는 자기를 공연히 조롱대기 위해서 묻는다는 것을 잘 알고 있었다. 그럴수록 화가 치밀어 오르며 고함이라도 쳐 주고 싶었다. 그러나 그의 어조는 극히 온순했다.*81

---

*78 《빼꾸기》, 같은 책, p. 119.
*79 《지게부대》, 같은 책, p. 228.
*80 《흐름 속에서》, 같은 책, p. 198.
*81 《세상》, 같은 책, p. 214.

이상의 예문에서도 알 수 있듯이 이들은 착하고 선량하기만 하여 다른 사람의 억눌림을 받고 살아가고 있다. 좀 더 구체적으로 이들의 일반적 특징을 요약해 본다면 첫째, 이들 주인공들은, 모두가 착하고 선량한 성품을 가지고 있다. 둘째, 이 인물들이 인생과 사회를 바라보는 태도는 소극적, 방관자적 태도를 가지고 있다. 셋째, 이들은 사회에 잘 적응을 못하며 적응했다 하더라도 쉽게 사회나 그 구성원들에게 배반을 당한다. 넷째, 대부분이 고등교육을 받은 인텔리이다. 다섯째, 주인공의 대부분이 실향민이다.(배우자 중 한 쪽은 북에 남겨둔 채로 월남하여 헤어져 있으며 주인공이 여자일 경우, 남편이 전쟁 중 전사했거나 부친이 북에 납치되어 감), 여섯째, 거의가 예외없이 극심한 경제적 고통을 당하고 있다.

복잡하고 격동하는 현대사회에서는, 무엇이든지 직선적이고 즉각적인 반응을 보이는 뚜렷한 개성을 가진 인물들만이 돋보이므로 자칫 이런 유형의 인물들은 바보스럽고 모자란 듯한 인상을 준다.

그러나 이것은 이들 주인공들에 대한 외면적인 관찰의 결과이다. 이들을 쉽게 패배의 인물들이라고 단정하는 것은 잘못이다. 작가는 영원히 고향을 잃어버린 착하고 선량한, 그리고 무능력한 실향민들의 이야기를 중점적으로 그렸고 이러한 인물설정과, 그들이 뿌리박지 못하고 방황하는 상황을 통해, 당시 전후 사회의 혼란속에서 돈 없고 힘 없는 사람들의 생활을 리얼하게 묘사했으나, 결코 그들을 절망, 그 자체의 심연 속에 익사시킨 것은 아니다.

그냥 내어 던져지고 뿌리 뽑힌 존재로써 의식할 뿐인, 상처에선 이미 피도 흐르지 않고 고갈한 정신은 굳어질 대로 굳어진 실향민들의 삶에서, 작가는 인간상실—즉 고향을 잃어버린 자들의 슬픈 운명을 통해 새로운 희망을 모색해 가고 있는 것이다.

그러므로 작중인물들이 모두 선한 것은 오히려 당연하다고 할 것이다. 위와 같은 것이 작가의 의도라면, 아리스토텔레스가 말한 바처럼*82 '인물이 말하고 행동하는 것이 도덕적 목적을 나타내 주는 것이라면 극에는 성격요소가 있을 것이고 그 목적이 선한 것이라면 성격요소도 선해야 할 것'이기 때문이다.

다음으로 김이석 소설에 나타난 시간적 공간적 배경에 관해 살펴보면, 거의가 6·25를 그 시간적 기저로 하고 있다. 그는 다양한 작품세계를 구사했으나, 한국적인 인정의 세계를 다룬 1)유형을 제외 하고는 모두가 6·25가 어떤 형태로든 작품 속에 용해되어 나타나고 있음을 알 수 있다.

그리고 공간적 배경은 극히 협소하게 즉 평양, 서울, 부산, 대구 등으로 한정되어 있다. 특히 평양이 배경인 작품이 압도적으로 많은데 이것은 작가의 고향이 평양인 것과 무관하지 않다.

> ……(중략)……그의 마음 속에는 항상 평양이 있었던 모양이고 이 평양에 대한 향수가 그의 취미에까지도 그러한 구태를 버리지 못하게 한 것이 아니었던가 하는 생각이 든다. 그는 평양을 몹시도 못 잊어 했다. 혹시 책가게 같은 데를 들려서 고서(古書)를 찾다가 평양 시가지 사진이라도 나오면 싫증이 날 정도로 지나치게 지루한 설명을 했다.*83

이상과 같은 글에서도 알 수 있듯이, 그에게 있어서 평양은 그 자신의 생활에 있어서나, 그의 작품세계에 있어서 큰 비중을 차지하고 있다.

---

*82 아리스토텔레스 : 《시학》 해밀턴 화이프 해설/김재홍 옮김(평민사, 1983), pp. 87~88.
*83 김수영(金洙暎) : 《김이석의 죽음을 슬퍼하면서》(현대문학, 1964. 12), pp. 23~24.

평양 모란봉 기슭인 진위대 마당에서 연년이 시민 대운동회를 열던 일도 생각해 보면 이미 30여년 전의 일이다.[84] (이하 방점 필자)

아홉 대의 편대로 된 UN군의 중폭기는 평양을 구경이나 하러 온 듯이 유유히 상공을 스쳐 지나가며 평양비행장을 폭격했다.[85]

그때 평양에는 축구 열이 극도로 팽창했던 때라 소학교의 축구도 만만치가 않았다. 그는 볼차기를 좋아했던 만큼 축구 선수가 되는 것이 소원이었다.[86]

그때부터 누나는 헌 피아노를 빌어다가 피아노 교습을 하기 시작했다. 비록 음악학교는 중퇴했다 하더라도 그 당시엔 평양에선 당당한 피아니스트였으므로 교습생이 대 여섯 명은 되었다.[87]

내가 다닌 그 주일학교는 평양성에서 제일 높은 장댓재의 잿등에 있었다. 말하자면 장로교의 본산이라고 할 수 있는 장대현교회가 바로 우리 주일학교였다.[88]

대충 적어본 이상의 예문을 통해서 작가는 작품의 서두에 배

*84 《실비명》, 같은 책, p. 7.
*85 《광풍 속에서》, 같은 책, p. 48.
*86 《관앞골 기억》, 같은 책, p. 111.
*87 《편심》, 같은 책, p. 273.
*88 《장대현 시절》, 같은 책, p. 296.

경에 관한 언급을 주로 하고 있고 그것이 대부분 평양임을 알 수 있다.

그러나 김이석에게 있어서 '평양'은 단순한 과거의 고향만을 지칭하는 것이 아니다. 그것이 단지 작가의 개인적 기억 속에 담겨진 폐쇄적 공간에 불과하며, 외부의 세계에 대한 도피처의 구실만을 하는 것은 아니다.

작가가 평양을 그의 작품의 주 배경으로 삼은 것은 다분히 의도적인 것임이 명백하다. 그것은 이른바 '완충지대'의 역할을 하고 있다고 할 수 있다.

많은 실향민들이 고향을 버리고 이남이라는 새로운 사회로 들어가서 적응하는 과성에서 생기는 갈등과 대립을 완화시켜 주는 보조사회의 역할을 하고 있는 것이다. 즉 열은 열로써 상쇄(相殺)하고 어둠은 어둠으로써 고향부재의 사실을 깊이 인식시켜 마음의 카타르시스를 얻을 수 있게 하는 것이다.

다음으로 구성상의 특징을 살펴볼 때, 인물설정에 있어서 일인칭의 회상형식을 많이 사용하였고, 그들이 모두 일률적임을 알 수 있다.

소설의 등장인물을 일률적인 성격으로써 독자와 친하게 하는 일은 우리나라의 신변소설(身邊小說)에서도 많이 볼 수 있다. 소설에 나오는 인물을 일일이 설명하지 않아도 될 수 있다는 것은 작가로서는 아주 편리한 일이다.

실제에 있어서 한 작가가 많은 인물을 창조할 수는 없는 것이다. 단편을 많이 쓴 체홉이나 모파상 같은 작가로도 인간의 타입으로 나눈다면 10여종에 지나지 않으리라. 스탄다르나 도스도옙스키의 주인공들도 그 성품에 어느 정도 강약은 있으나 같은 바탕의 인물들

이라고 할 수 있다.*[89]

위의, 글을 통해 볼 때 일률적이고 연관성 있는 일인칭 주인공의 성격창조는 다분히 의도적인 것임을 알 수 있다.

그리고 김이석 문학에 나타난 문체상의 특징을 살펴보면, 그는 풍부하고 다양한 형용사의 사용과 정확한 문장력을 구사하고 있음을 알 수 있다. 그가 이북 출신임에도 불구하고 평양 사투리는 거의 그의 작품 속에서 찾아볼 수 없다.

김이석 자신은 '예술상의 리얼리티는 본시 현실 속에 있는 리얼리티와는 다르다는 것을 새삼스럽게 이야기할 필요가 없는 것과 마찬가지로 작품 속에 생활의 진실성을 그리기 위해 그 지방에서 쓰는 말을 그대로 갖다 썼다고 반드시 자랑할 이유는 못되는 것이다'*[90] 라고 말해 사투리의 사용에 부정적인 견해를 보이고 있다. 즉 그는 사투리의 효과는 사투리가 아니면 그 사람을 살릴 수 없다는 작가의 인간발견과 그 발견한 사람을 자기 작품 속에 표현하고 싶은 욕구에서 개성적인 말로써 작가가 만들 수 있는 말에 그 의의를 찾고 있다고 할 수 있다.

문체상의 또 다른 커다란 특징은, 이 작가의 체온처럼 풍기는 엷은 페이소스가 발휘하는 담담한 호소력이라 할 수 있다. 실생활에서 경험한다 치면 참을 수 없이 고통스러운 얘기를 읽으면서도 그저 흐뭇하기 조차 한 은은한 페이소스를 감득케 하는 분위기조성은 이 작가의 가장 큰 특징으로 규정지을 수 있다. 그 페이소스가 외적인 것이든 내적인 것이든 그의 문학의 한 중요한 위치가 될 것이다.

설혹 어둡고 음산한 세계를 그린다 하더라도 맹렬한 분노나 혐오

---

*89 《문학수업기-제2의 청춘으로써-》(현대문학, 1962. 6), p. 178.

*90 《사투리 소감》(문학예술, 1955. 9), p. 115.

와 비정의 묘사가 아닌, 인종(忍從)과 달관의 표현을 구사하고 있다.

즉 격정도 분노도, 공포도 절망도 아름답게 순화시키고 차분히 정화시키는 그의 작품은 그가 우리의 현실을 '사랑의 눈'으로 보려고 했던 작가였기 때문일 것이다.

V. 결론

김이석은 많은 작품을 통해, 독자적인 의식구조를 가지고 다양한 작품세계를 전개시켜 왔음에도 불구하고, 몇몇의 대표적인 작품에만 피상적으로 언급되어 왔으며, 문학사적으로는 전혀 논의되고 있지 않은 실정이다.

이에 본고는 그의 작품세계에 대한 총체적인 연구를 통해 김이석 문학의 본질을 구명해 보고자 하였다.

논술의 순서로는 작품의 발표연대와는 관계없이 작품의 주제와 제재의 동질성 및 유사성에 따라 4가지 유형의 작품군으로 대별하여 다루어 나갔다. 그러나 이 4유형들이 각기 독자적이기는 하나, 모두 작가가 왕성한 창작활동을 했던 1950년대에 씌어진 것들이므로 6·25라는 비극적인 역사의 현실 속에서, 김이석의 작가의식과 태도가 어떤 것이었는지를, 서로 유기적이고 상관적인 시점에서 하나의 맥락을 갖고 검토하고자 하였다.

먼저 제1유형에서, 작가는 1938년 《단층》이라는 동인지를 통해 새로운 문학에의 시도를 모색했으며, 2편의 신심리주의적 경향의 소설을 쓰게 된다. 그러나 이 동인지는 일제의 압력으로 인해 폐간되고 작가는 6·25를 맞게 되어 15년간의 공백기를 갖게 된다.

그리고 단신 월남하여 《실비명》을 발표함으로써 새로운 문학활동을 전개시켜 나가고 있다. 이 계열의 작품들에서는 전혀 전쟁의 흔적을 찾아볼 수 없다. 그는 전후의 절실한 현실감을 노출시키지는 못했으나 인간의 절망, 타락 그리고 세속적인 갈등을 통해 인간의 원초적인 본질을 단순하게 포착하려 하였다. 이 작품들에서 알 수 있는 것은 김이석이 토속적이고 무구(無垢)한 인정을 소재로 하여 현실의 냉혹한 기후에 대결하려고 하였다는 것이다. 우리가 당면하고 있는 현실이 처참하고 냉혹했기에 사람들의 신경이 왠만한 자극에는 둔감하게 되었는데, 이러한 무감각한 신경을 움직일 수 있는 것은, 결국 따스한 인정이라는 것을 작가는 밝히고 있다.

두 번째로, 작가는 자신의 체험이 형상화된 작품을 썼다 《기억》《편심》《장대현 시절》《관앞골 기억》《발정》 등은 작가의 어린시절과 소년시절을 그린 것이라 할 수 있고, 《동면》《지게부대》《교련과 나》 등은 전항(前項)의 어린 소년이 청장년시절을 거치는 동안 체험했던 갖가지 일들을 소설로 형상화시킨 것이라 할 수 있다.

한 작가가 자신의 체험을 형상화할 때, 그것이 작품의 성과를 높였느냐 아니면 그 반대냐 하는 것은 단언하여 말할 수는 없으나 그의 작품세계의 한 특색으로써 지적할 수 있는 사실이다.

'나는 앞이 보이지 않을 때는 뒤를 돌아다 본다'라고 말한 김이석은 의식적으로 재편성의 길을 걸었다고 할 수 있으나 이것은 결코 작가로서의 후퇴를 의미하는 것이 아니라, 그 세계 속에서 현실과 조응(照應)되는 신랄한 의식을 찾으려는 작가의 의도인 것이다.

다음으로 세 번째 유형에서, 작가는, 전후의 세태를 리얼하게 그림으로써 그 시대적 삶의 다양성을 구명하려 하였다.

이 계열의 작품들은, 전란의 후유증으로 인해 가난하고 피해받는 여성의 삶을 중심으로 한 《화병》《파경》 등의 소설과, 실향 지식인의 애환과 고독을 그린 《한일》《세상》《달과 더불어》 등의 소설, 그리고 전후의 어지러운 사회를 배경으로 대립되는 두 인물상을 통해 서로 다른 삶의 양식을 표출한 《뻐꾸기》《분별》《적중》《허민선생》 등의 소설, 이렇게 3가지로 나뉘어 질 수 있다.

이들 작품들은 김이석 문학에 있어서 가장 핵심적이고 중요한 위치를 차지하며, 그의 문학적 특질을 극명하게 보여준 소설들이다. 그는 전쟁이 남긴 후유증의 심각성과 또 그로인해 고통받는 실향민들의 삶을 생생하게 그리고 있다. 또한 선량하고, 현실에 적응하지 못하는 인물과, 처세술이 능하고, 교활한 인간상의 대립을 통해 부패한 사회, 혼란된 사회상을 날카롭게 비판하고 있음을 알 수 있다.

네 번째 유형은, 진정한 애정윤리를 주제로 한 것들이다. 이 계열의 작품들은, 당시 1950년대에, 전후의 허무와 실의를 틈타 만연됐던 성개방과 퇴폐적 향락주의의 세태에 반기를 들고, 건전하고 밝은 애정윤리란 어떤 것인가를 보여 주고 있다.

이상과 같은 작품들을 통해서, 작가는 선량하고, 현실에 잘 적응을 못하는 가난한 실향민이라는 인물을 대표적으로 설정하고 있음을 알 수 있다.

톨스토이는 '한 집안이 불행한 이유는 모두 다르나 행복한 이유는 언제나 같다'고 하였으나 1950년대 우리 문단의 경우는 그 반대의 해석이 적용될 수 있다. 즉 그 당시 우리는 불행해야 했던 이유가 모두 똑같았다고 할 수 있다. 6·25의 발발이 우리 민족이라는 집단의 불행의 공통요인이었던 것이다. 그러나 그 불행을 받아들이는 태도는 다종다기하다고 할 수 있다. 그 사태를 재빠르게 받아들이는 사람과 잘 적응을 못하고 방황하는 선량한 패배자들이다. 김이석은 후자의 인간형을 대변한 사람이고 또 그러한 작품을 썼다.

삶이 자아를 확립하기 위한 투쟁이라 할 때 그 투쟁에서 이긴 사람은 영웅이 되고 후세의 역사에 기록이 된다. 그리고 그런 영웅을 즐겨 그린 작가 역시 훌륭하고 영웅시되는 경향이 있어 왔다. 그러나 김이석은 그 반대편의 인간형을 그려 왔기 때문에 빛을 못 받고 소외된 것이 아닌가 한다.

그는 그가 창출해 낸 인간형을 통해, 그 특유의 잔잔한 호소력을 가진 문체로 긍정적인 시각을 가지고 작품을 썼다는 것이 큰 특징이라 할 수 있다.

그는 인간적인 향수를 묘사하려는 화술이 능한 작가이다. 그 특유의 묘사법과 강한 향수를 불러일으키는 서민층의 비애는 항상 연연하게 독자의 가슴을 치며, 짙은 페이서스를 유발케 하여 카타르시스의 효과를 나타내 준다.

이렇듯 1950년대에 그가 구축한 독특한 문학세계는 중요한 문학적 특질로 평가되어야 마땅하며, 그는 보다 비중 있게 다루어져야 올바른 문학사적 위치를 확보할 수 있으리라 생각된다.

앞으로 보다 다각적인 상세한 접근을 통해 김이석문학연구가 진행되어야 한다고 보며 올바른 평가의 정립이 요청된다고 생각한다.

〈참고문헌〉

1) 단행본류

고 은 : 1950년대, 민음사, 1973.

곽종원 : 신인문형의 탐구, 인간사, 1958.

구인환 : 한국근대소설연구, 삼영사, 1977.

김병욱 : 한국문학연구방법론, 민족문화사, 1983.

김병익 : 한국문단사, 일지사, 1973.

—— : 상황과 상상력, 문학과 지성사, 1979.

—— : 지성과 문학, 문학과 지성사, 19682.

김영화 : 현대작가론, 문장, 1983.

김용성 : 한국현대문학사탐방, 국민서관, 1973.

김윤식 : 우리 문학의 넓이와 깊이, 서래헌, 1979.
김치수 : 한국소설의 공간, 열화당, 1979.
백 철 : 신문학사조사, 신구문화사, 1980.
—— : 전후 15년의 한국소설, 신구문화사, 1962.
신동욱 : 한국현대문학론, 박영사, 1981.
—— : 우리 시대의 작가와 모순의 미학, 개문사, 1982.
윤병로 : 현대작가론, 선명문화사, 1974.
윤병지·백 철 : 국문학전사, 신구문화사, 1980.
이선영 : 상황의 문학, 민음사, 1979.
이재선 : 한국현대소설사, 홍성사, 1979.
이태동 : 부조리와 인간의식, 문예출판사, 1981.
임헌영 : 한국근대소설의 탐구, 범우사, 1974.
정한숙 : 소설기술론, 고려대출판부, 1981.
천이두 : 한국현대소설론, 형설출판사, 1975.
—— : 문학과 시대, 문학과 지성사, 1982.
최재단 : 문학과 지성, 인문사, 1938.
아리스토텔레스 : 시학(해밀턴 화이프 해설/김재홍 옮김), 평민사, 1983.
A.A. 멘딜로우 : 시간과 소설(최익규 역), 대방출판사, 1983.
R. 웰렌, A. 워렌 : 문학의 이론(백철·김병철 역), 신구문화사, 1982.
퍼어시 라복크 : 소설기술론(송욱 역), 일조각, 1973.

2) 논문·평론류

곽종원 : 작가정신을 통해 본 현실의식, 문학예술, 1955.
김 송 : 김이석의 인간과 문학, 현대문학, 1964. 12.
김수영 : 김이석의 죽음을 슬퍼하면서, 현대문학, 1964. 12.
박남수 : 이제 누가 우리의 가슴을 적셔 줄 것인가, 한국일보, 1964. 9. 20.

박연희 : 이석이 고이 잠들게, 문학춘추, 1964. 11.
유종호 : 8월의 소설, 현대문학, 1960. 9.
방기환 : 새로움에 대해서, 문학예술, 1957. 6.
원응서 : 늘 웃던 그 얼굴, 동아일보, 1964. 9. 22.
윤병로 : 한국적 휴머니즘의 세계, 삼중당, 1976.
이래수 : 토속적인 인정의 세계, 소설문학, 1982. 1.
이상우 : 남북한관계, 현대사, 1980. 가을
이어녕 : 57년 상반기의 창작, 문학예술, 1957. 7.
—— : 카타르시스 문학론, 문학예술, 1957. 8.
—— : 유성의 위치, 문학예술, 1957.
이형기 : 김이석론, 문학춘추, 1964. 12. 1.
임헌영 : 김이석 생애와 작품경향, 어문각, 1980.
정태용 : 20년의 정신사, 현대문학, 1965. 4.
천이두 : 공백으로부터의 재건, 현대문학, 1965. 4.
홍사중 : 어제와 오늘의 친화력, 현대문학, 1964.
홍이섭 : 한국현대정신사의 과제, 문학과 지성 2호, 1970.

3) 석사학위논문

홍성암 : 단층파의 소설연구, 한양대, 1983. 12.

문학사 탐방 《실비명(失碑銘)》 김이석

김용성(金容誠·소설가)

안으로 파고드는 비애감으로 마침내는 마음의 정화(淨化)에 다다르게 되는 그만의 독특한 소설들을 남긴 김이석—. 그는 1930년대 말 한국의 '모더니즘'의 한 운동이었던 《단층(斷層)》 동인으로 출발하여 6·25전쟁을 겪으면서 비극에 팽개쳐진 인간들을 통해 슬픔과 설움을 들려준 작가이다. 구호(口號)가 아닌 구호 이상의 효과를 거두고 예술적 마력으로 작품을 다뤘던 그는, 그러나 자신의 외곬으로 일관된 세계에 대해 늘 불만이었다. "사실로 작가에게 정체(停滯)처럼 두렵고 싫은 것은 없다. 새로운 발견으로서 자기의 생활을 정복하지 않고서는 자기의 주장이 서지 않기 때문이다."

그가 세상을 떠나던 64년에도 이렇듯 의욕을 꺾지 않고 자기 극복의 길을 가고 있었다.

"그는 자기가 살던 거리를 다시 걷기가 싫었다. 북쪽 길을 걸어 시청 앞으로 내려왔다. 그리고는 목적 없이 걸어가다가, 무너진 '미카도' 앞을 지나 남문시장 앞에 와서 술집이 눈에 띄는 대로 들어가 앉았다. 그는 주인이 부어주는 대포를 죽 단숨에 들이켰다."

1950년 6·25의 전화(戰禍), 아비규환(阿鼻叫換)의 평양을 다루고 있는 단편소설 《광풍(狂風) 속에서》의 '무너진 미카도'는 김이석의 부친의 소유였던 평양에서 꼽히는 상가 '빌딩'이었다.

그가 '수만석(數萬石)을 했을 것'이라는 이 부자의 차남으로 태어난 것은 1914년 7월 16일, 평양시(平壤市) 창전리(倉田里) 89의 22에서였고 그의 부친은 연안(延安) 김씨(金氏) 치화(致和), 어머니는 이득화(李得和)였다. 남부러운 것 없이 자라난 그가 21년 종로보통학교에 들어갔을 때, 재담(才談)꾼으로서의 소질을 보여줘 때로는 친구들과 거짓말도 정말인 것처럼 태연히 말하고는 했다. 그러나 그의 성격은 결단성이 없었고 소극적이었다고 하니 이런 면은 작품에서 제한된 세계를 갖게 된 요인이 된 것 같다.

김이석은 12세 나던 해 동요 〈돌배나무〉를 지어 주위 사람들의 칭찬을 받았고 곡조가 붙어 노래로도 불려졌다.

28년 광성(光成)고등보통학교에 입학, 33년에 졸업했는데 학교 시절에는 축구를 좋아했다고 한다. 이후 집에서 쉬다가 3년이 지난 36년에야 서울에 올라가 연희전문 문과에 입학했다.

"이 무렵 나는 일본에 가 있었는데 어느 방학에 만나니 학교를 그만두었다고 했어요. 그 이유는 '시시하기 때문이다'는 것이었습니다. 부유한 데다가 기독교신자의 개화된 집안에서 공부를 더할 수 있었는데도 그는 그것을 마다했습니다."

김이석의 죽마고우(竹馬故友) 이근배(李根培 60. 중앙대 의대교수)는 그 이후 39년 '단층' 동인 시절이 그의 인생의 행복했던 때였다고 말했다.

38년 동아일보에 단편 《부어(腐魚)》가 입선하였던 것을 전후하여 열심히 소설 쓰는 데 전념했던 것으로 보인다. "그때 나는 학교를 집어치우고 집에 내려갈 생각도 없이 서울서 굴고 있었다. 소설을 쓴다는 핑계였다. 이러한 나에게 집에서는 꼬박꼬박 학비를 부쳐줄 리는 없었다. 내려와서 집의 일이나 도우라는 엽서가 이따만큼씩 올 뿐이었다." 이것은 《재회(再會)》의 한 대목이지만 사실이 그랬는지는 알 수가 없다.

"사회적 양심과 실리를 가지면서도 그것을 신념에까지 논리(論理)화 시킬 수 없는 '인텔리'의 회의와 고민을 심리분석적으로 그리려는 것이 공통된 경향이다." (최재서(崔載瑞). 단층파의 심리주의적 경향)라고 했는데 김이석도 후의 작품에서 볼 수 없는 《감정세포(感情細胞)의 전복(顚覆)》이나 《환등(幻燈)》 같은 제목들을 달고 있었던 것이다.

그는 한편 집안에서 하는 황해도(黃海道)의 개간사업과 '오프셋' 인쇄소의 일을 돕기도 하고 조선곡산(朝鮮穀産)주식회사에 근무하기도 하며 또 교원생활도 했다. 그 사이에 그가 28세 나던 41년에는 최순옥(崔順玉)과 중매결혼을 했다.

"그후 해방을 맞이했으나 분단된 상황하에서 공산주의자들과 '월북파'가 주름을 잡았던 그 시절, 대부분 '단층'파 사람들은 칩거의 나날을 보내고 있었다.

김이석도 예외는 아니었는데 단 하나 농민, 농촌을 다룬 희곡 《소》를 써 그 공연을 가졌으나 만 하루만에 '이데올로기'가 약하다 하여 공연금지를 당해 나는 그것을 관람할 수 없었다. 그러나 이 작품으로 김이석은 다소 유명해졌다."고 그의 광성 1년 후배며 친우였던 원응서(元應瑞 60. 외국문학가)는 북에서의 무기력했던 때를 돌이켜보았다.

50년 말의 후퇴 때 서울에 왔다가 1·4후퇴로 다시 대구로 내려갔다. 평양에서는 시내와 시외가 교통차단이 되어 있었으므로 시골로 피란을 가 있던 그의 가족들은 만나볼 사이도 없이 황급히 그의 두 아우와 함께 남에의 길을 걸었던 것이다.

"1·4후퇴로 대구에 피란 내려가서 우리들이 묵고 있던 집은 화장터 굴뚝이 바라보이는 대신동 한 끝 쪽에 있는 목재 '바라크'였다. ……우리들은 모두가 너무나도 많은 슬픔과 설움을 갖고 있었다. 고향을 잃은 슬픔, 가족을 잃은 설움, 배고픈 슬픔, 추위에 떨고 있는 설움, 앓는 친구를 멍청하게 보고만 있는 슬픔—생각하면 생각 할수록 우리들의 가슴속에는 슬픔과 설움뿐이었고, 가슴속에 가득한 그 슬픔과 설움은 자꾸만 부풀어오르는 것만 같았다. 그 슬픔과 설움을 우리들이 목을 놓아 우는 대신에 그 종소리가 울려주는 셈이었다. 아니, 확실히 울려주는 것이었다."

이러한 비애는 김이석 자신의 것이었다. "대구 피란 가서 몸소 겪은 생활을 토대로 쓴 작품이다. 나는 그때 꼬박 석 달 동안을 정말 동면(冬眠) 같은 생활을 한 셈이다." (단편집 《동면》 후기에서)

그 동면에서 깨어나 종군작가단의 일원으로 중부전선에 나가기도 했다.

"법 없이도 사는 굉장히 착한 사람은 자칫 잘못 생각되면 용기가 없는 사람으로 보이는 수가 있습니다만 그분은 결코 용기가 없었던 것이 아닙니다. 아첨이나 불의(不義)에는 견디지 못하는 성격이며 타협을 하지 않는 용기가 있었던 것입니다."

그가 세상을 떠나기 전 이미 작가로 등장한 미망인 박순녀(朴順女 46)는 그의 인간을 이렇게 전했다.

김이석의 대표작으로 꼽기는 《실비명》을 들지만 그 자신은 《동면》을 더 높이 샀다고 한다. 두 작품이 슬픔과 끊임없는 따뜻한 인정의 세계를 다루고 있음은 같은데 전자는 슬픔 속의 슬픔으로 끝나지만, 후자는 슬픔 속에 희망이 있고 좀 더 현실감 있게 '어필'해 온다는 점이 다르다. 그럼에도 일반적으로 《실비명》을 드는 데는 마음의 순화작용을 일으키는 그 특수한 묘법에 매혹되는 까닭일까.

"그때 어느 핸가 권번(劵番)의 인력거꾼이 '마라톤'에 3등을 했다. 그것이 바로 덕구였다. 그는 상장과 부상으로 광목 세 통을 탔다. 상장보다도 기실 실속 있는 광목을 짊어지고 그의 집에 들어갔을 때 그의 아내는 딸의 예장이나 받은 것처럼 기뻐했다. 그렇게 기뻐하던 그의 아내가 그해 겨울에 급성폐렴으로 가스랑거리는 가래와 함께 숨이 넘어가고 말았다."

이렇게 실마리를 풀고 있는 《실비명》은 20년대 현진건(玄鎭健)의 《운수좋은 날》처럼 같은 인력거꾼을 다루고 있으나 빈곤의 암울한 면을 내세우기보다는 인정의 아름다움이 펼쳐진다. 그러면서도 빈곤의 사회에서 당하는 슬픔을, 강요하지 않으면서 느끼게 하는 요술을 부린다.

덕구가 바라는 것은 오직 의사가 된 그의 딸 도화를 태우고 인력거를 끌어보는 것이었다.

학교에서 우등을 하던 도화였으나 여학교에서 인력거꾼의 딸이라는 것이 밝혀지자 기생학교에 다니는 연실이와 어울리고 마침내 '아마추어협회'라는 극단에 들어갔다. 그러나 불온하다는 이유로 극단이 해산되고 도화는 학교에서 '불량소녀'의 딱지가 붙어 쫓겨났다. 그 후 의사를 시키겠다는 아버지 덕구의 일념으로 도화를 간호원으로 일하게 하였으나 어느 하루 인력거를 끈 채 병원을 찾아가니 도화의 얼굴이 말이 아니게 여위어 있었다. 그 자리에서 짐을 싸게 하여 끌고 나왔다.

눈이 왔다. 얼마 안 가서 큰 거리로 나서자 이번에는 인도 옆으로 인력거를 대 놓으며 '어서 올라 타구 빨리 가자꾸나' 했다. 도화는 '싫다는 데두' 하고 울상을 지었다. ……얼마 동안 가서 남문거리로 들어서자 갑자기 인력거를 놓고 나서 '정말 못타간.' 하고 새근거리던 소리가 벌컥 소리를 질렀다. 기어이 도화를 올려 태우고 왕년의 '마라톤'을 뛰던 기세로 달렸으나 덕구는 마주 오는 차에 깔리고 말았다.

기생이 된 도화는 아버지 덕구의 비(碑)를 세워주었다. 그러나 딸

이기에 자식의 이름마저 새기지 못한 실비명(失碑銘). 무덤가에서 소나무를 북삼고 가슴속에 울리는 인력거의 바퀴소리를 또 북삼아 비조(飛鳥)처럼 춤을 추는 딸 도화, 안으로 드는 설움을 안은 도화의 모습이 눈앞에 선히 떠오르는 것이다.

김이석은 《실비명》을 발표하고부터 꾸준한 창작생활에 들어갔다. 실상 환도한 후의 그의 생활은 자취 또는 하숙으로 후암동, 을지로 4가 등을 전전한 무궤도한 생활의 연속이었다.

"내가 그를 안 것은 56년께 명동의 살롱 '동방'에서 친구 시인 구상(具常)을 통해서였다. 아세아문학상을 타기 전이었는데 북아현동에 있던 그의 창고 같은 하숙, 겨울에도 불도 때지 않은 냉방에 웅크리고 있기가 일쑤였다. 그러나 외출할 때의 모습은 단정한 '스타일리스트'였다. 인생을 넓게 잡아 살겠다고 말했지만 감수성이 너무 예민해서 외곬으로 파고들어 그 포부대로 발전시키지 못했다."

그의 후기 친우였던 석영학(石榮鶴 57. 현대경제신문 논설위원)은 서로 인생의 깊이를 재볼 수 있었던 사람이었다고 했다.

이 시기 김이석은 화가 이중섭(李仲燮)과 가까이 지내면서 그의 그림을 관리하고 그것을 팔기도 하며 정신병원에 있을 때도 그를 도왔다. 그림에 조예가 깊었던 김이석은 이중섭이 세상을 떠나자 "1백년에 하나 날까말까한 화가가 죽었다"고 애통해 했다는 것이다.

57년에는 성동(城東)고등학교에 나가던 5년간의 강사생활도 끝장내고 이번에는 마포구 현석동 177 옛 대원군 별장이던 집 한구석에서 자취를 하며 원고료로 생활을 꾸려 갔다.

"나는 서강에서 방을 하나 얻어 갖고 자취도 아니고 매식도 아닌 그런 생활을 하고 있었다. 그 집은 비바람이나 겨우 막을 수 있는 형편없는 집이었다. ……아침은 구질스럽게 밥을 짓기도 귀찮아 빵과 '치즈'에 맹물로 때웠고 저녁은 영양보충을 위해서만 아니라, 운동도

겸하여 매식을 했다. 한 종일 앉아 있어야 하는 나에게는 운동이 무엇보다도 필요했던 것이다."《재회(再會)》에서)

그는 요리하기를 좋아했고 특기이리만큼 요리 맛이 훌륭했다. 한식이나 양식이나 두루 통했다. 동료들은 때때로 그가 물 먹인 '와이셔츠'를 손바닥에 놓고 한 손으로 두드리면서 풍로 위에 찌개를 끓이는 것을 볼 수 있었다.

안정되지 못한 그의 생활은 58년 6월 박순녀와의 결혼으로 청산되었다. 서대문구 문화촌(文化村)에 새집도 마련했다. 의욕적인 작품활동이 계속되었다. 장편(長篇) 역사물(歷史物)에도 손을 대기 시작한 그는 62년 한국일보에 〈난세비화(亂世飛花)〉로 대중의 인기를 얻었다. 이 작품이 끝나자 한국일보의 자료수집비를 얻어 〈대원군(大院君)〉 구상과 자료수집차 강화도(江華島)에 다녀오는 등 동분서주하기도 했다. 제14회 서울시 문화상을 수상하던 64년 그는 〈신홍길동전(新洪吉童傳)〉을 집필하고 있었다. 9월 18일 하오 5시가 가까워 2회분을 써 놓고 과로 끝에 긴장이 풀려 기지개를 켜다 고혈압으로 쓰러지니 6시 40분께 창졸간에 세상을 떠났다. 그의 향년 51세였다.

르포의 증인들
박순녀(46. 미망인. 작가)
이근배(60. 친우. 중앙대 의대교수)
원응서(60. 친우. 외국문학가)
석영학(57. 친우. 현대경제 논설위원)

부조리 상황과 유머 그리고 인간미

—김이석의 문학 세계—

이태동(문학평론가)

김이석과 그의 문학사적 위치

6·25 전쟁은 우리 민족이 광복의 기쁨을 누리기도 전에 조국을 폐허로 만들었다. 그러나 이 전쟁은 한국인들에게 정치적으로뿐만 아니라 사회·문화적으로 적지 않은 변화를 가져왔다. 해방공간에서 이념적으로 사회주의 체제를 동경하던 많은 남쪽 지식인들은 북쪽으로 갔고, 억압적인 공산주의 체계에 실망한 이북의 지식인들이 남쪽으로 내려왔다. 이러한 현상은 문인들의 경우에도 예외는 아니었다. 북으로 납치된 춘원 이광수와 파인 김동환 외 여러 문인들과 달리 임화와 정지용, 김기림 등이 패퇴하는 인민군을 따라 북한으로 넘어갔고 김이석, 강소천, 박남수, 임옥인 등과 같은 북한의 문인들은 1·4 후퇴 때 남쪽으로 내려왔다.

이렇게 이북에서 남으로 내려온 문인들 가운데 가장 성공한 작가는 다름 아닌 김이석이었다. 그는 고향이자 그의 활동 무대였던 평양을 버리고 월남했기 때문에 경제적으로나 사회적으로 대단히 어려운 생활을 했다. 그러나 그는 당시 서정주, 황순원, 조연현 등을 중심으로 한 남쪽 문단에서 자신의 존재를 부각시킬 만큼 역량 있는 작가였다. 그럼에도 어떤 의미에서는 월남한 작가였기 때문에 어느 정도 한계를 느끼지 않을 수 없었다. 일부 사람들은 그가 응당 받아야 할 비평적인 조명을 충분히 받지 못했을지도 모른다는 의구심을 갖는 경우도 없지 않다. 김이석은 지적인 면에서 이상(李箱)의 문학에 비유할 만한 소설을 쓰며, 동인지 《단층》의 창간 멤버로서 한국 심리소설의 개척자로서 적지 않은 일을 했다. 그러나 지금까지 이러한 노력에 대해 문학사적으로 아무런 조명을 받지 못한 것은 실로 안타까운 일이라 하겠다. 일부 비평가들은 그의 소설이 안이하게 씌었으며 타성적 센티멘털리즘이 과잉 노출됨은 물론 표현 기법이 다소 미숙한 면을 보였다고 말한다. 그러나 초기작 《환등》을 시작으로 하여 대부분의 소설 작품들이 치밀한 구성과 온화하고 절제된 언어로 이루어져 있기 때문에 한국 모더니즘 소설의 전범(典範)이 된다는 점은 부인할 수 없다.

그는 월남 작가로서 두고 온 산하(山河)인 평양에 대한 기억과 6·25 전쟁, 그리고 전쟁의 상처 및 후유증으로 인한 가난 문제를 주제로 삼아 소설을 써서 이호철, 최인훈과는 다른 실향민의 문학 세계를 구축했다. 김이석은 소설에서 모더니즘과 관련이 있는 도덕성과 인정(人情)의 문제를 휴머니즘 차원에서 탐색함은 물론 6·25 전쟁 동안 피란민들이 겪은 처절한 고통을 자신의 경험을 통해 리얼리즘적 심리소설 미학으로 표현했다. 이러한 측면에서 보면 그와 그의 문학 또한 우리 문학의 지평을 넓히는 데 나름대로 적지 않은 역할을 했다는 것을 아무도 부인하지 못할 것이다.

김이석은 1914년 7월 16일 평양에서 '수만 석을 했다는' 아버지 김치화와 어머니 이득화 사이에서 4남 3녀 중 차남으로 태어났다. 그는 부유한 환경에서 종로초등학교를 마치고 평양 광성고등보통학교를 졸업했다. 결단력이 없고 소극적이지만 어릴 때부터 재담꾼으로서 소질이 있어 거짓말도 정말인 것처럼 해서 친구들을 놀라게 했는가 하면, 〈돌배나무〉라는 동요를 지어 주변 사람들로부터 칭찬을 받기도 했고, 중학 시절에는 축구를 좋아했다고 한다.

광성중학교를 졸업하던 그해, 그러니까 1933년 김이석은 중국으로 가서 베이징 대학에 입학할 수속까지 했으나, 형이 맹장염으로 갑자기 죽게 되자 평양으로 돌아와 열아홉의 나이로 형이 경영하던 오프셋 공장의 주인으로 일해야만 했다. 그 당시 오프셋이 평양에 한 대밖에 없어서 밤일까지 했지만, 그는 공장을 지배인인 '서사(書士)'에게 맡겨두고 서문통(西門通) 네거리에 있는 태양서점을 찾아가 '악우(惡友) 네다섯 명'과 함께 문학에 대한 이야기를 나누기 좋아했다.

이렇게 김이석은 3년을 평양에서 보낸 후 1936년 서울로 올라와 연희전문 문과에 입학했다. 그런데 부유한 기독교 신자로 '개화된 집안' 출신이기 때문에 공부를 더 할 수 있었음에도 학교 공부가 '시시하다'고 생각하고 1938년 연희전문을 중퇴했다. 같은 해 〈동아일보〉에 단편 《부어(腐魚)》가 입선하여 문단에 나왔다. 그는 이 시점을 전후해 평양에서 구연묵, 김조규, 유환림, 양운한, 김화청, 김성집 등과 함께 전위적인 성격을 띤 동인지 《단층》을 발간하고. 여기에 《감정세포의 전복》과 《환등》을 발표했다.

그 후 1940년 조선곡산주식회사 연구실에 잠시 근무했으나 곧 그만두고 이듬해인 1941년 평양 명륜여상에 교사로 부임, 최순옥과 중매결혼을 했다. 1945년 해방되었으나 조국이 분단되고 북한이 공산치하가 되자 사회주의 이념과 무관한 '단층파' 문인들은 대거 칩거하는 길을 걷게 되었다. 김이석 역시 예외는 아니었다. 그는 비록 농민과 농촌 문제를 다룬 희곡 《소》를 써서 무대 위에 올려놓았으나, 그것이 이념적으로 너무 약하고 '반동적'인 색채가 짙다는 이유로 불과 하루 만에 공연이 금지 되었다. 그리하여 그는 이북에서 붓을 꺾지 않으면 안 되었다.

1946년 평양미술전문학교 강사 생활을 잠시 하였으나, 1950년

6·25 전쟁이 발발하자 그해 겨울 후퇴하는 국군들을 따라 두 아우와 함께 남으로 내려왔다. 1951년 1·4 후퇴 때는 대구까지 내려간다. 그리고 같은 해 6월 육군 종군작가단에 입단, 중부 전선에 배치되어 종군 작가로서 활동했다.

이듬해 그는 전쟁 중임에도 불구하고 《악수》, 《분별》 등을 발표했다. 1953년 《문학예술》지의 편집위원과 성동고등학교 강사직을 맡았고, 1954년 단편 〈실비명〉을 비롯해 일련의 작품을 발표했다. 1956년 첫 창작집 《실비명》을 출간하고, 제4회 아세아 자유문학상을 수상했다. 그가 《실비명》으로 크게 이름을 얻자 〈조선일보〉에서 《아름다운 행렬》이라는 소설을 연재하게까지 되었다. 이때 그는 가장 왕성한 작품 활동을 했으나, 자취 또는 하숙을 하며 후암동과 을지로 4가 등을 전전하는 어려운 삶을 살았다. 이즈음 이북에서 내려온 불행한 천재 화가 이중섭과 막역한 사이로 가까이 지냈다. 1956년 중섭이 세상을 떠나자 "100년에 한 사람 날까 말까 하는 화가'가 죽었다며 무척 애통해했다. 다음 해 그는 성동고등학교 강사직을 청산하고 마포구 현석동에 있는 대원군의 옛 별장이었던 집에 방 하나를 얻어 원고료로 생계를 유지하는 생활을 했다. 그러다가 1958년 작가 박순녀를 만나 결혼해서 이념적인 갈등과 전쟁으로 인해 이방인처럼 추방된 생활을 해오던 그는 실로 오랜만에 집 없는 생활을 마치고 정착된 삶을 시작했다. 이후 그는 〈민국일보〉에 장편 《흑하》를 연재했으며, 《지게부대》, 《흐름 속에서》, 《동면》 등 문제작들을 발표했다.

1962년 그는 역사물에도 관심을 보여 〈한국일보〉에 장편 《난세비화》를 연재하여 대중의 인기를 끌었다. 이 작품을 끝마치고는 《대원군》을 준비하면서 자료 수집을 위해 한국일보사의 도움을 받아 강화도를 현지 답사하는 등 바쁜 일정을 보내기도 했다. 그리고 그의 나이 오십이 되는 1964년 제2의 창작집 《동면(冬眠)》을 출간하고 장편역사소설 《신홍길동전》을 집필하던 중 과로로 인한 고혈압으로 숨을 거둔다.

서울시는 그가 세상을 떠났음에도 불구하고 생전의 문학적 업적에 대해 제14회 서울시 문화상을 수여했다.

동인지 《단층》의 창간과 휴머니즘 주제 의식

김이석은 1·4 후퇴 때 월남한 후 《실비명》을 발표하며 10여 년에 걸쳐 다양한 작품을 써서 우리 문학사에서 나름대로의 작품 세계를 구축해 왔다. 그러나 앞에서도 잠시 언급했듯이 해방 이전 작품이 〈동아일보〉에 입선하기 전 그는 평양에서 1937년 동인지 《단층》 활동을 시작해 전통적인 문학 사실주의 소설 양식과 다른 이른바 새로운 경향의 문학을 시도했다. 김이석이 《단층》 문학 운동에 대해서 아래와 같이 언급한 것은 이러한 사실을 충분히 뒷받침하는 듯하다.

> 그 무렵에 일본에서는 행동문학이라는 것이 새로이 프랑스에서 수입 되었을 때로 우리들도 그러한 문학에 관심을 갖게 되었던 것도 사실이다. 이 행동문학이라는 것은 그 후에 자취도 없어지고 말았지만, '쉬르리얼리즘'의 반항으로서 프로이트와 베르그송의 의식 활동을 존중하던 것이 어렴풋이 기억에 남는다.

김이석이 이와 같이 '단층'이라는 새로운 문학 운동을 일으킨 것은 그가 연희전문 문과에서 공부하면서 그 당시 서구 문학에서 전개되고 있던 새로운 경향의 문학을 읽고 심정적으로 공감했던 때문인지도 모른다.

그런데 이 《단층》 동인지 활동은 1930년대 프로 문학이 퇴조의 길을 걷게 되자 해외문학파인 '구인회'가 중심이 되어 그때까지 주류를 이루던 사실주의에 대한 새로운 반성과 자각은 물론 순수문학 자체의 반성과 재건을 위해 《조선문학》을 발간하여 서구 문학의 새로운 흐름을 받아들이는 움직임을 보이던 것과 그 시대적인 맥을 같이한다고 하겠다. 김이석이 동인지 《단층》을 통해 추구하려던 것은 '의식의 흐름'을 중심으로 한 이른바 모더니즘적인 심리소설 미학이었다. 그는 다른 문학 동인들과 같이 인간의 내면세계를 외면적인 물질세계 못지않은 부인할 수 없는 현실이라 보고, 그것을 탐색해서 표현하기 위해 '의식의 흐름'과 같은 현대적인 기법을 중심으로 소설을 썼다.

김이석이 〈동아일보〉에 입선하기 전인 1938년, 그러니까 그의 나이 스물넷이 되던 해에 발표한 처녀작 《환등》은 리얼리즘 소설과 다른 특징을 나타내는 문제작이었다. 이 작품은 버지니아 울프와 제임스 조이스의 소설처럼 하룻밤 동안에 일어난 일을 다루지만 의식의 흐름을 통해 주인공의 현재는 물론 많은 과거의 삶을 다룬다. 의식의 흐름과 억압적인 일제 식민지주의는 물론 이중 구조로 엮인 모순된 존재의 감옥에 갇혀 있는 수인(囚人), 주인공인 화자(話者)의 심리 상태를 상징적으로 나타내기 위해 사용한 구두점이 드물게 보이는 긴 문장은 이 작품을 읽기 어렵게 만들지만, '단층파' 소설의 특징을 잘 나타내고 있다.

그러나 《단층》은 얼마 있지 않아 일제의 압박으로 말미암아 모든 다른 언론 기관과 함께 폐간되고 말았다. 해방 후 국토가 분단되고 이북이 공산화되자 단층과 문인들이 쇠퇴의 길을 걷게 되어 그들 가운데 해방 이후까지 활동한 사람은 남쪽으로 내려와 《실비명》으로 작가의 생명을 부활시킨 김이석이 유일했다.

김이석은 1951년 월남해 1954년 오랜 작품 활동의 공백기를 끝마치는 《실비명》을 발표하면서 작가로서 제2의 삶을 시작, 문학적으로 평가 받는 대부분의 작품을 썼다. 이들 작품은 거의 모두 다 다양한 소재를 서로 다르게 취급하기 때문에 그들 사이에서 통일된 주제를 찾기는 지극히 어렵다. 그러나 작품의 배경이나 소재는 크게 두 그룹으로 나눌 수 있다. 하나는, 고향인 평양을 배경으로 한 것이 아니면 해방 이전 이북의 농촌을 배경으로 한 작품들이다. 다른 하나는, 6·25 전쟁과 전쟁이 가져온 비극에 관련된 부분으로 전쟁의 아픔은 물론 고통스럽고 눈물겨운 피란 생활에서 피어나는 인간애와 인간의 한계를 뛰어넘는 견인력을 주제로 한 작품들이다.

김이석의 대표작인 《실비명》은 가난한 권번 인력거꾼 덕구와 외딸 사이에 일어난 애틋한 사랑을 담은 비극적인 이야기를 담고 있다. 덕구는 오래전 평양 모란봉 기슭인 진위대 마당에서 열린 시민운동회 마지막에 있었던 마라톤 대회에서 3등을 하여 상장과 부상으로 광목 세 필을 받았다. 그런데 얼마 안 있어 외딸인 도화를 뒤에 남겨놓고 아내가 죽는다. 덕구는 도화를 의사로 만들겠다는 오직 하나의 일념으로 먹고 싶은 술도 마시지 않으며 독신으로 사는 것도 마다하지 않고 밤늦게까지 인력거에 기생들을 태우고 땀을 흘리며 평양 거리를 달린다.

덕구의 헌신적이고 맹목적인 부정(父情)은 얼마 있지 않아 허물어지는 양상을 보인다. 비록 도화는 명문이 아닌 기독교 계통의 여학교에 들어가 공부를 잘했지만, 정미소 집 딸이자 100미터 선수라는 말같이 생긴 상급반 학생이 그의 아버지가 인력거꾼이라는 사실을 알고 크게 놀렸다. 그 소문이 전 학교의 남학생들에게까지 번지자 도화는 학교에 다니는 것이 싫었다. 그래서 언니가 기생인 친구 연이와 더불어 거리를 방황하다 남학생들과 어울려 불온한 연극을 하던 것이 적발되면서 퇴학을 당한다.

덕구는 유일한 희망이었던 도화가 학교에서 쫓겨났다는 사실을 알고 크게 좌절한다. 그러던 어느 날 인력거꾼 동료로부터 간호부가 되면 의사 시험을 칠 자격을 얻을 수 있다는 말을 듣고 도화를 어느 병원의 간호부로 들여보낸다. 그러나 도화에게는 너무나 힘든 일이었다. 어느 날 병원 앞 눈길을 쓰는 딸의 얼굴이 창백하고 마른 것을 보고 마음이 아파진 덕구는 자신의 희망을 포기하고 딸을 집으로 데려간다. 그러던 중 신창리 팔각집 모퉁이를 돌아가던 그는 달려오는 자동차에 부딪쳐 길 위에서 비명횡사를 한다.

무서운 교통사고에서 아버지를 잃고 겨우 살아남은 도화는 아버지가 저축해놓은 돈으로 기생 학교에 들어가 승무(僧舞)를 배우고 기생이 된다. 추석이 되어 아버지의 무덤을 찾은 도화는 자식의 이름이 없는 묘비가 슬프고 허전해 소나무를 북으로 삼고 미친 듯이 두드리며 승무를 추다 쓰러져 흐느낀다.

> 비(碑)를 쓸어 보아도 자식의 이름 하나 없는 아버지의 비가 허전하기만 했다. 낮닭의 긴 울음소리가 서로서로 어울리듯이 바람을 타고 들려왔다. 멀리 바라보이는 마을의 지붕마다 널어놓은 빨간 고추들이 눈부시게 빛나면서 가을의 짙은 햇빛은 어쩐지 애타고 야속한 것만 같았다. 도화는 무심히 앉아서 아버지의 무덤을 지켜주는 듯이 무덤 앞에 홀로 서 있는 소나무를 바라보고 있었다. 바람이 획 하고 스쳐 갈 때마다 솔가지들은 나부끼며 흡사 춤을 추는 것 같았다. '저 늘어진 소나무 가지 아래 북이라도 매어달렸다면.' (……) 그러고는 잠시 동안 푸른 하늘을 향해 옷깃을 고쳤다. 다시금 솔잎을 치는 바람 소리가 울리자, 불시에 그는 그 소리를 따르듯 활개를 벌려 허공에 던졌다. 순간에 그의 얼굴에는 인(燐) 같은 불빛과 함께 엄숙한 긴장이 흘러

> 들며 허공에 놓인 비조(飛鳥)처럼 허망한 공간을 찾아 몸을 움직였다. (……) 산을 타고 넘어가는 바람 소리가 다시금 획 하고 지나가자, 그의 눈에는 더한층 무서운 광채가 번뜩이며 가슴속에서 울려 나오는 북소리를 따라 소나무를 북으로 삼고 부리나케 뚜드리기 시작했다. 고 채도 없이 쥐었다 폈다 맨손으로 치는 그 북소리가 점점 더 커지고 빨라지자, 불현듯 그의 가슴속엔 눈 위를 달리는 인력거의 바퀴 소리가 또 하나의 북처럼 울려졌다. 그럴수록 그는 그 소리를 잊으려는 듯이 주먹을 힘껏 쥐고 때렸다. 그의 이마에서는 땀이 빗발치고 가쁜 숨이 터져나왔다.

이 작품에서 독자들이 짙은 페이소스와 함께 느끼게 되는 주제는 '한국적인 인정'의 아름다움이라고 많은 비평가들이 말한다. 그러나 그것은 단순히 여기에만 머무르지 않는다. 딸 도화를 성공시키기 위한 덕구의 애절하지만 처절한 노력이 휴머니즘으로 확대된다. 역사의 수레바퀴를 움직이듯 인력거 바퀴를 굴리는 덕구는 인간의 능력이 어디까지인가를 보여준 마라톤 선수였기 때문에 휴머니즘의 상징적 존재로 볼 수 있다. 또 비록 실패하고 말았지만 딸 도화를 의사로 만들기 위한 처절한 노력은 사회적 신분 상승에 대한 그의 욕구를 충족하기 위한 것이라 하더라도 밑바탕에는 휴머니즘 정신이 보이지 않게 깔려 있다. 의사는 인간의 힘으로 자연의 모순된 질병을 치유하고 인간을 고통으로부터 구해주는 사회적 역할을 하기 때문이다.

휴머니즘과 관련된 주제 의식은 덕구의 경우에만 한정된 것이 아니다. 그것은 도화에게서도 나타난다. 도화는 여학교에 다닐 때 의지가 약한 인물로 그려졌다. 그러나 마지막 부분에서 기생이 되어 영(靈)과 육(肉)을 조화롭게 하나로 만드는 초극적인 실존무(實存舞)와도 같은 승무를 통해 시간과 공간을 초월하는 범신론적(凡神論的)인 차원에서 무덤 속 아버지에게 접근하려는 몸짓에는 휴머니즘 색채가 짙게 묻어 있다.

인간적인 지조를 지키지 못함은 물론 타인에게 의존하는 인간형을 객관적으로 그린 《허민 선생》과 대조를 이루는 《학춤》 역시 이러한 휴머니즘 정신을 다루었는데 두 가지 상반된 인간 성격을 지속적인 긴장감 속에 병치시켜 춤으로 탁월하게 형상화하고 있다. 양로원에 있는 주인공 성구 영감이 주변 사람들에게 학춤에 대해 끊임없이 이야기하다 말고 끝내 무대 위로 나가 학춤을 추다가 죽음을 맞는 모습은 우리들에게 적지 않은 미학적 울림을 준다.

> 기침 소리가 사방에서 들려왔고 계속해서 떠들어대는 소리로 웅성거렸다. 그러나 다음 순간, 성구 영감의 눈에서는 광채가 돋으며 휙 하고 팔을 한 번 접어 들자, 놀랍게도 장내는 호수의 물속처럼 조용해지고 말았다. 그는 다시 팔을 벌려 든 채 떨고 있었다.
>
> 아이들과 같이 온 고수가 그의 춤에 박(拍)을 쳐주려고 장구를 두어 번 뚜들겨댔다. 그 소리에 그는 고개를 돌리는 듯 마는 듯 눈살을 짚고 나서 처음의 자세 그대로 서서 움직이려고도 하지 않았다. 장구 소리는 걷어지고 말았다. 그래도 그는 발을 떼려고 하지 않았다. 아무것도 움직이는 것이 없으면서도 손끝으로부터 발끝까지 전신을 부드럽게 떨어대는 움직임—그의 이마에서는 땀이 빗발치고 숨결이 고도로 높아졌다. 그래도 자세를 구기지 않고 서 있던 그는 주춤하고 학의 걸음으로 두어 걸음 걸어 나가고는 지금까지 광채가 나던 눈이 부드러워지며 팔을 차차 거두기 시작했다. 마치도 학이 벌렸던 날개를 거두듯이, 그러

고는 사풋이 주저앉아 목을 두어 번 비꼬고서는 옆으로 약간 누인 채, 가만히 눈을 감아버렸다. 고즈넉하고도 아름다운 얼굴이었다.

춤에 도취되었던 관중들은 불시에 박수갈채로 환성을 올렸다. 그러나 성구 영감은 그 환성 소리에도 고요한 얼굴 그대로 다시는 눈을 뜨지 못했다.

성구 영감이 십장생(十長生) 중 하나인 학처럼 춤을 추는 것은 학과도 같이 깨끗이 살고자 하는 인간의 욕망을 예술로써 나타내는 몸짓을 의미하는 듯하다. 여기서 그가 보여주는 예술의 힘은 자연의 힘이 아니라 자연과 싸우는 인간의 힘이기 때문에 휴머니즘 정신이 깃들어 있다고 말할 수 있다. 영감이 '학춤'을 추다 죽으면서 흔들림 없이 아름다움을 유지한 것은 인간이 자연적인 죽음과 처절하게 대결하는 가운데 순간적으로 느끼는 실존적 희열 때문인지도 모른다. 성구 영감은 인간 승리를 성취하는 예인(藝人)으로서 죽었기 때문에 생전에 끝없이 조롱하던 영월 영감마저 "성구 영감 얼굴에 주살이 박힌 상이라고 한 것은 확실히 자기가 잘못 본 관상이라고 생각했다."

해방 이전 고향인 북한 땅에서 했던 김이석의 경험을 배경으로 한 작품은 또 있다. 《외뿔소》는 월남하기 전에 무대 위에 올려놓은 희곡 《소》와 맥을 같이하는 작품으로 우화적인 성격을 강하게 띤 수작이다. 주인공 화덕은 "지난해 뒷산에서 원목을 끌고 내려오다 눈위에 미끄러져" 다친 후 힘을 쓰지 못하게 되자 농사를 짓기 위해 그 소를 팔고 돈 때문에 값이 헐한 외뿔소를 사서 집으로 돌아온다. 그때부터 화덕은 마을 사람들은 물론 아내로부터 외뿔소는 가정을 파괴하는 '힘을 쓰는' 불길한 징조라고 비난하는 소리를 듣는다. 하는 수 없이 소장수에게 다시 가 외뿔소를 다른 소와 바꾸어야만 했다. 그런데 외뿔소와 바꾼 소가 겉모습과 달리 여물을 잘 먹지 않는 까다롭고 병든 소임이 밝혀진다. 그래서 소장수를 찾아가 쌀 한 섬을 더 주고 건강한 외뿔소를 다시 찾아와서 농사일을 시작한다. 화덕이 쌀 한 가마니의 웃돈을 지불하면서도 힘이 센 외뿔소를 도로 찾아 농사일을 제대로 할 수 있었던 것은 그와 외뿔소 사이에 보이지 않게 형성되었던 정(情)이 큰 몫을 차지했기 때문이다.

이 작품은 소에 대한 이야기를 중점적으로 전개하면서도 어디까지나 그것은 하나의 알레고리로서 인간에 대한 이야기이며, 겉모양과 실체가 다르다는 진실을 설득력 있게 감동적으로 제시한다.

6·25 전쟁의 참화를 소재로 한 소설의 의미

김이석은 해방 이전에 보고 느낀 것들과 유년 시절에 고향에서 느낀 경험을 바탕으로 적지 않은 소설을 썼다. 그런데 그의 문학이 갖는 문학사적 가치의 많은 부분은 6·25 전쟁이 가져온 비극적 참화를 다른 작가들과는 다른 각도에서 실질적으로 리얼하게 그렸다는 데 있다. 문학이 역사의 내면 구조가 될 수 있다는 사실을 감안하면 그의 이러한 노력은 역사적 시간의 기록과 증언의 차원에서도 중요한 의미를 지닌다고 할 수 있다.

《광풍 속에서》는 6·25 전쟁 때 평양시가 유엔군 중폭격기들의 공습을 받아 파괴되는 무서운 장면을 그린 것으로 6·25 전쟁의 참화를 이보다 더 생생하게 그린 작품은 없을 것이다. 이 작품의 특색은 김이석이 무서운 전쟁을 일으킨 책임이 유엔군보다 북한 공산주의자들에게 있다는 점을 밝히되 전쟁의 잔혹한 참화를 화자인 '나'를 통해 이야기하기보다 신문사 식자공인 주인공의 눈을 통해 객관적으로 보여줌으로써 작가의 메시지를 전달하는 점이다. 특히 전쟁의 참혹한 양상을 통렬하게 고발하면서도 아비규환(阿鼻叫喚)의 대혼란 속에서 가족과 헤어지게 된 피란민들의 방황하는 모습과 파괴된 폐허 장면을 온화하고 따뜻한 언어로 그려내어 시정적(詩情的)인 효과를 일으키는 것은 주목할 만하다.

《파경》은 6·25 전쟁이 많은 사연과 어려운 과정을 거쳐 결혼한 사람들을 갈라놓아 아내였던 정숙한 여인을 어떻게 타락하게 만들고 그들의 귀중한 삶을 파괴했는가를 충격적으로 그린다.

주인공 숙희는 피엑스에서 미군들의 초상화를 그리는 섭이와 어렵게 결혼했으나, 남편이 군에 입대한 후 전쟁터에 나가 행방불명이 되었다는 소식을 듣게 된다. 그래서 다방에 나가 일하게 되고, 다방 생활은 처음 시작할 때와 달리 정숙한 그녀를 타락시켰다. 다방에서의 생활이 계속됨에 따라 마음이 풀어져 돈 많은 남자의 유혹을 받은 그녀는 부산으로 첩살이를 갔다가 환도한 후 '숙희의 집'이라는 찻집을 내고 주변에서 찾아오는 수많은 사나이들과 함께하게 되었다. 이 무렵 숙희는 우연히 섭이 어머니가 자살했다는 신문 기사를 읽었지만 오히려 잘되었다고 생각할 만큼 몰인정한 여인으로 변했다. 그러다 전쟁이 끝나고 포로 교환이 시작되었을 때 죽었을 것으로 믿었던 섭이가 죽지 않고 돌아온다는 편지를 받은 숙희는 자기 인생이 파경임을 깨닫게 된다.

> 숙희는 전신이 떨려 편지를 더 읽을 수가 없었다. 그저 먹먹하니 앉은 채 거울만 바라보고 있었다. 그 사이에 어느덧 지금까지 아름답다고 생각되던 자기 얼굴이 어쩐지 자기 얼굴 같지 않게 변해졌다. 그러면서 멍하니 벌린 붉은 입술이, 커다랗게 뜬 놀라운 눈이 점점 더욱 무섭게 커지다가 갑자기 자기 앞으로 달려

> 드는 것만 같이 느껴졌다. 겁결에 그는 "으악" 하고 비명을 치다 못해 크림병을 들어 거울을 때려 부수었다. 일순간에 거울은 깨지고 찢어져, 불빛에 가지가지의 광채가 찬란하게 반사되며 깨진 조각마다 셀 수 없이 그의 얼굴이 담아졌다. 숙희는 더욱 질겁해 몸을 움치면서 와들와들 떨어댔다. 그러면서도 그는 그 속에서 무엇을 찾아낼 듯이 그래도 눈만은 두리번거렸다. 그러나 그 많은 얼굴 중에서도 섭이를 대할 얼굴을 찾아낼 수가 없는 듯, 빈웃음을 치다 말고 그만 그의 눈에서는 눈물이 흐르고야 말았다. 그러자 거울에는 다시금 가지가지의 구슬방울이 애잔하게도 아롱아롱 빛나기 시작했다.

김이석이 작품 마지막 부분에서 그린 파경의 이미지는 6·25 전쟁이 우리 개인의 삶을 얼마나 산산조각으로 파괴해버렸는가를 짙은 연민과 함께 상징적으로 드러낸다.

《비풍》 역시 6·25 전쟁이 사랑하는 사람들을 갈라놓아 비극적인 삶을 살도록 한 경우를 그리고 있다. 이 작품에서 우리 마음을 아프게 하는 것은 전쟁이 아무런 죄 없는 여인으로 하여금 자신이 낳은 아이를 스스로 키우지 못하게 함은 물론이고 옛 애인을 빼앗아간 여인에게 아이를 넘겨주고 그 아픔을 달래기 위해 얻은 유아원의 보모 자리마저 그만두어야 할 운명에 놓이게 된 사실이다. 그러나 애틋한 비극적 사건을 섬세한 필치로써 낮은 음으로 전달하는 음악처럼 조용히 그려내기 때문에 독자들로 하여금 감상에 젖지 않게 하면서 울림을 느끼도록 하는 점이 돋보인다.

《뻐꾸기》는 작가의 마스크를 쓰고 있는 듯한 우울한 지식인 화자의 눈에 비친 전후의 황폐해진 한국 사회의 비극적 현상을 희비극적인 스타일로 그린 감동적인 수작이다.

6·25 전쟁이 끝난 후 얼마 되지 않아 미국인이 댐을 건설 중인 강원도 어느 산골 H를 배경으로 하는 이 작품은 일자리를 구하기 위해 모여든 사람들을 중심으로 전개된다. 화자는 미국의 군수품 용달 회사에서 실직한 후 M이란 미국인에게 쓴 친구의 소개장을 들고 통역 일자리를 구하기 위해 그곳으로 찾아간다. 서울에서 버스로 8시간을 달려 그곳에 갔지만 날이 저물어 댐 현장사무실로 들어가 M을 바로 만나기는 불가능 했다. 그래서 하룻밤을 현장 입구 주변에서 보내야 하는 당혹스러운 처지에 놓이게 된다. 그때 먼저 도착해 있던 비슷한 처지의 최라는 정체불명의 종잡기 어려운 희극적인 사람을 만나 불안한 친분을 나누며 술집 뒷방에서 하룻밤을 지낸다. 술집에서 화자는 사기꾼 색채가 농후해 보이는 최 씨가 기절초풍할 정도의 거짓말로, 옆방에 들어온, 미국인과 현장에서 살림을 하다 쫓겨났다는 양갈보 미스 잭키를 불러들여 함께 술을 마신다. 너무나 피곤한 나머지 잠을 자고 싶었기 때문에 주인공은 최를 잭키 방으로 보내 술을 계속 마시게 한다. 한밤중에 무엇이 무섭게 부서지는 소리를 듣고 일어난 화자는 미스 잭키의 '하니'가 나타나 큰 싸움이 벌어지면서 최 씨가 심하게 구타당하는 모습을 보고 연민의 정을 느낀다. 그러나 아침에 일어났을 때 최 씨는 사라지고, 달아난 최 씨의 잘못으로 몇 배가 넘는 숙박비와 깨뜨린 그릇값을 물어야만 했다.

현장사무실 가까운 곳에서 화자는 최 씨를 다시 만나 다음과 같은 말을 주고받는다.

> "하숙집에선 먼저 나와 어딜 갔다 오는 길이오?"
> "선생님두, 그걸 뭘물어요, 다 아시면서."
> 하고 열적은 웃음을 헤헤하고 헤쳐 놓았다. 그러나 나는 그의

말뜻을 못 알아차리고 있자,

"미쓰 잭키가 마음이 나쁜 애가 아니예요. 어제 자기 '하니'를 따라 이곳으로 들언 왔지만, 실상 좋아서 들어온 것은 아니지요. 떨어질 바에는 서울 갈 여비라도 떼내자는 것이지요."

그 후 화자는 현장사무실에서 M이라는 미국인을 만났으나 일자리를 얻지 못하고 서울로 돌아가게 된다. 서울로 돌아갈 여비가 없었던 화자는 자기에게 H읍에서 팔면 서울 갈 차비는 될 수 있는 만년필이 있음을 생각하며 최 씨를 뒤에 남겨두고 서둘러 H읍으로 가는 트럭에 오른다.

그러자 최도 불시에 따라오며,

"어떻게 가요, 어떻게. 이것을 갖고 가요, 이것을."

하고 손목시계를 풀어 들고 소리쳤다. 그러나 차와 그와의 거리는 점점 멀어졌다. 그래도 그는 팔목시계를 쥔 손을 흔들면서 한사코 따라왔다. 그러면서 차가 산모퉁이를 돌자 그는 그만 보이지 않으며 갑자기 뻐꾸기의 울음소리가 들려왔다. 어디서 우는지 알 수가 없으면서도 나는 안개가 자욱한 산중턱을 쳐다보았다.

치밀한 구성으로 멈추지 않는 긴장감을 끝까지 유지하며 연민과 후회, 부끄러운 자괴감을 함께 느끼게 하는 이 작품은 전후의 피폐해진 한국인들의 어려운 삶을 김이석만이 가진 남다른 경험과 시각으로 독특하게 그려낸다. 무엇보다 중요한 것은 눈물이 나올 정도로 비참한 상태에 놓인 실직자들, 특히 최 씨가 화자의 마음을 움직일 만큼 자신과 같이 어려운 처지에 놓인 사람들에게 이기심을 버리고 휴머니즘이라고까지 말할 정을 베풀고 있다는 사실이다.

《동면》은 김이석이 1·4 후퇴 때 대구로 피란을 가서 석 달 동안 몸소 겪은 체험을 바탕으로 쓴 작품이다. '나'를 화자로 하는 이 작품은 유엔군이 진격해 평양이 해방됨에 따라 자유로운 연극 활동을 하려고 조직된 사람들이 후퇴하는 국군을 따라 남하했지만, 전쟁 중이라 서울에서 그 뜻을 펴지 못하고 대구까지 내려와서 사선(死線)을 넘는 것과도 같은 어려운 피란 생활을 하며 겨울을 지내는 이야기를 다루고 있다. 작가 김이석이 보여주고자 하는 것은 연극 활동을 통해 새로운 세계에 대한 예술적 비전을 제시하기 위해 함께 모였던 이들이 동토(凍土)나 다름없는 피란지 대구에서 어떻게 겨울 동안 죽지 않고 살아남아 봄을 맞이하게 되었는가 하는 것이다.

새로운 세상을 여는 비전을 제공하는 사람들을 상징하는 연극인들로 구성된 작중 인물들이 대구에 도착했을 때, 그들이 피란 생활 동안 묵기 위해 찾아 들어간 집은 "화장터 굴뚝이 바라보이는 대산동 한쪽 끝에 있는 목제 바라크"였고, 가진 것이 별로 없어 입고 온 외투와 소지품을 맡기고 월남한 사람이 경영하는 식당에서 음식을 부쳐먹는다. 그러다가 더 이상 식당 주인에게 줄 것이 없어지자 모두 다 극심한 굶주림에 시달리게 된다. 그러나 그들 대부분은 결코 주저앉아 불행한 처지를 슬퍼하며 울지 않고, 밖에 나가 비록 천한 일이라 하더라도 몸을 아끼지 않고 열심히 일해서 먹을 것을 구해 오고, 또 서로 간에 아무 질투심을 보이지 않고 우정은 물론 애정까지 함께 나누며 겨울을 보낸다. 물론 이들 사이에는 허성 영감이 보여주는 누추한 이기심도 보이고 해소병을 앓던 병직이가 목을 매달아 죽는 일도 있었다. 그럼에도 그들이 그해 겨울의 추위에 얼어 죽지 않고 살아남아 봄을 맞이할 수 있었던 것은 구성원 상호간에 서로 나누던 휴머니즘에 가까운 정, 즉 "완전히 여섯 사람의 체온의 덕"이었다. 북한에서 피란 내려온 이들 연극인들 가운데 일자리를 구하지 못하고 애인인 혜자의 도움으로 지내던 성훈이 안동으로 내려간 경림의 도움을 받아 중학교 교사 자리를 얻게 된 것은 작품을 끝맺는 유진 오닐의 〈지평선 너머〉에 나오는 첫 출발을 위한 대사와 함께 우리에게 시사하는 바가 크다.

《지게부대》도 6·25 전쟁이 진행되는 동안 탄약 운반 노동자로 징용된 화자가 전방 부대에 배속되어 겪은 경험을 바탕으로 한 작품이다. 지게부대 일원으로 최전방에서 일하며 보급품으로 나오는 시레이션 박스에서 알코올을 발견한 그는 영문으로 된 지시문을 읽고 그것에 불을 붙여 커피를 끓여 먹은 일이 있다. 그런데 무지한 노무원 셋이 깡통 속에 든 알코올을 물에 타 먹고 죽는 일이 발생한다. 사고의 책임이 그에게 있다고 여긴 대대장이 무서운 폭행을 가하는데 이때 미륵 영감이 나타나서 구해준다.

미륵 영감은 신분이 높은 사람이 아니라 화자와 같이 지게부대에 속한, 평양이 고향인 실향민이었다. 그런 그가 군부대의 모든 지휘관들뿐만 아니라 미군들로부터 절대적인 신임과 존경을 받고 있다. 덕분에 화자가 근거 없이 스파이로 몰려 끌려갈 또 한 번의 위기에 처하게 되었을 때도 그를 구해주고 부대를 벗어나 서울로 탈출하게끔 도와준다.

이 작품에서 작가 김이석은 미륵 영감이 화자를 구할 만큼 군부대에서 영향력을 가진 것이 비록 화자와 같이 지게부대 노무자 신분이지만 사람의 마음을 움직일 인간적인 요소, 즉 지혜와 위엄을 지녔기 때문임을 밝히려고 했다. 다시 말해, 전쟁을 치르고 있는 위기의 순간에도 미륵 영감의 힘이 받아들여졌다는 것은 그것이 자연에 속하는 본능적인 욕구에서 비롯된 무지한 폭력이나 놀음과는 선명하게 구별되는 인간적인 것, 즉 휴머니즘 영역에 속하는 부분이었기 때문이다.

1960년에 발표한 《흐름 속에서》는 6·25 전쟁을 배경으로 한 작품과 시대 배경을 달리하지만, 분단된 조국의 현실이 전후를 살아가는 다음 세대의 삶을 어떻게 파괴하고 있는가를 극적으로 보여주는 수작이다. 연극적 요소가 많은 이 작품의 무대는 소시민이지만 지식인에 속하는 화자가 머물고 있는 도시 변두리의 하숙집으로, 이는 당시의 혼탁한 한국 사회의 슬픈 현실을 탁월하게 비쳐주는 거울이다.

이 작품에서도 김이석이 지금까지 추구해온 정의와 휴머니즘이 계속 나타나고 있다. 어렵게 대학을 나와 부당한 대접을 받으면서 값싼 번역 일을 하며 어렵게 살아가는 지식인 화자는 하숙집에서 부조리한 사회 현실의 축소판과도 같은 현실을 목격한다. 그는 안과 밖에서 참기 힘든 추태로 압박을 받는다. 그래서 이에 저항하는 모습을 보였을 때 그는 혼자가 아님을 발견한다. 마음의 벗처럼 그로 하여금 동질감과 희망을 느끼게 한 사람은 아랫방을 쓰는 탕아 법과대 학생이 아니라 신문 배달을 하며 혼자 살아가는 윗방의 고학생 상철이었다. 상철은 아버지가 6·25 때 월북했다는 이유로 사관 학교 입학이 좌절되었을 뿐만 아니라 아편을 찌르는 하숙집 주인의 도난 행위를 뒤집어쓰고 경찰에 연행되어 심한 고문을 받고 나온다. 그럼에도 불구하고 상철이는 야간 대학에 입학하기 위해 어렵게 마련한 등록금을 지불하고 사흘이 지난 후 4·19 데모에 나가 목숨을 잃는다. 어려운 환경을 이겨내고 불의와 싸우다가 장렬하게 죽은 것은 화자가 말하는 것처럼 어려운 시대를 밝히는 휴머니즘의 빛임에 틀림이 없다.

자전적 소재와 유머가 있는 풍자적 모드

《관앞골 기억》은 전쟁이 끝나고 10년이 지나 발표했기 때문인지 전후의 황폐해진 사회 환경을 배경으로 하지 않고 작가의 기억 속에 있는 소재를 재해석해서 창조한 작품이다. 김이석이 그의 기억 속에 가지고 있는 소재를 회상을 통해 현재로 가져온 것은 당시의 타락한 시대 상황에서는 지금까지 추구해온 주제를 구체화하기가 여의치 않았기 때문이다. 창작집 《동면》의 후기에서 "나는 앞이 보이지 않을 때는 뒤를 돌아다보는 것도 하나의 방법이다"라고 쓴 것은 이러한 사실을 뒷받침한다. 누구에게나 소년 시절이나 청년 시절의 기억은 순수하다. 김이석이 고향에서 보낸 어린 시절의 사회 환경은 혼란에 가까운 무질서와 천민자본주의가 지배하던 4·19를 전후한 한국 사회보다 순수하고 건강했던 것이다.

《관앞골 기억》은 식민지 시대를 배경으로 복희라는 처녀를 함께 사랑하는 두 친구가 서로 다투어 양보하는 아름다운 모습을 극적으로 표현하고 있다. 복희와 키스까지 한 성대는 그림 공부를 하기 위해 일본으로 떠나기 전, 그녀를 내심 좋아하던 친구 선덕에게 다음과 같이 말한다.

> "……넌 평양에서도 훌륭한 과자 직공이 됐지만 그림은 그렇지가 못한걸. 난 동경 가서 십 년 전엔 돌아오지 않을 생각이야. 십 년만 애쓰면 되든 안 되든……."
>
> (……)
>
> "그러면 복희는 어떻게 되는가?"
>
> "어떻게 되긴?"
>
> 대성이는 알 수 없다는 얼굴이 됐다.
>
> "그 앤 전부터 널 좋아했어. 너두 그 앨 좋아하지 않았어?"
>
> "그야 나두 좋아했지만, 그러나 좋아한다고 반드시 부부가 돼야 하는가?"

"되지 않은 소리 말어. 나는 내 눈으로 분명히 봤어. 작년 가을 복희네 집 앞마당에서 복희를 얼싸안구 있는 것을. 내 눈앞에 지금도 선히 벌어지고 있어. 그러기까지 하고서 좋기만 했다구 할 수 있나 말이다."

(……)

"입쯤 맞춘 걸 뭐 그렇게 대수로운 일이라구."

"뭐 대수로운 일이 아니라구?"

그 순간에 선덕이는 접시를 집어 들어 대성이 얼굴에 집어 던졌다.

(……)

"선덕아, 나는 알고 있다. 네가 나보다는 몇 곱절이나 더 복희를 좋아하고 있다는 것을. 그것을 알고 내가 먼 길을 떠날 생각을 했다면 나를 이다지도 서럽게 떠내보내지야 않겠지. 이렇게 말해도 복희의 입술을 더럽힌 마음이 풀리지 않는다면 더 때려, 시원히 속이 풀리도록 때려."

(……)

"대성이, 정말 나는 바보야."

하고 소리치며 대성이를 쓸어안았다.

이 작품에서 대성이가 복희에 대해 집착하지 않고 친구 선덕에게 대범한 자세를 보여 마음에 큰 감동을 일으키는 것은 스스로 본능적인 욕구를 이성적인 인간의 의지로써 극복하고 있기 때문이다. 대성이가 동물이나 다름없는 자연적인 욕구를 극복하는 것은 그림을 그리는 행위인 예술이 의미하는 바와 같이 휴머니즘적인 행위에 속한다고 말할 수 있다.

김이석이 그 힘겨운 생을 마감하던 해에 과거를 회상하며 쓴 이들 작품은 기법과 스타일은 물론 주제 의식에서 이전과 많은 변화를 보인다. 《편심》은 겉모양과 현실 사이에 괴리가 있다는 보편적인 주제를 다룬다. 김이석은 이 작품에서 아버지처럼 메마른 얼굴을 한 사람보다 비대하고 부유해 보이는 사람이 더 훌륭할 것이라고 믿었던 '나'의 편협한 마음이 무너지는 과정을 풍자적인 유머로 신랄하게 그리고 있다. 《장대현 시절》은 화자인 '나'가 주일 학교에 다니던 유년 시절의 경험을 시정적(詩情的)인 언어로 쓴 작품인데, 억압적인 종교적 권위와 양심 사이의 갈등을 대단히 미묘하고 소피스티케이트한 스타일로 묘사한다. 주인공인 '나'는 성경에 나오는 예수의 행적을 절대적으로 믿고 성화(聖畵)카드를 정성껏 모으는 착한 소년이었다. 그러나 방 목사는 '나'의 정직한 말을 믿지 않고 오히려 도난 행위에 대한 누명을 뒤집어씌운다. 이에 대한 반항으로 '나'는 성화 카드보다 알사탕이나 붕어과자의 유혹에 빠져 연보 돈으로 못 쓰는 백동전을 넣는다. 그러자 방 목사로부터 "하나님을 속이려는 가증한 녀석"이라는 말을 듣게 되고, 그로 인해 '나'는 이전과는 달리 신앙심이 약화됨을 느낀다.

생애의 끝자락에 선 김이석은 비굴하고 부도덕한 인간을 사회적인 차원에서 풍자하는 지적인 면모를 보이기도 했다. 식민지 시대를 배경으로 쓴 《교련과 나》는 화자와 심각하게 대립했던 고등학교 군사 교관의 저열한 행위를 신랄하게 그린 작품이다. 여기서 화자인 '나'가 억압적이고 폭력적인 교관에 도전해서 반인간적이고 도덕성을 잃은 교관의 권위를 무너뜨리는 해학과 풍자는 적지 않은 충격을 준다. 또 《교환 조건》은 4·19 이후 국회의원 선거 운동 과정에서 상대 후보자의 부정한 선거 자금 사용과 도덕적 결함을 폭로하도록 갖은 압력을 받는 병수라는 한 지식인의 절망적인 고뇌를 권태로운 분위기 속에서 탁월하게 그리고 있다.

그의 마지막 작품인 《재회》는 《현대문학》을 통해 발표됐다. 이 작품은 해방 전 작가가 대학을 중퇴하고 서울에 얼마 동안 머물고 있었던 시절과 6·25 전쟁 때 피란을 갔다가 휴전이 되면서 폐허가 된 서울로 돌아와 어려운 작가 생활을 할 때의 상황을 묘사해 전쟁 전후의 사회적이고 문화적인 풍경을 이해하는 데 무척 도움이 될 장면들이 많다. 이 작품에서 중요한 주제는 과거의 작중 인물들이 가난으로 인해 많은 상처를 주고받으며 헤어졌지만 전쟁이 끝나고 다시 서울로 돌아와 사람의 힘으로 모든 것을 극복하고 재회한다는 것이다. 여기서 재회는 사랑했던 사람들과의 단순한 만남이 아니라 과거의 잘못을 용서함은 물론 그 용서를 바탕으로 춤이 상징하는 영과 육이 하나가 되는 새로운 삶의 시작을 뜻하는 듯하다. 그래서 이 작품은 비록 낭만적인 언어로 쓴 러브 스토리 같지만, 더 깊게는 과거의 역사적 아픔을 사랑의 힘으로 극복하고 있던 작가 자신의 자화상일 뿐만 아니라 전후의 한국인상(像)을 나타낸다.

지금까지 중요 작품들을 살펴본 바와 같이, 김이석의 문학은 그가 월남해서 발표한 《실비명》에서 시작해 《재회》를 마지막으로 끝났다고 하겠다. 물론 대부분 평론가들이 지적하듯 첫 작품은 동인지 《단층》에 발표한 《환등》이다. 《환등》은 그 당시 지배적으로 나타나는 사실주의 문학에 대해 반기를 들기 위해 쓴 심리적인 작품이다. 그러나 엄격히 말해 문학사적으로는 한국 소설의 발달 과정에서 언급될 만큼의 치밀한 소설 구성과 '의식의 흐름' 기법을 사용했음에도 도덕적인 측면에서 주제 의식이 약하고 표현 기법에 다소 미숙한 면이 없지 않다.

실제로 김이석이 평양에서 《환등》을 발표한 이래 해방이 되어 남으로 내려와 15년 후에 발표한 그의 문제작 《실비명》 사이에는 엄청

난 괴리가 있다. 다시 말해, 한국 단편소설의 숨은 고전으로 평가받을 만한 《실비명》에는 심리소설인 《환등》의 '단층파'적인 요소가 거의 없다. 만일 김이석이 《실비명》을 《환등》 같은 방식으로 썼다면 그렇게 성공하지 못했을 것이다. 《실비명》 이후에 발표한 대부분의 작품들도 마찬가지다.

한편 일부 비평가들은 리얼리즘 관점에서 그의 작품이 안이하게 씌어졌다고 비판한다. 이를테면, 작중 인물들 대부분이 현실의 장벽을 뚫고 나가지 못하고 쉽게 좌절하거나 기생과 같이 안이한 길을 걷는다는 것이 단적인 예다. 그러나 이러한 비판은 매듀 아놀드가 비평의 첫걸음은 "사물을 있는 그대로 보는 것"이라고 지적한 것과 상반된다. 많은 비평가들이 김이석의 작품을 있는 그대로 읽지 못하는 오류에서 비롯된 결과가 아닌가 한다.

김이석은 엄격한 의미에서 사회주의적인 리얼리스트가 아니다. 어떤 측면에서 그는 자연주의자이거나 낭만적인 분위기를 지닌 작가다. 인생과 사회의 여러 가지 현상을 문학적으로 보다 효과적으로 형상화하기 위해서는 리얼리즘뿐만 아니라 낭만주의 그리고 자연주의도 필요하다는 사실을 여기서 새삼 밝힐 필요는 없다. 김이석의 작중 인물들이 영웅적인 모습을 보이지 못하고 패배하거나 좌절하는 경향을 나타내는 것은 부조리한 사회적 힘, 즉 그가 경험한 6·25 전쟁이 무고한 인간을 얼마나 무참히 파괴하고 또 그들을 고통의 늪으로 쓸어 넣었는가를 고발하기 위함이었을 것이다.

이와 같이 《실비명》과 같은 작품은 자연주의 색채는 물론 낭만주의 색채를 강하게 띠지만, 그의 작품들 가운데는 리얼리즘 작품으로 성공한 것도 없지 않다. 《동면》과 《흐름 속에서》 같은 작품이 그 대표적인 예다. 유머가 있는 풍자적인 작품도 있다. 김이석 문학 세계의 스펙트럼에는 다양한 표현 양식의 작품들이 전음계(全音階)로 나타나고 있다.

김이석의 다양한 작품들에 통일성을 부여하는 것이 따뜻한 인간애라는 사실을 기억한다면, 일부 평론가들이 지적하듯이 그의 문학이 반드시 패배주의에만 빠져 있다고 말하기는 힘들다. 유머가 흐르는 따뜻한 인간애는 순간적으로 일탈한 생활과 패배주의를 모두 초월하기 때문이다.

김이석 연보

1914년　평안남도 평양 출생

1933년　평양 광성중학교 졸업

1936년　서울 연희전문학교 문과 입학

1937년　〈환등(幻燈)〉 발표

1938년　연희전문학교 중퇴. 〈부어(腐魚)〉 동아일보 입선

1939년　문학동인지 《단층(斷層)》 발간

1940년　〈공간(空間)〉 〈장어(章語)〉 발표

1951년　1·4후퇴 때 월남

1952년　문학예술에 〈실비명(失碑銘)〉 발표. 문학예술 편집위원. 〈악수〉 〈분별〉 등 발표

1954년　〈외뿔소〉(신태양) 〈달과 더불어〉 〈소녀태숙의 이야기〉(문학예술 3)

1955년　〈춘한(春恨)〉(문학예술 7)

1956년　〈추운(秋雲)〉(문학예술 1) 〈학춤〉(신태양 9) 〈파경(破鏡)〉. 단편집 《실비명》 출판. 제4회 아시아자유문학상 수상

1957년　〈광풍속에서〉(자유문학 창간호) 〈뻐꾸기〉(문학예술 5) 〈발정(發程)〉(문학예술 11) 〈비풍(悲風)〉(신청년 2) 〈아름다운 행렬〉을 조선일보에 연재

1958년　〈한일(閑日)〉(신태양 1) 〈풍속〉(자유문학 1) 〈화병〉(희망 1) 〈한풍(寒風)〉(신청년 2) 〈어떤 여인〉(자유세계 2) 〈청포도〉(신

태양 7) 〈동면(冬眠)〉(사상계 7, 8) 〈종착역 부근〉 〈잊어버리는 이야기〉(사조 9) 〈이러한 사랑〉(소설공원 10)

1959년 〈적중(的中)〉(자유문학 3) 〈세상(世相)〉 〈기억〉 〈해와 달은 누구를 위해〉(새벗에 연재)

1960년 〈지게부대〉(현대문학 8) 〈흐름속에서〉(사상계 8) 〈흑하(黑河)〉를 10월부터 민국일보에 연재

1961년 〈밀주〉(자유문학 10) 〈허민선생〉(사상계 12) 〈창부와 나〉(자유문학) 발표. 《문장작법》 출판

1962년 〈관앞골 기억〉(자유문학) 〈난세비화(亂世飛花)〉를 한국일보에 11월부터 연재

1963년 〈장대현 시절〉(사상계) 〈편심(偏心)〉 〈사랑은 밝은 곳에〉(사랑사, 사랑에 연재)

1964년 〈교련과 나〉(신세계 3) 〈탈피〉(사상계 5) 〈금붕어〉(여상 8) 〈리리 양장점〉(여원 8) 〈교환조건〉(문학춘추 10) 〈재회〉(현대문학 10) 〈신홍길동전〉을 대한일보에 5월부터 연재. 단편집 《동면》 《홍길동전》 《해와 달은 누구를 위해》 출판. 9월 18일 급서(急逝). 제14회 서울시문화상 수상

1970년 《난세비화》 출판

1973년 《아름다운 행렬》 출판

1974년 《김이석 단편집》 출판

2011년 《한국문학의 재발견 김이석 소설선》 출판

2018년 《김이석문학전집》(총8권) 출판

김이석 작품 연보

작품명	발표연도	발표지
감정세포의 전복(顚覆)	1937.	단층
환등(幻燈)	1937	단층
부어(腐魚)	1938.	동아일보
잊어버리는 이야기	1951. 9.	사조(思潮)
실비명(失碑銘)	1954.	문예
악수(幄手)	1952. 4	전선문학
휴가(休假)	1952. 9	문학예술
분별(分別)	1952. 12	전선문학
나체상	1953.	문예
소녀태숙(少女台淑)의 이야기	1954.	신태양
외뿔소	1954.	신태양
달과 더불어	1954.	단편집 《실비명》
연습곡(鍊習曲)	1955.	조선일보
춘한(春恨)	1955. 7	문학예술
추운(秋雲)	1956. 1	문학예술
파경(破鏡)	1956.	현대문학
학춤	1956.	신태양
아름다운 행렬	1957	조선일보
뻐꾸기	1957. 5	문학예술
광풍(狂風)속에서	1957. 6	자유문학
발정(發程)	1957. 10	문학예술
비풍(悲風)	1957. 11	신청년
인간수림	1957.	중앙정치
속정(俗情)	1957.	새벽

풍속(風俗)	1958. 1	자유문학
한일(閑日)	1958. 5	신태양
동면(冬眠)	1958. 7	사상계
한풍(寒風)	1958.	신청년
어떤 여인	1958.	자유세계
청포도	1958.	신태양
종착역 부근	1958.	사조(思潮)
이러한 사랑	1958. 10	소설공원
화병(花甁)	1958. 1	희망
성장	1958.	신조문학
해와 달은 누구를 위해	1959.	새벗
적중(的中)	1959. 3	자유문학
세상(世相)	1959.	자유공론
기억(記憶)	1959. 7	사상계
흑하(黑河)	1960.	민국일보
잔화(殘火)	1960. 4	문예
지게부대	1960. 8	현대문학
흐름 속에서	1960. 8	사상계
신부와 나	1960.	자유문학
창부(娼婦)와 나	1961. 1	자유문학
밀주(密酒)	1961. 9	자유문학
허민(許民) 선생	1961. 12	사상계
금붕어의 기억	1962.	대한일보
동화(童話)	1962. 2	신사조
관앞골 기억(記憶)	1962.	자유문학
난세비화(亂世飛花)	1962.	한국일보
연인과 소년들	1962. 10	화장계(化粧界)

장대현(章台峴) 시절	1963.	사상계
사랑은 밝은 곳에	1963.	사랑사
편심(偏心)	1963. 6	문예
꽃과 절벽	1963.	소설계
교련과 나	1964. 3	신사조
탈피(脫皮)	1964. 5	사상계
리리 양장점	1964. 8	여원(女苑)
금붕어	1964. 8	여상(女像)
교환조건(交換條件)	1964. 10	문학춘추
홍길동전	1964.	을유문화사
신홍길동전	1964.	대한일보
재회(再會)	1964. 10	현대문학
고 김이석 유작	1964. 12	현대문학
주치의	1964.	문학춘추
허풍지대(虛風地帶)	1973. 2	삼성출판사
모정(母情)	미상	새사회
오전 11시	〃	소설계
결혼을 앞두고	〃	소설계
아내의 슬픔	〃	미사일
동창생의 약혼	〃	현대소설
아름다운 비밀	〃	미상
여배우	〃	〃
순정의 청산	〃	〃
사랑의 범죄	〃	〃
벌쭉이 웃기만	〃	〃
'파일럿'의 연인들	〃	〃
명동풍속	〃	〃

꽃은 말이 없어도	미상	미상
진실일로(眞實一路)	〃	〃
그 여자 부근	〃	〃
미로(迷路)	〃	〃
결혼상담소 소동	〃	〃
빛 받은 산간(山間)	〃	〃
향수(香水)	〃	〃
사랑하기 때문에	〃	〃
장도(粧刀)	〃	〃
약혼(約婚)	〃	〃
전화위복(轉禍爲福)	〃	〃
도금(鍍金)	〃	〃
허장(虛裝)	〃	〃
어느 초등학교 교원	〃	〃
우정(友情)	〃	〃
이 세상에서	〃	〃
재회(再會)	〃	〃
진정	〃	〃
행복은 오다	〃	〃
바 마담이 본 남성	〃	〃
누가 몰랐던가	〃	〃

김이석(金利錫)
평양에서 태어나 평양 광성중학교 졸업 연희전문학교 문과 수학. 1938년 《부어(腐魚)》가 〈동아일보〉에 당선. 전위적인 성격 순문예동인지 〈단층〉 창간 멤버. 1·4 후퇴 때 월남해 1953년 〈문학예술〉 창간 편집위원, 1956년 《실비명》으로 아세아 자유문학상. 1958년 박순녀와 결혼. 〈한국일보〉에 역사소설 《난세비화》 〈민국일보〉 《흑하(黑河)》를 연재 사회적 인기를 얻었다. 문학적 업적으로 서울시문화상에 추서되었다.

김이석문학전집 7
동화 수필 논문
섬집 아이들
김이석 지음
1판 1쇄 발행/2019. 3. 1
발행인 고정일
발행처 동서문화사
창업 1956. 12. 12. 등록 16-3799
서울 중구 다산로 12길 6(신당동 4층)
☎ 546-0331~6 Fax. 545-0331
www.dongsuhbook.com
*

사업자등록번호 211-87-75330

ISBN 978-89-497-1705-0 04810
ISBN 978-89-497-1687-9 (세트)